中国翻译家译丛

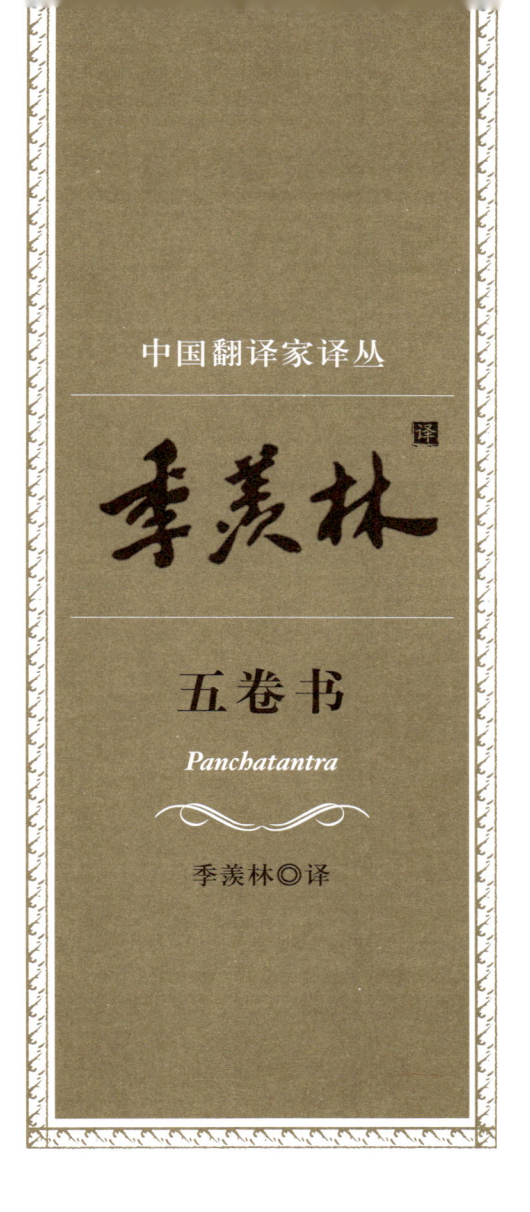

季羡林 译

五卷书
Panchatantra

季羡林 ◎ 译

人民文学出版社

PANCHATANTRA

图书在版编目(CIP)数据

季羡林译五卷书/季羡林译. —2版. —北京:人民文学出版社,2016
(中国翻译家译丛)
ISBN 978-7-02-011620-1

Ⅰ. ①季… Ⅱ. ①季… Ⅲ. ①民间故事—作品集—印度—古代 Ⅳ. ①I351.73

中国版本图书馆CIP数据核字(2016)第096400号

选题策划　欧阳韬
责任编辑　张欣宜
责任印制　任　祎

出版发行　人民文学出版社
社　　址　北京市朝内大街166号
邮政编码　100705
网　　址　http://www.rw-cn.com

印　　刷　北京盛通印刷股份有限公司
经　　销　全国新华书店等

字　　数　304千字
开　　本　710毫米×1000毫米　1/16
印　　张　19.75　插页1
印　　数　1—5000
版　　次　1959年10月北京第1版
　　　　　2001年8月北京第2版
印　　次　2019年7月第1次印刷

书　　号　978-7-02-011620-1
定　　价　54.00元

如有印装质量问题,请与本社图书销售中心调换。电话:010-65233595

出 版 说 明

人民文学出版社自一九五一年建社以来，出版了很多著名翻译家的优秀译作。这些翻译家学贯中西，才气纵横。他们苦心孤诣，以不倦的译笔为几代读者提供了丰厚的精神食粮，堪当后学楷模。然时下，译界译者、译作之多虽前所未有，却难觅精品、大家。为缅怀名家们对中华文化所做出的巨大贡献，展示他们的严谨学风和卓越成就，更为激浊扬清，在文学翻译领域树一面正色之旗，人民文学出版社决定携手中国翻译协会出版"中国翻译家译丛"，精选杰出文学翻译家的代表译作，每人一种，分辑出版。

人民文学出版社编辑部
二〇一六年十月

"中国翻译家译丛"顾问委员会

主　任

李肇星

顾　问

（按姓氏笔画排序）

于友先　卢永福　孙绳武　任吉生　刘习良
李肇星　陈众议　肖丽媛　桂晓风　黄友义

目 录

再版新序 ………………………………………… 1
译本序 …………………………………………… 1

五卷书

序　言 …………………………………………… 3
第一卷　朋友的决裂 …………………………… 5
第二卷　朋友的获得 ………………………… 115
第三卷　乌鸦和猫头鹰从事于战争
　　　　与和平等六种策略 ………………… 160
第四卷　已经得到的东西的丧失 …………… 217
第五卷　不思而行 …………………………… 244

再版后记 ……………………………………… 274

再 版 新 序

拙译《五卷书》第一版出版于一九五九年（据版权页上的日期），"译本序"则写于一九六三年，这是为一九六四年那一版写的，此版版权页失载。第三次印刷是一九八一年，我写了一篇《再版后记》，这一篇《序》和《后记》都写得相当长，把《五卷书》在世界上传布的情况，以及我对本书内容的理解和本书结构的特色，还有与中国文学之关系，都做了比较详尽的说明，这代表我多年来研究《五卷书》的心得。到了现在，我已经多年没有再对本书有任何新的研究或思考，重读旧序和后记，觉得其中一些对历史事实的说明和自己对本书内容的理解，还没有过时，对今天的读者还是有用的。

最近若干年以来，时不时地会有人问到《五卷书》，说很多读者愿意读到此书，可是书店，所有的书店，都已久绝此书踪影，追问售货员，则如海客谈瀛洲，茫茫然无辞以对。我作为译者是无能为力的，只能向人民文学出版社反映。人民文学出版社对广大读者一向是肯负责的。最后决定再出新版。这真如一场"知时节"的"及时雨"，让广大读者，再加上我这一个译者，如沐春风了。

人民文学出版社希望我再写一篇新序。我个人也感到有这个必要。上面谈到的本书一版再版，都已是二十世纪的事情。如今，一个新的世纪，一个新的千年，已经降临到人间。一元复始，万象更新，人们，全世界的人们，都对这个新世纪和新千年抱有新的希望。这些希望能不能变为现实，现在还很难说。但是人们的愿望和希望却是绝对真诚的。现在，人们不禁要问：在这样新时代来临之际，再版《五卷书》有什么新的意义吗？

不知是从什么时候起，我逐渐形成了一种看法，我认为，人的一生主要任务是处理好两种关系：一是要正确处理好人与人的关系，也就是社会关系，国际关系也包括在里面；二是要正确处理好人与大自然的关系，也就是天人关系。到了今天的二十一世纪,这两种主要任务一点也没有改变。

我同时又逐渐形成了另外一种看法,我认为,古今中外,人们之所以要读书,其目的不出两端:一是从书中寻求智慧,寻求真理;二是从书中寻求娱乐。在过去许多年极"左"思潮的影响下,人们只敢谈第一个作用,而第二个娱乐性,则有点谈虎色变,不敢涉及。连众多的中国文学史中,也着重鹦鹉学舌式地大谈所谓思想性,而于文学作品不可或缺的艺术性,则敷衍了事说上几句扯淡的话。至于文学作品的娱乐性则宛如禁区,无人敢问津矣。

把我上面谈到的两种看法结合起来再看《五卷书》,我认为,它既能给我们以智慧,又能给我们以怡悦。在二十世纪是如此,在二十一世纪依然是如此。

从文体上来看,《五卷书》属于寓言一类。所谓寓言,就是从多数以鸟兽为主人公的小故事中归纳出来一个教训,教导人们以做人处世的道理。古希腊的《伊索寓言》即属此类。印度和古希腊的寓言颇多相似之处。学者们一致认为,其中必有模仿或者直接影响之处。至于哪一个是主,则意见颇有不同。我个人浅见,印度为主的可能性最大。印度人民富有幻想力,是民族性使然。鲁迅先生就曾对印度人的幻想力大加赞赏过。

不管以哪个为主,《五卷书》中从鸟兽小故事中归纳出来的教训,对我们今天的人类仍然是有教育意义的。我们不能说,这些教训全是精华,有一些糟粕也是难免的。究以正面的精华为主,这一点是可以肯定的。这些教训能教导我们,怎样处理人际关系,也就是社会关系;也能教导我们,怎样处理依然是云谲波诡的国际关系。这一点对大人和小孩都是有用处的。此外,人们还能从充满了匪夷所思的机智和神奇的石破天惊的幻想力的小故事中获得一些特殊的美感享受和娱乐。人们之所以至今还探听《五卷书》的消息,切盼此书能够再版,其原因也就在此。

现在,人民文学出版社终于满足了广大读者的愿望。他们希望我能写上一篇新序,我当然乐于满足这个愿望。我考虑到原有的《译本序》和《再版后记》,已如我在上面所说的那样,含有很多有用的信息和内容的说明以及理解,对今天的读者还是不可或缺的,所以我决定加以保留,前者排在这一篇"再版新序"的后面,后者仍然排在正文的最后面,这样对读者会有好处的。

我已届九十高龄,这在古今中外读书人中是颇为少见的。但是,我耳尚能半聪,目尚能半明,糊涂极为难得,这不知是托了什么人的福。现在又逢上

《五卷书》的再版,可以说是双喜临门了,因而意气风发,心旷神怡,这一篇新序一挥而就,真不知老之已至了。

季羡林
二〇〇〇年八月二十三日

译 本 序

　　印度人民是十分富于幻想力的。从很古的时代起,他们就创造了不少的既有栩栩如生的幻想又有深刻的教育意义的神话、寓言和童话。

　　在最初,这些寓言和童话大概都是口头创作,长期流传在人民中间。人民喜爱这些东西,辗转讲述,难免有一些增减,因而产生了分化。每一个宗教,每一个学派,都想利用老百姓所喜爱的这些故事,来达到宣传自己教义的目的,来为自己的利益服务。因此,同一个故事可以见于佛教的经典,也可以见于耆那教的经典,还可以见于其他书籍。佛教徒把它说成是释迦牟尼前生的故事,耆那教徒把它说成是大雄前生的故事,其他的人又各自根据自己的信仰把它应用到其他人身上。

　　此外,还有一些专门搜集这样的寓言和童话的书籍,比如月天的《故事海》、安主的《大故事花束》等等,都是很著名的,都是一直到今天还为人民所喜爱的,也都流传很广,被译成了许多语言。

　　但是,其中最著名的,流传最广的却不能不说是《五卷书》。

　　按照印度传统说法,《五卷书》是《统治论》的一种。它的目的是通过一些故事,把统治人民的法术传授给皇太子们,好让他们能够继承衣钵,把人民统治得更好。为了达到这个目的,皇帝们就让人把人民大众创造出来的寓言和童话加以改造,加以增删,编纂起来,教给太子们读。《五卷书》就是这样产生出来的。

　　因为时代久,流传广,《五卷书》的本子很多。原本是什么样子,现在已经无法推断。在印度,在尼泊尔,都有不同的本子。西方梵文学者根据本子的繁简,还分了"简明本""修饰本""扩大本"等等。所谓"修饰本"是一一九九年一个耆那教的和尚补哩那婆多罗受大臣苏摩之命根据已有的一些本子编纂成的。补哩那婆多罗虽然自称"逐音节、逐字、逐句,根据每一个故事、根据每一首诗"把《五卷书》校阅了一遍;但是,事实上,他增添了不少的新东西。这个本子流传很广,影响很大。我们现在的这一部汉译本就是根据这个本子译成的。

在《五卷书》的新改编的本子中,最著名的应该说是《益世嘉言集》,作者自称是那罗衍那。在开场诗里面,作者说,他这一部书是根据《五卷书》和其他的书籍写成的。实际上,这里面增加了不少的新故事,几乎等于一部新作。这一部书很早就为欧洲人所知,被译成了不少的欧洲语言。德国诗人海岱和吕克特都曾利用过其中的材料。

在印度本国,《五卷书》和《益世嘉言集》都曾一而再再而三地被译了许多方言。十一世纪到过印度的阿拉伯旅行家阿尔·贝鲁尼,就已经看到一部古代印地文的《五卷书》。古扎拉提语、德鲁古语、加那勒斯语、泰米尔语、马拉雅兰语、莫底语,和其他通行较广的现代印度语言,都有《五卷书》的译本。

在国外,通过了六世纪译成的一个帕荷里维语的本子,《五卷书》传到了欧洲和阿拉伯国家。在一千多年的时间内,它辗转被译成了阿拉伯文、古代叙利亚文、德文、希腊文、意大利文、拉丁文和多种斯拉夫语言,其中包括捷克文、俄文等等,古代希伯来文、法文、丹麦文、冰岛文、荷兰文、西班牙文、英文、波斯文、土耳其文、察合台文、乔治亚文、格鲁斯文、瑞典文、匈牙利文、古代西班牙文、暹罗文、老挝文、蒙文等等。四十多年前,在一九一四年,曾有人算过一笔账:《五卷书》共译成了十五种印度语言、十五种其他亚洲语言、两种非洲语言、二十二种欧洲语言。而且很多语言还并不是只有一个译本,英文、德文、法文都有十种以上的本子。从一九一四年到现在,又过了将近五十年了,世界上又不知道出现了多少新的译本。

只是从译本的数目上,也就可以看出《五卷书》在世界上影响之大。它的影响还表现在深入人心上。《五卷书》里面的许多故事,已经进入欧洲中世纪许多为人所喜爱的故事集里去,像《罗马事迹》和法国寓言等等;许多著名的擅长讲故事的作家,也袭取了《五卷书》里的一些故事,像薄伽丘的《十日谈》、斯特拉帕罗拉的《滑稽之夜》、乔叟的《坎特伯雷故事集》、拉·封丹的《寓言诗》等等都是。甚至在格林兄弟的童话里,也可以找到印度故事。在亚洲、非洲和欧洲许多国家的口头流传的民间故事里,也有从《五卷书》借来的故事。

这一部书为什么在印度国内外这样流行这样受到欢迎呢?

要想回答这个问题,必须进行一些深入细致的分析。

大体上分析起来,这一部书包括两部分:散文与诗歌。说故事的任务由散文担负,而诗歌(除了一个是例外)是分插在散文里面的。因此,这一部书既是一部寓言童话集,又是一部格言谚语集。从两者的内容上来看,从《五卷书》各种译本衍变的历史上来看,用诗歌形式写成的格言谚语这一部分大概是后加进来的。一方面,因为阿拉伯文译本根本没有诗歌;另一方面,也因为从内容上来看,诗歌这一部分所表现的思想感情很多都不是劳动人民的思想感情,与那些寓言童话有相当大的距离。

我们分析这一部书的时候,应该把散文部分与诗歌部分分别对待,而以散文部分的寓言和童话为主要的分析对象。

我们并不否认,在诗歌部分里,也有很好的东西,很健康的东西,是印度思想中的精华。但是,一般说起来,这里面的诗歌不是出自老百姓之手,而是文人学士的作品。在所有的故事中,只有一个是用诗歌体来叙述的(第三卷第八个故事),而恰恰这个故事表现了极不健康的宣传牺牲、宣传逆来顺受、宣传自焚殉夫的野蛮风俗的情况,这是耐人寻味的。

在这一部书里,每一个故事都有一个道德教训,有一个伦理的意义。但是这一个道德教训与故事本身是不是有必然的联系呢?根据我自己的看法,是没有的。当初老百姓创造这些故事的时候,他们可能是想通过一定的故事,说明一定的问题。但是,到了后来,出现在不同的书里的同一个故事,有时候竟然有迥然不同的伦理的意义。这就说明,道德教训与故事本身是没有必然的联系的,它只是根据编纂者目的的不同而有所不同。

因此,我们现在对这些寓言和童话进行分析,应该根据故事本身,而不应该根据编纂者强加到这些故事上的那些伦理意义。

在这些故事里,印度古代社会上各阶层的人物几乎都出现了:国王、帝师、婆罗门、刹帝利、吠舍、首陀罗、商人、农民、法官、苦行者、猎人、渔夫、小偷等等,真是五花八门,应有尽有。

但是这还不是本书的特点,本书的特点是:在这些故事里,出现了各种的鸟兽虫鱼:狮子、老虎、大象、猴子、兔子、豹子、豺狼、驴、牛、羊、猫、狗、麻雀、白鸽、乌鸦、猫头鹰、埃及獴、乌龟、虾蟆、鱼、苍蝇等等都上了场,也是五花八门,应有尽有。

这些鸟兽虫鱼,虽然基本上还保留了原有的性格,比如狐狸和豺狼狡猾,驴子愚笨;虽然还没有脱掉鸟兽虫鱼的样子,没有像《西游记》和《聊斋志异》

上那样，摇身一变变成了人；可是它们说的话都是人的话，它们的举动是人的举动，而思想感情也都是人的思想感情。因此，我们必须弄清楚，这些鸟兽虫鱼实际上就是人的化身，它们的所作所为也就是人类社会里的一些事情。

既然这些鸟兽虫鱼是人的化身，它们的思想感情是人的思想感情，那么这究竟是什么样的社会里什么样的人的思想感情呢？

这些故事，除了经过文人学士的删改，或者出自他们之手的那一小部分以外，都是长期流行民间的，最初都是口头创作。创作者除了人民以外，不会是什么别的人。因此我们可以说，这些故事里的鸟兽虫鱼所表现的思想感情，基本上都是人民大众的思想感情。

谈到什么样的社会，那就牵涉到这些故事产生的时代。从什么时代起，就有了这些寓言和童话，现在很难确说。在公元前六世纪写成的古希腊的《伊索寓言》里，已经有了印度产的故事。这就说明，最老的故事至迟在公元前六世纪已经存在了。《五卷书》的帕荷里维文译本是六世纪译成的，阿拉伯文译本是八世纪译成的，我们现在这个译本所根据的梵文本是一一九八年编写成的。如果真正有晚出的故事的话，至晚也晚不过十二世纪。所以，概括地说，这些寓言和童话都是奴隶社会和封建社会里的老百姓创造出来的。

因此，我们可以说，这些故事里的鸟兽虫鱼所表现的思想感情，基本上是印度奴隶社会和封建社会里老百姓的思想感情。

同印度其他一些比较流行的文学作品比较起来，读这些寓言和童话，会让人深刻地感觉到，创造这些故事的人民，对待人生的态度是肯定的，积极的，实事求是的。他们既没有把人生幻想成天堂乐园，也没有把人生看作地狱苦海。人生总难免有一些喜怒哀乐；他们也就实事求是地严肃地对待这一些喜怒哀乐，没有沉湎于毫无止境的无补于实际的幻想，而是努力找出一些办法，使自己过得更好一点，更愉快一点。

这种情况同印度正统哲学所代表的倾向形成了鲜明的对比。印度正统哲学把人生看成是幻影，像水泡，像电光火花，像影子一样地虚幻。它对待人生的态度是否定的，消极的，想入非非的。

这是完全可以理解的。老百姓是实际生产者。他们天天从事生产活动，他们关心生产，关心劳动，关心一切现实的东西；不会有像那些吃饱了饭没事干的人有的那种思想感情。

读这些寓言和童话，还令人深刻地感觉到，这里面有不少的素朴的辩证法。第一卷第二十八个故事里的那杜伽说过:"生命本来就是这样子,没有任何东西是一成不变的。"第二卷故事要结束的时候,尸赖拿引用了一首诗:

会合同别离联系在一起,一切存在的东西都不能永存不朽。[194]

这样的一切存在的东西都必须变、矛盾的东西也有联系的想法,在很多地方都可以找到。

这也是完全可以理解的。在大自然里,在现实生活中,本来到处都可以找到一些素朴的辩证法,从事实际生产劳动的人,能够有这种思想,也是很自然的。

但是,最重要的给我们印象最深的还是这部书里面表现出的顽强的战斗性。

我们都知道,在奴隶社会和封建社会里,作为被压迫被剥削者的奴隶和农民等劳动人民的日子是十分不好过的。他们是社会上的主要生产者,然而自己却是衣不蔽体、食不果腹,有时候连性命也难保全。这就不免要引起斗争和反抗。他们同奴隶主和封建主之间的斗争,由于历史条件的限制,几乎全以失败结束。但是他们并没有给失败吓住,他们前仆后继,一次斗争接着一次斗争,决不罢休。他们的勇气没有挫折,信心没有动摇。正像在中国历史上一样,在印度古代史上,也是充满了这样的斗争的。这些斗争就是推动社会前进的主要力量。

据我看,他们这种信心和勇气,就突出地表现在他们创造的寓言和童话里面。《五卷书》里有很大一部分故事是讲弱者战胜强者的。第一卷第五个故事讲的是一只乌鸦,叼了一串金链子,丢在黑蛇洞口,人们找了来,把黑蛇杀死。第一卷第六个故事讲的是一只螃蟹,用爪子钳住了骗了许多鱼吃的白鹭的脖子,把它杀死,救了自己。第一卷第七个故事讲的是一只小兔子,把每天都要吃野兽的狮子骗到一口井旁,让它跟自己在水中的影子打架,因而淹死在水里。小兔子救了自己,也救了其他的野兽。第一卷第十五个故事讲的是白鸰战胜了大海,把给大海抢走了的卵追了回来。第一卷第十八个故事讲的是麻雀、啄木鸟、苍蝇和虾蟆四个身体都极小的东西,联合起来,同心协力,利用计策,竟杀死了一头大象。第一卷第十九个故事讲的是一群天鹅给猎人网住,它们在老鹅的领导之下,大家一齐装死,因而逃出猎人之手。第二卷的基干故事讲的是乌鸦、老鼠、乌龟、鹿、鸽子这一些力量不大的鸟兽互助友爱,救了自己的命,特别是那一只鹿和那一只龟给猎人逮住的时候,它们更是积极想办法,同心协力,救了它们两个。第二卷第一个故事利用一个胃两个头的非常生动的比喻,说明团结的必要。第二卷第八个故事讲的是一群老鼠咬断了捆大象的绳子。第三卷的基干故事讲的是乌鸦设计灭了猫头鹰的一族。第三卷第二个故事讲一只小兔骗了大象,让它不再来喝水,救了自己一族。第三卷第五个故事讲一群蚂蚁竟吃掉了一条毒蛇。这个故事的楔子诗是:

> 同数目多的东西不要发生冲突,因为一大堆东西无法战胜;
> 一条蛇王,不管它怎样左蜷右曲,终于还是给蚂蚁吃到肚中。

上面列举得还并不全,只能算是一些例子。但是,从这些例子里也就可以看出,弱者战胜强者可以说是本书的中心思想,是它竭力宣传的东西。我们必须注意到这一点。

在很多地方,我们都可以找到说明团结就是力量的故事和思想。比如第三卷第四十四首诗:

> 即使是弱者,强大的敌人也无可奈何,只要他们团结起来;
> 正如挤在一块儿的蔓藤,连狂风也没有法子把它们吹坏。

第三卷第四十六首诗:

> 但是站在一块儿的树木,向四面八方根都扎得很牢,
> 因为它们站在一块儿,狂风就没有法子把它们吹倒。

这可以说是关键所在。弱者之所以能够战胜强者,被压迫者之所以能够战胜压迫者,就在于他们能够团结。无怪本书对于这一点大事宣扬了。

跟这个有联系的是鼓励勇敢、谴责懦夫。第二卷第一二二首诗:

> 谁要是活像一堆毅力和勇气,再加上果敢与灵巧,
> 谁要是把汪洋大海看得跟牛蹄水洼那样低浅渺小,
> 谁要是把众山之王看得跟蚂蚁的土垤顶一样地高,
> 幸运女神自己就会到他那里去,她决不会把懦夫去找。

第一卷第二一六首诗说得更具体:

> 伟大的人物应该永远是威风凛凛勇往直前,
> 即使在困难中,在忧患中,即使遇到大危险。
> 那些勇敢坚定傲视一切又想得出办法的人们,
> 就一定能够通过困难而又逃出了困难。

这也是关键所在。弱者而能战胜强者,被压迫者而能战胜压迫者,没有勇气,是不行的。

在奴隶社会和封建社会里,被压迫者要想起来反抗压迫者,首先必须打破对命运的迷信。不然的话,如果相信万事皆由天定,那就连反抗的念头也不敢有了。在这一部书里有不少的地方响起了打倒命运的呼声。第一卷第一九五首诗:

　　对那个永远精勤不懈的人,命运也一定会加以垂青。
　　只有那些可怜的家伙才老喊:"这是命呀,这是命!"
　　把命运打倒吧,要尽上自己的力量做人应该做的事情!
　　那么你还会有什么过错呢,如果努力而没有能成功?

第二卷第一一五首诗说,正像一个年轻的老婆不愿意搂年老的丈夫,幸运女神也不愿意搂相信命运的懦夫。这样的人定胜天的思想,在很多地方都可以找到。比如第二卷第一四五首诗:

　　不要放弃自己的努力,而想到:"一切都由命运去安排";
　　如果不努力的话,连芝麻粒也压榨不出香油来。

第二卷第一三七首诗:

　　好比是一只手,无论如何也拍不出响声,
　　人如果不努力,命运也帮助他不成。

第五卷第三十首诗给命运下了一个很有趣的定义:命运实际上就是不能预见的东西。第五卷第二十九首诗说明,命运变幻不定,力大无穷,而人们的行动也有很大的威力。

　　在古代,这样的思想是极其难能可贵的。

　　此外,这些寓言和童话还教给人一些处世做人的道理。比如第三卷第一〇一首诗告诉人不要制造怨仇。第一卷第十七个故事讲的是三条鱼,告诉人做事情要未雨绸缪。第一卷第二七六首诗讲到一只天鹅在夜里把星星的影子当作莲花梗;到了白天,又把真正的莲花梗当作星星。用现在的话说,就是经验主义。很多地方都告诉人不要骄傲。第四卷第五十七首诗很形象地用鹧鸪睡觉两脚朝天想把天托住这情景来讽刺自高自大的人。第一卷第八个故事告诉人做事要有决心。第五卷的基本故事和第五卷第一个故事,都是告诉人做事一定要调查研究,一定要谨慎仔细。第四卷第二个故事讲的是一匹呆驴,它告诉人要仔细观察。第五卷第三个故事讲的是四个婆罗门使一只狮子复活;第五卷第四个故事讲的是两条鱼和一只虾蟆;这两个故事告诉人不要专靠知识和聪明,要有理智。第四卷第四十二首诗告诉人不要多嘴多舌。第五卷第

7

二个故事告诉人不要贪得无厌。第五卷第七个故事告诉人不要空想未来。第一卷第二十五个故事告诉人不要多管闲事。猴子捉了萤火虫来烤火,一只鸟偏要警告它们,结果被它们杀死。第一卷第二十九个故事讲的是两只同母的鹦鹉,后来因为环境不同,性格也就大不相同。这说明近朱者赤,近墨者黑。很多故事和很多诗都赞美了友谊。

以上这一些东西,对于生活在那样的社会里的人来说,确实都是金玉良言。如果认真遵行这些教条,他就会趋吉避凶,化凶为吉,就能够安全地活下去。其中有一些,一直到今天,对于我们社会主义社会里的人来说,也还是有教育意义的,比如未雨绸缪,避免经验主义,不能骄傲,一定要调查研究,要谨慎仔细等等。

但是,用今天的眼光来看,其中也有一些是成问题的,必须加以细致的分析。谈到不能制造怨仇,就要先分析是什么样的怨仇;谈到不能多管闲事,就要先分清楚是什么样的闲事;谈到不能多嘴多舌,最好是不说话,就要先问是为了什么。对于这些东西,应该分别对待,不能片面地肯定或否定。

在这些寓言和童话里,还有几点值得我们重视的东西。创造这些故事的劳动人民对当时社会上最有势力的人物表现出一种轻视和讽刺的态度。在很多地方,婆罗门就是嘲笑的对象。第一卷第四个故事讲到一个爱财的游方僧。在第三卷第三个故事里,一只猫装成了苦行者的样子,来诱骗兔子和鹧鸪,把它们吃掉。第二卷第五十一首诗说:

  谁要是一心想入地狱,那么就让他当家庭祭师当上一年;

  或者,不用再干别的事了,就让他管理修道院管理三天。

还能有比这更辛辣的讽刺吗?

他们也没有把国王放过。在很多地方,他们用毒辣的词句讽刺了国王。第一卷第五十首诗说国王只知道寻欢取乐,就跟毒蛇一样。第一卷第二十八首诗把国王比作葛藤,谁在身边,就往谁身上爬。第一卷第一〇一首诗指出了人民和国王的矛盾。第一卷第一一〇首诗说没有人会跟国王做朋友。第一卷第二六九首诗把国王比作火焰。第一卷第四三二首诗说国王又真诚,又虚伪,又粗暴,又和蔼,又残酷,又慈悲,又喜欢钱,又浪费,就跟一个妓女一样。好多地方都强调国王一定要保护人民,比如第三卷第六十三首诗,第三卷第二二八首诗都是。

这些故事也讽刺了印度传统的悲观哲学。在第一卷第四个故事里,一个骗子想骗一个和尚的钱,就装模作样地对师傅说道:"生命就像干草点起来的火。享受就像是云彩的影子。"表示他已经悟到了生死轮回的大道理。结果是把老家伙的钱骗走。

上面谈到的都可以说是本书的精华。但是,这部书是不是只有精华而没有一点糟粕呢?这也是不能想象的。

糟粕中最突出的一点就是好多故事里和诗里都有宿命论的色彩。第一卷第二十四个故事讲到因陀罗的一只鹦鹉,命里该死,连阎王爷都没有法子救它。在第二卷第五个故事里,主人公嘴里总是说:"应该得到的东西,总会得到。"至于诗句里面讲到命运的力量的,就更多了。第二卷第八首诗,第二卷第十二首诗讲到一切都由命运安排。第二卷第十五首诗说:"命运的力量大无穷!"第二卷第六十一首诗说:"善有善报,恶又有恶报,命运早已经安排得妥妥当当。"第二卷第六十四首诗说人的一生从生到死,未出母胎以前,命运已经安排好了。第二卷第一四〇首诗说人们努力而不能成功,那是因为命运不让他施展本领。第二卷第一五二首诗说应该得到的东西一定会得到,即使躺在床上不动也会得到。第二卷第一七六首诗说谁也挡不住命运的力量。第四卷第六十六首诗说,只要命运照顾,连一只小鹿都可以得到草吃。第三卷第二三三首诗更把命运的力量无限夸大,说神仙也是命运创造的了。

类似的例子举不胜举,现在就不再举了。上面我曾谈到,本书精华之一就是打倒命运。现在又谈到这样多的宿命论,这不是有点矛盾吗?实际上,这矛盾是很容易解释的。这一部书里的故事不是一时一地一人的作品,而且还不知道经过了多少编纂者的加工。因此,在同一部书里,有的地方想打倒命运,有的地方又向命运顶礼膜拜,这是完全可以理解的。

其他的糟粕也还不少。比如第一卷第一七三首诗相信转生。第一卷第一七五首诗把身体看成脏东西的大汇合。这与厌世的佛教思想是有联系的。第三卷第八个故事宣传牺牲,宣传自焚殉夫。第三卷第九十四首诗宣传无原则的慈悲,连虱子、臭虫、螫人的虫子都要保护。好多地方,比如第三卷第九十六、九十七首诗宣传天堂地狱。第二卷第一三五、一三六首诗宣传业的学说。这些东西也是受时代的限制而产生的。

对金钱的赞扬也应该在这里谈一下。第二卷第二个故事讲到一只老鼠,因为窝盖在钱财上面,钱财有热力,老鼠就跳得高。后来钱财被人挖走,它也就跳不高了。这个故事里面有很多赞颂金钱的诗。第四卷第十九首诗说:

9

> 只要手中有钱，
>
> 没有什么事情办不成；
>
> 聪明人必须加倍努力，
>
> 为金钱而拼命。

这首诗十分具体、坦白。再引别的诗，也没有必要了。在那样的社会里，正如中国从前的说法："有钱买得鬼上树"，钱受到这样的赞颂，也就是很自然的了。

我们特别应该提一下对女子的诬蔑。在本书里，这样的诬蔑是可以找到不少的。本文具在，我们没有必要再在这里加以引证，加以论述。我们必须指出，这些诬蔑都是十分恶毒的，令人看了，觉得又可笑，又可气。但是其中也有原因。从母系社会消灭以后，女子就倒了霉，成为男子的附属品。对女子来说，凌辱诬蔑就是家常便饭。在中国是这样，在印度也是这样。作这些诬蔑女子的诗的人，一定都是男人。可能是老百姓，也可能是编纂这本书的文人学士。我现在把这些诗保留在这里，给新中国的青年们留下一面古镜，在这里可以照见旧社会的黑暗。

上面简短地叙述了《五卷书》在世界上传布的情况、对世界文学的影响，也概括地分析了它的精华和糟粕。但是有一个问题，我还没有交代清楚，而这个问题正是大家所最关心的：《五卷书》同中国文学有些什么关系呢？

现在就来谈一谈这个问题。

在过去将近两千年的时间内，我们虽然翻译了大量的印度书籍，但几乎都是佛典。中印两国的佛教僧徒，在翻译书籍方面，有极大的局限性。所谓外道的著作，他们是不大译的。在中国浩如烟海的翻译书籍中，只有极少的几本有关医学、天文学、数学的著作。连最有名的印度两大史诗《摩诃婆罗多》和《罗摩衍那》都没有译过来，更不用说《五卷书》了。国内的几个少数民族，在这一方面，比汉族多做了一些工作。蒙族就翻译了《五卷书》。

汉族过去没有翻译《五卷书》，并不等于说，《五卷书》里面的故事对于中国没有影响。我们上面已经谈到过，《五卷书》里面的寓言和童话基本上是民间创作。《五卷书》的编纂者利用这些故事，来达到自己的目的；印度的各宗教也都利用这些故事来宣传自己的教义。佛教也不能例外。因此，在汉译佛典中就有大量的印度人民创造的寓言和童话。这些故事译过来以后，一方面影响了文人学士；另一方面，也影响了中国民间故事。因此，《五卷书》的故事在中国是可以找得到的。

在汉译佛典里,可以找到不少的《五卷书》里也有的故事。我这里只能举几个例子。《五卷书》第四卷的基干故事是讲的一只猴子和一个海怪。母海怪想吃猴子的心,公海怪就把猴子骗至水中。猴子还是仗了自己的机智救了命。在汉译佛经里,在很多地方都可以找到这个故事,比如《六度集经》三十六,《生经》十,《佛说鳖猕猴经》,《佛本行集经》卷三十一等等。为了参证起见,我把《六度集经》里的那一段抄在这里:

> 昔者菩萨,无数劫时,兄弟资货,求利养亲。之于异国,令弟以珠现其国王。王睹弟颜华,欣然可之,以女许焉,求珠千万。弟还告兄,兄追之王所。王又睹兄容貌堂堂,言辄圣典,雅相难齐,王重嘉焉,转女许之。女情泆豫。兄心存曰:"婿伯即父,叔妻即子,斯有父子之亲,岂有嫁娶之道乎?斯王处人君之尊,而为禽兽之行。"即引弟退。女登台望曰:"吾为魅蛊,食兄肝可乎?"展转生死,兄为猕猴,女与弟俱为鳖。鳖妻有病,思食猕猴肝。雄行求焉。睹猕猴下饮。鳖曰:"尔尝睹乐乎?"答曰:"未也。"曰:"吾舍有妙乐,尔欲观乎?"曰:"然!"鳖曰:"尔升吾背,将尔观矣。"升背随焉,半豀,鳖曰:"吾妻思食尔肝,水中何乐之有乎?"猕猴心恧然曰:"夫戒守善之常也。权济难之大矣。"曰:"尔不早云。吾以肝悬彼树上。"鳖信而还。猕猴上岸曰:"死鳖虫!岂有腹中肝而当悬树者乎?"佛告诸比丘:"兄者即吾身是也。常执贞净,终不犯淫乱。毕宿余殃,堕猕猴中。弟及王女俱受鳖身。雄者调达是,雌者调达妻是。"菩萨执志度无极行持戒如是。

从这里面也可以看出佛教徒怎样利用民间故事达到自己宣传的目的。《六度集经》是中国三国吴康僧会翻译的,可见这个故事在公元三世纪已经传到中国来了。

第一卷第九个故事讲的是,一个婆罗门从枯井中救出了一只老虎、一只猴子、一条蛇和一个人。结果两个野兽、一条蛇都报了恩,而人却恩将仇报。《六度集经》四十九也就是这个故事。

在佛典以外的书籍里,也可以找到印度来的故事,特别是《五卷书》里面有的故事。我也只能在这里举几个例子。

《五卷书》第一卷第八个故事讲的是一个织工装成了毗搜纽的样子,骑着木头制成的金翅鸟飞到王宫里去,跟公主幽会。同样一个故事,用另外一种形式,也出现在中国的《太平广记》二八七里。我也把这个故事抄在下面:

> 唐并华者,襄阳鼓刀之徒也。尝因游春,醉卧汉水滨。有一老叟叱起,谓曰:"观君之貌,不是徒博耳。我有一斧与君。君但持此造作,必巧妙通神。他日慎勿以女子为累!"华因拜受之。华得此斧后,造飞物即飞,造行物即行。至于上栋下宇,危楼高阁,固不烦余刃。后因游安陆间,止一富人王枚家。枚知华机巧,乃请华临水造一独柱亭。工毕,枚尽出家人以观之。枚有一女,已丧夫而还家,容色殊丽,罕有比伦。既见,深慕之。其夜乃踰垣窃入女之室。其女甚惊。华谓女曰:"不从,我必杀汝。"女荏苒同心焉。其后每至夜,窃入女室中。他日,枚潜知之,即厚以赂遗遣华。华察其意,谓枚曰:"我寄君之家,受君之惠已多矣,而复厚赂我。我异日无以为答。我有一巧妙之事,当作一物以奉君。"枚曰:"何物也?我无用,必不敢留。"华曰:"我能作木鹤令飞之。或有急,但乘其鹤,即千里之外也。"枚既尝闻,因许之。华即出斧斤以木造成飞鹤一双。唯未成其目,枚怪问之。华曰:"必须君斋戒始成之,能飞;若不斋戒,必不飞尔。"枚遂斋戒。其夜华盗其女,俱乘鹤而归襄阳。至曙,枚失女,求之不获。因潜行入襄阳,以事告州牧。州牧密令搜求,果擒华。州牧怒,杖杀之,所乘鹤亦不能自飞。(《出潇湘记》)

故事虽然改变了一些,但是《五卷书》故事里所有的基本东西,这里都有。很可能是出自同源。

宋吴兴韦居安《梅磵诗话》里有一段话:

> 东坡诗注云:有一贫士,家惟一瓮,夜则守之以寝。一夕,心自惟念:苟得富贵,当以钱若干营田宅,蓄声妓;而高车大盖,无不备置。往来于怀,不觉欢适起舞,遂踏破瓮。故今俗间指妄想者为瓮算。

江盈科《雪涛小说》也有一段话:

> 见卵求夜,庄周以为早计。及观恒人之情,更有早计于庄周者。一市人贫甚,朝不谋夕。偶一日拾得一鸡卵,喜而告其妻曰:"我有家当矣!"妻问:"安在?"持卵示之曰:"此是。然须十年,家当乃就。"因与妻计曰:"我持此卵,借邻人伏鸡孵之。待彼雏成,就中取一雌者,归而生卵,一月

可得十五鸡。两年之内,鸡又生鸡,可得鸡三百,堪易十金。以十金易五犊。犊复生犊,三年可得二十五牛。犊所生者又复生犊,三年犊可得百五十牛。堪易三百金矣。吾持此金举债,三年间半千金可得矣。就中以三之二市田宅,以三之一市僮仆,买小妻。我与尔优游以终余年,不亦快乎!"妻闻欲买小妻,怫然大怒,以手击卵碎之,曰:"毋留祸种!"夫怒,挞其妻,仍质于官曰:"立败我家者,此恶妇也。请诛之!"官司问:"家何在?败何状?"其人历数自鸡卵起至小妻止。官司曰:"如许大家当,坏于恶妇一拳,真可诛!"命烹之。妻号曰:"夫所言皆未然事,奈何见烹?"官司曰:"你夫言买妾,亦未然事,奈何见妒?"妇曰:"固然,第除祸欲早耳。"官笑而释之。噫!兹人之计利,贪心也。其妻之毁卵,妒心也。总之,皆妄心也。知其为妄,泊然无嗜,颓然无起,则见在者且属诸幻,况未来乎?嘻!世之妄意早计希图非望者,独一算鸡卵之人乎?(见郑振铎:《中国文学研究》:《寓言的复兴》)

谁读了上面这两段记载,都会想到《五卷书》第五卷第七个故事。

最后,我还想举一个例子。《五卷书》第三卷第十三个故事讲的是一个苦行者收一只小老鼠当义女,用神通力把它变成一个人。嫁她的时候,却出了问题。太阳、云彩、风和山,她都不中意,最后还是嫁给了一只老鼠。中国也有类似的一个故事。明刘元卿《应谐录》里有一个短的寓言:

> 齐奄家畜一猫,自奇之,号于人曰"虎猫"。客说之曰:"虎诚猛,不如龙之神也。请更名曰'龙猫'。"又客说之曰:"龙固神于虎也。龙升天,须浮云,云其尚于龙乎?不如名曰云。"又客说之曰:"云霭蔽天,风倏散之,云固不敌风也。请更名曰风。"又客说之曰:"大风飙起,维屏以墙,斯足蔽矣。风其如墙何?名之曰'墙猫'可。"又客说之曰:"维墙虽固,维鼠穴之,墙斯圮矣。墙又如鼠何?即名之曰'鼠猫'可也。"
>
> 东里丈人嗤之曰:"噫嘻!捕鼠者固猫也。猫即猫耳,胡为自失其本真哉!"

中国同印度的这两个故事,从表面上看起来,是有一些差别的。但是基本结构却是相同的,很难想象,它们之间没有联系。

我决不是在这里宣传故事同源论,因为这是不科学的。但是,我们也不能否认故事确能传播,否认这个也是不科学的。统观中印两国文化交流的整个情况,随着佛教的传入,印度的一些故事传入中国,是完全可以理解的。

对《五卷书》的分析就到此为止。

我上面已经说到,中国翻译印度典籍有很长的历史,我们却并没有汉文译的《五卷书》。只在解放前出过一个译文既不高明,而所根据的英文本子又是莫名其妙的、极为简略的汉译本,这就是卢前译的《五叶书》。

解放后,一九五九年三月出版了从阿拉伯原文译过来的《卡里来和笛木乃》,这实际上是《五卷书》的阿拉伯文译本。现在又出版了这一部从梵文直接译过来的《五卷书》。这总算是一件可喜的事情。但是,限于译者的水平,在本书序言和译文里难免有一些错误。改正这些错误,就要靠读者的指教了。

译　者
一九六三年七月十二日改写

五 卷 书

序　言

吉祥！唵，向光荣的萨罗萨伐底①致敬！

毗搜纽舍哩曼先把世界上最好的经书拿来察看，

然后他在这里写成了这一部养性怡情的书，包括五卷。[1]

故事是这样的：在南方有一个城市，叫作摩醯罗卢比也。那里有一个国王，名叫阿摩罗铄枳底，他精通一切事论②，最尊贵的王公们王冠上珠宝的光辉掩盖住他的脚，一切艺术无不熟悉。他有三个笨得要命的儿子：婆薮铄枳底、郁伽罗铄枳底和阿难陀铄枳底。国王看到，他们对经书毫无兴趣，于是就把大臣喊了来，说："喂！先生们知道，我的儿子们对经书毫无兴趣，缺少智慧。虽然我的国内荆棘全已铲除，但我一看到他们，心里就不快乐。人们说得好：

在没有生的、死掉了的和傻儿子中间，宁愿要儿子死掉和没有降生，

因为这两个儿子只带来短期的痛苦，而一个傻子却一辈子把你烧痛。[2]

还有：

这样一只母牛有什么用，它既不生犊子，也不下奶？

生这样的儿子干吗？他既不聪明，又不把父母来爱戴。[3]

因此，为了唤醒他们的智慧，你们都想出随便一种什么办法来吧！"于是他们就一个接一个地说起话来："万岁爷呀！学习文法要用十二年。费上很大的劲把它掌握了，还要学法典和事论。然后智慧才能唤醒。"在他们中间有一个大臣，名叫须摩底，他说："万岁爷呀！这个生命不是永恒的。学习文法要用

---

① 文艺女神。
② 事论，讲修身齐家治国平天下的书籍。

很多时间。因此,要想出一个什么简便的方法来教他们!常言道:

> 文法的范围真正是无尽无穷。
> 生命是短的而阻碍却是重重。
> 把最精华的东西从里面取出,
> 正如天鹅从水里把牛奶吸空。①[4]

在这里有一个婆罗门,名叫毗湿奴舍哩曼,因为精通许多事论而享大名。把他们交给他吧!他很快就会把他们教聪明了。"国王听了以后,把毗湿奴舍哩曼叫了来,对他说道:"喂,尊者呀!请你加恩于我,把这几个太子教得在统治论方面超群出众吧!我要用一百张馈赠状来酬谢你。"于是毗湿奴舍哩曼就回答国王说道:"万岁爷呀!请听我的真心话吧!我并不为了一百张馈赠状而出卖我的知识。不过,如果我在六个月内不能使他们学会了统治论,我就不姓我这个姓了。简而言之,请听我的保证!我并不是为了贪财才说话。像我这八十岁的人,一切感官享受都停止了,钱对我一点意义都没有了。不过,为了满足你的愿望,我要愉快地传授。请把今天这个日子记下来!如果我在六个月内没有把你的儿子们教得在统治论方面超群出众,那么万岁爷就可以把神仙的道路显示给我。"②

国王和大臣们听了婆罗门令人很难相信的诺言之后,大吃一惊,把太子们交给了他,感到非常快乐。毗湿奴舍哩曼就把他们带回自己家里去,他因此写了五卷书:《朋友的决裂》《朋友的获得》《乌鸦和猫头鹰从事于战争与和平等六种策略》《已经得到的东西的丧失》和《不思而行》,让太子们来学习。他们念了以后,在六个月内,果然变得像他说的那样。从此以后,这一部名叫《五卷书》的统治论就在地球上用来教育青年。总之:

> 谁要是在这里经常学习或者听这一部修身处世的统治论,
> 他就再也不会,甚至于从天帝释③那里也不会受到窘困。[5]

——这是序言——

---

① 根据印度传说,虽然水乳交融,天鹅仍然能够从里面把牛奶取走。
② 意思模糊。有人说,"神仙的道路"指的是"臀部"。全句的意思就是"转过身去"。
③ 指因陀罗。

第一卷　朋友的决裂

现在就开始第一卷书,名叫《朋友的决裂》。下面就是开头的颂:

　　在树林子里狮子和公牛间日益亲密的友情,

　　给那个非常贪婪奸诈的豺狼破坏得一干二净。[1]

故事是这样的:在南方的国土里,有一座城,名叫摩醯罗卢比也,它可以同富兰陀罗①的城堡争胜媲美,它具备所有的优点,它成为地球王冠上的摩尼宝②,它的雄姿同吉罗娑③山峰相似,城门的守望楼上摆满了战车和各种各样的机械,宽阔的城门的横梁上面有极厚极大极坚固的铁门闩、门扇、拱起的过道和门闩,许多神庙建筑在布置整洁的三条路碰头的广场上和四条路碰头的广场上,周围围了一圈城墙,看起来像高耸的雪山一样,外面围着城壕。这里住着一个商主,名字叫婆哩陀摩那,他有一大堆优良品质,因为他前生积聚了许多善业,他也有一大堆钱。有一次,在半夜里,正当他胡思乱想的时候,他有这样一个想头:"即使积累起一大堆钱来,只要一花,它就会像软膏一样地消失。即使只有很少的钱,只要一积聚,它就会像蚁垤一样地增长。因此,即使是很多的钱,也应该使它再增加。没有得到的财富应该去获得,已经得到的应该保护。已经保护好的应该让它增长,而且交给配接受的人。由于很多不幸的事情,连用世间通用的办法保护好的财富都会丢掉。有财富而不用,从没有达到目的这个角度上来看,就等于没有财富。因此,得到了财富,就应该保护、使它增长、用掉等等。常言道:

　　保存财富的方法就是把得到的财富来施放,

---

①　意思是"堡垒的破坏者"。在印度,很多神都有这同样的徽号,比如因陀罗,火神和湿婆都有。这里专指因陀罗。
②　指一般的珠宝。
③　湿婆和俱毗罗(财神)住的地方。

正像水池子里满了水就要向外漫流一样。[2]
　　财富要用财富来捕捉,大象要用象来捕捉,
　　一个没有钱的人就不能够随意把买卖来做。[3]
　　一个人既不贪求享乐,也不渴望另一个世界,
　　他只是一个守财的傻瓜,如果他走运发了财。[4]"

他这样想过之后,把要运到秣菟罗①去的珠宝装好,带了随从,选了一个黄道吉日,得到了父母的允许,在自己的亲人陪送之下,前面吹螺击鼓,声音嘈杂,他出了城。到了水边上,他请亲友回去,自己从那里出发。

他有两头吉祥的公牛,是拉车用的,名字叫作难陀迦和珊时缚迦,看上去像两片淡白的云彩,胸前挂着金铃铛。他们来到一片大森林里:里面长着陀婆树、佉底罗树、波罗娑树和娑罗树,赏心悦目;里面挤满了其他的看起来令人愉快的树;里面有许多大象、野牛、公牛、鹿、犛牛、野猪、老虎、豹子和狗熊,非常可怕;这里充满了从悬崖上流下来的水;这里有很多洞和坑。到了以后,这两头公牛中的珊时缚迦,因为一只脚陷到从远处流来的瀑布的水汇成的淤泥里去,惹出了一些麻烦,又因为车辆过重,搞得疲倦不堪,走到一个地方,把轭撞破了,倒了下去。赶车的看见它倒下去,慌里慌张地从车上跳下来,赶快走到离开不远的商主那里,双手合十,恭恭敬敬地说道:"老爷呀!因为走路疲乏了,珊时缚迦陷到淤泥里去了。"商主婆哩陀摩那听了以后,非常惊慌不安。他在这里停留了五夜,没有前进。当它仍然不能前进时,他留下了几个人看守它,还留下喂牲口的草料,他说道:"如果这个珊时缚迦还活着,就请带着它走;如果它死了,就请把它埋掉,然后去追赶我们。"他这样指示过之后,就向着他要去的目的地进发。过了一天,这些人害怕树林子里危险很多,他们也走了,他们说着谎话向主人报告:"那个珊时缚迦死了,我们用火葬的仪式还有其他仪式把它葬掉了。"商主听了以后,难过了一阵,想到它以前那一些好处,还为它举行了丧礼等仪式,没有再停留,就到了秣菟罗。

珊时缚迦,因为自己的运气还好,又因为阳寿未尽,瀑布上溅下来的水滴使它的身体复了元,它就慢慢地走到阎牟那河边上去。在这里,它吃了像翡翠一样的绿草的嫩芽,过了几天,它就胖了起来,像呵罗②的公牛一样,它既魁梧

---

　①　北印度一个城的名字。
　②　湿婆的别名。

高大,又有力量。它每天用自己的犄角去撞蚁垤的顶,把它撞碎,站在那里,像一只大象。

有一天,叫作冰揭罗迦的狮子,前呼后拥在百兽扈从之下,走到阎牟那河边上来喝水。它听到了珊时缚迦的雷鸣般的叫声。听了以后,它心里慌成一团,它掩盖住自己的真相,把自己的队伍排成四圈,站在无花果树下,这棵树形成了一个圆圈。

所谓排成四圈就是:狮子、狮子的侍从、一群迦迦罗①和紧跋多②,这就是圈子。在这里,在所有的城市中,镇店中,居住地内,小村中,小镇中,小城中,边疆地区,赠给婆罗门的田地中,庙宇里,人住的地方,只有一个能够代表狮子的。狮子的侍从却是非常多的,其中有侦探。那一群迦迦罗站在中间。紧跋多住在森林的边上。其中有三类:上等的、中等的和最下的。

这样,冰揭罗迦就同它的大臣们和朋友们在树林子里无所畏惧地勇敢地骄傲地享受王者的尊荣。没有那一套遮阳伞、麈尾、扇子、车子的享受,很自然地;充满了非暴力的娱乐和虔诚的骄傲;带着没有被折服的自尊感和热情;它的统治表现在暴躁的不可遏止的扑捉中;不理会别人发出的可怜的呼声;没有愤怒、狂暴、粗野和暴怒;目的在于达到不灰心丧气的境地;双手合十;无所缺乏;无所恐惧;不利用花言巧语;闪耀着决心、勇气、骄傲和信心;不追随别人;不自私;不利己;结果就是表现在帮助别人的幸福中的大丈夫气概;没有屈辱;没有穷困;没有空虚;想到的是修复毁坏的堡垒;没有税收和支出;不倒行逆施;不依附别人;获得的权力是无与伦比的;不考虑皇家政策的六种措施③;不带作为装饰的武器;有非常多的食品;举动是正大光明的;没有恐惧顾虑;女子是不需要的;遇到从背后来的进攻,呼喊没有用;无可指责;不使用弓箭,也不学习使用;愿望都得到满足;仆从在吃饭和住房方面都能心满意足④。常言道:

　　威猛无比精力超群的百兽之主孤寂地住在树林子里,

---

① 意义不详。
② 意思是"对什么事都不吃惊的"。
③ 据《摩奴法典》,指的是联盟、战争、进军、驻扎、分军、求掩护。
④ 上面这一片在梵文原文里只是一句,我们大概会有点奇怪。要了解这现象,应该从梵文文体的变化谈起。在吠陀和史诗时代,梵文的异常丰富的语法变化得到了充分的发挥。但是,到了后来,这些丰富的语法变化逐渐失掉作用,代之而起的是应用离合释的句型。所有的东西几乎都用离合释来表达,动词几乎失去了作用。这一句就是一个例子。

没有王者之相,不通治术,"国王"这称呼对它却有充分意义。[5]

还有:

群兽既没有给狮子灌顶①也没有给它加冕。
它用自己的勇猛得到了统治群兽的大权。[6]
狮子吃的是交尾期的大象肉,鲜汁欲滴。
得不到这心爱的食品,它也不会吃草充饥。[7]

它有两个退职的大臣的儿子,两个豺狼,名字叫作迦罗吒迦和达摩那迦。这两个豺狼开始互相商量。于是达摩那迦就说道:"亲爱的迦罗吒迦!我们的主人冰揭罗迦是为了取水才到这里来的。为了什么原因它竟失神落魄地在这里停下来了呢?"它说道:"亲爱的!那跟我们有什么关系呢?常言道:

一个人要是想去干涉与己无关的事,
他就会得到毁灭,像拔楔子的猴子。[8]"

达摩那迦说道:"这是指的什么呢?"它说道:

第一个故事

在某一个地方有一座城市。在它附近的林子里,有某一个商人鸠工盖一座神庙。在那里做活的工人等每天在中午的时候都进城去吃饭。有一天,一群猴子来到这座盖了一半的神庙里。这里躺着一条安阇那木的大横梁,工人才劈了一半,在顶上钉进了一个揭地洛木的楔子。猴子们开始在树顶上,在庙顶上,在木头堆上玩耍起来,愿意在什么地方,就在什么地方。有一个猴子注定要死了,它慌里慌张走到横梁上。"是谁把这楔子钉得这样不是地方呢?"它想。它就用两只手把楔子抓住,开始向外拔。因为它的睾丸夹在劈了一半的横梁里面了,楔子拔出来以后,会发生什么事情,不用说,你也会知道的。

因此,我说:"与自己无关的事,聪明人不去管。"

它又说道:"只是吃别人吃剩的东西,我们俩也活下来了。"达摩那迦说道:"你只是为了吃东西才来担当这主要的任务吗?不希望得到一些不平常的东西吗?常言说得好:

为了给朋友带来幸福,

---

① 古代印度国王即位时,举行向头上洒圣水的典礼。中国旧译"灌顶"。

>   为了给敌人带来灾难,
>   聪明人才去依附王侯。
>   有谁不能把肚子填满?[9]

还有:
>   由于他的生存而许多人能够生存,他的生存才真有意义。
>   难道鸟儿不是用嘴来把食物输送到自己的肚皮里去?[10]
>   一个人既不可怜自己,也不可怜师傅和亲眷,
>   不管是穷人还是仆役,他也丝毫都不可怜,
>   在人世上生命的果实对他还有什么意义?
>   连乌鸦也要吃饱祭品才能说到益寿延年。[11]
>   哪怕是一块带着一点筋和脂肪污秽的没有肉的骨头,
>   虽然它并不能够充饥,但是却也能够满足一条狗。
>   狮子却把跑到身边来的豺狼放掉而去杀死一只大象。
>   即使是在困难中,每个人都希望得到与自己身份相称的报酬。[12]
>   狗摇着尾巴,匍匐在主人脚下,
>   仰卧在地上,露出了肚子和嘴巴。
>   但是一只象王却庄严地看着前面,
>   要它吃东西,得说上一百句好话。[13]
>   一条小河容易填满,老鼠的小爪子填满也容易。
>   小人物容易满足,用一点点东西就能使他满意。[14]
>   思想里根本缺少善与恶的划界,
>   又被排除于圣经贤传的学说之外,
>   仅仅想到怎样去填满自己的肚皮,
>   这样的人中之兽与兽的区别何在?[15]

或者:
>   拖着沉重的车子,用草来努力加餐,
>   不管地平还是不平,拉着犁往前窜,
>   是人类的工具,家世又非常清白,
>   这样的牛王怎能同人中之兽等量齐观?[16]"

迦罗吒迦说道:"我们反正不是重要人物,操这个心干吗?"它说:"亲爱的!一会儿的工夫,一个重要的人物就变成不重要了。常言道:

一个不重要的人物可以变得重要,如果他给人主服务。

　　　一个重要的人物也可以变得不重要,如果他无事可做。[17]

　　　在这里没有人会由于他的门第,

　　　被别人认为是高贵,或是卑鄙。

　　　一个人在世界上受到重视或轻视,

　　　取决于他的行动,取决于他自己。[18]

同样:

　　　一块石头费很大的力量才能推上山巅,

　　　滚下来就容易,自己为善作恶也是这般。[19]"

迦罗吒迦说道:"你现在想干什么呢?"它说道:"我们的主人吓成一团,带了它那一群惊惶失措的扈从昏头昏脑地站在那里。"它说道:"你怎么知道呢?"达摩那迦说道:"知道又有什么了不起呢?

　　　说出来的事情连牲畜也会理解。

　　　只要催赶,马和象就会拉起来。

　　　没有说出的东西聪明人会猜透。

　　　理智的作用就在了解别人的姿态。[20]

同样:

　　　通过外表、姿态、步伐、行动和言语,

　　　通过眼和嘴的转动,就能猜透人的心意。[21]

因此,我今天要运用我的理智的力量使它屈服。"迦罗吒迦说道:"你大概不知道作奴仆的职责吧。请你告诉我,你怎样把它据为己有呢?"它说道:"亲爱的! 为什么我不懂作奴仆的职责呢? 难道我没有在般荼的儿子们进入毗罗吒的城堡的时候从大仙人弊耶娑那里学到过所有的作奴仆的职责吗?① 常言道:

　　　对一个有本领的人,哪有过重的负担? 对一个有决心的人,哪有过远的距离?

　　　对一个有学问的人,哪有什么异域? 对一个能说会道的人,哪有什么仇敌?[22]"

---

① 这是史诗《摩诃婆罗多》里面的故事。般荼的儿子们同俱卢的子孙战斗,争夺王位。弊耶娑是印度古代传说中的仙人。

迦罗吒迦说道:"你找它找得不是地方,说不定它还会看不起你哩。"它说道:"就是这样。但是我是了解地点和时间的。常言道:

　　即使是祈祷主①在不适当的时候说错了话,
　　他不仅受到侮辱,而且还有人会恨他。[23]

同样:

　　即使君子们同一个国王感情是水乳交融,两个人成了最知心的朋友,
　　当他涂油、走向寂静处、神经错乱或同人谈话时,也不向他那里走。[24]

还有:

　　国王同另一个人在促膝密谈,在吃药、吃饭、理发,在同女人取乐寻欢,
　　在这时候,一个有教养的人不应该到他那里去,即使没有人来阻拦。[25]
　　在君王的宫殿里,永远要战战兢兢,
　　一个求知者在老师家里要恭恭敬敬,
　　因为举动没有礼貌的人不久就垮台,
　　正像在穷人的家里晚上点的油灯。[26]

还有:

　　及时地如实地了解了国王是否在生气,还有其他的一切举动,
　　然后他才弯着腰,穿着整洁的衣服,慢慢地走进国王的宫廷。[27]

另外:

　　常在自己身边同自己接触多的人国王就最喜欢,
　　不管他是否不学无术,来自异域,出身贫寒。
　　国王们、妇女们,还有像葛藤那一类的植物,
　　谁在他们身边,他们就常常往谁的身上缠。[28]

还有:

　　国王左右的大臣们摸清了,什么事情使他高兴,什么使他生气,
　　他们就轻轻地骑在他的身上,驾驭着他,即使他还想抗拒。[29]

还有:

---

① 一个神的名字。它是把因陀罗和火神阿耆尼合而为一的一个抽象的神。

三种人在大地上收割,遍地花开是黄金:
学者、勇士、和懂得怎样去服侍人的人。[30]

怎样服侍人呢?现在请听:

谁能得宠于国王,谁能为他服务,特别是谁说话有分量,
就要通过谁去接近他们,此外更没有别的什么妙法良方。[31]
谁看不到别人的长处,聪明人就决不给他卖力,
从他那里得不到好处,正如一块深耕细作的碱地。[32]
即使缺少高贵品质,只要值得服侍,还是要去服侍王侯,
这样总有一天会从他那里得到一些俸禄,这就是报酬。[33]
一个憎恨自己的主人的奴仆,是一个最坏的奴仆,
为什么他不恨自己,他连应该服侍谁都知道得不清楚。[34]
对待皇太后,对待皇后和太子,对待首相,
对待国师和官门监,应该像对待国王一样。[35]
在战场上勇往直前,在城市里处处后人,
在宫里站在门口,他就会成为国王的宠臣。[36]
被垂询时,高呼一声'万岁!'深知自己的本分,
毫不迟疑地去工作,他就会成为国王的宠臣。[37]
把主子恩赐的银钱财物送给尊贵的人们,
衣服穿在自己身上,他就会成为国王的宠臣。[38]
主子问到自己的时候,总是回答得百依百顺,
在他跟前不放声大笑,他就会成为国王的宠臣。[39]
不跟后宫里面的内侍们在人背后偷偷地谈论,
不跟国王的妃子们说话,他就会成为国王的宠臣。[40]
想到自己总是为国王所器重,即使在危急时分,
也决不会逾越规矩,他就会成为国王的宠臣。[41]
对国王的朋友表示亲爱,对他的仇敌就表示憎恨,
谁能够做到这一步,那谁就会成为国王的宠臣。[42]
谁要是跟国王的妃子们不来往,也不亲近,
不斥责,不吵架,谁就会成为国王的宠臣。[43]
谁要是把战场看作安乐窝,不吊胆,不提心,
把异域也看作家乡,谁就会成为国王的宠臣。[44]

谁要是把掷骰子看作是阎罗王的使者,把喝酒看作是饮鸩①,
　　把老婆看作是一些无足轻重的形象,他就会成为国王的宠臣。[45]"

迦罗吒迦说道:"到那里去以后,你先说什么呢? 现在就说一说吧!"它说道:
　　"从一句话就引出另一句话,话引话,愈引愈长。
　　正像吸足了雨水的种子又产生别的种子一样。[46]

还有:
　　不吉不利的征兆产生灾祸,
　　大吉大利的现象带来胜利。
　　聪明人说,这与行为有关,
　　明明白白地看在我们眼里。[47]
　　品行端正的人发财致富,在社会上又为好人所称赏,
　　这样的品质,他应该继续加以保护,继续加以发扬。[48]

常言道:
　　如果不希望一个人倒霉,即使他不问,也要对他说明事实,
　　好人的规矩就是这样,如果不这样做,那就是倒行逆施。[49]"

迦罗吒迦说道:"国王们真是不容易对付! 常言道:
　　只知道寻欢取乐,甲胄被身,性格残酷乖戾,走路曲曲弯弯,
　　脾气暴躁如火,一念咒语②,就俯首帖耳,国王就跟毒蛇一般。[50]
　　崎岖不平,本性顽梗,巉岩峻崇,小人物到这里来托庇避难,
　　周围总是跟随着一群残酷贪婪的东西,国王就跟山岳一般。[51]
　　爪子锋利的野兽、河流、长着角的野兽,还有携带武器的人:
　　这一群都是信不得的;女子们和王侯们,同样也不能相信。[52]"

它说道:"这是真的。但是:
　　各人有各人的特点,各人也有各人的长处。
　　聪明人了解每个人的特点,不久就把他抓住。[53]
　　他生气,就把他来赞颂;他所爱的,你也爱;他所恨的,你就恨;
　　赏赐财物,就称赞他慷慨好施;即使不念咒,也能控制一个人君。[54]

但是:

---

① 一种极毒的毒药。
② "咒语"的意思,也是"规谏"的意思,这里是双关。

> 看他的行动,再看他的言语,
> 看他的认识,看出他是出类拔萃;
> 然后把他放在这些环境里去考验,
> 发现他软弱无力,就要把他斥退。[55]
> 话说了有用,不是说完就被遗忘,
> 这样才去说,正如颜色涂在素丝上。[56]
> 还不知道他有多少力量和勇气,对他不必心机枉费,
> 正如照在雪山顶上的月光不会闪耀出什么样的光辉。[57]"

迦罗吒迦说道:"你如果高兴的话,你就到国王脚下去吧! 祝你一路平安! 你觉得怎样好,就怎样做吧!

> 你同国王在一起的时候,要谨慎小心!
> 你的身体的安乐康宁,我们赖以生存。[58]"

它鞠过躬,就到冰揭罗迦那里去了。

看到达摩那迦走过来,冰揭罗迦告诉看门的说道:"把那个藤条挪开吧! 这是我们的老大臣的儿子,它可以进来。让它进来吧,它是属于第二圈的。"达摩那迦进来以后,向冰揭罗迦鞠过躬,坐在指定的座位上。冰揭罗迦把装饰着金刚石般的爪子的右手伸给它,满怀敬意地说道:"你好吗? 为什么好久没有见呢?"达摩那迦说道:"虽然我给陛下的脚没有带来什么好处①,但是到了时候,我还是要说话的。实在说,没有什么东西是对国王没有用处的。常言道:

> 统治人的主子们,国王呀!
> 能用一根草来剔自己的牙,
> 又用一根草挖自己的耳朵。
> 会说话有身体的人用处岂不更大?[59]

还有,既然我是陛下脚下的一个世代相承的奴仆,在患难中,也仍然追随陛下;对我来说,就没有别的做法。常言道:

> 奴仆和装饰品都应该放在适当的地方,
> 即使能做到,人们也不把额饰挂在脚上。[60]

---

① 这是大臣对国王的谦虚之辞,意思就是"我虽然对于您没有多大用处"。它不敢直接说国王本身,只能用国王的脚来象征国王。同中国的"阁下、足下、陛下、殿下"差不多。

> 一个不了解别人的长处的国王,奴仆们不会把他去追跟,
> 即使他家财万贯,出自名门,而且还是王位的继承人。[61]
> 同不如自己的人摆在一起,跟自己一样的人又不把自己看在眼里,
> 不把自己放在最光荣的位子上:有这三个原因,奴仆就可以把国王丢弃。[62]

还有:

> 一块应该用金来镶的宝石,
> 如果竟用锡把它来镶;
> 那它就既不铿锵,也不发光。
> 谁这样做,责罚应该承当。[63]
> 这一个聪明,这一个忠诚,这一个冷淡,这一个糊涂:
> 这样了解奴仆品行的国王,才能够得到成群结队的奴仆。[64]

如果主子说:'好久没有见你了。'那就请听我说一说其中的原因吧:

> 什么地方是左是右都分辨不清楚,
> 只要有路可走,君子决不在那里住。[65]
> 如果主子不分青红皂白把奴仆们一视同仁,
> 那么肯努力干活的奴仆也就会失掉了信心。[66]
> 如果连叫作罗希陀①的宝石和红宝石都分辨不清,
> 那么宝石的交易用什么样的法子才能够进行?[67]
> 一个国君不能没有奴仆,一个奴仆也不能没有国君,
> 这两种人之间的相互关系,就是相依为命,彼此依存。[68]

但是奴仆的区分全以主子的情况为转移。常言道:

> 马、兵器、学说、琵琶、言语、男人和妇女②:
> 这些东西能不能用,要看它们是在谁的手里。[69]

如果有人因为我是豺狼而看不起我,那也是不对的。因为:

> 丝是虫子生的,金子出于石头,豆哩婆草生在牛毛里,
> 莲花出自淤泥,月亮升自海中,蓝荷花就生在牛粪里,
> 火从木头里发出,宝珠出自蛇顶,虑脂那黄③出于牛胆,

---

① 意思是"红",大概这种宝石也是红的。
② 这里原文显然是文字游戏。
③ 一种黄的颜色。

有本领的人用自己的本领来获取名声,出身有什么关系?[70]

同样:

老鼠虽然生长在家里,因为它祸害人,就把它杀掉,
因为猫有用处,人们就设法从别的地方去乞求寻找。[71]

另外:

没有本领只是顺从有什么用处?有本领但带来灾害,又有什么用?
我这个人又顺从又有本领,国王呀!你可不要不把我放在眼中。[72]
不要看不起那一些得到最高智慧的哲人!
财富就好像一棵细草似的束缚不住他们。
一条莲花梗的纤维阻挡不住那一群大象,
它们的腮上由于春情发动而现出了黑纹。[73]"

冰揭罗迦说道:"不要这样说吧!你是我们的老大臣的儿子。"达摩那迦说道:"万岁爷呀!我有几句话要说。"它说道:"伙计呀,你心里有什么,就都说出来吧!"它说道:"主子不是出来取水吗,为什么转回头在这里停下来了?"冰揭罗迦掩饰住真情,说道:"达摩那迦呀!没有什么。"它说道:"万岁爷呀!如果不能说,就算了吧!

有一些事情可以告诉自己的老婆,
有一些告诉朋友,有一些同儿子谈。
所有这一些人都是可以推心置腹的;
但是对其中任何人也不能把话说完。[74]"

听到这样说以后,冰揭罗迦就想道:"这家伙看起来有点用处!那我就把我的打算告诉它吧。常言道:

对着志同道合的朋友,对着忠诚可靠的仆人,对着百依百顺的老婆,
对着威势无比的主子,能够把苦水吐一吐,他就会感到极大的快乐。[75]

喂,达摩那迦呀!你听到远处大声吼叫没有?"它说道:"我听到了。这是什么玩意儿呢?"冰揭罗迦说道:"伙计呀!我要离开这个树林子。"达摩那迦说道:"为什么呢?"冰揭罗迦说道:"因为我们林子里来了一个以前没有过的怪物,我们听到的就是它的吼声。听它的声音,就知道它的块头不小;有这样的块头,力气也一定很大。"达摩那迦说道:"只听到声音,主子难道就害怕了吗?常言道:

水冲决大堤;如果防卫不严,它也冲决暗室的秘议。

造谣中伤可以破坏爱情,言谈可以给懦弱者带来勇气。[76]

因此,主子一下子就想把这一片祖先传下来的世代相承的树林子放弃,这是不应该的。因为:

聪明人用一只脚走路,另一只还在那里牢牢地站立,

在找到另一个立足点之前,他决不会把原来的放弃。[77]

此外,在这里可以听到各种各样的声音。这只不过是声音而已,没有什么可怕的。譬如,云彩里面打雷的、笛子的、琵琶的、半圆鼓的、鼓的、螺的、钟的、车子的、门板的、机器等等的声音都可以听到。用不着害怕嘛。常言道:

非常强大的残酷的敌人站在眼前,而镇定如故,

这样一个大地的保卫者决不会受到什么屈辱。[78]

同样:

即使是造物主把危险来指出,勇士们的勇气并不摇动。

在夏天里,池塘干了,就更显出印度河是与众不同。[79]

同样:

失败时,不垂头丧气;得意时,不快乐忘形;临阵能勇往直前:

一个母亲难得生这样一个儿子,他才真正为三个世界把光彩增
　添。[80]

同样:

一个不知自重的人,他的行径就跟一棵草一样,

浑身没有骨气,卑躬屈膝,轻浮得左右动荡。[81]

认识到这一点,主子就应该壮起胆来,不要只是听到一点声音就害怕起来。常言道:

我最初以为是充满了脂肪和肉,

进去一看,才知道只有皮子和木头。[82]"

冰揭罗迦说道:"这是什么意思呢?"达摩那迦说道:

第二个故事

在某一个地方有一个豺狼,饿得脖子细长,它到处乱转,想找一点东西吃。在树林子里,它看到以前某一个国王打过仗的地方。它站了一会,忽然听到洪

亮的声音。听到以后,它心里哆嗦成一团,吓得不得了。它说道:"哎呀,祸事来了,现在我完蛋了!这是什么东西的声音呢?这个东西什么样子呢?"它左找右找,找到了一个样子像山顶的鼓。看到这鼓以后,它想道:"这个声音是怎么一回事儿,是自己发出来的呢?还是别人弄出来的?"风吹草动,草的尖一打到鼓上,它就发出声音,否则就一点声音也没有。发现了它原来是个死东西以后,它走近它,由于好奇,把它从两边敲了敲,兴高采烈地想道:"哎呀,我好歹找到吃的东西了!这个东西一定是填满了肉和脂肪的。"它这样一想,就从一个地方撕了一个口,钻进去;原来这个东西是用硬皮子蒙起来的。它几乎碰掉一个牙。在失望之余,它看到,这只是一些木头和皮子,它念了一首诗:

  听到可怕的声音,以为是一堆油,

  进去一看,才知道只有皮子和木头。[83]

它又从里面爬出来,自己笑起来,说道:"我以前确实是这样想的。"

  因此,我说:"不要只听到一点声音,就害怕起来!"冰揭罗迦说道:"喂,我的随从们心里害怕得要命,他们想逃跑。我怎样还能壮起胆子来呢?"它说道:"主子呀!他们没有错,因为主子是什么样,随从们就是什么样。常言道:

  马、兵器、学说、琵琶、言语、男人和妇女:

  这些东西能不能用,要看它们是在谁的手里。[84]①

拿出男人的勇气来吧,你在这里等我,我去看一看,究竟是怎么一回事,再回来。然后你就可以正确地决定怎样做了。"冰揭罗迦说道:"你怎么能到那里去呢?"达摩那迦说道:"主子已经下了命令,一个好奴仆怎能还考虑是不是要去执行呢?常言道:

  主子已经下了命令,一个好的奴仆就应该毫无所惧,

  他甚至敢走进火焰,甚至敢到难以渡过的大海里去。[85]

  但是如果一个奴仆得到主子的命令,而竟徘徊迟疑,

  考虑哪个困难,哪个容易,国王就决不能容忍允许。[86]"

冰揭罗迦说道:"伙计呀!既然是这样,那么你就去吧!祝你一路平安!"

  达摩那迦鞠过躬,就顺着珊时缚迦的鸣声走去。达摩那迦走了以后,冰揭罗迦心里慌成一团,它想道:"我做得不好,我太相信它了,我把自己心里的话都告诉了它。这个达摩那迦可能拿两边的钱,或者因为我撤了它的职,它就跟

---

  ① 见本卷第69首诗。

我捣鬼。常言道:
> 一些人先受到国王的敬重,然后又受到他的轻蔑责备,
> 即使他们出自名门,他们总也会希望国王完蛋倒霉。[87]

因此,我想暂且到别的地方躲一下,我等着看,它到底玩些什么鬼把戏。说不定达摩那迦会把那个东西带了来,把我杀掉。常言道:
> 即使是弱者,如果猜疑起来,他们也不会让强者来捆。
> 但是如果推心置腹,即使是强者,让弱者来捆也甘心。[88]"

这样想过之后,它就走到另一个地方去,眼看着达摩那迦要走来的路,独自个儿待在那儿。达摩那迦走到珊时缚迦跟前,发现它原来只是一条公牛,心里乐滋滋地想道:"哎呀!这事儿真妙。我现在可以在它们之间制造和平或战争,冰揭罗迦要为我所左右了。常言道:
> 一个落难的国王总为大臣们所利用,
> 因此他们总是希望国王处在困难中。[89]
> 正如健康的人从来不找医生看什么病,
> 一个不做坏事的国王也不要大臣给谏诤。[90]"

这样想过之后,它就到冰揭罗迦那里去了。冰揭罗迦看到它来了,为了掩饰自己的真相,就像以前那样地站在那里。达摩那迦走近冰揭罗迦,鞠过躬,坐在那里。冰揭罗迦说道:"伙计呀!你看到那个东西了没有?"达摩那迦说道:"由于主子的恩惠,我看到了。"冰揭罗迦说道:"真的吗?"达摩那迦道:"我怎么能在主子脚下说谎呢?常言道:
> 谁要是在国王面前,在神前和老师前,
> 说一句哪怕是极小的谎,他就会完蛋。[91]

同样:
> 国王是所有的神仙的象征,他为贤人们所赞颂,
> 因此就同神仙一样,看到他,一切谎言都不能用。[92]

同样:
> 象征着所有的神仙的国王同神仙有所不同,
> 国王立刻赏善罚恶,而神仙却要等到来生。[93]"

冰揭罗迦说道:"你大概真是看到它了。大人物不生小人物的气。常言道:
> 向四面八方低垂的细草,
> 它们的根大风拔不起。

>风只能摧折参天的大树;
>
>大东西只同大东西角力。[94]"

达摩那迦说道:"我事前就已经猜到,主子会这样说。费那么多话干吗呢?我现在就把它带到万岁爷脚下来吧。"冰揭罗迦听了以后,它的莲花脸①上眉开眼笑,心里面快乐得要命。

达摩那迦又走回去,轻蔑地喊珊时缚迦:"过来,过来,你这一条坏牛!主子冰揭罗迦要跟你说话。你为什么老是这样天不怕地不怕地乱叫一通呢?"珊时缚迦听了以后,说道:"伙计呀!谁是什么冰揭罗迦呢?"达摩那迦听了以后,非常吃惊,说道:"你怎么连主子冰揭罗迦都不知道呀?"它又没有好气地说道:"吃点苦头,你就认识它了。这个坚毅刚强的主子,叫作冰揭罗迦的大狮子,不是正骄气填膺地站在像一把伞一样的无花果树下面,各种野兽都围绕着它吗?"珊时缚迦听了以后,以为这一下子可完了,惊慌得不得了。它说道:"伙计呀!你看起来举动很文雅,说话很动听。如果你一定想把我带到那里去的话,你先要向主子求情,请它赐我无畏。"达摩那迦说道:"喂!你说得很对。这就是处世良方。因为:

>大地的尽头可以达到,大海之深和山岳之高也可以探测攀登;
>
>但是一个大地保卫者的心思却在任何情况下也不为任何人看通。[95]

你且在这里站一站,我去同他谈好条件,然后再带你到那里去。"

于是达摩那迦就走到冰揭罗迦那里,这样说道:"主子呀!那不是一个普通的动物;因为它是薄迦梵大主②的坐骑。我问它,它说道:'大主恩准我在迦林底周围吃草尖儿。简而言之,薄迦梵已经把这座树林子赐给我,让我在这里游戏。'"冰揭罗迦惊慌地说道:"我现在才知道,那些吃草的家伙之所以敢在这片荒凉的树林子里无所畏惧地大摇大摆,大喊大叫,是神仙恩准的。你怎样回答的呢?"达摩那迦说道:"主子呀!我是这样回答的:'这座树林子是旃提迦③的坐骑冰揭罗迦的。你是来这里访问的。你到它那里去吧,你可以同它兄弟般地相亲相爱在一块儿吃喝玩乐,住在一个地方,消磨光阴。'它都同意

---

① 拿莲花来比脸,是印度常用的修辞方法。
② 印度许多神,特别是四个维护世界的大神:因陀罗、阿耆尼、阎摩和婆楼那,都有这个徽号。一般指的是湿婆神。
③ 雪山的女儿,湿婆的老婆豆哩迦的别名。

了,它说道:'你要让你的主子赐给我无畏。'现在请主子决定!"

听了这话以后,冰揭罗迦乐滋滋地说:"好极了,你这个鬼精灵,好极了,你是先同我的心商量过以后,才这样回答的。我现在就赐给它无畏。它也要先发誓向我保证同样的事,然后你就把它带来吧!常言说得好:

大臣们忠心赤胆,正直,忠诚,经过了考验,

他们支撑住王国,正如好的柱子支撑住大殿。[96]

同样:

大臣们的聪明表现在能够使决裂了的人重新握手言欢,

医生们的聪明表现在能治病。在健康人的面前谁还不能干?[97]"

达摩那迦又走向珊时缚迦,它想道:"哎呀!主子加恩于我了,我的话可以左右它了。没有人再比我更幸福了。因为:

在冬天里,甘露①就是火;对朋友说,甘露就是相视无言,有会于心;

对国王说,甘露就是崇拜尊敬;喝一杯牛奶也可以算是把甘露来饮。[98]"

到了珊时缚迦那里,它和颜悦色地说道:"喂,朋友呀!我已经在主子那里给你求了情,它赐给你无畏。你就放下心来吧!享受到国王的最高的恩典以后,你要同我有一个谅解:不要因为有了权势而骄傲。我也要同你约好,当了大臣之后,担负起国家的最崇高的职位。这样我们俩就共同享受统治的幸福。因为:

正像在打猎的时候一样,不应得的财富为人们得到:

一个人把这群人来赶,另一个人就像杀鹿一样把他们杀掉。[99]

同样:

谁要是趾高气扬,不按照礼数尊敬一个国王的侍卫,

他就会像弹提罗一样,丢掉自己在国王跟前的地位。[100]"

珊时缚迦说道:"这是什么意思呢?"它说道:

第三个故事

在这个地球上,有一座城市,叫作婆哩陀摩那。这里住着一个叫作弹提罗

---

① 直译是"不死",中国旧译"甘露"。

的商主,他是全城的首领。他给全城办事儿,他给国王办事儿,所有住在这一座城里的人都幸福快乐。简而言之,没有任何人曾经看到过或者听说过这样一个有本领的人。但是常言说得好:

> 谁要是办事儿只想到国王的好处,人民就会憎恨他。
> 谁要是办事儿只想到人民的好处,国王就会把他撤掉。
> 因为有这样一个巨大的两方面都牵涉到的障碍存在,
> 一个能为国王和人民两方面都着想的人就很难找到。〔101〕

有一次,他出嫁女儿的时候,他的处境就是这样。他恭恭敬敬地邀请了城里的全体居民,还有国王周围的人,款待他们,赠给他们衣服等等的东西。然后,在婚礼结束的时候,他把国王和他的后宫嫔妃都请到自己家里来,向他致敬。

国王有一个扫屋子的人,叫作瞿罗跋。他也被邀请到他家来,他坐在帝师前面一个同他的身份不相称的座位上。商人看到以后,抓住他的脖子,把他摔出去。从那以后,他的心里想到这一次受到的污辱就难过,连在夜里也睡不着。他想道:"我怎样才能使这个商人在国王跟前不再得宠呢?我为什么让自己的身体白白地瘦下去呢?我反正是不能害他。但是常言说得好:

> 一个人不能伤害别人,为什么还要生气?这就是不知道害羞。
> 因为一颗豌豆,即使它跳得再高,难道它还能把铁锅撞透?〔102〕"

有一次,在黎明的时候,他到睡意矇眬的国王的睡觉的地方去打扫,他说道:"哎呀! 弹提罗真大胆,他竟敢拥抱国王的皇后。"听到这句话以后,国王一下子翻身起来,对他说道:"喂,喂,瞿罗跋! 你嘟嘟囔囔地说的是真的吗? 皇后真给弹提罗拥抱了吗?"瞿罗跋说道:"万岁爷呀! 我在夜里一直是醒着,我掷骰子掷得太累了,尽管我拼命打扫,但是我却仍然撑不住要打盹儿。因此,我就不知道,我究竟说了一些什么话。"国王吃起醋来了,他想道:"这个家伙可以自由地进入我的房子,弹提罗也一样。说不定有一次他就看到,那个家伙拥抱我的皇后,他才说了这样的话。因为:

> 一个人在白天里想要什么,看到什么,或者做了什么,
> 因为他念念不忘,他在梦里就会那样说,也会那样做。〔103〕

同样:

> 如果人们在心灵深处不管隐藏的是好事情,还是坏事情,
> 即使隐藏得再好,说梦话,或者喝醉了,还是会吐个干净。〔104〕

然而一谈到女人们,还有什么可怀疑的呢?

> 她们同一个人唧唧咕咕,同另一个人眉来眼飞,
> 第三个人她们心里又思念,女人的爱人究竟是谁?[105]

同样:

> 木头再多,也填不饱火焰;江河再多,也流不满大洋;
> 所有的人也满足不了死神;多少男人也满足不了美目女郎。[106]
> 因为没有僻静的地方,没有机会,没有男人来逗挑,
> 只是由于这些原因,那罗陀①呀!女人才保住了贞操。[107]

同样:

> 如果真有那么一个傻子,相信他的女情人对他钟情,
> 那么他就会像一只供人玩赏的鸟一样,永远为她所玩弄。[108]"

这样抱怨了一顿,从此以后,他就不再喜欢弹提罗了。简而言之,这个人就不许再进王宫的门了。

弹提罗完全出乎意料地看到自己已经失宠于国王,他这样想道:"哎呀!常言说得好:

> 哪一个人有了钱而不骄傲?哪一个纵欲享乐的人能够改邪归正放开手?
> 在地球上,哪一个人的心不曾为女子所粉碎?哪一个人是国王的朋友?
> 哪一个人不是处在时间的操纵下?哪一个穷人能够得到名誉和地位?
> 如果一旦陷在坏人设下的网罗里,哪一个人能够侥幸地从里面逃走?[109]

同样:

> 一只乌鸦而能干干净净,一个赌博鬼而能磊磊落落,
> 一条毒蛇而能耐性容忍,女子们而能抑压住欲火,
> 一个太监而能勇敢威武,一个醉鬼而能想到事实真相,
> 有一个国王作为朋友:这样的事情谁看到过,谁听到过?[110]

---

① 许多古代印度神话中的人物都叫这个名字。在《梨俱吠陀》里,他是一个仙人,写过几首赞歌。在《摩诃婆罗多》里,他是一个天仙,是人与神之间的使者,在后期的神话里,他是黑天王的朋友,是琵琶的创造者。

此外,我对这个国王,我对任何人,甚至连在梦里,也没有说过一个字惹得他们不高兴。为什么这个国王竟会不理我了呢?"

有一次,那一个扫屋子的人瞿罗跋迦看见弹提罗迦①被阻在王宫的门外,他就笑着对守门的人说道:"喂,喂,守门的人呀!这一位弹提罗迦给国王宠坏了,他吃苦头吃甜头,自己可以决定。正像他把我赶出来的那样子,你们也有权力抓住他的脖子,把他赶出去。"听了这话以后,弹提罗迦想道:"一定是这个瞿罗跋迦在背后捣了鬼。常言说得好:

> 即使是出身寒微,即使是一个白痴,只要他服侍国王;
> 尽管不值得尊敬,他仍然受到人们的敬重,到处一样。[111]
> 即使是一个怯懦汉,左怕右怕,只要他是国王的近侍;
> 这样一个人无论如何也不会从别人那里受到侮辱歧视。[112]"

他这样抱怨过一顿以后,心里面觉得丢了人,心神不安,走回自己的家去,在天刚黑的时候,把瞿罗跋叫了来,送给他两套衣服,表示敬意,对他说道:"伙计呀!我并不是因为生了气才把你赶出去的。因为我看到你坐在帝师前面一个同你的身份不相称的座位上,我才对你失敬。"这个人拿到这两套衣服,就像是拿到天国一样,高兴得不得了,他说道:"那一件事我原谅了。你这样对我表示敬意,你不久就会得到好处的,国王又会宠信你。"等等。这样说过以后,他就兴致勃勃地走了。常言说得好:

> 一件小事可以使人向上爬;一件小事也可以使人向下坠。
> 哎呀!这样的升沉变幻多么像秤杆的上下和流氓的行为。[113]

于是,有一天,瞿罗跋又到王宫里去,他到睡意矇眬的国王的睡觉的地方去打扫,他说道:"哎呀,我们的国王真聪明呀!他每次在大便之后,总吃一点黄瓜。"听了这话以后,国王吃了一惊,他翻身起来,对他说道:"喂,喂,瞿罗跋呀!你这是胡说了些什么呀?我想到你是我的家臣,所以我不杀你。你真看到过我做过这样的事情吗?"他说道:"万岁爷呀!我在夜里一直是醒着,我掷骰子掷得太累了,尽管我拼命打扫,但是我却仍然撑不住要打盹儿。因此,我究竟嘟囔了一些什么,我自己也不知道。就请主子加恩于我吧,我困得太厉害了。"

---

① 前面都是"瞿罗跋"和"弹提罗",这里都加上了一个尾巴"迦",意思同原来一样。

国王想道:"尽管我一下生就干那样的事①,但是我却从没有干过后吃什么黄瓜呀!关于我的事情,这个傻子说了一套简直令人难以想象的胡言乱语,那么关于弹提罗的事情,可能也是这样。因此,我客客气气地把这个可怜的家伙赶跑,是我做错了。这样的人做这样的事情,是不能想象的。因为缺了他,所有的国王的事情和市民的事情都疲沓下来。"

他这样左思右想地考虑过之后,把弹提罗叫了来,把自己身上带的装饰品和衣服赐给他,又恢复了他原有的职位。

因此我说道:"谁要是趾高气扬,不尊敬"等等②。珊时缚迦说道:"伙计呀!你所说的话都是对的。我们就照这样去做吧。"

这样说过之后,达摩那迦就带了它到冰揭罗迦那里去了,它说道:"万岁爷呀!我把珊时缚迦带来了。现在就请万岁爷裁决!"珊时缚迦恭恭敬敬地向它鞠躬,客客气气地站在它面前。冰揭罗迦把它那圆而胖的、张开来的、装饰着金刚石般的爪子的右爪伸给它,充满了敬意地说道:"你好吗?你是从什么地方到这一座人烟荒凉的树林子里来住的呢?"听到这样问以后,珊时缚迦就一五一十地把它同商主婆哩陀摩那分离的经过讲了一遍。听了这些话以后,冰揭罗迦说道:"朋友呀,不要害怕!你就随意住在这一座在我的铁臂保护下的树林子里吧!不过你要经常在我身边。因为这一座树林子非常危险,里面充满了各种各样的可怕的东西。"珊时缚迦说道:"谨遵万岁爷的圣旨!"

这样说过之后,群兽之王就走到阎牟那河的岸上,高高兴兴地喝过水洗过澡之后,又慢慢地走回树林子里来。

就这样,它们俩相亲相爱,日子也就一天一天地过去了。珊时缚迦学习过不少的经典,因此它在评断事物方面,很有把握,它在几天之内就把冰揭罗迦教得聪明了,虽然冰揭罗迦的天资是很笨的。它让它丢掉森林的生活方式,而习惯于乡村的生活方式。简而言之,珊时缚迦和冰揭罗迦天天离开别人偷偷地在一起说话。

其余的那一群侍从的野兽都站得远远地。那两个豺狼连走近都不许了。此外,因为狮子不再施展自己的威力,所有的野兽,连那两个豺狼,都饿得生了病,它们都各奔前程了。常言道:

---

① 指大便。
② 参看本卷第100首诗。

> 即使国王出自名门,如果没有油水,臣下们还是把他抛弃,
> 正像离开干枯了的树木的一群鸟,他们走到别的地方去。[114]

同样:

> 尽管得到君王的恩宠,又出自名门,事君有无限诚笃;
> 如果一旦没有了东西吃,臣子们仍然会离开他们的君主。[115]

其次:

> 一个国王,如果在应当散发粮食的时候,他就散发,
> 即使骂自己的臣下们,他们在任何时候也不会离开他。[116]

整个世界本来就是你吃我我吃你彼此吞噬,它之所以能够存在是仗了恩惠等等东西。情况是:

> 国王们窥伺着自己的国土,医生们窥伺着自己的病人,
> 商人们窥伺着自己的主顾,聪明的人窥伺着愚蠢的人。[117]
> 小偷们窥伺着粗心大意的家伙,乞丐们窥伺着家庭的主人,
> 妓女们窥伺着多情种子,手工艺人窥伺着全世界上的人;[118]
> 他们日日夜夜地布下了网罗,这些网罗就叫作恩惠等等,
> 因为正像大鱼吃小鱼一样,他们就竭尽全力以此为生。[119]

迦罗吒迦和达摩那迦这两个家伙,不能再得到主人的欢心,又饿得连脖子都瘦了,它们两个商议了一下。达摩那迦说道:"可尊敬的迦罗吒迦呀!我们俩现在已经是无足轻重的人了。这个冰揭罗迦对珊时缚迦言听计从,放松了自己的职责。所有的侍从都这个到这里去那个到那里去地走散了。现在怎样办呢?"迦罗吒迦说道:"即使主子不按照你的话办事,为了洗清自己的罪过,你仍然要向他进言。因为常言道:

> 即使国王不愿意听,大臣们仍然要对他尽忠谏诤,
> 正像毗豆罗忠谏庵毗迦的儿子①一样,他把错误改正。[120]

同样:

> 一个自高自大到发了狂的国王,一只春情发动的大象,
> 如果走到歪路上去,这个责任大臣和象奴②应该承当。[121]

---

① 提陀罗湿特罗的别名。提陀罗湿特罗是古代印度大史诗《摩诃婆罗多》里面的人物。他是弊耶婆同毗职但罗毗哩耶的寡妇生的儿子,是般荼和毗豆罗的哥哥,一下生就是瞎子。他娶健驮梨为妻子,生了一百个儿子。

② 原文是"大臣"的意思,也是"象奴"的意思。一字两用,诗人故意卖弄技巧。

是你把这个吃草的家伙带到主子跟前去的,你是用自己的手去抓烧红了的炭。"达摩那迦说道:"这是真的。我错了,我们的主子没有错。常言道:

> 那个豺狼由于公羊在斗,我是由于颇沙茶部底的缘故,
>
> 女中人为了别人的事情:这三件都是自己制造的错误。[122]"

迦罗吒迦说道:"这是什么意思呢?"它说道:

第四个故事

在某一个地区,在一个清静的地方,有一座庙。那里住着一个游方化缘的和尚,名叫提婆舍哩曼。他常把来上供的人们送给他的精美的衣服卖掉,时候一久,就积攒起了一大堆钱。他谁都不信任,无论白天黑夜,他都把这些钱藏在自己的胳肢窝里,从不拿出来。常言说得好:

> 弄钱的时候,有痛苦;要想保住已经弄到手的钱,也有痛苦;
>
> 丢掉了,有痛苦;花掉了,也有痛苦——呸,有钱总没有好处![123]

有一个专门骗别人的钱财的骗子,叫作颇沙茶部底,他注意到和尚的胳肢窝里有一堆钱,他于是就想道:"我怎样才能把他的那一堆钱骗到手呢?在这座庙里,想把墙穿透,是不可能的,因为墙是用坚固的石头砌起来的;想从门里钻进去,也是不可能的,因为门很高。我要用花言巧语骗取他的信任,变成他的学生,这样他就相信我,为我所摆布了。常言道:

> 谁要是没有愿望,谁就不能做官;谁要是不陷入情网,谁就不会打扮;
>
> 谁要是不聪明,谁就说不出好听的话;谁要是心直口快,谁就不会骗。[124]"

他这样想过以后,就到他那里去了。五体投地,向他致敬,说道:"唵,向湿婆致敬!"然后又十分谦虚地说道,"世尊呀!生死轮回是没有意义的。青年时代就像山中的小河那样迅速地流过去。生命就像干草点起来的火。享受就像是云彩的影子。同儿子、朋友、奴仆和老婆在一起就像是一场梦。这个我已经正确地认识到了。为了渡过这个生死轮回的苦海,我要做些什么事情呢?"听到这样说以后,提婆舍哩曼很慎重地说道:"小伙子呀!你是幸运的,在生命的第一个阶段①,你已经对生命表示厌恶了。常言道:

---

① 印度古代法典把人生分为四个阶段:一、梵行期;二、家住期;三、林栖期;四、遁世期。所谓第一阶段就是指的梵行期,学生时代。

> 谁要是在生命的第一个阶段上内心已经寂静,据我看,他才真正是寂静。
>
> 当身体的五官四肢已经衰退的时候,在谁的心里,寂静还不是油然而生?[125]

同样:

> 在好人那里,精神上先感觉到衰老,然后身体才轮到;
>
> 在坏人那里,只有身体衰老,精神永远也不会衰老。[126]

你问到一个渡过这个生死轮回的苦海的方法,那么你就请听:

> 一个首陀罗,或者一个其他低级种姓的人,或者一个旃荼罗①,
>
> 只要把头发分成绺,能念湿婆咒,身上涂满灰,就成为再生族②。[127]
>
> 谁要哪怕是只拿着一朵花,嘴里念诵着六字真经,
>
> 亲自把花放在棱迦③的顶上,他就再也不会降生。[128]"

颇沙茶部底听了以后,拥抱他的脚,恭恭敬敬地说道:"世尊呀!那么你就加恩于我给我举行圣典吧!"提婆舍哩曼说:"小伙子呀!我会加恩于你的。但是夜里你不许到庙里来。原因是,对苦行者来说,离群独居是值得赞美的,对你是这样,对我也是这样。常言道:

> 听坏主意毁坏国王,同人家来往毁坏和尚,溺爱毁坏儿郎,
>
> 不念经毁坏婆罗门,不肖子毁坏家庭,伤风败俗由于同坏人来往,
>
> 冷淡猜疑毁坏友谊,粗鲁愚蠢毁坏幸福,久客不归毁坏爱情,
>
> 酗酒毁坏羞恶之心,粗心大意毁坏田地,好施舍不勤勉把财产花光。[129]

因此,你宣过誓以后,就在庙门外面,在一个草棚里睡觉。"他说道:"世尊呀!我一定执行你的指示,因为在另一个世界里,这对我是有用处的。"于是,在睡觉的时候,提婆舍哩曼就加恩给他举行了圣典,把他收为徒弟。他给老师搓手搓脚,给他拿写字的贝叶,做其他的事情,把他服侍得心满意足。但是老师却无论如何也不从胳肢窝里把钱拿出来。

---

① 法显《佛国记》译为"旃荼罗",是最低级的不可接触的种姓。
② 再生族一般是前三个种姓,这里专指婆罗门。
③ 原文义译则是"男根"。这是湿婆的象征。不管印度对这东西有多少高深玄妙的解释,从现代科学立场看来,这就是许多民族在原始时代有过的生殖器崇拜。普通是一条大而圆的石柱,竖在殿堂的中央,这就是膜拜的对象。

时间就这样过去了,颁沙荼部底想道:"哎呀!他无论如何也不信任我。我是白天里用武器把他杀掉呢,还是给他毒药吃,或者是像一头牲口一样把他弄死呢?"

正在他这样想的时候,提婆舍哩曼一个徒弟的儿子从某一个村庄来邀请他老师,说道:"世尊呀!在钵毗怛罗卢何拏节日①的时候,请你到我们家里去。"提婆舍哩曼听了以后,就同颁沙荼部底一块儿动身去了。在他往前走的时候,他遇到了一条河。看到这条河以后,他从胳肢窝里把钱拿出来,把它裹到自己的有许多补丁的衣服里面,藏起来;敬过神以后,对颁沙荼部底说道:"颁沙荼部底呀!在我去大便的时候,你要加心加意地看守着这一件有许多补丁的衣服和金子,等我回来。"说完了,他就走了。等他走得看不见的时候,颁沙荼部底就拿了那些钱,急急忙忙地跑了。

提婆舍哩曼对自己的徒弟的那一大堆好的品质心里感到非常高兴,充满了信赖的心情,蹲在那里。在这时候,他看到在公羊群里一对公羊在打仗。这一对公羊气冲冲地向后退几步,然后再面对面地冲上去,用前额互相撞,地上流了许多血。一个豺狼看到这个以后,心里怀着很大的希望,很想吃一点肉,它就站到它俩中间去,舔地上的血。提婆舍哩曼看到以后,心里想道:"哎呀!这个豺狼真蠢呀!如果两个家伙相撞的时候把它挤在中间,那它就非死不行了,我猜是这样。"果然,在另一次相撞的时候,它急于想舔一点血,没有来得及躲开,就倒在它们俩对撞的头中间,死了。于是提婆舍哩曼说道:"那个豺狼由于公羊在斗。——"②提婆舍哩曼哀悼了一番,动身找自己的钱去了。

他慢慢地走来,看不见颁沙荼部底了。他急急躁躁地净洗过以后,来翻自己的补了许多补丁的衣服;但是钱却不见了。他嘴里嘟囔着:"唉!唉!我被人偷了!"就倒在地上,晕过去了。过了一会儿,他苏醒过来,站起来,开始喊道:"喂,喂!颁沙荼部底!你骗了我,跑到哪儿去了?你回答我呀!"他这样伤心地胡言乱语了一通,顺着他的足迹找去了。他嘟囔着:"我是由于颁沙荼部底的缘故——。"③慢慢地动身走了。

---

① 原文义云"戴圣线",是祭祀女神豆哩迦的节日,时间是室罗伐拿月或颁沙荼月有月亮的一半的第八天。

②③ 参看本卷第122首诗。

提婆舍哩曼正走着,他看到一个织工,带了自己的老婆,他们是出来到附近的一个城市里去喝酒的。看到以后,他说道:"喂,伙计呀! 我是太阳带给你们的客人。在这个庄里,我什么人都不认识。那么你就尽地主之谊招待客人吧! 常言道:

黄昏时候,太阳带来的客人,家主们不能拒之于门外;

向他殷勤表示敬意,家主们就可以上升天堂名列仙台。[130]

同样:

草、土、水,还有第四件东西:和蔼可亲的言语;

在善人家里,这四件东西任何时候也不应该丢弃。[131]

同样:

表示欢迎①可以让火神高兴;敷设座位可以让因陀罗②感到满足;

洗脚可以让瞿频陀③舒舒服服;有吃有喝可以取悦于生主④。[132]"

织工听了这话以后,对自己的老婆说道:"亲爱的! 你领着这一位客人回家去吧! 给他洗过脚,给了他吃喝,指给他床铺以后,你就待在那里吧! 我会给你带很多的酒回去的。"这样说过以后,他就动身走了。

他这个老婆是喜欢同男人勾勾搭搭的,她现在满面笑容,心里想到她的提婆达多,就带着客人回家了。常言说得好:

天气不好,天上没有月亮,城里的街道难以走过,

丈夫出外旅行:这些时候,荡妇都得到最大的快乐。[133]

一个放在卧榻上的枕头,一个百依百顺的丈夫,一张漂亮的床:

这些东西对喜欢偷情的荡妇来说是无足轻重的,像一棵草一样。[134]

同样:

一个不贞洁的女人迷恋着另一个男人,她会倾家破族,

招来街谈巷议,被捕入狱,甚至连自己的性命都保不住。[135]

到了家以后,她指给提婆舍哩曼一张破破烂烂的床,说道:"喂,喂! 世尊呀! 我去同我的一个从乡下来的女朋友说几句话,很快就会回来,你就好好地待在

---

① 中国旧译"善来"。
② 古代印度神名,是空界最有力之神。《梨俱吠陀》赞歌中,约有四分之一都是歌颂这个神的,可见当时崇拜的程度。他是雷霆的象征,全身茶褐色,手执金刚杵,与妨碍降雨之恶龙相斗。
③ 即黑天王,毗湿奴之别名。
④ 最初只是几个神,像沙维德利,苏摩等等的尊号,后来获得独立的神格,成为造一切之主。

我家里吧!"这样说了以后,她插金戴银装饰了一番,就走出去看她的提婆达多去了。正在这时候,她的丈夫迎面走了回来,他喝得醉醺醺的,身子好像脱了楔一样,头发乱蓬蓬的,走起路来,东倒西歪,手里提着一个酒瓶。她一看见他,赶快转回身,跑回家里来,把首饰取掉,同原来的样子一样。这个织工已经看到她插金戴银地往回里跑,以前也早就听到一些辗转流传的关于她的谣言,现在他心情激动,怒气填胸,走进房子,就对她说道:"啊哈,你这个坏东西!你这个引诱男人的骚老婆!你想到哪儿去呀?"她回答说道:"我同你分手以后,什么地方也没有去过。你喝醉了,胡说些什么?常言说得好:

摇摇晃晃,倒在地上,不停地嘟囔着一些胡言乱语:
所有的这一些神经错乱的征象喝多了烧酒就会引起。[136]

同样:

两手下垂,把衣服撕掉,失去了控制自己的力量,满脸通红:
如果迷恋着烧酒,多喝上几口,连太阳也要这样丢人现形。[137]①"

他听了这些颠倒黑白的话,看到她把衣服换掉以后,对她说:"你这个引诱男人的骚老婆呀!很久以来,我就听到一些关于你的流言。今天我亲眼看到,亲自证实了这些事情。我要好好地收拾你一下。"说完了以后,他就用棍子打她,把她身上打得全是伤,又用一条结实的绳子把她捆到一棵柱子上。捆完以后,他因为喝酒太多,四肢没有力气,撑不住就打起盹来了。

正在这个时候,她的女朋友,理发师的老婆看到织工打起盹来了,就走过来,对她说道:"朋友呀!提婆达多在那个地方等你哩。你赶快去吧!"她说道:"你看我这个样子,我怎么能去呢?请你去告诉我的情人:'在这个时候,我怎么能去同你相会呢?'"理发师的老婆说道:"朋友呀!不要这样说吧!一个偷情卖俏的女人不是这样子的。常言道:

谁要是坚持不懈地努力到崎岖不平的地方去采甜果,
顽强得像骆驼那样,他们的生命我认为是值得颂歌。[138]

同样:

另外那个世界是虚无缥缈,在这个世界上人言是多种多样,
如果找到一个情人,能够享受自己的青春的女人幸福无量。[139]

---

① 这首诗的含义是双关的,其中几个主要的字都有两个意思。因此这一首诗也可以译为:光线暗淡,离开了天空,失掉了光辉,满脸通红;如果迷恋着西方,连太阳也会这样丢人现形。

其次:
> 如果运气不好,眼前找不到一个别的男人,不管他是多么难看,
> 一个不贞洁的女人享受自己的即使是极好的丈夫,也会感到厌烦。[140]"

她说道:"如果是这样的话,那就请你告诉我,我给这样结实的绳子捆住,又有这样一个品行恶劣的丈夫在身边,我怎样走呢?"理发师的老婆说道:"朋友呀!这家伙醉得一塌糊涂,等到太阳光照到他身上的时候,他才会醒来呢。我现在自己来代替你,捆在你的地方,把你放走。你就去同提婆达多幽会吧,可是要赶快回来呀!"她们就这样做了。织工在某一个时候,怒气有那么一点消退了,他站起来,醉醺醺地对她说道:"喂,你这个说话粗鲁的家伙呀!如果从今天起,你不再离开房子,不再胡言乱语地说些粗鲁话,那我就会把你松开。"理发师的老婆害怕声音不同露了相,什么话也不说。他对她又把原话说了一遍。因为她总是不回答,他发了火,就拿起一把很快的刀子,把她的鼻子割了下来,并且说道:"你这个引诱男人的骚老婆呀!你现在等着吧!我再也不会做什么让你高兴的事情了。"他这样嘟嘟囔囔地说完以后,又打起盹来。提婆舍哩曼因为丢了钱,又因为脖子饿瘦了,根本睡不着觉,所有这些老婆做的事,他全看在眼里了。

织工的老婆同提婆达多鸾颠凤倒尽兴地快乐了一个够,在某一个时候,她回到自己家里来,对理发师的老婆说了这些话:"哎呀!你好不好?这个品质恶劣的坏东西在我走了以后,起来过没有?"理发师的老婆说道:"除了鼻子以外,我身上其余的部分都还算好。你赶快解开这绳子把我放出来吧!在这个家伙醒来以前,我还要回家去呢。不然的话,这个家伙还会想出更多的花样,像割耳朵等等,来惩罚我呢。"

于是这个不贞洁的女人就给理发师的老婆解开绳子,把她松开,自己又照原来的样子捆在那里,她带着暗示的意味说道:"呸,呸!你这个大傻瓜!谁配伤害我这样一个对丈夫忠诚的大贞妇,或者残害我的肢体呢?因此,保卫世界的大神请听:
> 太阳和月亮、风和火、
> 天、地、水、心和阎摩、
> 日、夜、黎明和黄昏、
> 还有法①:都了解人的动作。[141]

---

① 中国旧译"达磨"。

如果我真是贞洁的话,那就请神仙们使我的鼻子再照原来的样子长出来吧!不然的话,即使我只对别的男人打过主意,那就请他们把我烧成灰吧!"她这样说过以后,又对他说道:"喂,你这个坏家伙呀!你看哪,由于我的贞操的力量,我的鼻子又照原样子长出来了。"他拿了一个火把照着看了一下,他看到,她的鼻子果然是照原样长出来了,地面上流着一摊血。于是他心里大吃一惊,解开绳子,把她松开来,用成百的爱抚亲吻来使她高兴。

提婆舍哩曼亲眼看到了这一切事情,心里大吃一惊,说道:

"乌婆那斯①知道的那一套道理,祈祷主知道的那一堆是非,

并不比女人的智慧高明:那么这些女人究竟应该怎样保卫?〔142〕

虚伪不实、轻率急躁、想入非非、冥顽不灵、喜欢金钱、

污浊不洁、残暴不仁:这一切都是女人们天生的缺点。〔143〕

不应该过分地依恋着女人!

不要说女人那里力量增长!

因为她们同坠入情网的男人玩耍,

正如同剪了翅膀的乌鸦玩耍一样。〔144〕

女人的话里面有的是蜜,

心里是大毒药呵拉呵拉。

因此要吮吸她们的嘴唇,

她们的心却要用拳头去打。〔145〕

是猜忌的漩涡,是寡廉鲜耻的邸宅,是一座城市充满了轻率急躁,

是错误的仓库,是盛着成百的欺诈的房子,是一块土地种着虚伪不可
　　靠,

是一只装着所有的幻象的篮子,是一些里面掺杂了甘露的毒药:

连最有力的男人都制服不了女人,是谁想使道德沦丧把她们来创
　　造?〔146〕②

人们吹嘘她们乳房的坚硬、她们眼睛的颤动、她们嘴里的谎话,

还有她们头发的弯弯曲曲、她们说话的缓慢、她们臀部的肥大;

谈到她们的心,人们总说是腼腆;在情人跟前,她们有无穷幻术。

---

① 古代圣人的名字。
② 关于这些咒骂女子的话,请参看译者的序言。这些咒骂真可谓极尽恶毒之能事了。对我们来说,这是最好的反面教材。

>鹿眼①美人的优点也就是她们的缺点:让牲畜们去爱她们吧![147]
>
>为了某一件小事情,女人们也会笑,她们也会哭泣。
>
>她们能够使别人相信她们,但是她们却并不相信自己。
>
>因此,出自名门品行端正的男人总要想法避开她们,
>
>正像是人们要想法避开一个罐子,放在坟地里的。[148]
>
>鬣毛蓬松张着大嘴的兽中之王②,
>
>春情发动身上的花纹发光的大象,
>
>聪明的人,还有战场上的勇士们:
>
>在女人面前,都显出一副可怜模样。[149]

同样:

>内心里充满了毒药,然而在外表上却又是玲珑可喜:
>
>女人们正像是军迦莓子,是谁把她们创造出来的?[150]"

就这样,这一个游方化缘的和尚左思右想,漫漫的长夜好容易才过去。那个被割掉了鼻子的女中人走回家去,自己在心里想道:"现在怎么办呢?想什么办法才能把这一件错误掩饰过去呢?"

正在她这样想的时候,她的丈夫留在王宫里干活。在天亮的时候,他走回家来,因为他急切想给市民们去干各种各样的活,他就站在门口对她说道:"亲爱的!你赶快把那个装剃刀的盒子拿给我,我好去给市民们干活!"这一个被割掉鼻子的女人急中生智,站在房子里面,只把一把剃刀掷给他。这一个理发师生了气,因为她没有把整个的装剃刀的盒子递给他,他于是又把这一把剃刀掷还她。这一件傻事情一发生,这一个坏老婆就高举双手,大喊大叫,从房子里摔出来:"哎呀!你们看呀,我是这样一个规规矩矩的人,这一个坏东西竟把我的鼻子割下来了!请你们保护我吧!"

就在这时候,国王的人走了来,结结实实地把这一个理发师揍了一顿,用很结实的绳子把他捆起来,连同那一个被割掉鼻子的女人,送到法院里去。于是法官们就问他说:"你怎么竟对你自己的老婆下这样的毒手呢?"他吓得发了呆,一句话也回答不出来,陪审官们就引经据典地说道:

>"声音变了,脸上也变了颜色,眼睛里疑神疑鬼,精神提不起来:

---

① 印度人认为,女子的眼睛如果像鹿眼一样大而圆,是美丽的。
② 印度人也同我们一样,把狮子看作兽中之王。

只因这一个人做了坏事,他对自个儿做过的坏事情怀着鬼胎。[151]

同样:

他走路的时候,两只脚磕磕绊绊,脸上的颜色也改变,

前额上满是汗珠子,费很大的力量才结结巴巴能够发言。[152]

浑身发抖,眼睛往下瞧:一个犯了罪的人总是如此。

因此,聪明的人就要努力从这些表象上来把他认识。[153]

其次:

脸上喜笑颜开,心里高兴,说话清清楚楚,眼睛里含着怒意,

在法庭上侃侃而谈,一个没有罪的人就是这样充满了自信力。[154]

因此,这个人看上去像是有罪的样子。虐待妻子,要处死刑。把他用竿子刺死吧!"

提婆舍哩曼看到,那个人被带到刑场去,他就走上来,对法官们说道:"喂!这个可怜的理发师被杀掉是冤枉的,他是一个品行端正的人。因此,请你们听一下我说的话吧:

那个豺狼由于公羊在斗,我是由于颇沙荼部底的缘故,

女中人为了别人的事情:这三件都是自己制造的错误。[155]①"

于是这些法官们就对他说道:"喂,世尊呀!这是什么意思呢?"提婆舍哩曼就原原本本地把这三个故事告诉了他们。他们听了以后,心里都很吃惊,他们释放了这个理发师,说道:

"婆罗门、孩子、妇女、苦行者、病人,这些都不能判处死刑;

只能斫掉他们身体上的一部分,如果他们犯了严重的罪行。[156]

因此,她自作自受,已经被人割掉了鼻子,但是国王的惩罚她还必须接受,人们还要割掉她的耳朵。"人们这样做了以后,提婆舍哩曼也由于这两件事情而恢复了内心的平静,走回自己的庙里去。

因此我说:"那个豺狼由于公羊在斗"等等②。迦罗吒迦说道:"在这样乱糟糟的情况下,我们俩还能做些什么呢?"达摩那迦说道:"即使情况是这样,我的智慧仍然会光彩焕发,我就要利用这智慧来离间珊时缚迦和我们的主子。此外,我们的主子冰揭罗迦正在发展着一种极坏的毛病。因为:

如果一个国王由于一时糊涂而沾染上了一些坏的毛病,

---

①② 参看本卷第122首诗。

他的臣仆就要按照经书上规定的办法来把他纠正。[157]"

迦罗吒迦说道:"我们的主子冰揭罗迦有了什么样的坏毛病呢?"达摩那迦说道:"一共有七种坏毛病。这就是:

女人、骰子、打猎、酗酒,第五件是:言语伤人,

随意滥用严厉的刑罚,再加上把别人的财产来侵吞。[158]

这样七部分组成了一个坏毛病,叫作沾染恶习。"①迦罗吒迦问道:"你说一个坏毛病,是什么意思呢?难道还有别的吗?"

达摩那迦说道:"这里不是有五种根本的坏毛病吗?"迦罗吒迦说道:"它们之间有什么区别呢?"它说道:"缺乏、叛乱、沾染恶习、折磨和六项政策的错误应用(就是这五种)。在这里,那个叫作'缺乏'的第一种的意思是,在主子、大臣、人民、堡垒、财富、军队和朋友之中缺少一种。如果外来的分子或者内里的分子,个别地或者联合起来,掀起骚动,那么这个坏毛病就叫作'叛乱'。所谓'沾染恶习',就是上面说过的'女人、骰子、打猎、酗酒'等等。在这里,'女人、骰子、打猎、酗酒'等等,是由爱而产生的一组;'言语伤人'等等,是由愤怒而产生的一组。在这里,摆脱了由爱而产生的恶习的人转向由愤怒而产生的恶习。由爱而产生的这一组是容易了解的。但是,由忿怒而产生的却分为三类,每类都有专门的称呼:处心积虑要侮辱别人,不加鉴别就把根本不存在的缺点说给人听,这就是'言语伤人';用残酷的不适当的方法杀人,绑人,这就是'随意滥用严厉的刑罚';残忍地侵夺别人的财产,这就是'侵吞财产'。沾染恶习的七种坏毛病就是这样。'折磨'分为八种:念咒、火烧、水淹、疾病、瘟疫、惊惶失措、饥荒、阿修罗雨②。所谓'阿修罗雨',就是一种过量的雨。这个'坏毛病'也应该看作是一种'折磨'。其次,如果人们把和平、战争、行军、驻扎、联盟、骑墙观望这六项政策用错了;如果已经获得和平,偏要战争;如果在战争中缔结和约,这就是'六项政策的错误应用'。同样,如果把其余的政策应用错了,这个'坏毛病'也就叫作'六项政策的错误应用'。

"那么,我们的主子冰揭罗迦现在正处在第一个'坏毛病'中,也就是在'缺乏'中。它完全为珊时缚迦所左右,它既不关心大臣等等,也不关心六项政策的应用,它什么都不考虑了。吃草的那些家伙平常就是这个样子。但是,

---

① 原文与"坏毛病"意思差不多。
② 亦可译为"魔雨"。

这样诉苦有什么用处呢？无论如何，冰揭罗迦必须同珊时缚迦分开。因为，如果没有灯，也就照不出亮来。"

迦罗吒迦说道："你一点办法都没有：你怎样能把它们分开来呢？"它说道："伙计呀！常言说得对：

如果用武力达不到目的的话，那么就用手段去达到：

一只乌鸦就利用一条金链子把一条黑蛇的性命送掉。[159]"

迦罗吒迦说道："这是什么意思呢？"它说道：

第五个故事

在某一个地方，有一棵大无花果树。在这里，一对乌鸦搭了窝，住下来。它们生了小雏，在这些小乌鸦能够活动以前，有一条盘踞在树洞里的黑蛇就把它们吃掉了。那一只公乌鸦，虽然由于受了这些害而感到厌烦，但是它却不能够离开这一棵它长久以来就安居的无花果树而迁到另一棵树上去。为什么呢？

有三类东西不离开他们的居处：乌鸦、怯懦汉和羚羊；

如果受到轻视，有三类东西会走开：狮子、好人和象。[160]

有一天，母乌鸦跪到丈夫的脚前，说道："丈夫呀！我的很多孩子已经给这一条坏蛇吃掉了。现在，我想到我们孩子们的不幸，心里就难过；我想，我们还是到别的地方去吧，我们俩还是另外找一棵别的树吧！为什么呢？

没有一个朋友能够比得上健康，没有一个敌人能够比得上疾病，

没有什么爱能够比得上对孩子的爱，没有再比饥饿更大的苦痛。[161]

另外：

谁的田地在小河的边上，谁的老婆同别人暗度陈仓，

在谁的房子里有蛇盘踞，他的心里如何能够舒畅？[162]

所以，我们的性命已经受到威胁了。"那一只公乌鸦浑身痛苦得难受，它说道："我们在这一棵树上已经住了很久，我们不能离开它。因为：

到什么地方去，一只羚羊不能够喝一口水或者吃一把草而生存？

但是即使受到轻视，因为长期居留，它也不离开它出生的那树林。[163]

但是，我总要用一个手段把那个恶毒的巨大的敌人杀掉。"母乌鸦说道："这条

蛇的毒气是非常大的。你怎么能够伤害它呢?"它说道:"亲爱的!即使我没有能力来伤害它,但是我却有聪明的朋友,他们都是精通经典的。我到他们那里去,学习一些方法,我就能够让这个坏东西死在我的手里。"它这样怒冲冲地说过之后,就从那里飞到另一棵树上去,恭恭敬敬地把住在这棵树下面的它的好友——一只豺狼喊过来,把自己的不幸的遭遇原原本本地都说给朋友听。它说道:"伙计呀!在这样的情况下,你觉得应该怎样做好呢?因为孩子们死掉了,我们这一对老家伙也就差不多完蛋了。"豺狼说道:"伙计呀!我已经想过了,你不必再难过了。这一条万恶的黑蛇因为作恶多端已经死到临头了。因为:

  有人加害于你,你在任何时候也不应该想到以怨报怨!
  他们自己就会倒下去,正像是一棵树生长在河边。[164]

有人说:

  鱼吃得很多,有好的,有坏的,也有的不好不坏处在中间,
  一只白鹭最后还是给一只螃蟹夹死,因为它贪得无厌。[165]"

公乌鸦问道:"这是什么意思呢?"豺狼说道:

第六个故事

  在某一个池子旁边的一个地方,有一只白鹭。它因为年纪老了,总想找到一个简便的方法去吃鱼,于是它就站在一个池子的岸上,表现出心烦意乱惶惶不安的样子,连游到它跟前的鱼它都不吃了。在这里,有一只螃蟹同鱼住在一起。它走上来,说道:"叔叔呀!你为什么今天不像以前那样吃东西取乐了呢?"它说道:"当我用鱼类来养活自己并且感到心满意足的时候,我吃了你们,日子过得挺痛快。现在就要有一件非常的灾祸临到你们头上:由于这个原因,到了我这样年纪,我就想改变一下这种舒舒服服的生活方式。因此我才这样失神落魄的。"它说道:"叔叔呀!那一个非常的灾祸是什么样子呢?"白鹭说道:"今天我听到走过池子旁边的许多渔夫谈话。他们说:'在这个地方明天,在那个地方后天就要撒下网去。今天呢,我们先到离城挺近的那一个池子那里去。'在这样的情况下,如果你们都完了蛋,我就断了粮,我也完蛋了。我一想到这里,心里就难过,所以我今天就不吃东西。"听了这些恶毒的话以后,水里住的这一些东西都为自己的生命担起忧来,它们对白鹭说道:"叔叔呀!

爸爸呀！兄弟呀！朋友呀！你这个理智上成熟的人呀！既然听到了灾难临头，也就一定有办法去对付。请你把我们从死神的嘴里救出来吧！"白鹭说道："我是一只鸟，我没有力量同人类争斗；不过我却有力量把你们从这个水池子里运到另外一个很深的水池子里去。"于是这些家伙的理智就给这些花言巧语弄糊涂了，它们说道："叔叔呀！朋友呀！你这个只为别人着想的亲属呀！先把我先把我①运过去吧！你难道没有听见吗？

    在坚定的内心里把贪欲②消灭，用善良的心情回忆那些善事，

    为了朋友，好人们甚至可以把自己的性命看得一钱不值。[166]"

这个坏东西心里偷偷地笑，它自己暗暗地盘算："既然我已经利用我的聪明把这些鱼骗得由我来支配，我就可以舒舒服服地吃掉它们了。"这样盘算过以后，它声明接受这一群鱼的建议，用嘴把它们一个个捞上来，带到另外一个地方的一块石板上去，把它们吃掉。一天一天地它吃得非常舒服。它到了那里以后，又捏造说自己怎样完成了使命，来安慰它们。有一天，那一只螃蟹心里面怕死怕得要命，它再三恳求它说道："叔叔呀！你也把我从死神的嘴里救出去吧！"于是这一只白鹭就暗自思量："我老是吃一种肉，也实在吃厌了，我真想尝一尝这一种以前没有吃过的特别的肉呢。"这样想过以后，它就把那一只螃蟹叼起来，从空中飞去了。所有的有水的地方它全都躲开了，它想把它带到那一块热烘烘的石板上去。螃蟹问道："叔叔呀！那一个深池子在什么地方呢？"于是它就大笑起来，说道："你看一下这一块热烘烘的大石头吧！在这上面，所有的那一些鱼都壮壮实实地躺在那里呢。你现在也同样会壮壮实实地待下去。"这一只螃蟹向下一看，它看到那一块刑场一般的大石头，上面堆满了鱼骨头，样子看起来阴森可怕。它于是就想道："哎呀！

    为了自己事业的成功，在这个世界上只有少数的聪明人能够伪装，

    本来是朋友，他们装成敌人；本来是敌人，他们装出朋友的模样。[167]

同样：

    宁愿同毒蛇在一起玩耍，

    同奸诈的敌人住在一起；

    也不愿同恶劣动摇愚蠢的

---

① 原文恐有误。否则就应该译为："叔叔呀！先把我运过去吧！"
② 中国旧日的佛经译为"贪"。

坏朋友有什么交谊。[168]

原来那一些鱼就是这个家伙以前吃掉的呀,现在它们只剩下一堆堆的骨头了。我现在做些什么事情才好呢?我还想什么呢?

如果一个老师趾高气扬,分辨不清哪是是哪是非,
他还要走入邪路,那么他也同样要受到责备。[169]

同样:

危险还没有来到的时候,就应该未雨绸缪事先预防;
一旦看到危险临头,就应该毫不犹豫地先下手为强。[170]

在它还没有把我掷下去以前,我先用我这爪子上的四个尖钳住它的脖子。"它这样做了以后,那白鹭又开始往前飞去。给螃蟹钳住了脖子,这白鹭糊里糊涂,一点办法也想不出来,脖子终于给钳断了。

这一只螃蟹拿了那看起来像荷花梗似的白鹭的脖子,慢慢地爬到池子里,爬到那些鱼那里去。它们对它说道:"兄弟呀!你为什么又回来了?"于是它就把那个头给它们看,当作证物,说道:"所有它以前用花言巧语骗走的那一些鱼类,它都丢在离这里不远的一块大石板上,吃掉了。在我还没有死在它手里之前,我发现,它骗取了我们的信任,于是我就把它的脖子拿了来。不要再惊慌不安了。所有的水族都会安安静静地活下去了。"

因此我说道:"鱼吃得很多"等等①。公乌鸦说道:"伙计呀!你告诉我,用什么方法才能把这一条恶毒的蛇弄死呢!"豺狼说道:"你随便到一个大人物住的地方去。不管从哪一个阔人那里,只要他一时大意,你就偷走一条金链子,或者一串珍珠,把它丢在(蛇洞)里,人们找到那里,就会把蛇杀掉。"

于是一转眼的工夫公乌鸦和母乌鸦就兴高采烈地从那里飞走了。以后,母乌鸦来到某一个池子旁边,四下里瞭望。在池子里,某一个国王后宫里的妃嫔们正在玩水戏,她们就把金链子、成串的珍珠、衣服和首饰放在池子附近。这个母乌鸦于是叼了一条金链子,就飞回自己的树上去了。侍卫们和太监们看到金链子被叼走了,手里提了棍子,迅速地赶了来。母乌鸦把金链子丢在蛇住的那个树洞里,坐在远处瞧。国王的人们爬上了那一棵树,那一条黑蛇正伸直了身子待在树洞里。人们用棍子把它打死,拿了金链子,愿意到哪里就到哪里去了。于是这一对乌鸦又痛痛快快地过下去了。

---

① 参看本卷第165首诗。

因此我说:"如果用武力达不到目的的话"等等①。同样:

> 即使是一个力量很弱的敌人,
> 如果骄傲自满一时疏忽把他轻视;
> 那么在开头时本来可以制服的,
> 后来也就像疾病一样不可收拾。[171]

因此,在这里没有任何东西是聪明人办不到的。常言道:

> 谁要是有智慧,谁就有力量;一个傻家伙会从哪里得到力量?
> 在林子里,一只骄傲自负的狮子竟给一只兔子送去见了阎王。[172]

迦罗吒迦说道:"这是什么意思呢?"达摩那迦讲道:

第七个故事

在某一个有树林子的地方,有一只骄傲自负的狮子,名字叫作曼陀末底。它伤害兽类,简直没有个完。野兽给它看到了,它决不会放过。于是生在这个树林子里的羚羊、野猪、水牛、公牛、兔子等等会集在一块儿,愁眉苦脸,双膝跪在地上,垂下了头,恭恭敬敬地开始向兽中之王报告说:"陛下呀!不要再干那些毫无理由的伤害所有的生物的事情了,这同另一个世界是有冲突的②,是非常坏的事情!人们听到过:

> 傻子们对于仅仅一个生物所做的那一些坏事情,
> 在以后成千次的转生中都会给他带来不幸。[173]

同样:

> 这一件事情会引起人们的谗言,它会把人们对他的信任驱散,
> 它会把他引导到地狱里去,一个聪明人为什么还要去干?[174]

再有:

> 是所有的脏东西的大汇合,忘恩负义,终归会消灭;
> 为了这样一具身躯,傻子们竟然会做出了许多恶业。[175]

懂得了这一点,就希望你不要再把我们的族类连根灭绝。因为只要主子待在

---

① 参看本卷第159首诗。
② 意思就是说:现在做了坏事,死了以后要受到惩罚。所谓另一个世界,就是将来的世界,也就是死后的那个世界。

你住的地方,我们就每天轮流送一只林中的野兽来,做你的食品。这样做的话,陛下的生活可以维持,而我们的族类也不至灭绝。愿陛下遵守王者之道!常言道:

  一个国王要是慢慢地试探着自己的力量来享用自己的国土,
  像是吃延年益寿的药一样,那他就会得到至高无上的满足。[176]
  一个国王如果是由于糊涂像宰羊一样地宰杀自己的臣子,
  那么他可以得到一次的满足,任何时候也不会再有第二次。[177]
  为了收获果实,一个国王要用施舍、荣誉等等组成的水,
  努力去浇灌自己的百姓,正像一个园丁在浇灌花卉。[178]
  正像牛奶要挤对母牛也要及时地加以保护,臣民也应该这样对待,
  人们先用水把既开花又结果的春藤来浇,然后才能够采摘。[179]
  即使人君从百姓手里要钱,正如油灯需要油来灌,
  由于他(它)那些光辉的品质,没有人会看到这一点。①[180]
  正如一粒微小的种子,一棵柔弱的幼芽,必须加心加意地去保养,
  它到了时候自然就会开花结果,人民保护好了也会是这样。[181]
  金子、粮食,还有珠宝,再加上各种各样的饮料,
  以及其他的东西:这一切人君都是从百姓那里得到。[182]
  如果给人民谋了幸福,那么国王们就会兴盛顺利,
  如果人民倒了霉,那么他们也就完蛋:这毫无可疑。[183]"

曼陀末底听到了它们的话以后,说道:"噢,你们说得很对。但是,我在这里待着;如果你们不把野兽一只接一只地送给我,我就把你们都吃净。""就这样吧!"它们同意了,从此它们就过着安静的生活,在树林子里游来游去,不必再怕什么了。但是,每天中午的时候,却要按照动物的类别,轮流派一只野兽到它那里,充做它的食品,不管这一只野兽是年迈龙钟,是灰心厌世,是忧心忡忡,还是为自己儿子和老婆的性命而担忧。

  有一次,根据动物的类别,一只小兔子轮到被派了。所有的野兽都要它去,它自己心里琢磨开了:"怎样才能够把这一只坏狮子杀掉呢?但是:

  聪明人什么事情办不到呢?一经决定毫不动摇的人又什么事情不能

---

① 意思就是说:人君要钱,但也保护百姓;油灯要油,但却发出光明。因此,没有人会对要钱要油这一点有什么不满意。

> 去干？
>
> 嘴上甜言蜜语的人什么东西不能说服？精勤努力的人又有什么不能如愿？[184]

我一定要杀死这一只狮子。"于是它就磨磨蹭蹭地向前走,让时间慢慢地过去,心里面七上八下,总想想出一个杀掉它的办法来;到了这一天快要完的时候,它才走到狮子跟前。那一只狮子早就因为时间晚了饿得脖子细长细长的,气呼呼地舔着自己的嘴角,心里想道:"哼！明天我一定把所有的野兽都杀死！"正当它这样想着的时候,那只小兔子慢慢地来到它跟前,跪下磕过头,就站在它面前。它看到这一只小兔子来得这样晚,个儿又这样小,心里气得像着了火一样,威胁它说道:"喂,你这个混蛋！现在就是你这一个小东西单身来而且还来晚了吗？因此,由于你们犯了这个错误,我今天先把你吃掉,明天我还要把所有的野兽一齐吃光！"于是这一只小兔子恭恭敬敬地跪下,说道:"主子呀！这个错误不在我,也不在其他的野兽。请你听我说一说里面的缘故吧！"狮子说道:"在你还没有落到我牙缝里之前,赶快说吧！"小兔子说道:"主子呀！所有的野兽看到,按照动物的类别,今天该轮到我这个小家伙了,于是它们就把我同其他五只小兔子派了来。走在路上的时候,一只狮子从它住的大土洞里爬出来,对我们说道:'你们到哪儿去？要记住你们的保护神！'于是我就回答说道:'我们是说好了到我们的主子曼陀末底狮子那里去当作食品给它去吃的。'它于是说道:'如果是这样的话,那么这一座树林子是属于我的。所有的野兽都应该把你们说好的那些条件对我来履行。那一个曼陀末底看起来像一个贼。你去把它喊了来,要快快地回来,好看一下我们俩究竟哪一个力量大,可以做国王,可以把所有的野兽都吃掉。'我就是这样受了它的委托到主子跟前来的。请主子圣裁！"听了这些话以后,曼陀末底说道:"伙计呀！如果是这样的话,那就赶快把那个强盗狮子指给我,我好把我对野兽的那一肚子怒气倾泻到它身上,舒服一下。常言道：

> 土地、朋友,还有金子：这三件东西都是战争的果实；
> 如果连一件都没有希望的话,人们也就再也不会发动战事。[185]
> 如果没有可能得到大量的财宝,如果得到的只有失败,
> 那么聪明人也就决不会发动战争自己往里面栽。[186]"

小兔子说道:"主子呀!真是这样。为了自己的国家,由于受到侮辱,刹帝利①才从事战争。但是那个家伙是住在一个堡垒里的。它从堡垒里出来,就把我们挡住了。一个住在堡垒里的敌人是很难打倒的。常言道:

> 有上一千匹大象也不行,有上十万匹骏马也没有用,
> 国王们的目的反正是达不到的,只有一座堡垒就能成功。[187]
> 只有一个弓箭手站在城墙上就可以把一百个敌人打退,
> 因此,那些精通统治论的人们,就都赞美堡垒。[188]
> 古时候,听了老师的命令,因为害怕尸赖拏迦湿补,
> 天帝释盖了一座堡垒,曾得毗湿婆迦哩曼的帮助。②[189]
> 他③还给了这样的恩赐:一个国王只要他有了堡垒,
> 他也就会胜利,因此在这个世界上,堡垒就成了堆。[190]"

听了这些话以后,曼陀末底说道:"伙计呀!把那个强盗指给我吧,不管它是不是住在堡垒里,我反正要把它杀掉。常言道:

> 谁要是不把敌人和疾病在刚发现的时候就消灭掉,
> 即使他非常有力,等到他(它)们壮大了,仍然会被打倒。[191]

同样:

> 谁要是已经看到了自己的力量,行动既傲慢而又坚强,
> 即使单身也能打倒敌人,像婆哩伽婆打倒刹帝利一样。[192]"

小兔子说道:"正是这样。但是我仍然觉得,那家伙比你的力气大。因此,不了解它的力量而贸然冲上去,对主子说起来是不利的。常言道:

> 谁要是一时冲动,不了解自己的力量,也不了解别人的力量,
> 只仗着一阵火气冲上去,他就会像一只狮子向火里扑一样。[193]

同样:

> 一个弱者,如果自高自大,要想消灭一个强有力的仇家,
> 他就会俯首帖耳地转回来,正像一只大象碰断了牙。[194]"

曼陀末底说道:"那跟你有什么关系呢?你赶快把它指给我,就算它住在堡垒里也好!"小兔子说道:"如果是这样的话,就请主子过来!"说了这几句话以

---

① 印度四大种姓的第二个种姓,职责是治理国家,保卫国家,从事战争。《摩奴法典》一·八九有这样的规定:"他让刹帝利保护人民,施舍,举行祭典,学习(吠陀),不许他们纵欲。"
② 尸赖拏迦湿补是魔王的名字,为毗湿奴撕裂而死。毗湿婆迦哩曼是工巧之神。
③ 指天帝释。

后,它就在前面带路。走到一口井跟前的时候,它向狮子说道:"主子呀!你的那种威光谁受得住呢?从远处看到你,那个强盗就钻到它的堡垒里去了。你过来,我好指给你看!"听到这些话以后,曼陀末底说道:"伙计呀!赶快指给我!"于是小兔子就把那一口井指给它看。那一只狮子真正糊涂到家,它看到自己在水里的倒影,竟发出了一声狮子吼。于是从井里由于回声的缘故发出了一声加倍强烈的吼声。听到这吼声以后,它想道:"这家伙比我厉害",于是就向它扑去,结果死在里面。小兔子心里高高兴兴,它使得所有的野兽都兴高采烈,大家都称赞它,它就这样痛痛快快地在这个树林子里住下去了。

所以我说:"谁要是有智慧,谁就有力量。"① 迦罗吒迦说道:"这是偶然碰巧了,正像棕榈树的果子打死乌鸦一样。即使那一只小兔真正成了功,但是一个没有力量的人总不应该同一个大东西较量身手,连装一装样子都不行。"达摩那迦说道:"不管是有力量的人,还是没力量的人,都应该下决心去努力。常言道:

> 对那个永远精勤不懈的人,命运也一定会加以垂青。
> 只有那些可怜的家伙才老喊:'这是命呀,这是命!'
> 把命运打倒吧,要尽上自己的力量做人应该做的事情!
> 那么你还会有什么过错呢,如果努力而没有能成功?[195]

此外,神仙们也会帮助那些永远精勤不懈的人们的。常言道:

> 人们如果已经下定了坚强的决心,神仙们也会来帮忙;
> 正像毗湿奴②、他的神盘和他的金翅鸟帮助织工打仗。[196]

另外:

> 一个布置得非常巧妙的骗局连梵天③自己也不会猜透。
> 一个织工装作毗湿奴的样子去把一个国王的女儿挑逗。[197]"

迦罗吒迦说道:"即使是骗局,只要布置得巧妙,而且有决心,终究会成功:这是什么意思呢?"它说道:

---

① 参看本卷第 172 首诗。
② 印度神名。在《梨俱吠陀》时代,地位颇低。吠陀赞歌说他三步可以跨过全世界,大概指的是太阳出于东达于中天再没于西。后来地位逐渐提高,遂与湿婆并称,成为大神。
③ 印度古代最高神灵。在吠陀时代还没有,到了梵书的时代才有了这样的地位。

第八个故事

在瞿吒地区,有一座城市,名叫奔陀罗伐哩陀那。那里住着两个朋友,一个是织工,一个是车匠;两个人在自己那一行里都是第一把能手;由于工作有能力,他们俩都积累了大量的钱,也想出了无数的花钱的花样;他们俩的衣服都很柔软,五彩缤纷,又很值钱;他们俩用花和槟榔装饰自己,浑身都用麝香、沉香、樟脑等香料熏得喷香。他们俩每天用四分之三的时间干活,其余四分之一的时间就用来打扮自己,一块儿到广场、圣地这些地方去游逛。他们俩到展览会、社交场合、举行断脐礼①的地方等热闹场所,到人群汇集的地方去游逛,到了黄昏的时候,各自走回家去。他们俩就这样把日子打发过去。有一回,在一个大节日里,所有的城里面的人都按照自己的财力打扮起来,在神庙里,还有其他的地方,逛来逛去。这个织工和这个车匠也打扮起来,去看那些聚集在大小地方打扮得漂漂亮亮的人们的脸;在这时候,他们俩看到国王的女儿坐在白楼上的大窗子里,一群宫女围绕着她,胸膛上装饰着一对由于青春的催促而突出来的鼓蓬蓬的乳房;臀部圆圆地鼓起来;腰细细的;头发像波浪一样滑腻柔软,又像带雨的云彩一样的黑;金耳环摇摇摆摆地带在耳朵上,好像是同爱神的调笑相呼应;脸娇艳得像是一朵新开的嫩荷花,她像是睡眠一样捉住所有的人的眼睛。②

那个织工看到这个无比美丽的女子,他的心从各方面给爱神③的五支箭射中了,他用很大的勇气和镇定,勉强把自己这种情况掩饰住,走回家去;到了家以后,他在房子里所有的角落里都看到国王女儿的影子。他长长地深深地叹息,一头栽到没有铺过的床上,就躺在那儿不动了。他眼前看到公主,正如

---

① 小儿初生,割断脐带。这一天也就是他(她)的生日。
② 上面这一长段也是一句。从文体上来说,这一句非常雕饰堆砌,彩色绚烂,有点像中国的赋。就印度文体来说,它接近所谓宫廷诗。在中国旧日的白话小说里,一碰到描写风景和人物,就容易出现四六句子。在印度也有类似的情形。在像《五卷书》这样的散文著作里,一碰到描写风景和人物,也就出现这种宫廷诗体。这种类似的情形并不是偶然的。在中国的赋和印度的宫廷诗里,有大量的描写风景和人物的现成的句子。借用这些已经成了老套的现成的句子是轻而易举的。于是作家们也就乐得去借用了。
③ 原文义云"心生"。大概指的是"爱由心生"的意思。在印度神话里,爱神带着一张甘蔗作的弓,弦是蜜蜂堆成的,有五支尖上带着花的箭,从人的五官射入心中。所谓"各方面",大概就是指的五官。

他看到的她那样子;他心里想到公主,他就这样躺在那里,念着这些诗句:

"哪儿有美的形象,善也就在哪里:

诗人们这一句话未必全有道理。

住在我心里的情人虽然是非常美,

看不到她,却又折磨我的身体。[198]

固然:

一个心已经为愿望所占据,另一个为老婆所侵夺,

意识抓住了第三个心:我的心究竟能有多少个?[199]

固然:

如果全世界所有的人的优点都能够给他带来幸福,

为什么那长着小鹿一般眼睛的女郎的优点偏偏使我痛苦?[200]

一个人住在什么地方,他一定也就把这地方来保护。

美人呀!你住在我的心里,却总烧它:你真是可恶。[201]

那红得像频婆果①一样的嘴唇,那一双鼓起的乳房洋溢着青春的骄
　　傲,

那深深地洼进去的肚脐,那天生弯曲的鬈发,那一撮细细的柳腰:

如果心里面想到这一切而念念不忘,很快就会引起闲愁万种。

她那一双吹弹得破的桃腮蓦地煎熬起我来,这却是有点不妙。[202]

我刚才享受过了爱的狂欢,我的身体感到有点疲倦,

我就把我的胸膛紧紧地压在她那一双乳房的上边,

它给番红花弄湿了,像春情发动的大象的额部一样圆:

我是不是一阖眼就睡在她那双臂形成的笼子中间?[203]

如果命运真正是已经判决了我们的死刑,

我们是否还有法看到那美人长着鹿一般的眼睛?[204]

我的心呀!即使我的情人远在天涯,你却看到她如在眼前。

请你把这一种幻术告诉我的眼睛吧,如果你已经看得厌倦!

你已经完全习惯于孤独,同别人来往一定会带给你苦恼。

只为自己打算的人并不幸福,幸福的是也为别人的事情打算。[205]

她抢走了本性清冷的月亮的优美雅致的光耀;

---

① 一种植物,结果红艳。印度诗人用它来比女子的嘴唇。

> 她的一双眼睛夺来蓝荷花的颜色:这没有什么不妙。
> 那一只可怜的春情发动的大象,不知道她偷了它的步法;
> 我明明知道,竟让这个细腰女郎夺走了心:这却意想不到。[206]
> 在四面八方,在地上,在空中,到处看到的似乎都是她。
> 生命有了危险,想到的仍然是她:这细腰女郎成了那罗耶那①。[207]
> '一切行②都是转瞬即逝':佛陀说这样一句话有点糊涂。
> 当我们想到情人的时候,决不是一转瞬就想到别处。[208]"

他就这样翻来覆去地自卑自伤,他的精神激动错乱,夜也终于过去了。到了第二天,同平常一样,到了时候,那个车匠打扮得漂漂亮亮来到织工的家里。他看到织工躺在没有铺过的床上,手和脚都伸开来,深深地热乎乎地叹着气,双腮苍白,眼里流着泪。他看到他这样子,说道:"哎呀,伙计呀! 今天你身体的情况为什么这样子呢?"他虽然问了再问,但是织工却羞得什么也说不出来。车匠于是感到很忧闷,念出了这一首诗:

> "谁要是发脾气让别人害怕,谁就不是朋友;
> 朋友也不能够让别人战战兢兢地来侍候。
> 真正的朋友应该让人像对母亲那样地信赖。
> 其余的那一些只能算是萍水相逢偶然聚首。[209]"

他了解那些姿态和动作的意义,他用手摸了摸他的心还有其他地方,说道:"伙计呀! 我猜,你的样子并不是发烧,而是得了相思病。"

车匠既然给了他发言的机会,于是织工就坐起来,念了一首诗:

> "谁要是对一个知人善任的主子,对一个品质良好的奴仆,对一个百依百顺的老婆,
> 或者对一个毫无所求的朋友,把自己的苦水都倾吐出来,他就会再得到快乐。[210]"

诗念完以后,他就把从看到公主起所有的遭遇都原原本本地讲了出来。于是车匠想了一会,说道:"那个国王是刹帝利。你却是吠舍,你难道不怕犯罪吗?"③那个人说道:"按照法律,一个刹帝利可以有三个老婆。这一个老婆说

---

① 据印度古代神话,他是原人的儿子。很多神仙都有这尊号,这里指的是毗湿奴。
② 所谓"行"就是人们在身、口、意三方面所作所为的事情。俱舍论一说:"行名造作"。它是十二因缘的第二部分。
③ 刹帝利是四大种姓的第二,而吠舍是第三,按照古代印度的法律,不同种姓间是不许通婚的。

不定是一个吠舍的女儿呢,因此我才这样地爱她。常言道:

> 她无疑地可以跟一个刹帝利结婚:
>
> 因为我简直是为她颠倒了神魂。
>
> 如果对一件事情无法拿理性来决定,
>
> 善良人内心的愿望就是一个标准。[211]①"

那个车匠看到了他很坚决,就说道:"伙计呀!那么你现在怎么办呢?"织工说道:"我怎么知道呢?作为我的朋友我已经对你把什么话都说出来了。"说过这几句话以后,他就一声也不响了。于是车匠就说道:"你站起来!洗一洗澡,吃一点东西!不要再灰心丧气!我给你想一个办法,让你同她能够永远享受爱情的幸福。"

那个织工听到朋友这样大包大揽,又有了劲头活下去了,他于是就站起来,把应该做的事情都做了。隔了一天,车匠带着一只用木头制成的、用各种各样的颜色涂抹得花花绿绿的、用一片木楔推动着自己能够飞的、新拼凑成的机器金翅鸟,来到这里,对织工说道:"伙计呀!你骑上去,转动那一个木头楔子,你愿意到什么地方去,它就会飞到什么地方去。你在什么地方把这个楔子拔出来,这一架机器就停在什么地方。你收下它吧!今天夜里,当人们都睡了觉的时候,你好好地打扮一下自己,把我精心制造出来的那一套装作大神那罗耶那②的面具等穿戴上,骑上这一只金翅鸟,在那个女孩子住的后宫的楼顶上降落下来,你同那个公主愿意干什么就干什么吧!我确信,那个公主是独自个儿睡在楼上的。"

车匠说了这些话就走了,那个织工用成百的幻想把这一天剩下的时光打发过去,到了夜色降临的时候,他沐浴,熏香,擦粉,抹油,嚼槟榔,嘴里噙上香料,戴上花,把自己打扮得香喷喷的,穿上花花绿绿的衣裳,带上花环,头上戴上金冠和其他装饰,就这样做了。正当那个公主独自个儿在月光照耀得雪白的宫楼的顶上躺在床上看着月色的时候,她的心也微微地为爱情所触动,她蓦地看到那个织工,装出那罗耶那的样子,骑在毗那陀③的儿子身上。看到他以后,她慌里慌张地从铺上站起来,向他的双足顶礼,说道:"神仙呀!你为了什么原因肯驾临到这里来看我呢?请你指示我,要做一些什么事情!"公主这样

---

① 这一首诗是从迦梨陀娑的《沙恭达罗》里借来的。

② 这里指的是毗湿奴。

③ 传说是金翅鸟的母亲。

说完以后,那个织工用低沉而舒徐的声音慢慢地说道:"亲爱的!我就是为你而来的。"她说道:"我是凡人的女儿呀!"他说道:"你是我以前的老婆,因为诅咒而被赶走。在这样长的时间内,我一直保护着你,不致给其他男人所触犯。因此,我要用乾闼婆的方式①跟你结婚。"她想:"这是想也想不到的呀!"说道:"就这样吧!"于是他就用乾闼婆的方式娶了她。

就这样,他们俩之间的爱情一天一天地增长,他们俩一天一天地享受着爱的狂欢,日子也就过去了。到了快天明的时候,织工就骑上那一只机器金翅鸟,说一声:"我要回到吠君他天②去了。"同她告了别,总是偷偷摸摸地回到自己家里。

有一回,后宫里的守卫们发现了公主同一个男人享受性爱的痕迹,害怕自己丢掉了性命,就报告给国王了:"陛下呀!请赐我们无畏!我们有点事情要报告。"国王说:"可以。"于是后宫的守卫们就报告说:"陛下呀!虽然我们努力防护,不让男人进去;但是从公主苏达梨舍那外表上看来,似乎有一个男人在享受着她。我们不知道怎样办好了。请陛下圣裁!"

听了报告以后,国王心慌意乱,他想道:

"女孩子一下生就带来很大的忧愁。
'把她嫁给谁呢?'这也要仔细研究。
她出嫁了是不是就能够得到幸福?
做一个女孩子的爸爸,真是够受。[212]

同样:

女孩子一下生就抢走母亲的心。
她在朋友们的忧虑中渐渐长成。
把她嫁出去,她仍然会做坏事。
女儿们是一些不可克服的不幸。[213]

同样:

她会不会落到一个好人手里去呢?她能不能得到他的欢心?她是否是完美无缺?

---

① 不经过任何人允许,没有父母之命,也没有媒妁之言,不举行任何仪式:这种结婚方式叫作乾闼婆式。乾闼婆是一种低级的神,在《梨俱吠陀》中,有单数和复数。愈到后来,复数的意义愈多。这一群神好喝酒,好渔色。

② 毗湿奴所住的天宫。

> 一个作家刚把一篇故事写好,仿佛它是他的女儿一般,就这样挖空了心思捉摸。[214]"

他这样翻来覆去地考虑过以后,就走到皇后那里去,说道:"皇后呀!这些侍从们说的话,你应该全部知道!死神今天不知道是生了谁的气,她竟做出了这样让人丢脸的事情。"侍从们把这一件事情的经过都一五一十地告诉了皇后,她心里乱糟糟的,赶快走到女儿的房间里去,她看到女儿嘴唇受了伤,身上胳臂上腿上都有指甲掐的伤痕。她说道:"哎呀,你这个没有廉耻的小妮子呀!你这个败坏家声的东西呀!你怎么这样败坏自己的品行呢?这个该死的①到这里来找你的家伙是谁呢?你至少要把实话说出来!"她于是羞得垂了头,原原本本地把那个装成毗搜纽样子的织工的故事说了一遍。

听了以后,她笑容满面,乐得浑身汗毛直竖,她赶快走到国王那里说道:"陛下呀!谢天谢地,对你说真是天大的福气!在夜里,世尊那罗耶那经常亲身到我们的小妮子身边来。他已经用乾闼婆的方式娶了她。今天夜里,我和你我们俩站在窗子外面,在黑暗里看他一下;因为他同凡人是不说话的。"国王听了以后,心里高兴得不得了,他好容易把这一天度过去,仿佛过了一百年一样。到了夜里,国王带了老婆偷偷摸摸地站在窗子外面,正抬眼看天空的时候,他就看到那家伙骑在金翅鸟背上,手里拿着吹螺、神盘和杆,所有的标志②,应有尽有,从天上降下来。他觉得自己仿佛是在玉液金浆里洗过澡一般,对皇后说道:"在这个世界上,再没有比我和你更幸福的了,我们俩的女儿世尊那罗耶那亲自在享受。所有我们心里的愿望都得到满足了。现在我利用我的女婿就可以把整个世界都征服了。"

在这期间,九百九十万村庄的主人南方的可尊敬的毗讫罗摩西那③派来了使臣,想来收每年应缴的贡物。这一位国王因为有了那罗耶那这样一个女婿,目空一切,不像以前对他们那样毕恭毕敬了。他们非常生气,说道:"喂!国王呀!应该缴纳贡赋的日子已经过了。你为什么还没有把应缴的贡物送去呢?难道你现在忽然不知道是从谁那里得到了一种世界上稀有的力量,而竟敢惹得赛过火、风、毒蛇和死神的可尊敬的毗讫罗摩西那生气吗?"他们说完了以后,国王就把神仙的道路显示给他们看。他们回到本国以后,就添油加醋

---

① 原文直译就是"给死神看到的那个人"。
② 印度神仙各有各的特别标志,正如中国关老爷一定要有青龙偃月刀一样。
③ 义云"超军"。

百千倍地夸大事实做了报告,惹得自己的主子怒不可遏。他于是带了英勇威猛的侍从,率领着一支包括四部分①的大军,来讨伐那个家伙。他怒气冲冲地说道:

"纵使那个坏国王钻入海里,爬上天帝释保护的须弥山②,

我无论如何也要追踪把他杀掉:这就是我的誓言。[215]"

毗讫罗摩西那于是长驱直入,没有阻挡,侵入这个国家,把它破坏了。那些没有被杀掉的人民走到奔陀罗伐哩陀那国王的宫门口,就开始大哭大叫起来。虽然他已经听到了这一些,但是他丝毫也不慌张。

有一天,毗讫罗摩西那的军队又向前推进,把京城奔陀罗伐哩陀那围了起来,大臣们、帝师和重要人物向国王报告,说道:"陛下呀!一支强大的敌人已经冲进来,把京城围了。陛下怎么还能够无动于衷地站在那里呢?"国王说道:"你们从从容容地等在那儿好了!我已经想出了一个消灭敌人的方法。我将要怎样来对付这一支军队,明天你们就可以知道了。"说完了以后,他就命令好好地防守城墙和城门。然后他把苏达梨舍那喊了来,甜言蜜语地恭恭敬敬地对她说道:"小宝贝呀!我仗恃着你的丈夫的威力同敌人打起仗来。今天夜里,当世尊那罗耶那来的时候,你要告诉他,请他明天把我这个敌人消灭掉。"

到了夜里,苏达梨舍那把她父亲说的话完完全全地告诉了他。织工听了以后,笑了笑,说道:"亲爱的!同人类打这么一仗又算得了什么呢?因为我以前像玩儿一样地就把成千的以尸赖挐迦湿补、干娑③、摩图④、迦吒婆⑤等为首的神通广大的大魔杀掉了。因此你去告诉国王说:不要发愁!明天那罗耶那就要用他的神盘把您的敌人的军队消灭掉。"于是她就走到国王那里,趾高气扬地把这一切都告诉了国王。国王高兴得要命,命令守门人在城中击鼓宣布:"明天在战场上把毗讫罗摩西那杀掉以后,谁在他的住处找到钱财、粮食、金子、大象、马、兵器等等的东西,这东西就归谁所有。"城中的居民听到了鼓声,都兴致勃勃地互相谈论起来:"我们的主子真是了不起的勇敢。虽然敌人

---

① 古代印度军队一般分四部分:象兵,车兵,骑兵,步兵。在史诗《摩诃婆罗多》里面就是这样。
② 印度神话中的一座神山,中国旧译为"修迷楼""苏弥楼""须弥楼""苏迷卢""须弥"。
③ 一个阿修罗的名字,为黑天王所杀。
④ 两个魔的名字,其一为毗湿奴杀掉,另一为杀敌所杀。
⑤ 一个魔的名字,为毗湿奴所杀。

的军队已经到了眼前,但是他却不为所动。毫无疑问,他明天一定能消灭敌人。"

这一个织工不再寻欢取乐,他非常发愁,就在自己心里盘算起来:"我现在应该怎么办呢?如果我骑上这一架机器飞到别的地方去,我就再也不能同这一个妇女中的宝石在一块儿了。毗讫罗摩西那杀掉我的岳父以后,就会从后宫里把她抢出来。因此,我还是战斗吧!我死掉以后,所有我的那些愿望都落了空;没有她,我也是会死掉的。简而言之,我反正是非死不行了。我还是坚决一点吧!说不定,敌人们看到我骑在金翅鸟背上投入战斗,认为我就是婆薮提婆①,因而逃走了呢。常言道:

  伟大的人物应该永远是威风凛凛勇往直前,
  即使在困难中,在忧患中,即使遇到大危险。
  那些勇敢坚定傲视一切又想得出办法的人们,
  就一定能够通过困难而又逃出了困难。[216]"

就这样,这一个织工下定了决心要投入战斗。在吠君他天上,毗那陀的儿子②把这件事情报告了毗湿奴:"陛下呀!在地球上,在一个叫作奔陀罗伐哩陀那的城里,有一个织工装出了陛下的样子,在享受着国王的女儿。现在南方的强有力的大王来到这里要想把奔陀罗伐哩陀那的国王连根拔掉。那一个织工今天已经下定了决心要帮助他的岳父。因此我要向陛下报告下面的情况:如果他在战斗中阵亡了,那么在人类的世界上就会散布这样的谣言,说世尊那罗耶那给南方的国王杀掉了;从今以后,祭祀等等的举动就会停止;至于那些庙宇呢,那些不信神的家伙也会把它们毁掉;那些依附陛下的托钵僧也会放弃了托钵游方的生活。事情就是这样,请陛下圣裁!"世尊婆薮提婆于是就仔细考虑了一下,对它说道:"鸟中之王呀!实在是这样子。那一个织工既然装出了一个神仙的样子,他就非把那个国王杀掉不行。因此只有一个办法,那就是,我同你去帮他的忙。我附到他的身体上去,你就附到他那个金翅鸟身上!也让神盘附到他的神盘上面!""就这样吧!"金翅鸟同意了。

在这期间,被那罗耶那附到身体上的织工就指示苏达梨舍那,说道:"亲爱的呀!我就要去战斗了,你把所有的东西,像吉祥符等等,都准备好!"他说

---

① 指的是毗湿奴。
② 指金翅鸟。

完了这些话以后,做了一些祈求吉祥保佑平安的仪式,把战斗的装饰品都披挂上,用雌黄、白芥子、花朵等等东西祝了福;当神圣的荷花池的朋友、东天女郎额上的标志、有一千条光辉的①升起的时候,当胜利的战鼓敲起来的时候,当国王出了城走到战场上的时候,当两军进入自己的阵地而步兵已经交了锋的时候,这一个织工驾上了金翅鸟,散放着金子、宝石等等的财物,从楼上飞起来,飞入空中,全城的老百姓都好奇地看着他,向他致敬,他在城外在自己军队的上面,吹起了声音洪亮的海螺般遮阇尼耶②。

象兵、马兵、车兵和步兵③听到了海螺的声音以后,立刻惊惶失措,有的人一次一次地吓得撒了尿,有的人吓得高声怪叫,大家一哄跑掉;还有人身体四肢失去了知觉,躺在地上打滚;另外一些人吓得呆呆地站在那里,眼睛一动也不动地看着天空。

因为好奇,想看一看战斗的情况,所有的神仙都聚到这里来了。诸神之王对梵天说道:"梵天呀!在这里难道是有什么阿修罗或恶魔被杀掉吗,为什么世尊那罗耶那亲自乘上诸蛇之敌④出马战斗呢?"听了这话之后,梵天就沉思起来:

"在战斗中喝过许多神仙之敌的鲜血,
这样一个神盘噉哩⑤不向人类身上投掷。
一个狮子用自己的巨爪去把大象打碎,
它决不会用它去赶掉一只渺小的蚊子。〔217〕

这一件事情多么奇怪呀!"就这样连梵天都吃惊了。所以我说:

"一个布置得非常巧妙的骗局连梵天自己也不会猜透。
一个织工装做毗湿奴的样子去把一个国王的女儿挑逗"。〔218〕⑥

就这样,正当那些好奇的神仙们左猜右想的时候,这一个织工把自己的神盘投向毗讫罗摩西那。它把国王劈成两半,又回到他的手里来。看到了这件事情以后,所有的这些国王都从自己的坐骑上下来,手、脚和全身都伏在地上,向那一位装出那罗耶那样子的人报告,说道:"陛下呀!

---

① 指的是早上初升的太阳。
② 黑天王从恶魔般遮阇那里夺走的海螺。
③ 这就是印度古代所谓的"四兵"。
④ 意思是"蛇的敌人",指的是金翅鸟,因为金翅鸟是吃蛇的。
⑤ 毗湿奴的另一个名字。
⑥ 参看本卷第 197 首诗。

>一支没有首领的军队已经被消灭了。

看到了这一点,请你饶了我们的命吧!就请你指示我们,我们要做一些什么事情!"这一群国王这样说过之后,那一位装出那罗耶那样子的人就说道:"从现在起,你们可以得到安全①。这一个须波罗底婆哩曼现在所命令的,你们永远要毫不迟疑地去遵行。""谨遵主子的命令!"所有的国王都这样说,他们接受了他的命令。于是这一个织工就把敌人的一切财产,人、象、车子、马、财宝等等都拨给须波罗底婆哩曼去支配,自己也享受了胜利的光荣,同公主在一起享尽了一切荣华富贵。

所以我说:"人们如果已经下定了坚强的决心。"②迦罗吒迦听完了以后,说道:"如果你已经这样下定了决心的话,那么你就去满足你的心愿吧!祝你一路平安!"

说过这几句话以后,那一个就走到狮子跟前。它给狮子磕了头,就了座,狮子就对它说道:"你好歹来了,你是从哪儿来的呀?"它说道:"陛下呀!我今天来报告主子一件紧急的事情,这件事对你说来是不愉快的,但是我是为了你的好处才来的。这不是臣下们的愿望,但是他们害怕错过了采取直接行动的时间,才来报告的。常言道:

>如果那些担任大臣职务的人们,怀着满腔善意发了言,
>那么这就是高度的忠诚恭顺,里面洋溢着敬爱依恋。〔219〕

同样:

>国王呀!那些总是拣别人爱听的话来说的人容易找到;
>但是能说和能听逆耳但是有用的话的人却如麟角凤毛。〔220〕"

冰揭罗迦觉得它的话很可信,于是就恭恭敬敬地问它道:"你有什么话要说呢?"它说道:"陛下呀!珊时缚迦对你怀着恶意,窃取了你的信任;我们俩谈话的时候,它因为信赖我,曾偷偷地对我说过:'虽然你的主子具有三种本领,但是我却看透了它的优点和缺点。因此,我就想把它杀掉,我自己来痛痛快快地统治群兽。'今天珊时缚迦这家伙就正想实现它的阴谋,因此我就赶快跑了来把这件事情通知你,我们这一群的主人。"

---

① 原文直译就是"无畏"。
② 参看本卷第 196 首诗。

冰揭罗迦听了这一些像金刚杵一样令人难以忍受的话以后,它的心震动得非常厉害,它发了呆,一句话也说不出来。达摩那迦把这情况看在眼里,说道:"这正是大臣们的过错。常言说得好:

> 如果大臣或国王把自己抬得过高,
> 幸运女神①就会裹足不前站立不动。
> 因为女人本来不习惯于行远负重,
> 她就会把两者之一从手里丢掉。[221]②

因为:

> 一个折断了的刺,还有一个摇摇欲坠的牙,
> 再加上一个不称职的大臣:最好是连根往外拔。[222]

但是:

> 如果一个大地的主人只是把一个大臣放在政府的尖顶,
> 他就发了昏不知天高地厚,就会想法摆脱掉忠顺服从;
> 摆脱掉了忠顺服从,在他心里独立自主的念头就会生根;
> 独立自主的念头一生了根,他就会努力去谋害国王的性命。[223]

现在这一个珊时缚迦就一点也不受限制地按照自己的心愿参与所有的事情。这就正是不妥当的。③ 因为常言道:

> 一个国王,如果他真想为着未来的安乐幸福打算一下,
> 他就不能让一个即使是恭顺的大臣在办事时把钱乱花。[224]

主子们就应该这样子。正如:

> 连感情上充满了善意的那些人做出的事情也能引起恶感;
> 连其他的人们假心假意地做出的坏事情也能使他们快乐:
> 因为国王们心里面的情绪千变万化,让人窥测不出深浅,
> 奴仆们的责任就非常艰巨,连苦行者也不知道怎样去做。[225]"

冰揭罗迦听了以后,说道:"它总算是我的奴仆呀,它怎么会跟我捣乱呢?"达摩那迦说道:"奴仆是奴仆,同时又不是。这并不只适用于个别现象。常言道:

> 没有一个服侍国王的人不想去追求国王的富贵荣华;

---

① 美与幸福的女神。
② 意思就是说,如果国王或大臣自高自大,两者之一,不是国王,就是大臣,一定会倒霉的。
③ 意思正相反,原文疑有错误。

　　　　当权力还没有拿在手里的时候,只好暂时屈居人下。[226]"

狮子说道:"虽然如此,我的心反正不能生他的气。因为:

　　　　即使自己的身体上有各种各样的缺点,谁又不爱自己的身体?

　　　　即使一个人带给自己许多痛苦,自己欢喜谁还是照样地欢喜。[227]

但是:

　　　　即使他做了一些事情我们不喜欢,即使他说了一些话我们不愿意听;

　　　　我们喜欢的人,在任何的情况下,也仍然能够使我们的心振奋高兴。[228]"

达摩那迦说道:"这就正是你宠它的毛病:主子躲开所有的野兽,一心一意地只想到它,现在它自己竟然想当主子了。常言道:

　　　　一个国王的眼光不管是向着哪一个人转动了又再转动,

　　　　不管这个人完全陌生,或者出自名门,都会得到命运垂青。[229]

因此,即使你喜欢它,因为它坏,你仍然要厌恶它,应该把它赶走。常言说得好:

　　　　即使他是一个可尊敬的亲戚、一个亲爱的儿子、朋友或兄弟,

　　　　如果他糊里糊涂厌恶一件完美的事,有事业心的人仍要把他抛弃。

　　　　因为在这个世界上不是流传着连女人们都常说的一句俗话么:

　　　　只能用来把耳朵穿透的金子,对人们究竟会有一些什么用处呢?[230]

而且是,如果你认为它个子很大,它能为你干一些事,那么这也是错误的。因为:

　　　　一个春情发动的大象,不能够给国王做什么事情,那又有什么用处?

　　　　不管是个子大,还是个子小,一个人总是好的,只要他能够服务。[231]

当然,陛下对它很有同情。这也是不对的。因为:

　　　　一个人不听好人的意见,而对坏人却是言听又计从,

　　　　时间一过,他倒了大霉,然后他才会感到悔恨无穷。[232]

　　　　谁要是对好朋友们的至高无上的智慧不加以注意,

　　　　过不了多久,他就会丢掉自己的位置,陷入敌人手里。[233]

同样:

　　　　那些不聪明的人、毫无阻拦地走上歪道的人、没有见识的人、没有耳朵的人,

　　　　他们听不见,什么应该做,什么不应该;即使适当地告诉他们,也是充

耳不闻。[234]

还有：
> 什么地方有人肯说也肯听那些虽然是听了令人不快意、
> 但是并不妨碍产生好结果的话,那地方就会百事顺利。[235]

同样：
> 国王呀！被委托去做事的那些奴仆,
> 不许欺骗国王,国王有密探做耳目。
> 因此希望你能容忍那些坏的和好的。
> 又能治病同时又好听的话,难以说出。[236]
>
> (国王)不要因为敬重一个新来的人而给老奴仆惹来麻烦；
> 没有什么病比引起政府分裂的那一种病,更显得危险。[237]"

狮子说道:"亲爱的！不要这样说吧！因为：
> 如果先在大庭广众中说过,一个人浑身都是优点,
> 就不许别人再说这个人缺德,因为怕打破了前言。[238]

此外,它以前到我这里来求救的时候,我已经赐给它无畏了,它怎么能会忘恩负义呢？"达摩那迦说道：
> "同别人结下了冤仇,坏人毫不在乎。
> 好人做好事情,却永远没有个知足。
> 从他们的本性上,两者都可以认得出,
> 正如从味道上就可以认出甘蔗和宁巴树①。[239]

还有：
> 即使努力对他表示敬意,但是一个坏人总是本性难移；
> 他就像一条狗尾巴,人们把它揉软或涂上油使它不再弯曲。[240]

同样：
> 即使是小小的一点优点,也会给那些优点满身的人增光,
> 正如大家所知道的月亮的光辉洒在雪山的顶上那样。[241]

正如：
> 才德兼备的人们的优点在坏人身上消逝得无影无踪,
> 正如在夜里月亮的光辉照上了安阇那山的最高峰。[242]

---

① 这种树结的果子是苦的;在葬礼上,人们就嚼它的叶子。

做一百件好事情对坏人也没有用,说一百句好听的话对傻子也是等
　　　于耳旁风,
　　劝告一百次对不听劝告的人也不留影响,一百个智慧对冥顽不灵的
　　　人也会落空。〔243〕
　　把东西送给不配接受的人等于白给,对理解认识都迟钝的人进忠告
　　　等于白说,
　　对忘恩负义的人做了好事完全无用,对不知欣赏的人举动彬彬有礼
　　　等于白做。〔244〕

还有:
　　就像是对着树林子痛哭,就像是在一个死尸的身上涂香,
　　就像是把莲花移到旱地上来栽,就像是雨点长久落在硷地上,
　　就像是人们想把狗尾巴弯下来,就像是对着聋子耳语,
　　就像是给瞎子脸上擦粉:如果人们对着一个傻子把话来讲。〔245〕

还有:
　　把公牛当作是给乳房的重量压弯了的母牛白费上力气挤奶,
　　把太监认作是千娇百媚花枝招展的年轻女郎拼命去拥抱,
　　看到一块光芒射到远处的玻璃,就幻想找到了一块宝石:
　　谁要是感兴趣去服侍那些傻瓜,谁的情况就是这样糟。〔246〕

因此,主子无论如何也不能把我这一些善意的劝告置之不理。你难道没有听
到过吗?
　　老虎、猴子和蛇说的话我没有听,
　　因此我就给那个坏人拖入陷坑。〔247〕"
冰揭罗迦说道:"这是什么意思呢?"达摩那迦讲道:

第九个故事

　　在某一个首都里面,有一个婆罗门,名叫耶若达多。他的老婆给贫困压得
受不了了,就天天向他唠叨:"喂,婆罗门呀! 你这个没有出息的狠心的家伙
呀! 你为什么不看一看我们的孩子饿成什么样子了,你还在那里无忧无虑地
不管? 你出去旅行一趟吧,找到一个挣饭吃的办法,然后赶快回来!"这一个
婆罗门听她的话实在听烦了,他就开始了一个长途旅行。过了几天,他来到了

一片大森林里。当他在这一片森林里前进的时候,他饿得瘦了,他开始找水喝。他在这一片森林的某一个地方找到了一口给野草遮盖起来了的井。当他向下看的时候,他看到井里面有一只老虎、一只猴子、一条蛇和一个人。他们也看到他了。老虎注意到,上面有一个人,于是就说道:"喂,喂,高贵的人呀①!你要想到,保护生物是伟大的责任,把我拉上去吧,让我同我的亲爱的朋友、老婆、儿子和亲属团聚吧!"婆罗门说道:"一切生物,只要听到你的名字,就吓坏了,我难道就不怕你吗?"老虎又说道:

> "一个杀害婆罗门的人、一个喝酒的人、一个太监、一个破坏誓言的人,还有一个人阴险狠毒:
>
> 对于这些人,圣哲们都规定了赎罪的方法;但是对于一个忘恩负义的人来说却没有方法把罪来赎。〔248〕"

它接着说道:"我用三真②来向你发誓,你不要害怕我。你发一发慈悲把我拉上去吧!"于是这一个婆罗门③就又在自己心里思索起来:"如果我因为保护生物的生命而遭到不幸,我仍然会获得幸福。"这样想过之后,就把它拉上来。猴子也开了腔:"喂,好人哪,把我也拉上去吧!"听了这话以后,这一个婆罗门也把它拉上来了。蛇说道:"喂,婆罗门呀!把我也拉上去吧!"听了这话以后,婆罗门说道:"人们一听到你的名字就发抖了,怎么敢碰你呢?"蛇说道:"我们自己不能够做主,如果不惹我们的话,我们不会咬人的。我用三真向你发誓,你不要害怕我。"他听了以后,也就把它拉出来了。于是它们就对他说道:"人这玩意儿,不管他是谁,总是万恶的集中地。想到这一点,不要把这个家伙拉出来吧!也不要相信他!"老虎又说道:"从这里可以看到那边有一座有很多山峰的山,在山的北面有很多山洞,很多丛林,我的窝就在那里。希望你赏光到那里去看我一下,好让我报答你的恩情,好让我在来生不再作恶。"这样说过之后,它就回自己的窝里去了。猴子于是说道:"那边,在那一个洞的旁边,就是我的家,离开瀑布不远。你一定要到那里去看我。"说完,也就走了。蛇说道:"你遇到危险的话,希望你想到我。"这样说过之后,它怎么来的,就怎么走了。

---

① 中国旧译"摩呵萨""大士"。
② 指的是思想真实,语言真实,行动真实。
③ 这里的意思是"再生族"。前三个种姓:婆罗门、刹帝利和吠舍都可以称作"再生族",第四个种姓首陀罗不准这样称呼。

在井里面的那一个人一连声地喊起来："喂，婆罗门呀！把我也拉上去吧！"这一个婆罗门心里可怜起他来："他是我的同类呀，"于是也就把他拉上来。这个人说道："我是一个金匠，住在苾哩求伽车。你如果有什么金子要加工的话，就请你到我那里去吧。"说完了这些话以后，他怎么来的，也就怎么走了。

这一个婆罗门转来转去，什么也没有找到。在回家的路上，他想起了猴子的话。于是他就到它那里去，果然看到它了。它拿给他甘露一般甜美的果子，用这个来招待他。猴子又对他说道："如果你觉得这些果子还不坏的话，就请你常到这里来！"婆罗门说道："你的心全尽到了。现在请你把老虎指给我！"它把他领了去，把老虎指给他。老虎认出了他，送给了他一条做好的项链和其他的东西，表示对他的感谢，它说道："某一个王子单身一个人给他的马带到我这地区来了，我把他弄死了。所有的他穿戴的东西我都好好地藏起来，准备留给你。就请你拿了这些东西走吧！"婆罗门拿了这些东西，回忆起那个金匠来。他想："他会帮我的忙，替我卖掉的。"于是就到他那里去了。这一个金匠满怀敬意，拿给他洗脚水①、座位、硬的食品、饮料、软的食品等等，敬意表示过之后，说道："请你指示，我要做些什么事情！"婆罗门说道："我带来了一些金子，请你替我卖掉。"金匠说道："把金子拿给我看一看吧！"他拿给他看了。看过之后，金匠想道："这金子是我给王子加工的呀！"他这样在心里想过之后，说道："你先在这里等一会，我拿给别人去看一看！"说完了以后，他就到王宫去把金子拿给国王看了。国王看了以后，说道："你从哪里拿来的呀？"他说道："在我家里住着一个婆罗门，这东西是他拿来的。"于是国王就想道："一定是这个坏蛋把我的儿子杀死的。我现在就要把他应得的报酬给他。"于是他就命令卫士们把那个下贱的婆罗门捆起来，黑夜过去以后，就要把他弄到杆子上去处死。

婆罗门被捆起来以后，他就想起那条蛇来了。他才一动想的念头，那条蛇已经爬到他跟前来了。蛇说道："你要我做些什么呢？"婆罗门说道："请你解开绳索，把我放出去吧！"它说道："我要去咬国王的爱妃。咬了以后，即使有伟大的念咒驱邪的专家来念咒，即使给她涂上其他医生的解毒的药，我仍然不让毒气解掉。但是，只要你用手一碰她，毒气立刻就解掉。这样你就会被释放

---

① 印度人对一个才来到的客人表示敬意，首先给他洗脚水。

了。"这样约好之后,蛇就去咬了国王的第一个妃子。接着王宫里就响起了一片"唉唉"的叹息声,全城各处也都骚动起来了。住在别处的那些咒师、祝由科①、密宗的信徒和医生都被找了来。他们都用尽了自己的力量想办法,但是任何人的努力也不能给她把毒气消掉。于是就派人击鼓,到处游行。听到了鼓声以后,婆罗门说道:"我能够给她消除毒气。"听了这话,人们就解掉绳索,放开这个婆罗门,把他带到国王那里去。国王说道:"你把她的毒气消除掉吧!"他走到王妃跟前,只用手一摸她,她的毒气立刻消除了。

国王看到她又恢复了生命,对他表示了崇拜和敬重,恭恭敬敬地向他说道:"请你说实话,你究竟怎样得到的这些金子呢?"婆罗门从头到尾把他所遇到的事情原原本本说了一遍。国王了解了事情的原委,把金匠惩罚了一顿,送给这个人一千个庄子,任命他为自己的大臣。他于是就把自己的家眷接了来,身边挤满了朋友和奴仆,享受着精美的食品等等,举行了许多祭祀,因而积累一大堆功德,施行关心全国人民的仁政,过着幸福的生活。

因此我说:"老虎、猴子和蛇说的话"等等②。达摩那迦又说道:

"自己的亲属、朋友、老师和国王,

一走入歪路,人们就把他往回里拉。

如果根本没有可能把他们拉回来,

那么他愿意干吗就让他去干吗。〔249〕

陛下呀!它是一个叛徒呀!但是:

朋友们如果是想尽了办法去干一些不应该干的事情,

与人为善的人们就应该劝他们不要这样徒劳无功。

如果达到了目的,好人们就把这个叫作善人的做法;

如果没有达到目的,好人们就把这个叫作恶人的行径。〔250〕

正如:

谁要是使我们免于不幸,谁就是善意;纯洁的举动才算是举动;

有三从四德才称得女人;被好人们称赞的人才真正算是聪明;

不使人骄傲自满的算得上是荣华富贵;没有欲望算得上是幸福;

无拘无束才算是朋友;在艰难困苦中不感到痛苦才算是真英雄。〔251〕

---

① 祝由科,是用符咒来治病的方术。
② 参看本卷第247首诗。

还有:
> 一个好朋友在睡眠中把头放在火上,甚至于放在盘满了蛇的床上,
> 你可以熟视无睹;但是当他要走入邪路的时候,你却不能这样。[252]

你同珊时缚迦来往就是走入邪路,这会使得陛下失掉三种东西①。虽然我说得舌敝唇焦,但是现在陛下却不理我所说的话,随心所欲地活下去。如果将来不幸的事情突然发生,可不能怪我们当奴仆的。常言道:

> 一个国王,随心所欲胡乱搞,就不注意自己的举动和幸福;
> 他任意而行,就像是一个春情发动的大象一样,东冲西突。
> 一旦这个给骄气撑得膨胀起来的人跌到痛苦的深渊里去,
> 他自己也不会想到自己行为恶劣,而把一切罪过都推给奴仆。[253]"

狮子说道:"伙计呀!如果是这样的话,那就把它叫了来吧。"达摩那迦说道:"叫了它来又干什么呢?这是一种什么策略呀?因为:

> 把一个人叫了来,他会仓皇地表示敌意,或者向你袭击。
> 因此,最妥当的办法就是用行动去叫他,而不是用言语。[254]"

冰揭罗迦说道:"它不过是一个吃草的家伙,而我们呢却是吃肉的。它怎么能够加害于我呢?"达摩那迦说道:"正是这样:它是吃草的,而陛下呢却是吃肉的;它是食品,而陛下就是吃食品者。虽然如此,即使它自己不干坏事,它也会怂恿别的东西去干。常言道:

> 即使他自己没有力量,一个小人也会派别人去侮辱这个世界。
> 石头虽然自己不能够割什么东西,它却能把宝剑的刃磨得飞快。[255]"

狮子说道:"为什么?"它说道:"你经常同许多春情发动的大象、牛、水牛、野猪、老虎和豹子战斗,爪掏牙咬,你的身体受了伤,连样子都变了。你身旁乱七八糟地拉满了屎和尿。因此就生了不少的蛆。这些东西靠你的身体很近,它们会从你的伤口里爬到你身子里面去。这样一来,你就完蛋了。常言道:

> 对一个不摸脾气的人,不能让他到自己家里来住。
> 曼陀毗萨利卑尼②被人杀掉,由于东杜伽的错误。[256]"

它说道:"这是什么意思呢?"达摩那迦讲道:

---

① 义云"三种"或"三类"。所谓种或类含义甚多。这里指的是道德、享乐和财富。
② 意思是"爬得慢慢的家伙"。

第十个故事

在某一个国王的寝室里,有一张具备所有优点的举世无双的床。在床上被子里的某一个地方,住着一个虱子,名叫曼陀毗萨利卑尼。它身边围绕着一大群儿子、孙子、孙女、女儿、外孙等等,间或咬一下睡着了的国王,吃了他的血,它就变得胖起来,体面起来。正当它这样住在这里的时候,一个名叫东杜伽的臭虫给风吹落在这张床上。它看到这张床上有非常精致的被子,有两个枕头,就像恒河边上的大片的细沙一样,非常柔软,闻起来香气扑鼻,它感到极大的快乐。它全神贯注地触摸着,爬来爬去,也许是由于命运的捉弄吧,它碰到了曼陀毗萨利卑尼。虱子说道:"你怎么跑到这卧室里来了,这里只有主子们才能住?赶快从这里滚开吧!"于是臭虫说道:"可尊敬的先生!不要这样说嘛!为什么呢?

火应该受到婆罗门的尊敬,而其余的种姓都要尊敬婆罗门。
丈夫只受到自己老婆们的尊敬,但是每个人都要尊敬客人。〔257〕

我是你的客人呀!我曾经尝过各种各样的血:婆罗门的,刹帝利的,吠舍的,首陀罗的①,我都尝过。这些血吃起来都有点辣,黏糊糊的,也不养人。至于这张床的主人呢,毫无疑问,他的血一定会令人心旷神怡,像是甘露一般。因为他不断地努力服用医生们给他制的许多药,还有别的东西;因为他不受风、胆和唾沫的影响,就能保持住健康;因为他吃的东西都是加上了许多油汁看起来很漂亮的,里面加了冰糖、石榴和三种香料②的,用产生在陆地上的、产生在水里的和飞在天空里的动物的最好的肉做成的,身体就健康;所以我认为他的血会同仙露一样。因此我希望得你的允许来尝一下这一种香气芬芳令人怡情快意又延年益寿的甜美的血。"虱子说道:"对于像你这样的、嘴像火一般、以咬人为生的家伙们来说,这是不能想象的。因此你赶快从这张床上滚开吧!常言道:

---

① 这就是印度的四大种姓。这种种姓制度对了解印度历史和印度人民的生活有很重要的意义。因此有关这个问题的书籍和文章是非常多的。印度古代著名的法典《摩奴法典》对这种制度有极其详细的规定,可参阅。这四个种姓的具体内容,随时代而有所不同。但是大体上可以这样说:婆罗门管理宗教事务;刹帝利管理国家,从事战争;吠舍喂牲畜,种地,做生意;首陀罗可能是被征服者,他要服侍前三个种姓的人。
② 指的是姜、长胡椒和黑胡椒。

> 一个傻瓜,对于时间、地点、所做的事情、别人和自己都不认识,
> 也不深思熟虑,就贸然去干,一定收获不到什么好的果实。[258]"

臭虫于是就跪到虱子的脚下,再一次地请求。虱子为了表示客气,说了声:"好吧!"就答应了它。因为,有一次它在床上某一个地方爬着的时候,曾经听到人们给国王讲伽哩尼苏多①的故事;故事里,慕罗提婆②回答提婆达多一个问题时这样说道:

> "不管他怎样生气,如果一个人跪在他脚下,他竟不听不动,
> 他这样就是轻视了梵天、噉里和珊部③这三个神灵。[259]"

它一想到这个,就答应了它,并且说道:"可是你却不许在不适当的地点,不适当的时候,爬近他去咬他呀!"臭虫说道:"什么是适当的地方,什么又是适当的时候呢?因为我才同你碰到一起,我还不了解哩。"虱子说道:"当国王的身子由于喝醉了或者由于疲倦而陷入沉睡中的时候,你就偷偷地去咬他的脚。这就是适当的地点和适当的时候。"臭虫同意了。到了天黑的时候,它不知道是什么时候了,它饿得难过,于是就去咬刚刚睡着的国王的背部。他就像是给火烧了一下一样,给蝎子蜇了一下一样,给火把碰了一下一样,一下子爬起来,抚摸着自己的背部,对侍卫说道:"哎呀!我给什么东西咬了一下。你给我仔仔细细地在这一张床上找一下这一种咬人的虫子!"东杜迦听到国王这样说,吓得跑掉了,爬到床缝里藏起来。来了一群人执行国王的命令,他们在主子的命令之下,拿了灯,仔仔细细地搜查,在衣服的毛里面,找到了藏在里面的曼陀毗萨利卑尼;也是命该如此,他们把它连它的那些家属一齐消灭掉了。

因此,我说:"对一个不摸脾气的人"等等④。此外,陛下丢弃了世袭的奴仆,这也是不对的。因为:

> 谁要是把自己人丢开,而把外人当作自己人来看待,
> 谁就会像那个傻瓜旃陀罗婆⑤一样,注定要呜呼哀哉。[260]

冰揭罗迦说道:"这是什么意思呢?"它说道:

---

① 可能指的是一部小偷手册的作者。
② 印度古代最大的流氓。
③ 许多神都有这一个名字,像湿婆、梵天、毗湿奴、因陀罗等等是。这里指的大概是湿婆。
④ 参看本卷第256首诗。
⑤ 意思是"怒号的家伙"。

第十一个故事

在离开某一个城市的郊外不远的一个洞里,住着一只豺狼,名字叫作㧑陀罗婆。有一次,在夜里,它出来找食物吃,脖子饿得细长细长的,东游西荡,闯进城去。住在城里的那些狗用它们尖锐的牙尖把它的身体四肢撕了个一塌糊涂,它的心一听到令人起恐怖之感的狗吠声就打哆嗦,它东冲西突,最后好歹逃到一个手工艺人的家里。在这里,它掉到蓝靛缸里去。那一群狗怎么来的就都怎么跑掉了。因为它命不该死,费了好大劲好歹从蓝靛缸里跳出来,就跑到树林子里去了。所有的在它附近的那一群群的野兽看到它身上给蓝靛染得那个样子,都说:"给这种以前没有见过的颜色染得这样深的是什么东西呀!"它们的眼睛吓得东转西转,都逃跑了。它们喊道:"哎呀!这个以前从没有过的东西是从哪儿来的呀!因此也不能够知道,它干些什么,有多大勇气。我们还是离开它远一点吧!常言道:

假如对一个人的行动、家世和勇气一点也不摸底,

一个聪明人,如果关心自己的幸福,就不该同他成为知己。〔261〕"

㧑陀罗婆看到它们吓得慌里慌张地逃跑,就说道:"喂,喂!你们这一些野兽呀!为什么你们一看到我就吓得哆里哆嗦地逃跑了呢?大神阿犍度罗①想到,野兽们缺少一个主子,于是就把我,㧑陀罗婆,派来统治你们,你们现在就安乐幸福地待在我的胳臂形成的金刚石的笼子里面吧!"听了它的话以后,那一群群的野兽,狮子、老虎、豹子、猴子、兔子、鹿、豺狼等等,都跪倒它的脚前,说道:"主子呀!要我们做些什么事情,请下命令吧!"于是它就任命狮子为大臣,任命老虎为御榻守卫,让豹子来保管槟榔盒,任命大象为宫门守卫,让猴子来执遮阳伞和侦探。至于它自己的同类那些豺狼呢,它掐住脖子把它们一齐赶走。它就这样享受起一个王者的荣华富贵来,狮子等等把野兽杀死,送到它脚下。它就装出一副统治者的架子,把这些野兽分开来,拿给它们。

时间就这样过去了;有一次,它走到一个不应该去的地方;在这里,它听到了附近成群的嗥叫着的豺狼的叫声,它身上汗毛直竖,两只眼里充满了由喜悦

---

① 义云"破坏者"。许多神都有这个别号,像因陀罗、湿婆等。这里指的大概是湿婆,因为湿婆还有一个绰号,叫作"群兽之主"。

而流出的泪水,它站起来,开始高声嗥叫。狮子等这一群听到了这声音,想道:"这家伙原来是一个豺狼呀!"它们羞得垂下头,呆立了一会,说道:"哎呀!我们竟给这一个豺狼驱使起来了!一定要杀掉这家伙。"它听到这话以后,想溜掉;但是老虎却把它撕成碎片,它死掉了。

因此,我说:"谁要是把自己人丢开"等等①。

冰揭罗迦说道:"我怎么能够知道,它怀有恶意呢?它用什么方式同别的东西战斗呢?"它说道:"平常的时候,它的身子松松懈懈地来到陛下跟前。今天呢,如果它打算用它的角尖来触人,哆里哆嗦地溜到陛下身旁来的时候,陛下就应该知道,它没有怀着好意。"

达摩那迦说完了以后,就站起来,走到珊时缚迦那里去了。它放慢了脚步,看样子似乎是晃晃荡荡无精打采的。那一个说道:"伙计呀!你好吗?"它说道:"寄人篱下,怎么能够好呢?为什么呢?

> 个人的幸福要由别人来决定,心情永远不能够欢畅,
> 连对自己的生命都失去了信心:服侍国王的人就是这样。[262]

同样:

> 只是有了这一个生命就带来了烦恼,接着就来了极端的穷困,
> 还要低首下心地服侍别人才能生活;哎呀!这无穷无尽的厄运。[263]
> 有五种人,即使是还活着,但是弊耶娑②认为他们已经不存在:
> 穷人、病人、傻瓜、流落异域的人、永远要当别人的听差。[264]
> 一个听差连吃饭都吃不安稳,他没有睡够就要起,
> 话也不能愿意说什么就说什么:连一个听差也要活下去。[265]
> 有些人说:当听差是过着狗的生活;他们说的还不是实情;
> 因为狗还能够自由自在地乱跑,而听差却要听国王的命令。[266]
> 睡在地上,不能同女人接近,骨瘦如柴,吃的是汤稀水薄:
> 听差和苦行者都是这样,区别只在前者的原因是罪孽,后者是功德。[267]
> 一个听差没有自己的愿望,别人要他怎样,他就怎样;
> 他已经把自己的身体卖掉:他如何能够得到幸福安康?[268]

---

① 参看本卷第260首诗。
② 印度古代神话中著名的圣人和作者。据传说,《吠陀》《吠檀多经》等等都是他整理编纂的,他也是史诗《摩诃婆罗多》的编纂者。看样子,他不会是一个历史人物。

> 一个服侍别人的人,如果他的神志清明,注意力集中,他愈是走近自己的主子,他也就愈发感到觳觫和惶恐;
>
> 国王同火焰,是两种类似的东西,只是名称有所不同,他们的烈焰从远处还勉强可以忍受,近处却令人煎痛。[269]
>
> 一块甜点心,即使是再美,再引诱人,再脆,再酥,
> 如果是服侍别人以后才能得到,那又有什么好处?[270]

到处全是这样:

> 是什么时候?是什么朋友?是什么地方?有多少开支和收入?
> 我是什么人?我的能力怎样?——人们要这样想来想去反反复复。[271]"

珊时缚迦听到了把真情隐藏在自己心里的达摩那迦所说的话以后,说道:"伙计呀!你愿意说什么,就请说吧!"它说道:"你是我的朋友,对你有好处的事情,我一定要告诉你。我们的主子冰揭罗迦生了你的气,它今天说过:'我要把珊时缚迦杀掉,让所有的吃肉的家伙吃个饱。'我听到这话以后,吓成一团。你有办法就赶快想吧!"珊时缚迦听到了它那同霹雳的轰击一样的话,吓成一团。因为达摩那迦的话在什么时候都是可以相信的,珊时缚迦的心里乱糟糟的,害怕得要命,它说道:"常言说得好:

> 坏人接近女子一般是比较容易;国王养一群人没有出息;
> 钱财跟在吝啬鬼的后面;云彩把雨下在山上,下在海里。[272]

哎呀,哎呀!我算是碰到了一些什么事呀!

> 人们努力去博得国王的欢心和宠爱;
> 他宠爱了什么人,这又有什么奇怪?
> 但是这却不能不说是一个特别的现象:
> 有人服侍他,他却把他当作敌人看待。[273]

还有:

> 如果有人由于某一种原因而生了气,
> 只要原因一消逝,他也就会再欢喜。
> 谁要是没有任何原因而怀恨在心,
> 人们要怎样才能够使得他称心如意?[274]
> 没有任何的理由而竟表现出粗暴的敌意,
> 这样一个流氓坏蛋,有哪个人敢不怕惧?

他那些恶毒的坏话就像是大蛇的毒气,

令人忍受不了:他却是经常把它放在嘴里。[275]

在水池子里,反反复复地啄着星星的影子,摸来摸去,

一只天鹅,夜里什么也看不见,就这样找寻着莲花的梗蒂;

到了白天,它就不再啄食白莲花,因为它怀疑那是星星:

那些被骗子骗过的人们,即使在诚实人面前也是戒慎恐惧。[276]

哎呀!我有什么对不起我的主子冰揭罗迦的地方呢?"达摩那迦说道:"朋友呀!国王们最喜欢毫无理由地去伤害别人,他们专在别人身上吹毛求疵。"它说道:"正是这样。常言说得好:

旃檀树上有蛇,

莲花鳄鱼都在水里住,

坏人打死好人——

没有破坏不了的幸福。[277]

在山顶上长不出莲花,

坏人身上不会有好东西,

好人永远也不会倒霉,

种上大麦长不出大米。[278]

好人们想到的不是犯罪,他们想到的是别人给的恩赐;

这些人类中最善良的人,不会冲破一个善良人的限制。[279]

但是,我服侍了一个坏朋友,这都怪我自己。常言道:

一件不合时宜的举动,一种不妥当的交际,

还有同坏朋友来往:这一切都要想法回避。

你请看一下那一只睡在莲花林子里的鸟吧!

它给一支从弓上发射出来的箭射透了身体。[280]"

达摩那迦说道:"这是什么意思呢?"珊时缚迦讲道:

第十二个故事

在某一个树林子里面,有一个很大很大的池子。这里住着一只名字叫作末达罗迦陀①的天鹅。它在这里费很长的时间用各种各样的方法寻欢取乐,

---

① 意思是"为情欲所染"。

时间也就消磨过去了。有一次,死神注定了要把它弄死,就变成了一只猫头鹰,来到它跟前。天鹅看到了它,说道:"你为什么到这样一个荒凉的树林子里来呢?"它说道:"我听说你道德高尚,所以就来了。还有:

> 我漫游遍了大地的各个角落,我志在寻找一个道德高尚的圣贤;
> 没有任何人在道德方面超过了你,所以我就来到了你的身边。[281]
> 我在这里一定要小心谨慎地全心全意同你结好友情;
> 即使自己染上污秽,我们也一定要到恒河里去洗清。[282]

同样:

> 噉里手里的海螺干净又纯洁,虽然是骨头制造。
> 同胸襟豁达的人来往,谁能受不到感染与提高?[283]"

听过这些话后,天鹅说了一声:"好吧!"就答应了它;接着又说道,"喂,好朋友呀!你就随意同我一块儿住在这大池子旁边容易飞进去的树林子吧!"它们俩就这样相亲相爱地愉快地消磨着时光。有一天,猫头鹰说道:"我要回到我那叫作莲花林的窝里去了。如果我对你有什么用处的话,如果你对我还保持友谊的话,你一定要到我那里去做客。"说完,它就回到自己窝里去了。

时间过去了,天鹅想道:"我住在这个地方,年纪已经老了,我还没有看一看别的地方呢。现在我要到我的好朋友猫头鹰那里去一趟。在那里,我会找到一个新的寻欢取乐的地方,吃到硬的和稀的食品。"这样想过以后,它就到猫头鹰那里去了。它在莲花林里没有看见它。它非常仔细地找了又找,它才看到那一个钻到一个破破烂烂的洞里去的白天里看不见东西的家伙,它对它说道:"伙计呀!过来,过来!我,你的好朋友天鹅来了。"那家伙听到这句话,说道:"我白天是不活动的。太阳落下去以后,我再同你在一起吧。"它听了以后,等了好久,到了夜里,它才同猫头鹰到了一起。它把自己的情况等等都谈了谈,因为旅行疲倦了,就睡在那里。

这时候正有一个大商队驻扎在池子旁边。天才刚发亮的时候,商队的队主就起来了,他让人吹起号角,准备出发。在这时候,猫头鹰听到了这不成声调的号角声,就飞到河旁边一个洞里藏起来了。天鹅呢,却留在那里。那一个商队队主看到这不祥的预兆①,心里惊慌起来,就派去了一个只听到声音就能射中的弓箭手;弓箭手举起了那一支坚硬的弓,上上箭,用手一直拉到耳朵旁

---

① 大概指的是猫头鹰从头顶上飞过。

边;那一个待在猫头鹰窝附近的天鹅就给他射死了。

因此,我说:"一件不合时宜的举动,一种不妥当的交际。"①等等。

珊时缚迦又说道:"我们这个主子冰揭罗迦最初的时候说话跟蜜一样甜;最后呢,它的心变得跟毒药一样。到处都是这样:

> 在背后的时候,就阴谋捣乱;当面说话的时候却又亲切和蔼;
>
> 人们要回避这样的朋友,正如一罐子毒药表面上却是牛奶。〔284〕

这些事情我已经经验过了,如同:

> 从老远就把手伸出去,眼睛里湿糊糊的,把自己的座位的一半让出,
>
> 全心全意地把你来拥抱,谈论老朋友的事,回答问题,丝毫也不含糊;
>
> 内心里隐藏着毒药,外面比蜜还要甜,骗人的法术真真算是高明:
>
> 坏人们都要研究学习这一套东西,这一套演员的技巧有什么用处?〔285〕

> 在开头的时候,充满了过分的礼貌、阿谀和恭敬的美饰和光辉;
>
> 到了中间,也还装饰着花言巧语组成的但是不结果实的花朵;
>
> 到了最后,却为诽谤、粗暴和藐视所玷污,令人看到就讨厌:
>
> 呸!是谁想出了这种同小人来往的方式,它就是坏人行为的典模。〔286〕

同样:

> 他遵照礼节跪在地上磕头,他站起来迎接我们,陪着我们走,
>
> 他表示出对我们异常的关切,满腔热情地把我们来搂,
>
> 他说话跟蜜一般甜,能抓住我们的心,他赞美好人的道德;
>
> 至于他应该去做的事情呢,这样一个小人永远也不会动手。〔287〕

哎呀,哎呀!我这个吃草的怎么会同一个吃肉的狮子来往起来了呢?常言说得好:

> 如果两个人的财产相当,如果两个人的门第家世相同,
>
> 这样两个人才能结婚或者交朋友,一肥一瘦永不可能。〔288〕

常言道:

> 当那像一团火焰似的太阳在那太阳升起的山顶上升起,
>
> 蜜蜂为了想喝莲花的花粉,就一头钻到莲花里去,

---

① 参看本卷第280首诗。

它没有想到,到了黄昏的时候,它就会裹在里面出不来:
　　一个人如果只想得到好处,他就忘记了里面还有危机。[289]
　　它们放弃了莲花的甜蜜,也不再把蓝色的莲花来吮吸,
　　不再闻莲花天生的香气,不再去碰那香气浓郁的摩罗提;
　　这一些水上的蜜蜂却拼命去喝大象太阳穴上流出的汁水:
　　人们也就这样丢掉容易到手的东西而去欣赏流氓地痞。[290]
　　那一些蜜蜂满心想去尝一尝那新鲜蜜汁的美味;
　　它们长久地停在野象的腮上,努力去吮吸上面的水;
　　野象的耳朵一摇摆,吹起来的风就往它们身上打;
　　它们倒在地上,心里还想到它们游戏在莲花萼内。[291]

但是,这都是美德的错处,因为:
　　自己结得果实太多了,林中的巨树就会压得枝干低垂;
　　孔雀的尾巴一开屏,它们走起路来就显得累累赘赘;
　　一匹善于奔驰的千里马,人们竟把它当作老牛来拉套:
　　有道之士的那一套美德,常常就跟他自己形成敌对。[292]
　　一条蛇黑得像一堆膏药一样,它钻到迦林陀河的水里去,
　　这条河里的水受到砂岸上蓝宝石的反光也变成了黑漆漆的,
　　如果它皮上没有像星星一样闪光的珠子,人们怎样找到它?
　　什么给有德之士带来荣誉,什么也就给他们带来坏运气。[293]
　　绝大多数的国王都是彻头彻尾地讨厌那些有德之士;
　　世界上的荣华富贵常常是喜欢去找那些坏人和傻子;
　　要说是道德会带给人光荣体面,这只能算是一句瞎话:
　　一般说起来,人们并不是这样来估计世人的行事。[294]
　　狮子被关在笼子里,受了屈辱,愁容满面,消瘦不堪;
　　大象脸上凸起的地方给铁丝棒①戳烂;毒蛇为咒语所禁管;
　　聪明人意志薄弱,日趋堕落;英雄们失掉了自己的幸福:
　　命运戏弄这些东西,把他们摇来摇去,就像戏弄自动玩偶一般。[295]
　　丢开了荷花池里正在盛开的、里面没有藏着任何危险的花朵,
　　蜜蜂偏要贪心不足,想去吮吸大象在交尾期流出的汁液;

---

① 象奴通常用装有一个铁钉的棍子,骑在象脖子上,来指挥象。

这个傻子根本没有估计到,它的耳朵会忽然扇了过来:

一个贪得无厌的人从本性上就从不考虑有什么后果。[296]

无论如何,我既然陷入小人的圈子里来,我的性命反正是完蛋了。常言道:

一大群小人,聪明又伶俐,全都是靠玩弄手段过活,

他们能够把非说成是,正如乌鸦和其他东西欺骗骆驼。[297]"

达摩那迦说道:"这是什么意思呢?"它说道:

第十三个故事

在某一个城市里,有一个商人,名叫娑迦罗达多①。他用一百只骆驼驮了贵重的衣服,向着某一个方向出发。有一只骆驼,名叫毗迦吒②,因为驮的东西太重了,受不了那个苦,四肢无力,就倒下去,不动了。这个商人于是就把它驮的衣服分驮在别的骆驼身上,心里想:"这里是人迹难到的树林子,在这个地方是不能停留的。"他把毗迦吒丢下,就走了。商队走了以后,毗迦吒就开始慢慢地到处漫游,吃草。就这样,过了几天,它就壮实起来了。在这个树林子里住着一只狮子,名叫摩度迦吒③。它的听差是一只豹子、一只乌鸦和一只豺狼。这些家伙在树林子里巡游的时候,看到了商队丢下的那一只骆驼。狮子看到这个它以前从来没有见过的引人发笑的样子,就问道:"问一下这一个树林子里以前从来没有过的东西,它是谁呀!"于是了解实际情况的乌鸦就说道:"这是一只骆驼,在世界上是大家都知道的。"于是狮子就问它道:"喂!你是从哪儿来的呀?"骆驼就把它同商队分离的经过一五一十地都照实说了。狮子为了加恩于它,就赐给它无畏。事情就是这样,有一次,狮子同一只大象打架,象牙把它的身体戳伤了,它留在洞里休养。五天过去了,这些家伙都因为没有吃到东西眼看要陷入绝境了。狮子看到它们衰弱下去,说道:"我因为受伤生病,不能够像以前那样给你们弄食品了。你们现在自己努力干一下吧!"它们说道:"现在陛下这个样子,我们还保养什么呢?"狮子说道:"你们为臣下的,这种举动是好的,你们对我的依恋也是好的。虽然我现在是这个样子,你们把食品拿来吧!"因为它们什么都不回答,它又对它们说道:"喂!不

---

① 义云"海授"。

② 意思是"坏家伙"。

③ 意思是"骄傲狂妄"。

要这样羞羞答答的!去找一只什么野兽吧!我虽然是这个样子,我仍然要给你们和我自己弄一些食品。"

于是它们四个就开始游荡起来了。当它们什么东西都看不见的时候,乌鸦和豺狼就商量起来。豺狼说道:"喂,乌鸦呀!这样乱跑有什么用处呢?毗迦吒这个家伙同我们的主子搞得非常亲密,我们把它杀掉,就可以得到食品了。"乌鸦说道:"你说得很对;但是主子已经赐给它无畏了。它也许是杀不得吧。"豺狼说道:"这是真的;但是我要做到让主子同意杀它。你先在这里等一会,我回家一趟,把主子的意见带回来。"它这样说过之后,就急急忙忙地到主子那里去了。它找到了狮子,对它说道:"主子呀!我们已经把整个树林子都走遍了,现在我们饿得连一步都走不动了。陛下也要吃一些东西的。因此,如果陛下下命令的话,今天就能用毗迦吒的肉制成食品。"狮子听到这残忍的话以后,气呼呼地说道:"呸,呸!你这个罪犯!如果你再这样说,我立刻就把你杀掉。因为我已经把无畏赐给它了,我怎么能够自己再把它弄死呢?常言道:

赐给一条母牛、一片土地,

还有食品,都没有多大意义。

根据贤人们的说法,

赐给无畏,最有关系。[298]"

听了这话以后,豺狼说道:"主子呀!如果你已经赐给它无畏而又把它杀掉,这当然是你的罪过。但是,如果它自己出于对陛下的爱戴而愿意献出自己的性命,这就不是你的罪过了。因此,如果它自己要求把它杀掉,你就应该杀掉它。不然的话,我们中间的一个就要被吃掉了。为什么呢?陛下要吃东西,如果没有法子把饿止住的话,那你就要进入另一种生活状态①了。我们不服侍主子,活着还有什么意思呢?如果陛下遭遇到什么不如意的事情的话,我们一定要随在你身后走到火里去。常言道:

谁是家庭里的重要的人物,

人们都要努力把他来守护;

他完了蛋,全家也就完蛋:

轮毂坏了,轮辐也不能走路。[299]"

摩度迦吒听了以后,说道:"如果是这样的话,那你愿意怎样做,就怎样做吧!"

---

① 意思就是死掉。

它听了以后,赶快跑了去告诉它们,说道:"哎呀!主子的情况很有点不妙呀!生命的气息已经到了鼻子尖上了。没有了它,在这一个树林子里,谁是我们的保护者呢?因此,它已经饿得快到另一个世界里去了,我们要到它那里去,把我们自己的身体献给它;这样一来,主子曾给了我们很多恩惠,我们也就报了恩了。常言道:

  哪一个奴仆,当他的主人还活着的时候,能够眼睁睁地看,

  看着他的主人倒霉;这一个奴仆一定坠入地狱里去受苦受难。〔300〕"

于是它们都眼里噙着眼泪,到摩度迦咤那里去了,它们磕过头,就坐下。

摩度迦咤看到了它们,说道:"喂,喂!你们找到了或者看到了什么野兽吗?"乌鸦回答道:"主子呀!我们到处都跑遍了;可是我们既没有找到,也没有看到什么野兽。因此,现在就请主子把我吃掉维持自己的生命吧!这样一来,主子身体能够强壮起来,我呢,我也可以升天有份了。常言道:

  哪一个凡人能够献出自己的性命,为了依恋爱戴自己的主子,

  他就一定会达到至高无上的境界,那里没有老,也没有死。〔301〕"

豺狼听了以后,说道:"你的个儿太小了。主子把你吃掉,他的性命也还是不能延长下去。此外,还会犯一次罪。因为,常言道:

  乌鸦肉,还有祭祀剩下的食品,这些都没有力量,又极少;

  吃了这些东西,究竟有什么用处呢?反正是不会吃饱。〔302〕

因此,你已经表达了你对主子的依恋爱戴,你已经在两个世界中获得了名声。你现在就站开点,好让我也来跟主子说几句话。"这样做了以后,豺狼恭恭敬敬地磕过头,说道:"主子呀!你今天把我吃掉来维持你的生命吧!你让我获得两个世界吧!常言道:

  因为奴仆的生命是用钱财来维持的,主人可以支配;

  所以,如果主人毁掉这生命,那也不算犯什么罪。〔303〕"

听到这话以后,豹子开了腔:"喂!你说得真对呀!可是你的个儿也不大呀,而且你还是同类,你也有爪子,你是吃不得的。常言道:

  聪明人不吃禁止吃的东西,即使他已经是奄奄一息;

  虽然只吃一点点,这样他也会把两个世界失去。〔304〕

你已经证实了,你是一个忠实的奴仆。常言说得好:

  为了这个原因,国王们要到名门豪族里面去挑选得力的人,

  在开头,在中间,一直到最后,他们总不会改变自己的心。〔305〕

因此,你也往后退一退,好让我也跟主子说几句话,让他高兴一下。"它这样做了;豹子磕过头,说道:"主子呀!你今天用我的生命维持你的生命吧!你给我在天上找一个永世不朽的住处,让我的名声远播四海吧!因此,你在这里一点也用不着迟疑。常言道:

>那些驯顺的奴仆,如果他们忠心耿耿地为自己的主子服务,

>他们的名声会传遍整个大地,他们在天上也会得到永恒住处。〔306〕"

听了这话以后,毗迦吒心里就琢磨起来:"这些家伙都说了很漂亮的话,但是主子一个也没有杀掉。我看这正是时候了,我也要说上几句,好让这三个家伙把我的话也来反驳掉。它于是下定了决心,说道:"对呀!你说得真不错呀!不过呢,你也是一个有爪子的家伙,主子怎么能够把你吃掉呢?因为常言道:

>如果一个人对自己的同类怀有恶意,哪怕只是思想里如此,

>两个世界就没了他的份,他也会变成一条不洁的虫子。〔307〕

因此,你也往后退一退吧,好让我也来跟主子说上几句话!"它这样做了;毗迦吒走上前去,磕过头,说道:"主子呀!这些家伙你都吃不的,那么你就用我的生命来维持你的生命吧!这样我也可以获得两个世界。常言道:

>有一种境地,连祭祀的人和实行瑜伽①的人都不能够达到,

>奴仆反而可以达到,如果他们为主人把自己的性命牺牲掉。〔308〕"

它这样说过以后,豹子和豺狼得到了狮子的同意,把它的肚子撕开,乌鸦把它的眼睛啄出来,毗迦吒就死去了。它们这一群饿得要命,就把它吃掉了。

因此,我说:"一大群小人,聪明又伶俐。"②珊时缚迦说完了这个故事以后,又对达摩那迦说道:"伙计呀!这一个给小人包围了的国王给他的臣下带不来什么好处。宁愿要一个周围有一群天鹅的秃鹫当国王,也不要一个周围有一群秃鹫的天鹅当国王。如果周围有一群秃鹫,那么主子的许多缺点就会暴露出来,这就足以使它们毁灭。所以在两者之中,要把第一个拥为国王。一个国王,如果听坏人的话办事,就不能够前进。人们讲这件事:

>因为豺狼站在你旁边,乌鸦长着尖尖的嘴,

>所以我就爬上树去,你的随从真不美。〔309〕"

达摩那迦说道:"这是什么意思呢?"珊时缚迦讲道:

---

① 原义是"控制",引申义就是"静坐沉思"。中国旧译作"瑜伽",义译"修习"。

② 参看本卷第297首诗。

第十四个故事

在某一个城市里,有一个制车的工人,名字叫提婆笈多①。他常常带着粮食,跟他的老婆一块儿,到树林子里去砍伐安阇那②树的大树干。在这个树林子里,住着一个狮子,名字叫作毗摩罗③。它有两个随从,都是吃肉的家伙,一个是豺狼,一个是乌鸦。有一次,狮子自个儿在树林子里游逛,它看到了那个制车的工人。制车的工人也看到了这一个非常可怕的狮子;也许他认为自己已经死了,也许他是急中生智,想出了一个逃身的办法,他心里想:"勇敢地冲上去是最好的办法。"于是他就真面对着狮子走上去,磕过头,说道:"过来,过来,朋友呀!今天你要来尝一尝我的饭,这是你兄弟媳妇拿来的。"它说道:"伙计呀!我并不用煮好的饭食来维持生命,因为我是吃肉的。不过,为了对你表示亲热起见,我还是吃一点。这是些什么特别的食品呢?"狮子这样说了以后,制车的工人就用带糖和奶油的葡萄,用四种佐料制成的点心、糖果、迦底耶迦④等等各种各样的特殊食品把狮子喂饱。狮子为了表示感谢,就赐给他无畏,让他毫无阻碍地在林子里游逛。于是制车的工人就说道:"朋友呀!你以后要天天到我这里来;但是要一个人来,任何别的人也不许带到我跟前来!"在他两个的相亲相爱中,时间就过去了。就这样,狮子天天吃这样的各种各样的食品吃得饱饱的,它根本没有兴致去猎取别的动物了。豺狼和乌鸦是靠别人的恩惠为生的,它们饿得要命,于是就对狮子说道:"主子呀!你天天到哪里去呀?去了以后,总是兴高采烈地回来。请你告诉我们吧!"它说道:"我什么地方也没有去。"它们俩又特别客气地追问,狮子才说道:"我的朋友每天到这个树林子里来。他的老婆做得一手好菜,我就天天在友爱的气氛中吃这些东西。"于是它两个又说道:"我们俩要去把那个制车的工人杀掉,用他的血和肉痛痛快快地过一个时候。"狮子听了以后,说道:"哎呀!我已经赐给他无畏,即使是在心里,我怎么能够对他有这种坏念头呢?但是,我也要给你们两个弄一点那种特别精美的食品来。"它们俩同意了,于是它们就出发到

---

① 义云"天护"。
② 一种树名。
③ 义云"纯洁"。
④ 意义是"可以吃的东西",是一种食物的名字。

制车的工人那里去。制车的工人从远处就看到了狮子带着它那凶恶的随从,他心里想:"这事对我有一些不妙。"他就赶快同他老婆爬上了一棵大树。狮子来到以后,说道:"伙计呀!你为什么看到我来了就爬到树上去了呢?我是你的朋友,叫作毗摩罗的那一只狮子呀。不要害怕吧!"制车的工人没有挪地方,他说道:"因为豺狼站在你旁边。"①等等。

因此,我说:"一个给小人包围了的国王给他的臣下带不来什么好处。"把故事讲完以后,珊时缚迦又说道:"有人挑拨我同冰揭罗迦的关系。还有:

> 即使是一个山根,如果挖上坑道,
> 柔软的水也可以把它冲得缩小;
> 何况是人们的极其柔软的心,
> 哪能经得住善于煽惑的人絮絮叨叨?[310]

在这样的情况下,现在要做些什么好呢?或者是,除了战斗以外,还有什么呢?常言道:

> 举行许多祭祀,还要布施,再加上苦行,
> 想上天的人才能把到那些世界去的路打通;
> 英雄们在一刹那的时间就能达到这些世界,
> 只要他们在战斗的时候牺牲掉自己的性命。[311]

同样:

> 或者是阵亡了,达到天堂;或者是战胜敌人,得到幸福:
> 英雄们的这两种德行,实在说就是引导到幸福去的道路。[312]

同样:

> 用宝石和金子装饰的妖妖娆娆的年轻女郎、
> 象、马、宝座、拂尘,还有那些辉煌的排场,
> 再加上那一把镶满了月光宝石的遮阳伞:
> 看到战斗就发抖的那一个娇生子不必梦想。[313]"

听了这话以后,达摩那迦心里想:"这一个长着尖尖的角养得胖胖的家伙,说不定会走运把主子戳伤。这样就不好。常言道:

> 即使是孔武有力的巨人,在战斗中能不能胜利,也没有把握;

---

① 参看本卷第309首诗。

因此,聪明人总是先用那三种策略①,然后才公开开火。[314]
因此,我要利用我自己的智慧,使它不至于真干起来。"它于是就说道:"伙计呀! 这不是个好办法。因为:

在了解了敌人的实力以前,谁要是冒冒失失地就蛮干,

他一定会遭到失败,就像那大海受到了白鸦的暗算。[315]"

珊时缚迦说道:"这是什么意思呢?"达摩那迦讲道:

第十五个故事

在一个充满了卢舍②、摩迦罗③、乌龟、鳄鱼、海豚、珠蚌、蜗牛,还有其他生物群的大海的岸上某一个地方,住着一对白鸦。公白鸦名字叫作优陀那波陀,母白鸦名字叫作波底婆罗多。有一次,母白鸦在月经期间月信流过以后,眼看就要生育了。它对公白鸦说道:"你给我找一个生产的地方吧!"公白鸦说道:"难道我们的祖先在这里得到的这个地方还不吉利吗? 你就在这里生吧!"母白鸦说道:"不要再谈这一个危险的地方了! 就在身旁的大海说不定什么时候就会用它那从老远卷上来的潮水把我的孩子们都给冲走。"公白鸦说道:"亲爱的! 它认识我优陀那波陀。大海不可能这样同我结下冤仇。你没有听说过吗?

有谁敢到毒蛇的皮里去采取那光芒四射辉煌灿烂的宝珠?

那一个难于接近瞪一眼就能杀人的人,谁敢惹他发怒?[316]

即使为夏天的炎阳所苦,在一个没有树木等等的沙漠里,

谁又敢到一只为春情弄瞎了眼睛的大象身躯的影子里去求荫蔽?[317]

还有:

吹起了清冷的晨风,里面还掺染着一粒一粒的雹子,

哪一个分清楚好歹的人,会用凉水把这寒冷来防止?[318]

狮子撕裂了春情发动的大象的前额,因疲倦而睡去,

---

① 即"战胜敌人方法策略"。一般说来有四种:一、甜言蜜语;二、进行贿赂;三、挑拨离间;四、出兵讨伐。
② 意义不详,也是海里的一种动物。
③ 一种海怪。

有谁想去窥探一下阎摩①的世界而敢把这一个死神的象征唤
起？[319]

有谁有这个胆量,敢毫不畏惧地走到阎王殿前去挑战：
'就请你把我的生命拿走吧,如果你有任何权力敢这样干！'[320]
成百的火舌遮蔽了天,只有烈焰没有烟,看到就令人打冷战,
有什么人脑筋极简单,他竟敢自愿地投入这样的烈焰？[321]"

这一个在天空里飞行的家伙这样说过以后,母白鸽了解这家伙究竟有多大本领,于是就笑起来,说道:"这是对的,好多东西都是这样。

你吹这样的牛皮有什么用？你将为全世界所嘲笑,鸟中之王！
那简直是怪事:一个小小的兔子拉的屎竟想同大象一样。[322]
自己的长处和短处,你为什么竟不知道呢？常言道：
最难的是自知,知道自己什么能做,什么又不能；
谁要是有这样的自知之明,他就决不会陷入困境。[323]
'一定要这样做,才能成功；同时,我也有这样的才干。'
知道了这一点,再去行事,他的目的就一定能够实现。[324]
常言说得好：
朋友们都是满腔的热情,他们的忠言谁要是不听,
他就像那一只傻乌龟一样,从木棍上掉下了半空。[325]"
公白鸽说道:"这是什么意思呢？"母的说道：

第十六个故事

在某一个池子里,有一个乌龟,名字叫作金部羯哩婆②。它有两个朋友,是两个天鹅,一个叫作珊迦吒,一个叫作毗迦吒。时间过去了,来了一次大旱,有十二年没有下雨。它们两个就琢磨起来:"这个池子里的水已经干了。我们俩到另外一个有水的地方去吧！不过呢,我们一定要跟我们相识很久的亲爱的朋友金部羯哩婆商量商量。"它们这样做了以后,乌龟说道:"为什么跟我商量呢？我是一个水里生的东西；现在,在这里,只剩下一点点水了；而同你们

---

① 即死神。有时作"阎摩王",音译是"阎摩罗阇",中国习惯用法把第二字和第四字省去,于是就成了"阎罗",更进一步省作"阎王"。
② 意思是"脖子上有三个褶的家伙"。

俩分离,我心里又难过,我不久就完蛋了。如果你们俩对我真正有什么感情的话,就请你们把我从这个死神的嘴里救出去吧。你们俩在这一个水很少的池子里所缺少的,仅仅只是吃的东西,而我呢,却就要死在这里。因此,你们请想一想吧,没有吃的和没有性命,究竟哪件事情严重呢?"它们俩说道:"我们俩没有法子把你这样一个没有翅膀的生在水里的东西带走呀!"乌龟说道:"有一个法子。你们拿一块木头棍子来!"木头棍子拿来以后,乌龟用牙咬住棍子的中间,说道,"你们俩用嘴牢牢地咬住棍子的两端,飞起来,在天空里平平稳稳地飞过去,一直到找到一个非常好的水池子。"它们俩于是说道:"这个法子看起来很危险呀!如果你稍微说上那么一句话,你就会离开棍子,从老高的地方掉下去,摔成碎片。"乌龟说道:"从现在起,我就坚持沉默戒,在空中飞行多久,我就坚持多久。"事情就这样做了,那两个天鹅好歹把乌龟从水池子里拖上去,当它们带着它飞过附近的一个城市的上空的时候,下面的人看到了乌龟,就从低处发出了一阵低低的呼声:"这两只鸟在天空里拖的是一辆什么样的车子呀?"乌龟听到了这呼声,它注定要死了,它竟轻率地说起话来:"这些人胡说一些什么呀?"刚一张嘴说话,这个傻瓜就从棍子上掉下去,落在地上。就在这时候,那些想肉吃的人就用尖刀子把它撕成碎块。

因此,我说道:"朋友们都是满腔的热情。"①

它接着又说道:

"谁要是未雨绸缪,想到未来的事情;谁要是战战兢兢,思想永不放松;

这两种人都会得到幸福康宁;那些随随便便无所谓的家伙性命将会告终。[326]"

公白鸽说道:"这是什么意思呢?"母的讲道:

第十七个故事

在某一个大水池子里,有三条个儿极大的鱼,它们就是:阿那迦陀毗陀怛哩②、钵罗底优底般南摩底③和耶陀跋毗湿耶④。有一次阿那迦陀毗陀怛哩听

---

① 参看本卷第325首诗。
② 意思是"未雨绸缪,想到未来的事情的"。
③ 意思是"战战兢兢,思想永不放松的"。
④ 意思是"随随便便无所谓的"。

81

到了那些走过这池子旁边的渔夫们的谈话,他们说:"这池子里鱼真多呀!明天我们要来捉鱼。"听到了这话以后,阿那迦陀毗陀怛哩心里想道:"事情有点不妙哇!这些家伙不是明天,准是后天一定会来。我要同钵罗底优底般南摩底和耶陀跋毗湿耶找另外一个没有用堤圈起来的水池子。"它于是把两个家伙喊过来,问它们。钵罗底优底般南摩底说道:"我们在这个池子里住了很久了,不能够一下子就把它丢开。如果那些靠鱼吃饭的家伙真来的话,我能够随机应变想出一个法子,把自己救出去。"但是耶陀跋毗湿耶呢,它注定要死了,它说道:"还有其他的更大的水池子呢,谁知道他们来不来呢?因此,只是听了这么几句话,就要丢开自己生在这里的池子,那是不对的。因为常言道:

  毒蛇,还有坏人,都是靠着别人的缺点才能够活下去,

  他们的愿望实现不了,这个世界才能够往前继续。[327]

因此,我是不走的:这就是我的决心。"阿那迦陀毗陀怛哩想到这两个家伙都很坚决,它就到另一个水池子里去了。到了它走后的第二天,渔夫们带了许多帮手,把里面的水都挡起来,撒下网去,所有的鱼都给捉住了。到了这个地步,钵罗底优底般南摩底就在网里装出了死的样子。那些人想:"这一条大鱼自己死了,"就把它从网里拿出来,放在岸上。它又回到池子里去了。耶陀跋毗湿耶呢,它的脑袋钻到一个网眼里去了,就这样露出水来,身上给一顿棍子打得稀烂,终于被打死了。

  因此,我说道:"谁要是未雨绸缪,想到未来的事情。"① 公白鸽说道:"亲爱的!你认为我同耶陀跋毗湿耶一样吗?

  马与马,象与象,金属与金属,木头与木头,石头与石头,衣服与衣服,

  女人与女人,男人与男人,水与水:其间有非常大的不同之处。[328]

因此,不要害怕!在我的胳臂的保护之下,有谁敢欺侮你呢?"母白鸽下了蛋以后,以前听到过它们的谈话的大海,心里就琢磨起来:"哎呀,这话说得真对呀!

  因为怕天会塌下来,白鸽睡觉的时候,总是把两足向上翘。

  实在说,在哪一个人的内心里,不隐藏着一股子骄傲?[329]

因此,我现在就想看一看它究竟有多大本领。"过了一天,当两个老白鸽出去找食物的时候,大海由于好奇,就用它那伸得特别长的、波浪形成的手把它们

---

① 参看本卷第326首诗。

的蛋抢走了。母白鸽回来,看到窝里空空的,就对丈夫说道:"你看吧,我有多倒霉!今天,大海把蛋都抢走了。我跟你说过多次了,我们俩应该到另外一个地方去。可是呢,你就跟耶陀跋毗湿耶一样糊涂,怎么也不走。现在我失掉了儿女,我愁得要跳到火里去了。这就是我的决心。"公白鸽说道:"亲爱的!你现在就看一看我的本领吧!我要用我自己的嘴把这个万恶的大海淘干!"母白鸽说道:"好人哪!你怎么能够同大海来打仗呢?同样:

>既不了解自己的力量,也不了解敌人的力量,脑袋一热就往前冲,
>
>谁要是糊里糊涂地这样干,谁就是自取灭亡,像飞蛾投入火中。[330]"

公白鸽说道:"亲爱的!不要这样说!

>太阳,即使是才出来,它那些光线形成的脚也会踏上山顶;
>
>对那些带着光辉生到世界上来的人,年纪又有什么用?[331]

因此,我就要用我的嘴把所有的水都淘干,把大海变成陆地。"母白鸽说道:"哎呀,亲爱的呀!恒河①和印度河容纳了九乘九百条河的水,不舍昼夜地流个不停,而你的嘴只能容得下一滴水,你怎能把它淘干呢?这种根本不能相信的话有什么意思呢?"公白鸽说道:

>"幸福的根是完全有把握的:我的嘴简直跟铁一样牢,
>
>白天和黑夜都长而又长,难道说大海竟干不了?[332]

因为:

>如果一个男人不显示他的英雄气概,他就很难树立权威;
>
>就连太阳也是先敢去冒险,然后才战胜了云堆。[333]"

母白鸽说道:"如果你一定坚持要同大海为敌的话,那么你要先把那些鸟都喊了过来,然后再下手。因为常言道:

>不管是怎样无足轻重,许多东西联起来就保证胜利。
>
>用一些草就可以搓成绳子,用这绳子连大象也能捆起。[334]

同样:

---

① 指的是恒河,字面的意思是"阇乞笯的女儿"。这里面有一个故事:阇乞笯是印度古代神话中的一个国王和仙人。有一次,另一个国王跋耆罗他恒河从天上引下来,强迫它跟着他流过大地,流入海中,从那里再流入下界去浇萨竭罗的儿子的骨灰。在流的过程中,它冲了阇乞笯的祭坛,阇乞笯把它的水全喝下去,由于跋耆罗他的祷告,他允许这些水从他自己耳朵里流出来。从此恒河就被称作阇乞笯的女儿。

有麻雀,也有啄木鸟,还有苍蝇,再加上一群虾蟆:

一只大象断送了性命,因为它同这一大堆东西打架。[335]"

公白鸽说道:"这是什么意思呢?"母的说道:

第十八个故事

在某一个树林子的深处,住着一对麻雀,它们的窝搭在一棵多摩罗树的枝子上。时间过去了,它们俩生了小雏。有一天,有那么一只因春情发动而疯狂了的大象,热得难过,就跑到多摩罗树这里来,想找一点阴凉。春情使得它瞎了眼,它用自己的鼻子抓住那一对麻雀搭窝的那一个树枝子,把它折断。树枝子折断以后,麻雀卵也都打碎了。那一对麻雀因为命不该死,好歹逃出了性命。母麻雀因为死了儿女,愁得不得了,就唠唠叨叨地哀鸣不休。正在这时候,一只鸟,是啄木鸟,它最好的朋友,听到了它的悲鸣,为它的遭遇而发愁,就飞了来,对它说道:"亲爱的!白白地这样悲鸣有什么意思呀!因为常言道:

已经丢掉的、已经死了的、已经过去的:聪明人不再悲哀;

因为一个人是否是聪明人,还是傻子,这就是分别所在。[336]

同样:

世界上的东西不值得悲悼,只有傻子才会这样干,

他从旧的痛苦里引出了新的痛苦,两件坏事他都要承担。[337]

另外:

亲属们吐出来的唾沫,流出来的眼泪,祖先们都有一份;

因此,人们不应该哭,而应该尽上自己的力量去祭祀先人。[338]"

母麻雀说道:"正是这样!可是,为什么这个杀千刀的大象因为春情发动而把我的孩子们都杀掉了呢?如果你真是我的朋友的话,那就请你想出一个办法来,把这一只大象杀掉!能做到这一步的话,那么我因为丧子而产生的痛苦,就可以消逝了。常言道:

谁要是在困危中给了他痛苦,谁要是在艰难中对他嘲笑讽刺,

如果对这两种人进行了报复,我才认为他真正是再生了一次①。[339]"

---

① 印度四大种姓的前三个种姓自称是再生族,因为除了父母生他们一次以外,他们又在宗教中获得一次生命。第四个种姓首陀罗没有权在宗教中获得再生,所以被称作一生族。这里所谓再生一次,可能与这种说法有关。

啄木鸟说道:"你说得很对。因为常言道:

  在患难中的朋友才真是朋友,即使种姓不同也没有关系;

  处在安乐中的时候,所有的人,谁不能跟谁称兄唤弟?[340]

同样:

  在患难中的朋友才真是朋友,真正的父亲能把人养活,

  能够信任才真算得上是伙伴,能使人幸福才算是老婆。[341]

因此,你要看到我的理智的力量!可是我也有一个朋友,是一只苍蝇,名字叫作毗那罗婆①。我去把它叫了来,好使那个万恶的大象死掉。"于是它就同母麻雀一块儿到苍蝇那里去了,它说道:"我的朋友,这一只母麻雀,受了一只可恶的大象的欺侮,它把它下的卵都给打碎了。因此,我想找一个办法把它杀掉,请你帮一下忙!"苍蝇说道:"在这样的情况下,我要说什么呢?可是我也有一个很要好的朋友,是一个虾蟆,名字叫作弥伽杜陀②。我们也要把它叫了来,应该怎样办,再怎么办。因为常言道:

  善心的人、正直的人、精通经典的人、有聪明、有智慧;

  这些人想出来的办法,在任何时候,永远也不会作废。[342]"

于是三个家伙一块儿去了,把全部的事实都告诉了弥伽杜陀。这个家伙说道:"在这一些生了气的群众面前,那一只穷凶极恶的大象又算得了什么呢?那么,苍蝇老兄,你先去,到那个欲火难忍的家伙耳朵旁边去嗡嗡几声,好让它听到你的声音,心里一舒服,就把眼睛闭上。然后呢,啄木鸟就用嘴把它的眼睛挖出来;等它渴极了的时候,我就爬在一个陷坑边上叫,它听到我的声音,以为是水池子哩,就会走过来,到了陷坑边上,掉进去,把命送掉。"它们就这样做了,那一只春情发动的大象听到了苍蝇嗡嗡的歌声,心里一高兴,眼睛就闭上了,啄木鸟把它的眼睛啄出来;到了中午的时候,它渴得要命,到处乱闯,听到虾蟆的叫声,就寻了来,走到一个大陷坑的边上,掉下去,死掉了。

  因此,我说道:"有麻雀,也有啄木鸟。"③

  公白鸽说道:"真是这样子!同朋友联合起来,我就要把海淘干。"它这样下了决心以后,它就把所有的鸟都喊了来,把自己丢掉孩子的痛苦告诉了它们。它们为了给它报这个痛苦的仇,就开始用翅膀来打大海。有一只鸟开了腔:"这样我们

---

① 意思是"琵琶声"。
② 意思是"云使"。
③ 参看本卷第335首诗。

的愿望是不能够实现的。但是我们要用土块和沙粒来把大海填满。"它这样说过以后,它们就都用嘴来叼起一堆堆的土块和沙粒,开始来填大海。另一只鸟又说道:"我们无论如何也不能同大海打仗。因此,我想说一下,我们在这时候究竟应该做什么。有一只年老的天鹅,就住在一棵无花果树上。它会给我们出一些切合实际的主意的。因此,让我们到它那里去问一下吧!常言道:

  要听年老的人的话;谁要是多闻多见,谁就算是年老。

  一群在树林子里被逮住的天鹅,听了年老人的话,才又跑掉。[343]"

这些鸟都说道:"这是什么意思呢?"它说道:

第十九个故事

  在一片树林子里,有一棵枝干粗大的无花果树;在这树上,住着一家子天鹅。在这一棵无花果树的底下,长出了一棵叫作憍赏弥的蔓藤。于是老天鹅说道:"这一棵往树上爬的蔓藤,对我们是非常危险的。说不定什么时候会有人攀援着它爬上树来,把我们害死。当它还柔弱容易砍掉的时候,应该把它去掉!"但是它们却不听它的话,不把这一棵蔓藤砍掉。时间过去了,这一棵蔓藤就把树从四面八方围起来了。有一次,当这些天鹅都出去找寻食物的时候,一个打猎的抓着蔓藤爬到这一棵无花果树上来,在天鹅的窝里放上绊索,就回家去了。当这些天鹅都吃得饱饱的在夜里飞回窝来的时候,它们都给绊索捉住了。于是老天鹅就说道:"我们现在都倒了霉,都给绊索捉住了;就因为你们都不照着我的话办事。我们现在都完蛋了。"于是这一些天鹅都对它说道:"可尊敬的先生呀!现在既然到了这个地步,我们要怎么办呢?"它说道:"如果你们听我的话的话,那一个打猎的一来,你们就装死。打猎的心里会想:'这些家伙都死了。'然后就把你们都掷在地上。当他往下爬的时候,你们就在同一个时候一齐飞起来。"天一亮,打猎的就回来了,他看到,它们都像死了一样;他心里丝毫也没有怀疑,就把它们从绊索上解下来,一只一只地丢到地上去。当它们看到他正准备往下爬的时候,就照着老天鹅出的那个主意,在同一个时候,一齐飞起来,飞走了。

  因此,我说道:"要听年老的人的话。"①

  这个故事讲完以后,这一些鸟都到那一只老天鹅那里去了,把失掉孩子的痛

---

① 参看本卷第343首诗。

苦告诉了它。于是老天鹅就说道:"我们所有的鸟的王子是金翅鸟。根据目前的情况,你们应该一齐高声大叫,让金翅鸟大吃一惊。这样嘛,它就会消除一切灾难。"它们考虑过以后,就到金翅鸟那里去了。金翅鸟正给世尊那罗耶那叫了来,要同天神和阿修罗①打仗。正在这个时候,这些鸟来向自己的主子,鸟王报告那一件由大海造成的、因抢走子女而产生别离痛苦的事件,它们说:"陛下呀!你是我们的领导人,我们这些家伙是嘴里能叼多少,就吃多少;但是大海却因为我们的食品微不足道,竟欺侮我们,把我们的孩子都吞掉了。听说:

说实话,吃东西应该偷偷地吃,特别是穷人,更要这样。

你看吧!一只公羊给狮子杀死了,就因为它吃不高明的食粮。[344]"
金翅鸟问道:"这是什么意思呢?"老鸟讲道:

第二十个故事

在某一个树林子里,有一只从羊群里跑出来的公羊。它就带了它那一脖子长长的鬃毛、它的角和它那结实的身子,在树林子里东游西逛。有一次,在这个树林子里,它给一只狮子看见了,狮子前后左右都是野兽。狮子以前从来没有看到过这样的动物:它身上的长毛向四下里竖着,身子究竟是什么样子,都看不清楚;狮子看了以后,心里头直哆嗦,它害起怕来,心里想:"这家伙一定比我的劲头还大!因此,它才敢大模大样地在这里逛来逛去。"它这样想过以后,就慢慢地离开这里了。过了一天,狮子看见公羊在林子里的空地上吃草,它想道:"怎么,这家伙吃草呀!那么,它的力气也应该是同草相当的。"这样想过以后,狮子立刻扑上去,把公羊杀死。

因此,我说道:"说实话,吃东西应该偷偷地吃。"②正当它们这样讲着故事的时候,毗湿奴的使者又来了,他说道:"喂,金翅鸟呀!主子那罗耶那命令你,赶快到他那里去,好一同到庵摩罗婆底③去!"听了以后,金翅鸟盛气凌人地对他说道:"喂,使者呀!像我这样的坏奴仆,对主人有什么用处呢?"使者说道:"喂,金翅鸟呀!什么时候世尊对你说过难听的话呀?你怎么能够对世尊摆出这样傲慢的态度来呢?"金翅鸟说道:"已经成了世尊的住处的大海,把我的奴仆白鸽的蛋都给抢

---

① 意思是恶魔。
② 参看本卷第344首诗。
③ 意思是"不朽者的住处",指的是因陀罗的住处。

走了。如果我不惩罚它一下,我就不能再当世尊的奴仆。就请你把这个意见禀告世尊。"毗湿奴从使者的嘴里知道了,金翅鸟发了火,他心里想道:"哎呀!毗那陀的儿子非常火了。因此,我必须亲自到它那里去,开导开导它,恭恭敬敬地把它请了来。常言道:

> 不要瞧不起这样一个奴仆:有本领,又忠诚,还是出自名门大族,
>
> 应该把他当作自己的儿子一样抚育爱护,如果他想得到安乐幸福。[345]

还有:

> 一个主子,即使对自己的奴仆满意,对他们也只有敬重;
>
> 他们受到了这样的敬重,也会为他服务,甚至送掉性命。[346]"

他这样想过之后,就赶快到金翅鸟那里去了。它看到自己的主子到自己的家里来了,心中有愧,抬不起头来,磕过头以后,说道:"世尊呀!你看吧,那大海仗着是你的住处,趾高气扬,竟把我的奴仆下的蛋都给抢走,竟欺侮起我来了。我因为怕对不起世尊,才迟疑不决;不然的话,我今天就把它变成旱地。常言道:

> 不管什么事情,如果伤损了主子的面子,把他的心刺痛,
>
> 一个出自名门的奴仆就不应该去做,即使丢掉了性命。[347]"

它这样说过之后,世尊说道:"喂,毗那陀的儿子呀!你说得对。因为:

> 如果一个主子不把那一个残暴而且恶劣的奴仆解雇,
>
> 老实说,人们总就应该惩罚主人,为了奴仆有过失的缘故。[348]

过来吧,我们好去从大海那里把鸟蛋要回来,安慰安慰白鸽,然后就到庵摩罗婆底去同神仙们算账!"它同意了;世尊威胁大海,把带火的箭上在弓上,说道:"喂,你这个坏家伙呀!把白鸽下的蛋送还给它!不然的话,我就要把你变成旱地!"大海听了以后,所有它周围的随从都吓得打起哆嗦来,它自己也发起抖来,它拿了那些蛋,告诉了世尊,把它们还给了白鸽。

因此,我说道:"在了解了敌人的实力以前。"①

珊时缚迦了解了事情的真相以后,又向它道:"朋友呀!你说一说,它是怎样打架法?"它说道:"平常的时候,它随随便便地把身子舒伸开,躺在石头地上。如果它现在先把尾巴卷回来,把四只脚摆在一块儿,耳朵竖起来,从远处就瞪着眼看你的脸,那你就要知道:它对你不怀好意了。"

---

① 参看本卷第315首诗。

这样说过以后,达摩那迦就到迦罗吒迦那里去了。迦罗吒迦说道:"你干了些什么事儿呀?"它说道:"我现在已经把它们俩挑拨离间了。"迦罗吒迦说道:"真的吗?"达摩那迦说道:"你瞧到结果,你就知道了。"迦罗吒迦说道:"还有什么不相信呢? 常言道:

  挑拨离间,如果应用得好,连意志坚强的人都可以挑翻,

  正像一条波涛汹涌的大河,能够把大石头堆成的山冲穿。[349]"

达摩那迦说道:"干过一件挑拨离间的事儿以后,人们要用尽一切办法从中取利。常言道:

  谁要是把整部的经典都已经念完,也掌握了它的本质内容;

  但是自己却没有得到好处,这些经典只给人惹麻烦,有什么用?[350]"

迦罗吒迦说道:"实在说,没有自己的好处。因为:

  人的身体到最终也不过变成一堆虫子、一堆灰,

  谁就是用别人的痛苦来养肥它:这又算是什么智慧?[351]"

达摩那迦说道:"你不懂得本性就是弯弯曲曲的、治国安邦的法术,它给大臣的家族带来报酬。在这里,人们说:

  心里要残忍无情,然而嘴上呢,却是要甜如甘蔗的鲜汁。

  人们用不着犹疑,谁要是过去欺侮过他,就把谁杀死。[352]

此外,即使这一个珊时缚迦被杀掉,它对我们仍然会有好处的。因为:

  一个聪明人,如果他给别人苦头吃,自己却从中得利,

  就不能把他看作是头脑简单,正如阇杜罗迦①在树林子里。[353]"

迦罗吒迦说道:"这是什么意思呢?"它说道:

第二十一个故事

  在某一个树林子里,有一个狮子,名字叫作婆阇罗檀湿特罗②,陪伴着它的大臣是迦罗弊耶牟伽③,一只狼,阇杜罗迦,一只豺狼和商矩伽哩那④,一只骆驼。有一次,它同一只春情发动的大象打架,它的身子给大象的牙尖戳破了,因此必须躺

---

 ① 意思是"机灵鬼"。
 ② 意思是"金刚齿"。
 ③ 意思是"嘴里有生肉"。
 ④ 意思是"椰子耳朵"。

在清静的地方休息。它罢了七天斋,身子都饿瘦了,它对自己那一些同样也饿得要命的大臣说道:"不管怎么样,在树林子里找一头野兽吧,好让我即使是在这样的情况下也把你们喂饱!"它们接到命令,立刻就在树林子里巡游起来了;可是它们什么也找不到。于是阇杜罗迦心里就琢磨起来:"如果把商矩伽哩那这家伙杀掉,我们都有几天好日子过了。但是主子却不会杀掉它的,因为它是它的朋友。我要利用我的智慧劝我的主子把它杀掉。同样:

  对那些聪明人来说,在世界上,没有什么东西消灭不掉,

  没有什么事情完不成,得不到;因此我要试一试我那一套。〔354〕"

  它这样想过以后,就对商矩伽哩那说道:"喂,商矩伽哩那呀!主子因为没有东西吃,饿得不成样子了。主子一死掉,我们也就都完蛋了。因此,为了你,也为了主子,我要跟你说几句话,请你听着!"商矩伽哩那说道:"喂,伙计呀!你赶快说吧,我好毫不迟疑地照着你的话办事!此外,只要做了一件事对主子有好处,就算是做了一百件好事。"阇杜罗迦说道:"喂,伙计呀!为了加倍得到报酬,把你的身子献出来吧,这样你就好得到一个双重的身子,而主子也可以活下去!"听了这话以后,商矩伽哩那说道:"伙计呀!如果是这样的话,那对我自己也是有好处的。你就把这一件事告诉主子吧,一定照办!不过,在这件事情上,我要求法王①给我保证。"

  它们这样决定了以后,就都到狮子跟前去了。于是阇杜罗迦说道:"陛下呀!今天一只野兽也没有捉到,太阳老爷爷也快到了落的时候了。"听了这话以后,狮子大为惊慌。阇杜罗迦说道:"陛下呀!那一个商矩伽哩那这样说过:'如果你让法王来作证,还给我一个双重的身体,我就把我的身体放弃。'"狮子说道:"伙计呀!这好极了。就这样办吧!"这样商议好以后,狮子用爪子把商矩伽哩那打倒,狼和豺狼把它的肚子撕开,它就死掉了。于是阇杜罗迦又琢磨开了:"我怎样能够自个儿把它独吞呢?"当它在心里这样想的时候,它看到狮子身上全沾满了血,它对它说道:"请主子到河里去洗一洗,并且敬一下神吧!我同迦罗弊耶牟伽一块儿站在这里看守着这食品。"狮子听了以后,就到河那里去了。狮子走了以后,阇杜罗迦就对迦罗弊耶牟伽说道:"喂,迦罗弊耶牟伽呀!你饿得够受了。在主子回来以前,你就先吃一点骆驼肉吧。我会在主子跟前替你开脱的。"听了它的话,迦罗弊耶牟伽就尝了那么一点肉,阇杜罗迦又开了腔:"喂,迦罗弊耶牟伽呀!躲得远

---

① 意思是"正义之王",阎摩和欲底湿提罗都有这个称号。

一点,主子回来了。"它这样做了,狮子走到骆驼跟前,看到它的心已经被吃掉了,就怒气冲冲地说道:"喂!谁把骆驼弄成这样的吃剩的东西了?我也要把它杀掉!"狮子这样说了以后,迦罗弊耶牟伽瞪着眼看着阇杜罗迦的脸,仿佛要说:"你说一句话吧,好让它平静下来!"然而阇杜罗迦却笑了,它说道:"喂!你自己吃掉了骆驼的心,瞪着眼睛看我干吗?"伽罗弊耶牟伽听了这话以后,怕丢掉性命,就逃跑了,跑到另一个地方去了。狮子追了一段,心里想:"我不该杀带爪子的动物",就转回头来了。

正在这时候,好像是命运注定了一样,在路上走来了一个驮着很重的货物的骆驼商队,骆驼脖子上挂着铃铛,走起路来,丁零零直响。狮子从老远就听到这铃铛的声音,它对豺狼说道:"伙计呀!你去看一下,这一种可怕的声音究竟是什么?"听了这话以后,阇杜罗迦往树林子里走了一段,又赶快回来,惊惶失措地说道:"主子呀!走吧,走吧!如果你还能走的话!"它说道:"伙计呀!你为什么这样吓唬我呢?你说一说,这是什么意思!"阇杜罗迦说道:"主子呀!法王生了你的气,他亲自来找你了:'这家伙找了我作证,在不应该杀的时候,把我的骆驼杀掉了,我现在要跟它要一千倍的骆驼。'他这样下了决心,为着骆驼生了很大的气,他想在你这里找到它的父亲和祖先们,他就跑了来了。"听了这话以后,狮子丢下死骆驼,害怕丧掉了性命,就逃跑了。阇杜罗迦呢,它就一点一点地吃起骆驼的肉来,吃得很久。

因此,我说道:"一个聪明人,如果他给别人苦头吃。"①

达摩那迦走了以后,珊时缚迦心里嘀咕起来:"我怎么办呢?如果我到别的地方去,那么另一个残忍的野兽会把我杀掉,因为这个树林子是荒凉的。主子们一生气,逃是逃不掉的。因为常言道:

> 侮辱了别人,逃跑了,他还是不能安静:'我已经逃得很远,'
>
> 如果他一时不小心,聪明人的长胳臂还是能够伸到他跟前。〔355〕

因此,我还是到狮子那里去吧。说不定它会想到:这家伙是到我这里来求我保护的,因而把我放走。"

它在心里这样决定以后,满怀着紧张的情绪,慢慢地向前走去。它看到狮子,正像达摩那迦说的那个样子,它坐到一旁去,心里想道:"哎呀!主子们真正是不容易对付呀!常言道:

---

① 参看本卷第353首诗。

> 正像是一座房子,里面藏着蛇;又像是一个林子,里面满是野兽;
> 还像是一个水池子,里面开满了美丽的荷花,但也爬满了鳄鱼:
> 奴仆们总是战战兢兢地满怀着鬼胎走进主子们这样的心灵里去,
> 这个心灵永远为坏人、说瞎话的人和卑鄙的小人涂染上污垢。[356]"

冰揭罗迦呢,它也看到珊时缚迦的样子正像达摩那迦说的那样,于是立刻就扑上来。珊时缚迦的身子给狮子的金刚杵一般的爪子尖抓碎了,它也用自己的觭角在狮子的肚子上豁了一道口子;它好容易挣扎出来,又站在那里,准备战斗,它想用自己的觭角把狮子戳死。

迦罗吒迦看到这两个家伙脸红得像盛开的波罗娑花一样,都想把对方杀死,就带着责备的口气对达摩那迦说道:"喂,你这个脑筋简单的家伙呀!你挑拨得它两个起了冲突,这个事儿办得不对呀!你这样一来,把整个树林子都搞得乱七八糟了。治国安邦的大道理的精华,你还不懂得哩。常言道:

> 有的事情要严厉地惩罚,有的费上大劲才能解决,有的还需要动武;
> 擅长治术的人能够用上理智,再加上点仁慈来处理,他们真有大臣风度;
> 但是有些人违反一切常规把一些鸡毛蒜皮的事情也要用惩罚来解决,
> 由于他们那些拙笨的举动,他们是把国王的安乐幸福拿来当赌注。[357]

因此,你这个傻瓜呀!

> 那些懂得什么事情应该做什么不应该的人们真是慈悲为怀,
> 只有怀着慈悲的心情完成的事情,永远也不会惹祸招灾。[358]

因此,你这个傻子呀!你满心想当上一个大臣,可是你连慈悲的名字都不了解。因此,你用惩罚想达到的那种愿望就落了空。常言道:

> 甜言蜜语是第一,讨伐是最末:梵天①这样对治术作了解释,
> 在四种方法里,讨伐最坏,因此人们就应该把讨伐废止。[359]
> 不是由于闪着光的宝石的力量,不是由于热,不是由于火,
> 而是由于说好话,敌人放出来的那一团黑暗才能够解脱。[360]

还有:

> 什么地方说好话能达到目的,那地方就不必再施用什么惩罚;
> 如果糖能够使胆脏平静下来,为什么还一定要用苦的黄瓜?[361]

另外:

---

① 这里直译应作"自存物",是梵天的尊号之一。

> 说好话、贿赂,还有挑拨:这是开着的大门引向聪明智慧,
> 至于那第四种方法呢,可尊敬的人把它叫作英雄行为。[362]
> 聪明智慧,然而缺少果断,这就只能算是婆婆妈妈;
> 有勇气但不聪明机灵,毫无疑问,这只是兽性大发。[363]
> 大象、毒蛇、狮子、火、水、风,还有太阳,看起来都很有力量;
> 如果一旦拿出法子来抵御它们,它们的力量就没有用武的地方。[364]

因此,如果你自己以为:'我是一个大臣的儿子'而骄傲自满,把事情干得过火,那么那也就是你倒霉的时候。常言道:

> 如果没有用满腔热情来进行的、对感官的控制相辅而行,
> 如果没有同伦理道德结合在一起,又不能够忠顺服从,
> 世界上的人们只在一大堆空洞无物的词句里看到了它,
> 既不能带给人沉着,又不能带来荣誉:这样知识有什么用?[365]

在这里,经书上面已经说过了,出主意可以分为五类,这就是:着手去进行工作的方法、争取人和事物的方法、地点和时间的分配、对不幸事件的事先预防和达到目的的方法。现在有一件大的危险在威胁着主子。如果你有能力的话,那么你就要想出一个事先防御不幸事件的方法来!把分裂的人拉在一起,可以考验大臣们的聪明智慧。傻子呀!你不能够做这一件事情,你的聪明智慧就是错误的。常言道:

> 一个小人只知道破坏别人的事情,而不能帮助它成功到底。
> 一只老鼠只能够推翻盛干粮的篮子,而不能够把它扶起。[366]

可是这也不能怪你,而应该怪主子,它竟相信了你这个脑筋简单的家伙的话。常言道:

> 那种能扫清骄傲等等毛病的经书,在傻子们那里反而助长了他们的骄傲,
> 正像是白日的光辉本来能唤醒眼睛来看东西,却使猫头鹰什么也看不到。[367]
> 知识排除骄傲与自负,谁要是给知识冲昏了头脑,对他没有任何医生;
> 在他那里,连仙露都会变成了毒药,又有什么法子能够治他的病?[368]"

迦罗吒迦看到主子处在这样危险的情况中,它就惊惶得不得了。"哎呀,哎呀!主子听了一些傻话,就碰到这样的不幸!常言说得好:

> 君主们只听信小人们的那些意见,

聪明人指出了道路,他们却趑趄不前;

这样他们就陷到不幸的笼子里去,

里面有敌人迫害,出来比登天还难。[369]

傻子呀!所有的人都要在周围有一群贤臣的主子跟前找一点事儿做;但是通过你这样一个像畜类一样只想到挑拨离间的大臣,我们的主子怎样能够享受到道德高尚的朋友之乐呢?常言道:

一个国王,即使是道德高尚,但为奸臣所包围,人们不会到他这里来,

正像是一个有着清而且甜的水但里面却藏着鳄鱼的池塘,人们都要避开。[370]

但是你呢,你大概是只想到自己的好处而希望有一个孤单寂寞的国王吧!你这个傻子呀!难道你不知道:

在群下的围护中,国王才能放光;如果光杆一个,他什么也不能放;

那些想把国王孤立起来想使他成为光杆的人,是在跟他对抗。[371]

还有:

看到坏东西,应该找它好的方面;如果没有这一面的话,那就是毒;

看到甜东西,应该找它的伪装;如果没有伪装的话,那就是甘露。[372]

此外,如果你看到别人的幸福与成功而不愉快的话,那也是不好的:对那些你了解他们的本质的朋友们这样做是不应该的。因为:

用伪装来获得朋友,用欺骗来取得功果,

用损害别人的办法来谋取个人的幸福快乐,

想不费力而获得知识,想用粗暴的办法找到老婆:

谁要是想这样干,那么他显然就是大傻瓜一个。[373]

同样:

奴仆们获得的那些幸福,实在说,也就是人君的光荣,

为真珠所照耀的向上翻滚的波浪如果没有大海有什么用?[374]

同样,谁要是受到了主子的恩宠,他就更应该谦虚为怀。常言道:

一个主子,愈是对自己的奴仆表示出仁慈和恩惠,

他那谦虚为怀的行径也就愈发放射出光辉。[375]

你可是一个性格轻浮的家伙。常言道:

一个大人物,即使是动了起来,仍然是沉着稳重;

大海,即使是海岸塌下来,它仍然不会浑浊不清;

那些轻浮的家伙,由于小小一点原因,就大变特变;

只要微风稍稍地一吹,那达梨薄草就摇个不停。[376]

当然,主子不想努力去完成人生的三种义务①,而只同你这样一个专门以当大臣为借口来混饭吃的、站在六种治国安邦术之外的家伙来商量事情,他应该负完全责任。常言说得好:

有一些奴仆,嘴里面是花言巧语,却不努力把弓去拉;

如果主子们喜欢这样的人,敌人们也就欣赏他这样的荣华。[377]

下面这个故事讲得真好哇!诗曰:

赤身露体的沙门给烧死了,那个君主也被迫低头认错,

个人的人格也被提高了,这一切都归功于大臣波罗婆多罗②。[378]"

达摩那迦说道:"这是什么意思呢?"迦罗吒迦讲道:

第二十二个故事

在憍萨罗国③里,有一座城市,名字叫作阿逾陀。在这一座城市里,有一个国王,名字叫作须罗陀,无数的奴仆和陪臣跪在他面前磕头,他们头上的首饰碰着他的脚凳。有一次,一个看守树林子的人来到他这里,向他报告说道:"主子呀!所有的住在林区的国王都背叛了。在他们里面,那一个叫作频底耶迦的住在林中的家伙是头子。为了给他们一点教训,请陛下圣裁!"国王听了这些话以后,就派人把叫作波罗婆多罗的大臣叫了来,派他出去,惩罚他们。他出发以后,在暑季结束的时候,一个赤身露体的游方沙门来到了这个城里。在几天之内,他就利用矛盾分析术、算命天宫图、分辨鸟飞术、天文接触点、黄道的三分之一、九分之一、十二分之一、十三分之一、看影子的消逝、看手、看金属、看植物的根来预言人的寿命、嘴里噙满了水和豆子等等,还有其他的占相算命的方法,把全城的老百姓都争取过来,就仿佛是他买了他们一样。有一天,国王从流言中听到了他的情况,由于好奇,就把他叫进宫来,让他坐下,问他道:"大师真正能了解别人的思想吗?"他于是说道:"你会从效果上认识到这一点的。"他就这样用自己说的故事把国王的好奇心煽动到极点。有一次,他错过了平常该来的时候,到了下午,他才来到王宫,说道:"喂,

---

① 意思是"三组",含义很多。在这里的意思一是"法";二是"爱";三是"为"。这就是人生的三种义务。
② 义云"力贤"。
③ 古代印度北部国名,约当以前的乌德省,现在的北方省的一部分。

国王呀！我告诉你一件非常好非常好的事情：今天早晨，我把我现在这个身子丢在小草棚里，换了另外一个同神仙世界相适应的身子，走到天上去，因为我想到：'所有的神仙都很怀念我。'现在我又回来了。在那里的时候，神仙们都说道：'请你替我们向那一位君主问好！'"国王听了以后，对这一件天大的奇事感到非常吃惊，他说道："大师！你真上天去了呀？"那一个说道："大王呀！我每天都上天嘛！"这一位国王，一时糊涂，竟然信了他的话，把所有的政府的计划和后宫里应该做的事情，都放松了，专心致志地搞那一件事。在这期间，波罗婆多罗已经扫清了林区的荆棘，回到国王的脚下来了，他看到大臣们都给丢开了，寂寞地站在一边；国王只同那一个赤身露体的沙门在一起，躲到僻静的地方去，脸像是盛开的荷花，在谈论着什么东西，似乎是谈论一个奇迹。他了解了事情的真相以后，跪下磕过头，说道："吾王万岁，为众神所宠爱的人万岁①！"于是国王就向大臣问好，说道："你认识这个大师吗？"他说道："在众大师之中，他已经成为生主②，我怎能不认识他呢？听说，这一位大师到神仙世界里去，这是真的吗？"国王说道："你所听到的，全是真的。"这一个游方沙门说道："如果你对于这一件事情感到兴趣的话，那么你就请看吧！"他这样说了以后，就走进了那个小草棚，用门闩把门插上，留在里面。过了不大一会，大臣就说道："陛下呀！什么时候他才回来呢？"国王说道："你为什么这样急呢？他要把自己的身子放在这草棚里，用另一个神仙的身子再回到这里来。"大臣说道："如果真是这样的话，让人们拿一堆烧火的木头来，我好把这个草棚烧掉。"人主说道："为什么呢？"大臣说道："陛下呀！为的是，这个身子烧坏了以后，他好用那一个在神仙世界里使用的身子站在你的身旁。听到人们讲：

第二十三个故事

在王舍城③有一个婆罗门，名叫提婆舍哩曼。他的老婆，因为自己没有孩子，看到邻居的孩子，就痛哭起来。有一天，婆罗门说道：'亲爱的！不要再难过了！你看呀，小妈妈，当我今天举行求子的祭祀的时候，有那么一个看不见的东西用清清楚楚的声音告诉我说："婆罗门呀！你会得到一个儿子，他比所有的人都漂亮，品格都高，运气都好。"'他老婆听了以后，心里面充满了至高无上的快乐，她说道：

---

① 印度国王的尊号之一，有点像中国的"奉天承运皇帝"的味道。
② 这里的意思是："他已经成为众大师的魁首。"
③ 古代北印度城名，在现在的巴特拿附近。

'但愿他的话不会落空!'不久,她就怀了孕,在生产的时候,她生了一条蛇。看到它以后,她周围的人毫无例外地都喊道:'把它丢出去!'但是她不听那一套,把它留下了,给它洗澡,像爱自己的儿子一样爱它,把它放在一个宽绰干净的柜子里,用奶和新鲜奶油把它的身子养得结结实实的,在几天之后,它就长大壮实起来了。有一次,婆罗门的老婆眼里充满了眼泪,看着邻居的儿子在那里举行结婚典礼,她就对自己的丈夫说道:'你反正总是不把我放在心上,你也不想法给我的儿子找一个媳妇!'婆罗门听了以后,说道:'好人哪!你难道让我到下界蛇住的地方去问婆苏吉①吗?傻子呀!有谁会把自己的女儿嫁给一条蛇呢?'他这样说了以后,看到自己老婆的脸上有特别忧愁的表情;他考虑到这一点,因为他很爱自己的老婆,就带了许多干粮,到别的地方去漂泊去了;过了几个月,他来到了一座远方的名字叫作矩矩吒那迦罗的城里。在这里,他在一个亲戚的家里愉快地找到了托庇之所,他们彼此都了解对方的情感;他洗过澡,吃过东西,等等;这样被招待着,他就住在这里,过了夜;天刚一亮,他就告诉那一个婆罗门,说他要走了。那一个人说道:'你为什么到这里来呢?你到什么地方去呀?'听了这话,他就说道:'我到这里来是想给我的儿子找一个合适的老婆。'婆罗门听了以后,说道:'如果是这样的话,我有一个非常美丽的女儿,我唯命是听,你可以把她带给你的儿子!'他这样说过之后,另外那一个婆罗门也就真带了他的女儿,带了随从,回到自己的家乡来了。人民大众看到她那不平常的完满的美貌,无与伦比的文雅秀美,惊人的风度,心里怀着爱怜之意,把眼睛睁得挺大,对她的随从说道:'你们怎么竟能够把这样一个珍珠一般的女子嫁给一条蛇呢?'听了这些话以后,她的那些侍从心里都很惊惶激动,他们说道:'把她从这个给恶魔霸占住的男孩子这里带走吧!'女孩子于是就说道:'不要再这样嘲骂了!你们请看一下:

> 只要是帝王们那么一说,只要是善良的人们那么一说,
> 只要把女儿给了人家做老婆:在这三种情况下,就不能再动挪。[379]

还有:

> 死神已经布置好了的事情,事前已经决定了的事情:
> 这些都没有法变更,正像神仙们决定不了补沙钵戈的运命。[380],

于是他们都问道:'谁是这一个补沙钵戈呢?'女孩子就讲道:

---

① 蛇王。

第二十四个故事

因陀罗有一只鹦鹉,它精通无数的经典,它的智慧是无法摧折的,它是无比地美丽,文雅秀逸,品质高贵。有一次,它站在伟大的因陀罗的手掌上,嘴里念着各种各样的诗歌,它的身体因为同他的手接触而感到愉快;正在这时候,它看到了走来值勤的阎王爷,它就飞跑了。于是所有的神仙就都问它道:'为什么你看到他就跑掉了呢?'鹦鹉说道:'这个家伙实在是伤害一切生命的。为什么不应该看到他就逃跑呢?'他们听了这话以后,为了安慰它不让它害怕起见,就一齐对阎王爷说道:'你听我们的话,不要让这一只鹦鹉死掉吧!'阎王爷说道:'这我也不知道。在这里,命运决定一切。'于是他们就带了那一只鹦鹉到命运那里去了,对它说了上面说过的话。于是命运说道:'死神是知道这件事的。你们去跟他说吧!'他们这样做了,鹦鹉看到了死神,就到阴间里去了。他们看到了这件事情,心里都大吃一惊,对阎王爷说道:'这是怎么一回事呢?'于是阎王爷说道:'它看到了死神,也就非死不行了。'听了这个,他们就都回家去了。

因此,我说道:'死神已经布置好了的事情。'[①]此外,女儿受了骗,也不能怪我的父亲。

就这样,她取得了随从们的同意,就同那一条蛇结了婚。随后,她充满了温存体贴的心情,开始搞一些牛奶、水等等来服侍那一条蛇。有一次,在夜里,那一条蛇从那一只放在寝室里的宽绰的柜子里爬了出来,爬到她的床上去。她对它说道:'这一个有着人形的生人是谁呀?'她心里这样一想,爬起来,浑身都在发抖,开了门,正要跑出去;那个人开了腔:'亲爱的!站住不要跑!我是你的丈夫。'为了使她相信,他又钻到那一个放在柜子里面的身子里去,然后又从里面爬出来。他戴着高高的一顶冠、耳环、手镯、臂镯,还有别针;她跪到他的脚下。然后他们俩享受了爱情的快乐。他的父亲,那个婆罗门看到这个以后,先爬起来,把那一张丢在柜子里的蛇皮拿起来,丢到火里去,心里想:'他不要再钻进去了。'天明了以后,他带着无限的兴奋愉快的心情,把自己的儿子指给所有的人看,他的儿子正专心一志地同他的老婆在一起卿卿我我地相亲相爱,他看起来同一个大臣的儿子一样。"

[①] 参看本卷第380首诗。

波罗婆多罗把这个例子说给国王以后,就把那一个赤身露体的沙门待在里面的茅棚点着了。

因此,我说道:"赤身露体的沙门给烧死了。"①傻子呀!这才是大臣风度,不是像你这样子,只是以当大臣为借口而实际上是混饭吃,治国安邦的道理一点都不懂。通过你这一件糊涂事情,已经充分说明了,你是一个坏大臣。你爸爸一定也就是这个样子;因为:

爸爸的举动是什么样子,毫无疑问,儿子也就是什么样子;

因为,吉陀吉树反正是结不出摩没罗吉的果实。[381]

聪明人的本性就是深沉的;如果他们自己不把这种深沉丢开,把自己心灵中的一点缺点显示给人看的话,即使经过很长的时间,也找不到什么空子可钻。因为:

即使是费上很大的劲,谁又能够看到孔雀的屁股②,

如果这一群傻东西不是听到雷声而高兴得开屏起舞?[382]

教训你这样一个卑鄙的家伙,有什么用处呢? 常言道:

弯不过来的木头也就不要再去弯,刀子不要到石头上去钻,

硬去教那些不可教的人带不来什么好处,正如苏质牟吉③一般。[383]

达摩那迦说道:"这是什么意思呢?"它说道:

第二十五个故事

在某一个大树林子里,有一群猴子。到了冬天的时候,它们冻得够受的。在夜色降临的时候,它们看到一个萤火虫。看到这个以后,它们都想:"这是火",于是就努力把它逮住,用干草和干树叶子把它盖起来,都把自己的胳臂、胁、肚子、胸膛伸到上面,又抓又搔,仿佛真正享受到了烤火的快乐似的。有一个猴子,冻得特别难受,它更是全神贯注地来烤火,不住地对着萤火虫吹了又吹。这时有一只鸟,名叫苏质牟吉,从树上飞下来;命运注定了它要遭到杀身之祸,它对那个猴子说道:"亲爱的!不要自寻苦恼了!这并不是火,而是一个萤火虫。"猴子根本不听它的

---

① 参看本卷第378首诗。
② 意思是"东西吃进去又拉出来的地方"。
③ 意思是"尖嘴的家伙"。

话,照样吹下去。它虽然一再受到拒绝,但是它仍然唠叨不休。简单一点说吧,它飞到猴子耳朵旁边,用力地去激动它,一直到猴子把它捉住,往石头上一摔,它就带着摔断了的嘴、眼、头和脖子,到阴间去了。

因此,我说道:"弯不过来的木头也就不要再去弯。"①也或者:

  用到卑鄙无耻的人身上的那一些聪明智慧有什么用,
  正像是屋子里的一盏灯,却藏在封盖严密的瓮中?[384]

你一定是横生的。常言道:

  精通经典的人,在这个世界上,应该知道,儿子分为四种:
  生下来的儿子、肖生的儿子、超生的儿子,还有一种叫作横生。[385]
  德行同母亲一样的叫作生、同父亲相肖的叫作肖生,
  生下来超过父亲的叫作超生,在这一切之下的就叫作横生。[386]

常言说得好:

  谁要是通过自己的极端广泛的智慧、钱财和力量,
  爬到本族的最高的地位,他母亲算是有了一个好儿郎。[387]

还有:

  一眼看上去,耀眼的美丽,什么地方找不到这样的东西?
  但是一个具有有始有终的智慧的人,却实在难于寻觅。[388]

常言也说得好:

  居心良善的和居心不良的:这两个人我全都知道;
  利用他那超群出众的智慧,儿子用烟把老子杀掉。[389]

达摩那迦说道:"这是什么意思呢?"它说道:

第二十六个故事

在某一个城市里面,有两个商人的儿子,一个叫作达磨菩提②,一个叫作突湿吒菩提③,两个人是朋友,为了赚钱,他们俩到远方去旅行。叫作达磨菩提那一个,时来运转,吉星高照,在一个罐子里面找到了一千个金币,这大概是以前不知哪一

---

① 参看本卷第383首诗。
② 意思是"居心良善的"。
③ 意思是"居心不良的"。

个好人放在里面的。他就同突湿吒菩提商量起来:"我们的目的已经达到了,现在回我们的故乡去吧!"这样决定了以后,他们就回来了。快到自己住的那一座城的时候,达磨菩提说道:"伙计呀!我把一半分给你,你拿走吧,等到回家以后,我们好在朋友和敌人面前光彩一下,炫耀一下!"突湿吒菩提肚子里一肚子坏水,他只想多得一些,于是就说道:"伙计呀!只要这些钱是我们俩共同占有,我们俩的交情也就会坚固不致破裂。因此,我们每人只拿一百个金币,把剩下的埋到地里,就这样回家。等到我们的钱用完了的时候,那就再来试一下这些钱。"因为达磨菩提秉性忠厚正直,没有发觉他的那一套阴谋诡计,同意了他的建议,两个人都拿了一点钱,把剩下的好好地埋在地里,就进城去了。突湿吒菩提胡花乱用,任着自己的性子去干,运气也给他搞得百疮千孔,他的那一份就花光了。他又同达磨菩提在一起,每个人分了一百个金币。这些钱在一年之内也花了个精光。于是突湿吒菩提心里就盘算起来了:"如果我再同他在一起每人分上一百个金币的话,剩下的那四百个,即使我全拿走了,这么一点点钱又有什么用呢?因此,我索性把六百个金币都拿走。"他这样想过以后,就真一个人把那些钱都拿走了,把地弄平了。只过了一个月的时间,他就亲自去找达磨菩提,对他说道:"伙计呀!我们俩把剩下的那些钱平分了吧!"说完了以后,他就同达磨菩提一块儿到那个地方去,开始掘起来。把土掘起来以后,钱却是看不见了。突湿吒菩提竟然无耻到先用那个空罐子打自己的脑袋,又说道:"梵天的心跑到哪里去了?一定是你,达磨菩提呀!把钱偷走了。你要把一半给我,不然的话,我就要到王宫里去告你!"他说道:"喂,你这个坏家伙呀!不许这样说!我是居心良善的①,我不会干这些偷窃的事情。常言道:

    那些居心良善的人们,看别人的老婆像看自己的母亲,

    看别人的财产像看土块,看所有的生物像看自己本身。[390]"

于是这两个家伙就吵吵闹闹地走到法官跟前,把钱财被偷的事情讲了一遍。听完以后,法官们决定请天神来裁判。居心不良的那个家伙说道:"哎呀!这个判决看起来是不正确的。因为,常言道:

    有了争论,先看书面的证明;没有这种证明,再找证人;

    如果连证人也找不到,那么聪明的人们就请下天神。[391]

在这个案子上,林中的神灵会当我的证人。她会告诉你们,我们两个中,谁是好人,

---

① 这里是双关:一方面说出自己的名字,另一方面也说明自己居心良善。

谁是坏人。"于是他们都说道:"你说得对。因为,常言道:

> 即使是出身最为卑贱,如果在争端中有了这样一个证人,
>
> 那么天神裁判也就用不上,何况现在又是林中的女神?〔392〕

我们对于这一个案子很好奇,天明的时候,我们要同你们俩一块儿到那个树林子里去。"于是这两个人都缴下了保证品,就被放回家来了。突湿吒菩提一到家,就向他爸爸请求说道:"爸爸呀!这些金币都在我手里;但是他们都希望听到你一句话。因此,今天夜里,我要神不知鬼不觉地把你送到那一棵舍弥树①的树洞里去,我以前掘出钱来的那个地方就离这棵树不远。明天早晨,你就要在那些法官跟前作证。"父亲于是说道:"儿子呀!我们两个都要糟糕。因为,这是一个很坏的办法。常言说得好:

> 聪明人要想到有利的一面,有害的那一面也要想到:
>
> 在那只呆白鹭的眼前,埃及獴竟把白鹭们吃掉。〔393〕"

突湿吒菩提说道:"这是什么意思呢?"父亲讲道:

第二十七个故事

在某一个树林子里,有一棵无花果树,上面住着一群白鹭。在这棵树的树洞里,住着一条黑蛇。白鹭的小雏还没有长出翅膀来的时候,它把它们吞掉,就这样过着日子。有一只白鹭,因为儿女都给蛇吃了,灰心丧气,跑到一个池子边上去,流了很多眼泪,垂着头,站在那里。一只螃蟹看到它这样子,对它说道:"叔叔呀!你今天为什么这样痛哭呢?"白鹭说道:"亲爱的!我要怎么办呢,我这一个倒霉的家伙?我自己的儿女,还有我那些亲属的儿女,都给住在这一棵无花果树的树洞里的那一条蛇吃掉了。这些不幸的事情很使我伤心,我就哭起来了。因此,请你告诉我,有没有一个办法把它消灭掉呢?"听了这话以后,螃蟹就在心里琢磨起来:"这是我们这一族的天生的仇人。因此,我要告诉给它一个又真实又诡诈的方法,好让其他的白鹭也都死掉。常言道:

> 把自己的话弄得同新鲜奶油一样,把自己的心却弄得残酷无情;
>
> 这样,敌人就会从梦中惊醒:他和自己的亲属已经断送了性命。〔394〕"

于是它说道:"叔叔呀!如果是这样的话,你就把一块块的鱼肉从埃及獴的窝门口

---

① 木质极硬的树,据印度人说,里面含着火。

一路丢起,一直丢到蛇洞那里;这样,那埃及獴就可以沿着这一条路走了来,把蛇吃掉。"这样做了以后,那只埃及獴果然跟着鱼肉块追踪而来,它不但把那一条恶蛇吃掉,连在树上搭窝的白鹭也都一只一只地给它吃下去了。

因此,我说道:"聪明人要想到有利的一面。"①

但是突湿吒菩提并不听他父亲的话,到了夜里,仍然是神不知鬼不觉地把他父亲藏到那一棵树洞里去了。天明了以后,那个居心不良的家伙洗了一个澡,披上一件洗好了的大衣,就同达磨菩提一块儿陪着法官们到那一棵舍弥树那里去了,他高声说道:

"太阳和月亮、风和火、

天、地、水、心和阎摩、

日、夜、黎明和黄昏,

还有法:都了解人的动作。〔395〕②

至尊的树林女神呀!我们两个之中谁做了贼,请说出来吧!"于是那个居心不良的家伙的父亲就从树洞里开了腔:"喂!达磨菩提把那钱偷走了。"国王派来的人听了以后,他们都吃惊得瞪大了眼睛;当他们正在按照经典上所规定的办法来惩罚达磨菩提的偷盗行为的时候,达磨菩提用引火的东西把那一棵舍弥树遮盖起来,用火把它点着了。当火烧得正旺的时候,居心不良的家伙的爸爸蓦地从里面跳出来,身子烧坏了一半,眼睛都烧裂了,吱吱呀呀地乱叫。这些人都问他:"喂,这是怎么一回事呀?"他说道:"这些都是那个居心不良的家伙出的鬼主意。"于是国王派来的那些人就把突湿吒菩提吊在那一棵舍弥树的枝子上,赞美了一通达磨菩提,他并且得到国王的奖赏等等。

因此,我说道:"居心良善的和居心不良的。"③迦罗吒迦讲完了这个故事以后,又说道:"呸,你这个傻子呀!你用你那超群出众的智慧把自己的家族都烧了!常言说得好:

里面一有咸水,河就完蛋;亲属的心一有妇女纠纷也就会变;

一有叛变的人,秘密再也保不住;一出坏儿子,家庭也就会离散。〔396〕

还有:如果一个人只有一张嘴,里面却有两个舌头,谁会相信他呢?常言道:

---

① 参看本卷第393首诗。
② 参看本卷第141首诗。
③ 参看本卷第389首诗。

里面有两条舌头,专一制造紧张,残酷而永远倔强;

　　目的只是在伤害别人,坏人的嘴同蛇的嘴完全一样。[397]

因此,为了你这种举动,我也害怕起来了。为什么呢?

　　千万不要相信那些坏人! 我从前就认识了这些坏蛋。

　　一条蛇反正是会咬人的,即使你把它养活了很长时间。[398]

还有:

　　只要是火,它反正总就会燃烧,即使烧的是旃檀;

　　即使是出自名门望族,是坏蛋反正总就是坏蛋。[399]

但是,坏蛋的本性就是这样的。常言道:

　　善于列举别人的那些错误,

　　一心一意地讲述自己的好处,

　　他终归会受到命运的惩罚,

　　这一个擅长毁坏一切的叛徒。[400]

　　这个人,在他的嘴里一定有一条舌头硬得像金刚钻,

　　在列举别人的缺点的时候,才不致立刻碎成一百段。[401]

　　不幸不会降临到他身上,他专门为了别人的幸福着想,

　　这个人中之狮,遇到别人的缺点,他就一声也不响。[402]

因此,人们应该仔仔细细地考虑一番,然后才同别人来往。常言道:

　　既聪明又忠诚的人,应该寻觅;聪明而虚伪的人,应该警惕;

　　愚蠢而忠诚的人,应该同情;愚蠢而虚伪的人,应该坚决丢弃。[403]

这样你不但毁灭了你自己的家族,而且连主子也毁灭了。是你把主子带进这个狼狈的境地,对你来说,别的人简直是就跟干草一样。常言道:

　　如果一只小小的老鼠竟然能够把一个千斤重的秤吃了下去,

　　那么一只鹰也就可以叼走大象:它叼走一个小孩,又何足为奇?[404]"

达摩那迦说道:"这是什么意思呢?"迦罗吒迦讲道:

第二十八个故事

　　在某一个城市里,有一个商人的儿子,名字叫作那杜伽。当他的财产耗尽的时候,他就想到远方去。因为:

　　在一个国家,或者在一个地方,他以前曾由于自己的能力而挥金如土;

> 如果财产耗尽了,他仍然待在那里,他就会成为最被人看不起的人物。〔405〕

同样:

> 在一个地方,自己曾趾高气扬,长时间地快乐欢畅;
> 如果穷了,而仍留在那里游荡,别人就会拿他当作坏榜样。〔406〕

在他家里,有一个从祖先手里传下来的用一千斤铁打成的秤。他把它托付给大商人罗什曼那,请他照管,就到远方去了。他在远方随心所欲地游荡了很长的时间,又回到这个城里来,对罗乞湿摩那大商主说道:"喂,罗什曼那呀!我托付给你的那一个秤请还给我吧!"于是罗什曼那就说道:"喂,那杜伽呀!你的那一个秤让老鼠给吃掉了。"听了这话以后,那杜伽说道:"罗什曼那呀!你没有什么错,这是老鼠吃掉的嘛。生命本来就是这样子,没有任何东西是一成不变的。但是,我想到河里去洗一个澡。请派你那个叫作昙那提婆的儿子跟我一同去,替我拿一拿洗澡的用具。"罗什曼那因为做贼心虚,就对他的儿子昙那提婆说道:"儿子呀!你叔叔那杜伽想到河里去洗澡,你同他一块儿去吧,替他拿一拿洗澡的用具!"哎呀,常言说得真好呀!

> 如果仅仅是出于爱情,任何一个人也不会做一件事情使人欢喜;
> 他这样做,一定是出于恐惧,出于引诱,或者出于特别的动机。〔407〕

同样:

> 如果是没有什么特殊的原因,而竟过分地恭敬殷勤,
> 在这时候,人们就要小心,只有这样才能保证安稳。〔408〕

罗什曼那的儿子于是就拿了洗澡的用具,心里面很高兴,跟着那杜伽到河边去了。那杜伽在河里洗完澡以后,把罗什曼那的儿子昙那提婆推到一个山洞里去,在口上堵上一块大石头,就回到罗什曼那家里去了。罗什曼那问他道:"喂,那杜伽呀!我的儿子昙那提婆跟你一块儿出去,现在到什么地方去了呀?请你告诉我吧!"那杜伽说道:"喂,罗什曼那呀!一只老鹰把他从河边上叼走了。"罗什曼那说道:"喂,那杜伽呀!你这个说谎的家伙!昙那提婆那么大个个子,一只老鹰怎能把他叼走了呢?"那杜伽说道:"喂,罗什曼那呀!难道老鼠能把一个铁打的秤吃掉了吗?如果你还想要儿子的话,就请把我的秤还给我!"就这样,他两个争争吵吵,走到了国王的门口。罗什曼那于是就高声说道:"喂!出了蛮横不讲理的事情了!我那个名字叫昙那提婆的儿子给那杜伽抢走了!"法官们于是就对那杜伽说道:"喂!把罗什曼那的儿子交出来!"那杜伽说道:"我有什么办法呢?一只老鹰就在

我眼前把他从河边上叼走了。"他们说道："喂,那杜伽呀!你说的不是实话。一只老鹰难道说就能叼走一个十五岁的孩子吗?"那杜伽笑了笑,说道："喂,请听一听我的话:

  如果一只小小的老鼠竟然能够把一个千斤重的秤吃了下去,

  那么一只鹰也就可以叼走大象:它叼走一个小孩,又何足为奇?[409]"①

他们说道："这是什么意思呢?"于是那杜伽就把那一杆秤的故事告诉了他们。他们听完了以后,都笑了起来,就把秤交还给一个人,把儿子交还给另一个人。

  因此,我说道："如果一只小小的老鼠"等等②。迦罗吒迦又说道："你这个傻子呀!因为你不能够容忍冰揭罗迦对珊时缚迦所表示的那一些恩惠,你就这样做了。人们说得真对:

  平常总是出身寒微的人们责骂出身高贵的,失恋的人责骂情种,

  吝啬者责骂慷慨好施的,奸诈的责骂正直的,懦弱汉责骂英雄,

  长得难看的人们责骂长得漂亮的,处在不幸中的人们责骂运气好的,

  傻子们永远在那里无尽无休地来责骂那个人把各种学问精通。[410]

同样:

  聪明的人们为傻子们所憎恨,有钱的人们为穷人们所憎恨,

  虔诚的人们为恶人们所憎恨,淫荡的女人总是恨贞节的女人。[411]

也或者:

  连聪明的人举动都是顺随着自己的本性,

  一切生物都复归于本性:强迫有什么用?[412]

别人说一遍,他就能记住,对这样的人教训才有用;但是你呢,却像一块石头一样全无心肝,无动于衷。教训你有什么用处呢?傻子呀!连跟你在一块儿都觉得别扭。说不定因为同你在一块儿连我也倒了霉。常言道:

  不管是同国、同村、同城,还是同室,只要是同傻子住在一起,

  那就应该看作是倒霉的事情,即使同他们根本没有什么联系。[413]

  宁愿掉到大海里、地狱里、火焰里,或者深洞里去,

  也不愿同一个缺少理解能力的傻子住在一起。[414]

  同好人或者坏人接触,一个人就会沾染上贤德或恶习,

  正像风吹过各种不同的地方,也会沾染上香气或臭气。[415]

---

①② 参看本卷第404首诗。

人们说得好:

> 虽然是同一个父亲,又是同一个母亲,我和那一只鸟,
> 我却给贤人们带到这里来,而它就给猎人们逮跑。[416]
> 猎人们说什么,它就听什么。
> 国王呀!我听的都是贤人所说。
> 这情形你已经都亲眼看到了:
> 近恶者沾染恶习,近善者沾染美德。[417]"

它说道:"这是什么意思呢?"迦罗吒迦讲道:

第二十九个故事

在山里面某一个地方,一只鹦鹉下了蛋,结果生出了两只鹦鹉。当母鹦鹉飞出去寻找食物的时候,这两只小鹦鹉给一个猎人拿走了。有一只运气好,不知怎样就逃跑了;另一只却被放到笼子里去,他开始教它说话。另外那一只鹦鹉给一个游行的仙人看到了。他把它捉住,带到自己的隐居的地方去,用东西喂它。就这样,时间过去了。有某一个国王给自己的马带得离开了军队,来到了猎人们住的树林子里。笼子里的那一只鹦鹉看到国王来了,它立刻就发出了一种乱七八糟的声音:"喂,喂!我的主人呀!有一个人骑着马跑来了。把他逮住,逮住!把他杀掉,杀掉!"国王听到了鹦鹉的话,赶快把马勒住,转到另一个方向去了。当国王骑着马走向一个比较远的树林子里的地方的时候,他看到了仙人们住的静修所。在这里,笼子里也有一只鹦鹉,它说道:"来吧,来吧,国王呀!请休息一下吧!请吃一点凉水和甜果子吧!喂,喂,仙人们呀!在这凉凉快快的树底下,向他献洗脚水致敬吧!"国王听到这个以后,睁大了眼睛,心里非常吃惊,他想道:"这是什么东西呀!"他又问鹦鹉道:"我在树林子里另一个地方,也看到一个同你相似的鹦鹉,它的样子残酷可怕,它喊道'逮住他,逮住他!打倒他,打倒他!'"鹦鹉听了国王的话以后,就把自己的历史告诉了他。

因此,我说道:"近恶者沾染恶习,近善者沾染美德。"①因此,只是同你来往,就已经够倒霉的了。因为常言道:

> 宁愿意要一个聪明的敌人,傻里傻气的朋友也不愿意要。

---

① 参看本卷第174首诗。

为了杀身救人,强盗死去了;那一个国王却给猴子杀掉。[418]

达摩那迦说道:"这是什么意思呢?"迦罗吒迦讲道:

第三十个故事

某一个国王有一个儿子,他同一个商人的儿子和一个学者的儿子成了朋友。他们天天在公共场所和花园里逛来逛去,寻欢取乐,游玩戏耍,过着幸福的生活;至于盘弓射箭,骑马骑象,赶着马和象拉车,打猎游戏,他却一天一天地没有兴趣了。有一天,他父亲骂他说:"你讨厌当国王的那一套学问了。"他于是就把伤了他的自尊心的这一件事情告诉了他的两个朋友。他们两个说道:"我们两个不愿意干自己的正事,我们的父亲也对我们胡说了一些蠢话。因为有了你的友谊,这些天以来,我们两个并没有感觉到这件不愉快的事情;现在呢,我们看到,你也为这一件不愉快的事情所苦了,我们两个就更感到痛苦了。"国王的儿子于是就说道:"我们这些受了污辱的人再留在这里就不适合了。我们都是为一件不愉快的事情所苦,我们还是到另外一个地方去吧!因为:

  性格坚强的人、知识、功果、权力、品行,还有骄傲:

  离开了自己的本土,经过了考验,这些东西的效果才能知道。[419]"

这样决定了以后,他们就考虑:"到什么地方去合适呢?"商人的儿子于是就说道:"如果没有钱,到哪儿去也满足不了愿望。我们还是到卢呵那①山去吧!我们在那里会拣到许多宝石,会满足我们的一切愿望。"这一件非常正确的事情,大家都同意了,他们就到卢呵那山去了。在这里,因为他们运气好,每个人都拣到了一块无价的最好的宝石。于是他们就翻来覆去地考虑:"当我们走上这一条到处是危险的林子中的道路的时候,我们要怎样来保护这些宝石呢?"学者的儿子于是就说道:"我不是枢密大臣的儿子吗?现在让我来想一个办法,那就是:我们每个人都把这宝石填到我们肚子里去,把它们带走;这样一来,商队的队员、强盗等等都对我们没有办法了。"这样决定了以后,他们在吃饭的时候,嘴里塞满了饭,把宝石放在里面,就吞下去了。正当他们做这一件事情的时候,有一个人藏在山坡上,在那里休息,他看见了他们,心里想道:"哎呀!我到卢呵那山来寻宝石,已经跑了好多天了,因为运气不好,什么也没有找到。因此,我要同他们一块儿走,等到在路上他们

---

① 就是现在锡兰岛的亚当峰。

累得睡着了的时候,我就把他们的肚子割开,把三块宝石都拿走。"他这样决定了以后,就从山上走下来;他们已经走了,他就跟在他们后面,说道:"喂,喂,先生们哪!我一个人没有法子穿过这一片可怕的森林,走回家去。因此,我想同你们一块儿走。"他们愿意多添一个旅伴,说了一声:"就这样吧!"于是他们就开始一块儿走路。

在这个树林子里,在一座人迹罕到的荒山野岭上,靠近路,有一座卑罗人①盖的小庄子。当他们走近这个小庄子的时候,在酋长家里为了消遣而养着的各种各样的鸟中,有一只站在笼子里的老鸟开了腔。这一个酋长懂得所有的鸟的声音语言;他琢磨这老鸟的声音有什么意义,心里高兴起来,就对自己的手下人说道:"这一只鸟说的话实际上就是:'在那些在路上走着的旅客身上,有极可珍贵的宝石。因此,要逮住他们,逮住他们!'你们把他们截住,带到我这里来!"他们这样做了,虽然酋长亲自下手来搜查,但是在这些人身上什么也没有搜到。他们又被释放了,只剩下腰里的一条裙子,勉强遮羞,他们又开始上路了。但是那一只鸟又照样吵起来。酋长听到了以后,又把他们逮回来,特别认真地把他们搜查了一遍,才又把他们放走;正在他们要走的时候,那一只鸟叫得声音更高了,酋长又把他们喊回来,问道:"这一只鸟向来是靠得住的,从来不说瞎话。既然它说你们身上有宝石,那宝石究竟在什么地方呢?"他们于是就说道:"如果我们身上有宝石的话,那么你们已经用劲搜查过了,为什么又找不到呢?"酋长说道:"既然这一只鸟再三地说,那么毫无疑问,宝石就在你们的肚子里。现在才是黄昏,等到天明了以后,我一定要为了宝石的缘故把你们的肚子豁开。"这样骂了一顿以后,就把他们丢到监狱里一间小屋子里去了。于是那个强盗就自己琢磨起来了:"明天早晨,这个酋长豁开他们的肚子找到了宝石以后,这个贪得无厌的坏蛋也一定会把我的肚子豁开的。不管怎么样吧,我反正是非死不行了。我现在要怎么办呢?常言道:

  那些胸襟开阔品质高贵的注定要死的人们,在临死的时候,

 如果能够给其他的人做一件有益的事情,那么他们的死就是不朽。〔420〕

因此,我宁愿把我的肚子先拿出来给他们豁,这样来保护这几个人不被杀死。因为,那个坏东西把我的肚子豁开以后,无论搜寻得多么仔细,反正是什么东西也不会找到;在这时候,他就不会再怀疑肚子里有宝石了,即使是他再残酷无情,他也会产生一点怜悯之心,不再豁他们的肚子了。这样做了以后,我救了他们的命,又救

---

① 住在文底耶山中的一种人。

了他们的财宝,在这个世界上,我就会得到救人助人的声誉;在另一个世界上,我还会托生到一个好的地方去。这才算是那么一个合乎时宜的聪明人的死法。"当黑夜过完黎明来到的时候,酋长正准备豁他们的肚子,强盗双手合十,对他说道:"自己的兄弟肚子给人家豁开,我实在看不下去。因此,请你加恩给我,先把我的肚子豁开吧!"酋长动了怜悯之心,就同意了;虽然把他的肚子豁开了,但是在里面什么宝石也没有找到!于是这家伙就大声悲叹起来:"苦哇,哎呀,苦哇!我贪心不足,再加上受了那一只鸟叫的怂恿,就犯下了这样大的罪。既然在这个人的肚子里什么东西也找不到,那么在其余的人的肚子里,我想,恐怕也就是这样了。"说完了以后,就把他们三个人释放,没有伤害他们的身体;他们也就迅速地穿过森林,来到了一座城市。

因此,我说道:"为了杀身救人,强盗死去了。宁愿意要一个聪明的敌人。"①

他们在这一座城市里,让商人的儿子带头,把三块宝石都卖掉了。他带回来了大量的钱财,都放在国王的儿子的跟前。国王的儿子任命学者的儿子为大臣,考虑着要推翻当地国王的政府,又任命商人的儿子为财政总监。国王的儿子于是就出双倍工钱收买一大批有本领的象、马和步兵,利用他那大臣的对于六种战略②的知识,开了仗,在战斗中把那国王杀掉,把政权抓过来,做了国王。他把国家的重担和焦虑的事情都完全托付给那两个朋友,自己随心所欲,愿意干什么就干什么,享受着快乐和幸福。有一天,他待在后宫里,为了解闷起见,他把附近一个马圈里面的一只猴子牵了来,给自己做伴。因为鹦鹉、遮古罗③、鸽子、公羊和猴子天性就容易为国王所嬖爱。它吃了国王给它的各种各样的食物,就渐渐地长起来了;所有的国王周围的人都很尊重它。国王对它过分地相信和宠爱,就把自己的宝剑交给它拿。在国王房子附近,有一座点缀着各种各样树木的游乐的树林子。当春天来到的时候,国王看到,这一座树林子简直是美极了,成群结队的蜜蜂嗡嗡地咏叹着爱神的丰富洋溢的光荣,许多鲜花的香气把这一片树林子弄得芬芳扑鼻;他给爱神逮住了,就同他的正宫娘娘到那里去了。但是所有的随从都留在树林子的入

---

① 参看本卷第418首诗。这里与原诗稍有不同。
② 参看第7页注③。
③ 鸟名,英文叫作希腊鹡鸰,这种鸟据说吃月光为生,一看到有毒的食品,眼睛就变成红的。国王喜欢它,可能就是因为它有这一种本领。

口处。国王为好奇心所驱使,在树林子里漫游了一遍之后,疲倦了,不愿意再看什么东西了,就对猴子说道:"我想在这一座花房里躺下睡一会。如果有什么人想伤害我,那么你就要全神贯注地努力来保护我。"说完了这几句话,国王就睡着了。有一只蜜蜂,闻到花的香气和麝香等等的香气,就飞了来,落在他的头上。猴子一看到,就火了,它想道:"这一个倒霉的家伙怎么竟敢在我眼前来蜇国王呢?"于是它就开始阻挡。但是那一只蜜蜂,虽然被赶走了,又一再飞到国王身上来,猴子大怒,把宝剑抽出来,照着蜜蜂就砍下去。这一砍就把国王的脑袋给砍下来了。同国王睡在一起的正宫娘娘吓了一跳,爬起来。她看到了这一件错误的事情,大声喊起来:"哎呀,哎呀!你这个傻猴子呀!国王毫无戒备之意,你这却是干的什么事儿呀!"猴子把事情的经过原原本本地说了一遍。它给聚集在那里的那些人骂了一顿,带走了。

因此,人们说:"傻里傻气的朋友不要交呀!"①因为,国王就是给猴子杀死的。所以,我说道:

"宁愿意要一个聪明的敌人,傻里傻气的朋友也不愿意要,

为了杀身救人,强盗死去了;那一个国王却给猴子杀掉。〔421〕②"

迦罗吒迦又说道:

"在背后捣鬼,是一把好手;友谊呢,却总是要去破坏:

什么地方像你这样的人得了势,那里就什么好事也干不出来。〔422〕

同样:

即使是处在最坏的境遇中,一个好人也不会想到非法的行动;

什么事情能使他的荣誉在世界上不被玷污,他就做什么事情。〔423〕

同样:

即使是处在最坏的境遇中,一个聪明人因为天性清白也不会把自己的德行消灭;

一个贝壳,即使放在火里烧过再从火里拿出来,也决不会放弃掉自己的白色。〔424〕

常言道:

什么不许做,那就是不许做,

---

① 参看本卷第418首诗和第421首诗。

② 参看本卷第418首诗。

>   一个聪明人不再妄加思索；
>
>   即使是渴得要命又要命，
>
>   也不能把流到路上的水来喝。[425]

还有：

>   应该做的事情，就应该去做；即使是自己的生命已经到了脖子里；
>
>   不应该做的事情，就不能做；即使是自己的生命已经到了脖子里。[426]"

别人这样对它说过之后，达摩那迦，由于自己阴险成性，把这些话看得跟毒药一般，就离开这里了。

在这期间，那两个家伙：冰揭罗迦和珊时缚迦，都气得盲目发狂，又干起来了。冰揭罗迦把珊时缚迦杀死以后，气平了一些，它用沾满了鲜血的爪子擦了擦眼，因为回忆起以前的交情，心里动了怜惜的念头，眼睛给泪沾湿了，它后悔起来，说道："哎呀，真糟糕！我犯了大罪；因为我把我自己的第二个身体珊时缚迦杀死了，吃亏的就是我自己。

常言道：

>   如果是失掉了一片国土，美丽肥沃；
>
>   或者是失掉了一个仆人，聪明能干；
>
>   仆人失掉了，国王们也就难以活下去，
>
>   国土失掉，可以收复；仆人失掉，一去不返。[427]"

达摩那迦看到了冰揭罗迦那样心神不安的样子，就大着胆子慢慢地磨蹭过来，说道："主子呀！你把仇敌已经杀死，自己却这样心神不安，这是什么原因呀！常言道：

>   不管他是自己的父亲，还是自己的兄弟；是自己的儿子，还是自己的朋友；
>
>   只要他威胁到我们的性命，就要把他杀掉，如果我们自己不想吃苦头。[428]

还有：

>   一个心慈面软的国王、一个什么东西都吃的婆罗门、
>
>   一个满肚子坏心眼的伴侣、一个淫荡无耻的女人、
>
>   一个调皮捣蛋的奴仆、一个疏忽大意不称职的公务员，
>
>   还有不知道要干什么的家伙：所有这一些都不要粘连。[429]
>
>   你自己到远处去吧，如果在那里快乐幸福能够找到！

你去问一个聪明人吧,即使他目前还很年少!
　　如果有人向你乞求,你就把自己的身体送给他吧!
　　如果你自己的胳臂不好,你也就可以把它砍掉![430]

对一般普通老百姓适用的那一些东西,对国王们来说就不是法律。常言道:
　　按照一般普通老百姓的办法,决不能统治一个大的帝国;
　　因为在一般人身上算是错误的东西,在国王身上就是美德。[431]

还有:
　　又是真诚,又是虚伪;又是粗暴,说话又很和蔼;
　　又是残酷,又是慈悲;很喜欢要钱,布施又极慷慨;
　　经常要开支大量的钱,但是同时又有很多的收入:
　　一个国王的政策,正像一个妓女一样,是丰富多彩。[432]"

于是迦罗吒迦自己也走了来,坐在狮子跟前,对达摩那迦说道:"你根本不知道,一个大臣应该做些什么。因为在两个相亲相爱的朋友之间做一些阻挠破坏的工作,这叫作离间。这并不是大臣的政策:事情发生了,就用甜言蜜语贿赂、挑拨离间来敷衍,使主子跟自己的奴仆相斗,因而陷入危险中。常言道:
　　布施钱财①、带着金刚杵②、
　　风神,还有那大海之主③,
　　一打仗,他们的光荣就受影响,
　　谁打仗也会有胜有负。[433]

还有:
　　人们说,战争与聪明的政策丝毫也没有关联;
　　因为,下定决心从事战争的只是那一些傻蛋。
　　聪明的人们说,聪明的政策经书里可以找到;
　　经书告诉我们,要应用甜言蜜语和其他手段。[434]

因此,一个大臣有时候就不要劝自己的主子打仗。因为常言道:
　　国王们不为那些敌人所控制,
　　在他们的家里住着一群
　　忠实的、想做好事的、谦虚的、

---

① 可能是指的财神俱毗罗。
② 很多神都有这样一个绰号,最平常的是指因陀罗。
③ 指的是大神婆楼那。

能够消灭敌人的、没有贪心的人。[435]

所以:

是好事情,就应该常常提起,即使能够引起不愉快;

什么好听,就说什么:对侍候别人的人来说很不应该。[436]

还有:

不管国王问到还是没有问到,如果大臣只拣好听的说,

说的话又丝毫也没有用处,国王的光荣就会收缩。[437]

还有:主子一定要一个一个地询问自己的大臣,在他们被询问的时候,还要亲自检查,什么话是有用的,什么话没有用,谁说的话比较好一些。因为,有时候由于一时的错觉,一件事情看上去同它的实际情况不相符合。常言道:

天空看上去像是一个平面,萤火虫看上去像是火焰一团;

其实呢,天空里找不到什么平面,萤火虫身上更没有火焰。[438]

还有:

不真实的东西外表上同真实的一样,真实的又同不真实的相像:

错综复杂的宇宙万有就是这个样子;因此必须仔细地分析端详。[439]

因此,为聪明所弃绝的那一个仆人所说的话,主子不能够立刻都相信;因为,一个狡猾的仆人,为了达到自己的目的,会用种种的花言巧语,在主子跟前,歪曲事实的真相。因此,一个主子要对一件事情仔细考虑过,然后再去实行。常言道:

同自己的知心朋友再三再四地研究考虑,

自己也要在思想中一个字母一个字母去分析,

然后才去做一件事情:谁这样做谁就是聪明,

只有他才真正能够享受快乐幸福和荣誉。[440]

因此,主子不应该听了别人的话而使自己的理智受到限制;在任何情况下也应该先考验一下那些特殊的人物,分析一下有利的东西和有害的东西,说话和回答,以及时间的限量;之后,聪明的主子就应该亲自下手去处理所有的事情。"

叫作《朋友的决裂》的第一卷书到这里为止,它的第一首诗是:

在树林子里狮子和公牛间日益亲密的友情,

给那个非常贪婪奸诈的豺狼破坏得一干二净。[1]①

---

① 参看本卷第1首诗。

第二卷　朋友的获得

吉祥！

在这里开始叫作《朋友的获得》的第二卷书,它的第一首诗是:

没有资料,又没有钱财,有一些人们却是聪明而又多闻,

他们迅速地把事情处理好,像乌鸦、老鼠、鹿和乌龟这一群。[1]

王子们问道:"这是什么意思呢?"毗湿奴舍哩曼讲道:

在南方有一座城市,名字叫作波罗摩陀噜弊耶。离开这里不远,有一棵很高的无花果树,树干很粗,树枝很长,所有的生物都到这里来躲藏。常言道:

在它的荫凉里,鹿在睡觉;成群的小鸟就藏在它的浓绿的叶子里;

虫子填满了它的树洞;一群群的猴子在它的枝干上互相挑逗游戏,

蜜蜂飞来泰然自若地吮吸着它的鲜花:这样一棵树真值得赞美,

它用自己的枝干给一大群生物带来喜悦,其他的树只把负担加给大地。[2]

在这里,住着一只乌鸦,名字叫作逻求钵陀那伽①。有一次,在早晨,它飞到城里去寻找食物。它看到一个住在这城里的猎人,走出城去,想去捉鸟;他面貌凶恶,手和脚都裂了口子,腿肚子很粗壮,身体的颜色异常地粗犷,眼睛里面是红的,带了一群狗,头发向上梳起,手里拿着网子和棍子;简言之,他就像是手里拿着套索的第二个死神,像是罪恶的化身,像是非圣无法的核心,像是一切罪恶的说教者,像是死神的朋友;他走近了这一棵大树。它看到他以后,心里就怀疑起来,想道:"这一个坏家伙到这里来想干什么呢？是我要倒霉呢？还是他另有别的打算？"由于好奇,它就跟在他后面,等在那儿看。这一个猎人在那里找到一个地方,把网张起来,撒上许多谷粒,藏在不远的地方,

---

① 意思是"快飞者"。

等在那里。在那里的那一些鸟,给逻求钵陀那伽的话劝阻住,把那一些谷粒看得跟致人死命的毒药一样,它们也一声不响地等在那里。

在这时候,有一个叫作质多罗揭梨婆①的鸽王,在成百的鸽子的围拥下,正在到处找食吃,它从远处就已经看见那些谷粒了。虽然逻求钵陀那伽劝阻它,但是它的舌头馋得要命,它仍然向着大网飞过去,想去吃那些谷粒。正当它落下来的时候,它就同它的随从都给那兽筋做成的套索逮住了。实在是因为运气不好,才发生了这样的事情,它一点错没有。常言道:

  罗波那把别人的老婆抢了来,怎么他竟会没有一点错误?②

  那一只金鹿样子很不自然,为什么罗摩竟一点也没有看出?③

  欲底湿提罗由于掷骰子竟倒了大霉,这又是怎么一回事?④

  因为危难当前,人们平常总是精神错乱,智慧也就到了日暮穷途。[3]

同样:

  如果是给死神的套索套住了,精神也给命运束缚住,

  就连那些伟大人物的理智也会走上歪曲的道路。[4]

于是那一个猎人就挥动着棍棒,兴高采烈地跑了来。质多罗揭梨婆和它的随从,因为运气不好,给套索套住,急得要命,它看到他跑过来,急中生智,就对那些鸽子说道:"啊哈,你们不要害怕!因为:

  即使是倒霉倒到了家,谁要是能够把理智保持住,

  他就会渡过这一些倒霉的事,而且达到最高的幸福。[5]

因此,我们大家都应该一条心,一下子飞起来,把网子带走。如果大家心不齐的话,我们就没有法子把网子带走。因为人们要是心不齐,就会死亡。常

---

① 意思是"脖子上有斑点的"。

② 罗波那是印度古代长诗《罗摩衍那》里面的十头巨魔,他是楞伽岛(现在的锡兰)的统治者。他的妹妹女妖首哩薄那迦爱上了罗摩,罗摩把她让给自己还没有结婚的兄弟罗什曼那。罗什曼那拒绝了她,把她的耳朵和鼻子都割了下来。她逃往楞伽岛,告诉罗波那说,罗摩的老婆悉多如何如何美,怂恿他去抢。罗波那果然把悉多抢了来。罗摩得神猴之助,最后打败了罗波那,夺回了自己的老婆。

③ 罗波那为了抢悉多,先派手下一个小妖,化身为一头奇异的金鹿,到林子里来引诱悉多。悉多请罗摩去捉这鹿,愈跑愈远。只剩下悉多一个人,为罗波那掳走。

④ 这是印度古代史诗《摩诃婆罗多》里面的故事。欲底湿提罗和他的兄弟杜哩由陀那掷骰子。杜哩由陀那用不正当的手段赢了欲底湿提罗。欲底湿提罗把自己的财宝、国家和王位输了个一干二净,最后连自己的身体也输掉了。杜哩由陀那把他和他的四个兄弟流放到森林里去住十二年。然后又隐姓埋名一年。十三年满后,欲底湿提罗带领军队与杜哩由陀那大战。杜哩由陀那战死,他恢复了王位。

言道:
>只有一个胃,脖子却分成两个,它们互相帮助吞下食物,
>正如婆伦多鸟,如果不是一条心,它就会亡故。[6]"

鸽子们问道:"这是什么意思呢?"质多罗揭梨婆讲道:

第一个故事

在这里,在某一个池子旁边,住着一些叫作婆伦多的鸟。它们每一只只有一个胃,却有两个分开来的脖子。它们中间的一只鸟,当它随意到处游荡的时候,用一个脖子在某一个地方找到了一些甘露。第二个脖子就说道:"给我一半!"第一个脖子没有给它,第二个脖子一生气,就把它在不知什么地方找到的毒药吞了下去;因为这一只鸟只有一个胃,它就死掉了。

因此,我说道:"只有一个胃,脖子却分成两个。"①只有这样联合起来,才有力量。

那些鸽子听了以后,都想活下去,它们于是就同心协力把网子带起来,只飞出去了一箭之地,然后就毫无所惧地飞向前去,像是在天空里搭起了一座天棚。猎人看到那一群鸟把自己的网子带跑了,心里很吃惊,脸往上抬着,想道:"这样的事情以前从没有见过!"他念了一首诗:

>"这一群鸟,联合了起来,因此就能够把我的网子拖走;
>如果它们互相争论不休,那么它们就会遭我的毒手。[7]"

他这样想过之后,就开始跟在后面跑起来。质多罗揭梨婆看到这个残酷的家伙在后面跟了来,并且也了解到他的目的,心里一点也不慌也不忙,开始在那些高山密林崎岖难行的土地上飞向前去。逻求钵陀那伽对质多罗揭梨婆这样聪明的举动,对猎人那种恶毒的心计,心里感到很吃惊,它一会儿向上看看,一会儿又向下看看,寻找食物的想头早就丢开了,它满怀着好奇心,跟在那一群鸽子的后面,心里想:"这一只伟大卓绝的鸽子要干些什么事情呢?这一个坏东西猎人要干些什么事情呢?"那一个猎人看到那崎岖难行的道路已经把他同那一群鸽子分开了,他完全绝了望,就转回头来了,他说道:

"不应该发生的事情就不会发生,应该发生的事情不用努力自然

---

① 参看本卷第6首诗。

> 会到，
> 不应该你有的东西，即使是已经落到你的手心里，它自己也会溜掉。[8]

还有：
> 如果人们在运气不好的时候得到了一件什么财宝，
> 它就会像宝贝商揭①一样，连其余的东西都拐了逃跑。[9]

因此，想吃鸟肉的事情就算了吧，连我那用来养活我一家人的网子都丢掉了。"

在这期间，质多罗揭梨婆看到那个猎人绝望而归，就对那一些鸽子说道："喂，放下心往前飞吧！那个坏东西猎人已经转回头去了。我们最好是到波罗摩陀噜弊耶城去，因为我有一个很好的朋友，一个叫作尸赖拿②的老鼠，就住在那里的东北角上。它一定会毫不迟疑地替我们把套索咬断。它能够把我们从这患难中解救出来。"它这样说了以后，它们都想去看尸赖拿老鼠，就来到它的洞穴堡垒，降落在地上。事情是这样的：

> 它看到了未来的危险，所有的待人接物的学问它又精通，
> 这一只老鼠住在那里，它挖了一个有一百个出口的洞。[10]

在这样的情况下，尸赖拿听到了翅膀的打击声，心里吃了一惊，从自己的洞穴堡垒里只走出了猫的一步那么远，开始观察，究竟是怎么一回事。质多罗揭梨婆就站在洞穴门口说道："亲爱的尸赖拿呀！赶快过来吧！你看看，我是什么样子！"

听到了这话以后，尸赖拿又缩到洞里去，说道："亲爱的，你是谁呀？你来干什么呀？你倒的是什么霉呀？请你告诉我！"质多罗揭梨婆听完了这话，就说道："喂，我是你的朋友，叫作质多罗揭梨婆那一只鸽子。赶快过来吧！"它听了以后，身上的汗毛都乐得竖起来了，心里非常高兴，赶快爬出来，说道：

> "那一些有教养的文质彬彬的人们，自己支持起一个家庭的局面，
> 朋友就经常到他们家里来，带来友情，眼睛看到心内喜欢。[11]"

它看到质多罗揭梨婆和它的随从都给套索捆住，说道："亲爱的！这是怎么一回事呀？怎样发生的呀？说一说吧！"它说道："亲爱的！你已经知道了，为什

---

① 财神俱毗罗的财宝之一。
② 意思是"金子"。

么还这样问我呢？常言道：

> 为了什么、由于什么、怎样、在什么时候、在什么情况下、
> 在多大范围内、在什么地方：我们做了好事情还是坏事情；
> 为了这个、由于这个、这样、在那时候、在那样情况下、
> 在那样大范围内、在那个地方：命运也就给我安排了报应。[12]

还有：

> 大神瞰里①固然用一千只眼睛，
> 像盛开的荷花一样看着这个世界；
> 当死神在他的面前打呵欠的时候，
> 他却像瞎子一样站在那里发呆。[13]
> 在一百二十五由旬②以外，一只鸟能够看到可口的食物；
> 由于命运的安排，就在它身子旁边的套索它反而熟视无睹。[14]

还有：

> 月亮和太阳受到罗睺③的折磨，
> 大象、长虫和鸟陷入了网罗，
> 我还看到聪明人生活在贫困中，
> 我就想：'啊！命运的力量大无穷！'[15]

还有：

> 那一些只是在天空里飞行的鸟竟然也会陷到不幸里去；
> 灵巧的人们从没有底的大海深处竟也能够捉到了鱼；
> 在这里什么是愚蠢和聪明的举动？得到位子有什么好处？
> 死神④一时高兴就会伸出手来，从远处也可以逮住你。[16]"

质多罗揭梨婆这样对尸赖拿说了之后，尸赖拿就开始来咬质多罗揭梨婆的套索，但是质多罗揭梨婆却止住了它，说道："亲爱的呀！这样就不对了。你先不要来咬我的套索，而是应该先咬我的随从的。"尸赖拿听了这话以后，就生着气说道："喂！你说得不对呀！因为奴仆应该在主人之后。"它说道："亲爱

---

① 这里仍是指的毗湿奴。
② 印度古代长度名，有人说约等于四五英里，有人说约等于九英里。
③ 原文意思是"捉人的东西"，是恶魔罗睺的一个别号；因为罗睺能够把太阳和月亮捉住，让它们发不出光来。这现象指的是日食和月食。
④ 原文也有"时间"的意思。

的呀！你不要这样说！所有这一些可怜的家伙甚至丢开了别人来依靠我,我为什么就不能向它们表示仅仅这么一点敬意呢？常言道：

> 一个国王,如果经常地向他的仆人们表示充分的敬意,即使自己的财产丢光,他们仍然高兴,不会把他丢弃。[17]

同样：

> 信赖就是幸福的根源,得到信赖,一只鹿会成为一群之首；
> 狮子虽然是群鹿之王,但是这一些鹿却不愿意为它奔走。[18]

此外,当你咬断我身上的套索的时候,牙或者会痛起来；那一个坏东西猎人也可能赶了来；如果是这样的话,我一定会坠入地狱。常言道：

> 一个国王,甚至当自己的忠实可靠的仆从陷入了困难,
> 仍然逍遥自在,他就会坠入地狱,在今世和来生经受风险。[19]"

听了这话以后,尸赖拿说道："喂！我认识主子之道。但是为了考验你一下,我才说了那些话。我要把所有的套索都咬断。这样一来,你会得到很多的随从。因为常言道：

> 如果经常对仆从们表示慈悲心肠,把财富同他们来分享,
> 这样一个国王就有能力甚至把三个世界都来保障。[20]"

这样说过之后,尸赖拿就把所有的套索都咬断了,对质多罗揭梨婆说道："朋友呀！你现在回到你的住处去吧！"质多罗揭梨婆就带了自己的随从回到自己的住处去了。常言说得好：

> 因为一个有朋友的人,难于完成的事情都可以做出；
> 所以人们都要结交忠实的朋友,朋友就是个人的幸福。[21]

逻求钵陀那伽看到了,质多罗揭梨婆怎样从套索里被解放出来,它心里很吃惊,想道："这一个尸赖拿真聪明呀！它真有本领呀！这个堡垒修得真完整呀！因此我也应当同尸赖拿结成朋友。虽然我自己天性反复无常,得不到任何人的信赖,任何人也不会跟在我后面走；但是我也应该交一个朋友呀。常言道：

> 即使他的财富已经很多,如果他想到自己的幸福,他仍然要交朋友；
> 大海虽然已经满了又满,它却仍然希望苏婆底那里的水源源奔流。[22]"

它这样想过以后,就从树上飞了下来,走到那个洞穴的门口；它刚才已经听到尸赖拿的名字,它就喊着它的名字,说道："朋友尸赖拿呀！过来！"

尸赖拿听到以后,心里就琢磨起来:"是不是还有那么一只鸽子套索还没有咬断,因而在那里喊我呢?"它说道:"喂,你是谁呀?"乌鸦说道:"我是一只名字叫作逻求钵陀那伽的乌鸦。"尸赖拿听到以后,自己严严密密地藏在洞里,回答道:"亲爱的,你离开这个地方吧!"它回答道:"我有一件重要的事情,才到你这里来的;请你出来吧!"尸赖拿说道:"我一点也不想同你会面。"它说道:"喂,你把质多罗揭梨婆从套索中解放出来,我已经看到了,我因而觉得你非常可靠。说不定我将来也会给人用套索套住,必须请你解救呢。因此,同我结成朋友吧!"尸赖拿回答道:"喂!你是吃我的,我是给你吃的;我怎么能够同你结成朋友呢?常言道:

　　一个头脑简单的傻子,同自己不相称的人把朋友来交,

　　不管是比自己差,还是比自己强,他都为世人所嘲笑。[23]

因此,你还是走开吧!"乌鸦说道:"喂,我现在就待在你的堡垒的门口。如果你不同我交朋友的话,我就绝食。"尸赖拿说道:"喂,你是我的敌人嘛,我怎么能够同一个敌人结成朋友呢?常言道:

　　不应该同敌人结成联盟,不管这联盟是多么坚牢;

　　水,不管它是多么热,反正总会把火焰灭掉。[24]"

　　乌鸦说道:"喂!我们俩根本还没有见过面哩,怎么能成为敌人呢?你是在那里胡说了一些什么呀?"尸赖拿说道:"喂!有两种敌人:一种是天生的,一种是偶然的,你是我们的天生的敌人。因为:

　　偶然的人为的仇恨,只要采取些人为的办法,很快地就可以消溶;

　　天生的仇恨呢,那就永远也消灭不掉,除非是丢掉了自己的性命。[25]"

乌鸦说道:"喂!我愿意听一听这两种仇恨的特点。"它说道:"喂!偶然的人为的仇恨由于某一种原因而产生;只要做一件恰如其分讨人欢喜的事情,它就消逝了。但是由事物的本性所决定的那一种仇恨是无论如何也不会消灭的。在埃及獴和蛇之间,在吃草的动物和有爪的动物之间,水和火之间,神仙和恶魔之间,狗和野猫之间,一个男人的许多老婆之间,狮子和大象之间,猎人和鹿之间,乌鸦和猫头鹰之间,聪明人和傻子之间,忠实于丈夫的女人和淫荡的女人之间,好人和坏人之间,存在着永恒的仇恨。即使他们之中的一个没有把另外那一个杀死,他们却努力想去破坏另外那一个的性命。"乌鸦说道:"这些话是没有根据的。请听一听我的话!

由于某一种原因,人们成了朋友;由于另一种原因,又成了敌人;

因此,聪明的人们就应该尽上力量去建立友谊,而不应去结仇恨。[26]"

尸赖拿说道:"我怎么能够同你搞到一块儿呢?请听一听待人处世的大道理:

一个坏朋友,已经闹翻过一次,谁要是想同他再恢复友情,

他就会像那一只怀了胎的骡子一样,送掉了自己的性命。[27]

同样:

一头狮子把文法规律的发现者波你尼①的宝贵的生命夺走,

一头大象把弥曼差②哲学的建立者耆米尼的身体踏透,

一只海怪在海边上杀死了诗歌艺术真正的宝库冰揭罗③,

那些暴怒的野兽已经失掉了理性,哪里管你有什么成就?[28]"

乌鸦说道:"是这样子。但是请听:

一般人的友谊由于相互表示友好,兽和鸟的友谊由于某一些原因,

傻子们的友谊由于恐惧和贪婪,好人们的友谊由于一见倾心。[29]

还有:

一个坏人,就像是一个土瓶子,易于分裂,而难于联合;

一个好人,就像是一个金瓶子,易于联合,而难于分裂。[30]

还有:

正像吃甘蔗一样,从顶上一节一节地吃下去,愈往下愈甜;

好人的友谊也正是这个样子,而坏人的友谊却恰恰相反。[31]

我完全是真诚的,我可以赌咒发誓,让你不害怕我。"尸赖拿说道:"我不信你那一套赌咒发誓。常言道:

敌人,即使他赌咒发誓讲了和,仍然不能够相信他;

天帝释④严重地赌过咒发过誓,他却仍把苾力特罗⑤来杀。[32]

---

① 印度古代最伟大的文法学家。他所著的《文法规律八章》一直保存到现在,成为梵文文法学家的金科玉律。他的生存时代,同其他印度古代的大人物一样,到现在还没有定论。一般的说法是,他生在公元前三五〇年左右。
② 印度古代六派哲学之一。婆罗门教最初有哲理的探讨,后来日趋下流,专重祭祀,讲求繁琐的仪式。经年既久,就产生了一种对抗的潮流,逐渐形成一宗。到了公元前二世纪,就产生了《弥曼差经》,专门注意理性的探讨,经的作者相传就是耆米尼。
③ 相传是《阐陀经》的作者。所谓阐陀,就是诗歌的节奏。这种学问在吠陀时代已肇其端。后来更加发展,遂被认为是六个吠陀分支之一。有一种说法主张,冰揭罗就是《大注》的作者钵檀伽利。
④ 就是因陀罗。
⑤ 《梨俱吠陀》里面毒龙的名字。天将落雨的时候,它捉住云彩,不许雨往下降。因陀罗手持金刚杵,同它战斗,最后把它杀死。于是雨就沛然下降。整个神话是描写热带雨季暴雨前黑云密布雷电交加的情况。

同样：
> 如果得不到信任，连神仙们也没有法子去战胜敌人；
> 得到了底提①的信任，众神之王②就把她的胎儿打成碎粉。[33]
> 即使有极小的一点小孔，敌人也一定会来钻这个空隙，
> 然后慢慢把一切都搞垮，正像一股水流穿透了河堤。[34]
> 即使有很多的金银财宝，谁要是竟把自己的敌人来依靠，
> 又宠信没有爱情的女人，他的性命就会岌岌难保。[35]"

逻求钵陀那伽听了这话以后，一时竟无话可答，心里想道："哎呀，在处世待人方面，它的意见是多么肯定多么有把握呀！正因为如此，我更想跟它交朋友了。"它说道：

> "那些聪明的人们曾经说过：'走出七步去，就可以把朋友交成。'
> 我是要用武力同你交朋友的；因此，请你把我说的话倾耳细听。[36]

你现在就同我交朋友吧！不然的话，我就死在现在这个地方。"它这样说过之后，尸赖拿心里想道："听了它的话，似乎没有什么恶意。

> 谁要是不聪明，他就说不出好听的话；谁要是不钟情，他就不爱打扮；
> 谁要是没有愿望，他就不做官；谁要是说话直爽，他就不会欺骗。[37]

因此，我必须同他交成朋友。"它这样在心里考虑过以后，就对乌鸦说道："亲爱的！你已经得到了我的信任。我刚才那样说，只是想试一试你的心意。现在我把我的脑袋放在你的怀里。"这样说了以后，它就准备走出去。走了还不到一半，它又停住了。于是逻求钵陀那伽就说道："你现在还有什么原因对我不信任，因而不从你的洞里走出来吗？"它说道："我已经了解了你的心情，我并不害怕你了；但是呢，我是这样怀着信赖的心情，说不定什么时候你那些其他的伙伴会要我的命。"它说道：

> "丢掉一个品格端正的朋友才能找到一个朋友，这个朋友应该丢弃；
> 正好像是，人们无论如何也不应该看不起大米穗，而看得起小米。[38]"

听了这话以后，它就赶快跑出来，两个客客气气地互相问候。过了一会，逻求钵陀那伽对尸赖拿说道："你回到自己洞里去吧！我还要去找食吃呢。"这样

---
① 印度神话中女神的名字，风神马鲁特据说就是生在她胎里的胎儿，给因陀罗打成碎片。
② 众神之王，指的是因陀罗。

说了以后,它就离开了它,往森林的深处飞了一段,看到了一只给老虎杀死的林子里的水牛,它就任意饱餐了一顿,拿了一块像矜输伽①花一样的肉,飞到尸赖拿那里,喊道:"过来,过来! 亲爱的尸赖拿呀! 把我拿来的这一块肉吃了吧!"那家伙也怀着友爱和敬意给它积存了一大堆小米粒,说道:"亲爱的! 我尽上了我的力量也积存了一些米粒,请你吃一点吧!"于是这两个家伙就交换着吃起来,虽然它俩都已经吃饱了,现在吃只是为了向对方表示友谊。这就是友谊的种子。常言道:

> 给别人东西,也接受别人的东西;对别人讲私房话,也问别人的私事;
>
> 在别人那里吃东西,也请别人吃东西:这一些就是友谊的六种标志。[39]
>
> 不做一点让他高兴的事情,任何人在任何时候也不会表示友谊;
>
> 连天上的神仙也是在接到别人献给他的礼物以后才称心如意。[40]
>
> 在这个世界上,礼物能送多久,友谊也就会存在多久;
>
> 牛犊子看到奶水已经流尽,它自己就会离开母亲走。[41]

简言之:

> 这一只老鼠和这一只乌鸦,建立起来的交情非常深厚,
>
> 它牢不可破,像是指甲和肉;它们全心全意结成了朋友。[42]

就这样,这一只老鼠的心是这样陶醉于乌鸦的情意,它完全相信了它,甚至于爬到它的翅膀下面去,待在那里。

有一天,乌鸦眼睛里满含着眼泪,跑了来,结结巴巴地说道:"亲爱的尸赖拿呀! 我在这个地方已经住厌了;我因此想到别的地方去。"尸赖拿说道:"亲爱的! 你为什么住厌了呢?"它说道:"亲爱的,你请听! 现在这个地方大旱,所有的城里面的人都挨着饿,他们连一点供都上不起。此外,一座一座的房子上都张上了套索,准备捕捉鸟雀。我自己因为命不该死,还没有坠到套索里。因为我想到远处去,所以我就流了眼泪。我现在要到别的地方去了。"尸赖拿说道:"你要到什么地方去呢? 请你说一说!"它说道:

"在南方,在一片原始森林中,有一个大湖。在那里住着一只乌龟,名字叫作曼陀罗迦,是我的一个非常要好的朋友,交情甚至比同你还深。它会给我一块容易消化的鱼肉。我会同它在一块享受用很美的词藻装饰起来的谈话的

---

① 植物名,开花很美丽,因此常见于诗中。

快乐,在幸福中把日子打发过去。因为我不能够眼看着鸟儿们都灭亡。因为常言道:

  亲爱的呀!那些幸福的人们看不到国家的灭亡,家庭的分崩,

  看不到自己的老婆到了别人的手里,看不到朋友陷入不幸中。[43]"

尸赖拿说道:"如果是这样的话,那么我也跟你一块走。因为我也有很不幸的事情。"它说道:"什么不幸的事情呢?"尸赖拿说道:"哎呀!说起来话长。到了那里以后,我把一切都告诉你。"乌鸦说道:"我是在空中飞行的;而你却是在地上跑的。那么你要怎样跟我一块走呢?"它说道:"如果你真正有意救我的性命的话,那么你就让我爬到你的背上去,把我慢慢地带到那里去。"听了这话以后,乌鸦高兴起来了,说道:"如果是这样的话,我真幸福极了。没有再比我更幸福的了。就这样做吧!因为我了解以共同飞行为首的八种飞行方式,我很容易就把你带去了。"尸赖拿说道:"喂!我想听一下这些飞行方式的名字。"乌鸦说道:

  "共同飞行,还有横贯飞行、大飞行,还有俯冲飞行,

  环绕飞行、倾斜飞行,再加上高飞行:这就是轻飞八种。[44]"

听了这样说以后,尸赖拿迦①就爬到它的背上去。它呢,就用共同飞行的方式起飞,慢慢地就到了那一个湖那里。

在这时候,曼陀罗迦看到了乌鸦背上驮着一个老鼠,它是了解地点和时间的,心里想道:"这是怎么一回事呢?"就赶快溜到水里去了。逻求钵陀那伽把尸赖拿放在岸边上一棵树的洞里,又飞到一枝树枝子的顶上,高声喊道:"喂,曼陀罗迦呀!出来吧!我是你的朋友,那一只乌鸦,我心里想你想得时间很久了,我现在来了。你出来拥抱我吧!常言道:

  檀木和樟脑都有什么用处?清冷的月光又有什么意义?

  这一切合起来,也抵不上一个朋友身体的十六分之一。[45]"

曼陀罗迦听到了这些话以后,又仔仔细细地认了一下,身上的汗毛都乐得竖起来了,眼睛里也充满了快乐的眼泪,赶快从水里爬出来,嘴里说着:"我竟没有认出你来哩,请你饶恕我的罪过吧!"走上去同从树上飞下来的逻求钵陀那伽拥抱。

它们俩这样拥抱过以后,快乐得身上的汗毛直竖,它们俩坐在树底下,互

---

① 上面这名字都写作"尸赖拿",这里忽然加了一个"迦"字,意思没有变。

125

相倾诉自己的一些遭遇。尸赖拿向曼陀罗迦致过敬,也坐在那里。曼陀罗迦看到了它,就对逻求钵陀那伽说:"喂!这一只老鼠是谁呀?它是你的食品,你怎么竟把它驮在背上带到这里来了呢?"逻求钵陀那伽听了这话,说道:"喂!这一只老鼠名字叫作尸赖拿,它是我的朋友,像我的第二个生命一样。为什么还要说这样多呢?

  正像那雨神洒下来的雨点,正像那天空里的星星,

  又像那地球上面的砂粒:这些东西数也数不清,[46]

  这一位品质高贵的先生,它的优点也是数也数不清;

  它今天来到你的跟前,全世界都不在他的意中。[47]"

曼陀罗迦说道:"它为什么这样厌世呢?"乌鸦说道:"我在那里曾经问过它;但是它只说:'说起来话长,到了那里以后,我再告诉你吧!'什么也没有告诉过。那么,亲爱的尸赖拿呀!现在就请你把厌世的原因告诉我们俩吧!"尸赖拿讲道:

第二个故事

  在南方,有一座城市,名字叫作波罗摩陀噜弊耶①。离开这里不远,有一座大主②庙。在这庙附近的一所修道院里,住着一个游方僧,名字叫作部吒伽哩那。到了行乞的时候,他就把自己的行乞用的罐子填满了高贵的食品,食品里满是砂糖、糖蜜和石榴子,还有液汁,看上去非常动人;他然后就从城里回到修道院里来,按照规定吃过饭以后,把剩下的饭都藏在一个行乞用的钵里,挂在一个木头橛子上,留给第二天早晨来的仆人。我同我的伙伴呢,就以此为生。这样时间也就消磨过去了。不管他是多么小心谨慎地把钵挂在上面,我仍然能够吃到东西,这一位游方僧感到有点讨厌了;因为害怕我,他就把钵挂得一层一层地高上去。虽然如此,我仍然能够爬上去,吃到东西。有一次,一个苦行者,名字叫作勿哩呵婆毕吉到那里去做客。部吒伽哩那用欢迎仪式和其他的仪式迎接了他,给他驱除了疲劳。在夜里,他们俩就躺在一张稿荐上睡觉,当他们俩正在开始讲一个虔诚的故事的时候,部吒伽哩那的心思专门用在

---

① 义云"乐置"。
② 指的是湿婆。

防御老鼠上,他用一根破竹竿子打那个乞食用的钵;勿哩呵娑毕吉正在讲着虔诚的故事,得到的只是一些心不在焉的回答。于是这一位客人就大火而特火,对他说道:"喂,部吒伽哩那呀!我已经认透了你了,你的友情一点也没有了。因此你才不高兴跟我谈话。我今天夜里就离开你这修道院,到别的地方去。因为常言道:

'来吧!走过来吧!请你在这里坐下吧!为什么好久没有来?

有什么新闻?你的面色不好呀!愿你一切顺利!看到你很痛快!'

哪一些朋友要是能够这样客客气气地对新来的人问寒又问暖,

人们就永远会心情舒畅毫无顾虑地走进了他的邸宅。[48]

另外:

来了客人,他的眼光不是向上看天空,就是往地下瞧;

谁要是到他的家里来,谁就是一只牛,只是没有角。[49]

来了客人,不起立欢迎;不谈话,不给人好的声音听;

好的也不谈,坏的也不说;没有人会走进这样一个家庭。[50]

只是因为你现在有了一所修道院,就神气起来了,把朋友的交情都不要了;但是你却不知道,你表面过的是修道院的生活,你得到的却是地狱。因为常言道:

谁要是一心想入地狱,那么就让他当家庭祭师当上一年,

或者,不用再干别的事了,就让他管理修道院管理三天。[51]

因此,傻子呀!你认为神气得不得了的事情,却正是值得悲哀的事情。"部吒伽哩那听了这些话以后,心里害怕起来了,他说道:"喂,尊者呀!不要这样说吧!除了你之外,我再没有其他像你这样的朋友了。因此,请你听一下我在你谈话时心不在焉的原因!有一只可恶的老鼠,不管我把钵挂得多么高,它总能跳到那个乞食的钵里去,把剩下的食品吃掉。如果没有食品,仆人们就不再来打扫屋子以及干其他的活,因为他们无以为生。因此,我就拿了一根竹竿子不停地敲打那一只乞食用的钵,好来吓唬老鼠。并没有其他的任何原因。此外,这一个坏东西也真让人吃惊,它跳跃的本领使猫和猴子望尘莫及。"勿哩呵娑毕吉说道:"你知道,它的洞在什么地方吗?"部吒伽哩那说道:"喂,尊者呀!我不知道。"他说道:"它的洞一定是在一个宝藏的上面。宝藏发出来的热力,使得它能跳这样快。常言道:

从钱财里面发出来的热力,能够增强人们的生命力;

更何况是享用这些钱财,把这些钱财来慷慨布施呢?[52]
同样:
因为散底黎的母亲不会无缘无故地用剥了皮的芝麻
去换没有剥皮的芝麻,那么她就一定有她自己的想法。[53]"
部吒伽哩那说道:"这是什么意思呢?"他说道:

第三个故事

有一次,我在某一个城市里,请求某一个婆罗门允许我借住在他那里,等到出发游行的时间一到,我就离开。于是这一个婆罗门就给了我一个住处;我住在那里,供奉神仙,还做其他的事情。有一天,当我早晨醒来的时候,我聚精会神地听这一个婆罗门和他的老婆吵嘴。婆罗门说道:"老婆呀!天亮的时候,夏至就要到了,这一个时刻会带来无限的幸运;因此我要到另一个村子去迎接它,而你呢,就要为了对太阳表示敬意,尽上自己的力量,做一顿饭给任何一个婆罗门吃。"婆罗门的老婆听了这话以后,用很厉害的话骂他,说道:"你这个穷鬼从什么地方去弄东西给婆罗门吃呀?你这样说,就不害臊吗?还有:
自从我抓过你的手指头尖①以后,我就没有得到什么好处;
好吃的东西也没有吃过一回,还谈到什么首饰和衣物?[54]"
婆罗门听了这话以后,害起怕来,慢慢地说道:"老婆呀!你不应该这样说。常言道:
为什么就不能够给那些贫穷的人们一口饭,那怕是半口饭?
什么时候人们才能够有那样多的钱,他的愿望一概都能实现?[55]
同样:
阔老爷们,布施很多的东西,才能够得到的那一点点功德,
穷人只要出一个铜子儿,就可以得到:自古以来就这样说。[56]
云彩,虽然仅仅是洒那么一点点水,全世界的人都喜欢;
即使是朋友,如果经常把手伸出来,人们连看都不敢看。②[57]
明白了这一点,连那些穷人们也可以在适当的时候向高贵的人们布施,哪怕是

---

① 指的是结婚。
② 这一句诗是双关,所以又可以译为:"即使是太阳,如果经常放射着强光,人们连看也不敢看。"

少之又少呢。因为常言道：

一个高贵的接受者、虔诚的信念、恰如其时恰如其分的布施；

在这样情况下，那些聪明睿智的人们所给的东西将长存万世。[58]

还有的人说：

过分的贪得无厌是不应该的；但是贪心也不能完全没有。

一个非常贪得无厌的人，在他的头顶上长出了头发一绺。[59]"

婆罗门老婆说道："这是什么意思呢？"婆罗门讲道：

第四个故事

在某一个地方，有一个部邻陀①。他出去打猎。正当他向前走的时候，他碰到了一只猪，样子就像是摩杭阇那山的顶峰。看到了它以后，他把弓拉满，一直拉到耳朵边，念了下面这一首诗：

"没有看到我的弓，没有看到我上箭，

这一只大猪已经吓得浑身打战。

看到了它这个样子，我心里就想：

一定是阎王爷把它送到了我的跟前。[60]"

于是他就用尖锐的箭射中了它。那一只猪大为发火，用它那像新月一样发亮的獠牙把他的肚子豁开，这一个部邻陀就倒在地上，没了气了。野猪把猎人杀死以后，它自己也因为受了箭伤，痛死了。正在这时候，有一只豺狼，也是死到临头了，东逛一逛，西逛一逛，晃里晃当地走到这个地方来。它看到了那一只野猪和那一个部邻陀，两个家伙都死了，它心里高兴起来，想道："我的运气不坏呀！它给我带来了这一些没有想到的食品。人们说得好：

即使人们一点也不努力，他前生做下的事是各种各样；

善有善报，恶又有恶报，命运早已经安排得妥妥当当。[61]

同样：

在什么地方，在什么时候，他那时候是多大年龄；

他做的是好事，还是坏事，这一切都要得到报应。[62]

因此，我现在要这样安排吃这些肉，使得我几天之内都有肉吃。我现在先吃弓

---

① 印度一种部落的名字，住在山上。

尖上的这一些筋,我先用两个蹄子慢慢地把它抓起来。常言道:

  辛辛苦苦积聚起来的财产,享受起来应该慢而又慢;

  正像聪明的人们吃甘露仙丹,决不能一口气就吃完。[63]"

它这样想过之后,就把弓的尖放在自己的嘴里,开始吃那一些筋。弓弦咬断了,弓的尖端穿透了它的上颚,就像是一绺头发一样,从头顶上钻了出来。它也就痛死了。

  因此,我说道:"过分的贪得无厌是不应该的。"①他又说道:"老婆呀!你没有听说吗?

  活多久、做什么事情、有多少钱财、多少智慧、什么时候死亡:

  上面这五件事情,在他走出母胎以前,早都已经安排妥当。[64]"

婆罗门的老婆恍然大悟,回答道:"如果是这样的话,那么,在我家里,有一点芝麻。我要把这些芝麻磨掉,用芝麻面来招待一个婆罗门。"听了她的话以后,婆罗门就到另一个村子去了。她在热水里把芝麻研碎,把皮剥下来,晒在太阳里。正当她忙着处理家务的时候,一条狗在那些芝麻上撒了一泡尿。她看到这一件事情,心里想到:"哎呀!你看看哪,这坏运气有多么鬼呀!它把这一些芝麻搞得不能吃了。我要拿了这些芝麻,到别人家里去,用剥了皮的去换没有剥皮的。在这样的情况下,所有的人都会换给我的。"她于是就把芝麻放在一个簸箕里,从一家走到另一家,说道:"喂!有没有人用没有剥皮的芝麻来换剥了皮的呢?"我到一家去乞食,她也带了那些芝麻到这一家来了,嘴里说着上面那一句话。这家的主妇心里很高兴,就用没有剥皮的芝麻换了那些剥了皮的。这件事情刚做完,她的丈夫就走过来,对她说道:"亲爱的!这是什么?"她讲道:"我得到了一些很便宜的芝麻,用没有剥皮的换剥了皮的。"他起了疑心,说道:"这些芝麻是从谁那儿换来的呀?"他的儿子伽满陀吉说道:"是从散底黎的母亲那里。"他说道:"亲爱的!她这个人异常聪明而且老于世故。因此,必须把这些芝麻丢掉。因为散底黎的母亲不会无缘无故地用剥了皮的芝麻去换没有剥皮的芝麻。"②

  因此,它能够这样跳,一定是财宝的热力促成的。

---

 ① 参看本卷第59首诗。
 ② 参看本卷第53首诗。

这样说过之后,他又接着说下去:"知道它走的路吗?"部吒伽哩那说道:"尊者呀!知道,因为它并不是单身来,而是带来一大群。"勿哩呵娑毕吉说道:"好吧,那么有没有一把锄头呢?"他说道:"当然有。这是一把完全用铁做成的锄头。"客人说道:"那么明天早晨你要同我一块醒着,我们俩好在那给它们的脚弄脏了的地上顺着它们走过的脚迹追上去。"我听了这个坏蛋的金刚杵一般的话以后,心里想道:"哎呀!我完蛋了!"因为他的话听起来很坚决。正如他找到那些财宝一样,他也会把我的堡垒找出来。从他谈到的目的中我可以了解到这一点。因为常言道:

> 虽然只见过一个人一次面,聪明人就知道,有些什么好处在他身上;
> 灵巧的人用手当戥子,只一掂,就可以知道,一个钵罗有多大重量。[65]

同样:

> 只要念头那么一动,就已经预示出
> 前生的善行和恶行将要发生作用。
> 孔雀的雏儿还没有一点长尾巴的迹象,
> 人们却已经看出,它将来会缓步碎行。[66]

因此,我心里怕得要命,我就避开那一条通到我的堡垒去的道路,开始带了我那一群随从,走另外一条路。

一只大猫看到了我们这一群迎面走来,它一跳就跳到我们中间来。于是那一些幸免于难的老鼠就把我骂了一顿,说我走错了路,它们回到堡垒里去,流的血弄湿了地上的土。常言说得好:

> 一只鹿冲断了套索,甩开了网罗,用力量撕破了圈套;
> 那一片树林子四周团团地给闪闪的火光围住,它远远地逃掉;
> 它还用极灵巧的身段躲过了猎人的箭能够射到的地区;
> 它终于坠入陷阱:人们的努力有什么用处,如果运气不好?[67]

于是我独自个儿就到别的地方去了。剩下的那一些老鼠糊涂到家,还留在那一个堡垒里。那一个游方僧看到一滴滴的血染红了的土地,就顺着这一条路找到了那一个堡垒。他就用锹开始挖地。他挖着挖着,就把那宝藏挖出来了,我就在那上面筑了我的窝,也就借了它的热力,连很难爬到的地方都能爬到。于是客人就满怀愉快地说道:"喂,部吒伽哩那呀!你现在就无忧无虑地睡吧!由于它的那一种热力,那一只老鼠总把你惊醒。"他这样说过以后,就拿了那些财宝,到修道院里去了。

当我回到那个地方去的时候,那种不好看引起人憎恶的样子,我简直看不下去。我就想:"哎呀! 我怎么办呢? 我到哪儿去呢? 我的心怎样能够平静下来呢?"这样想来想去,这一天就在极端痛苦中度过去了。

在有一千条光线的太阳落下去以后,我心怀不安,一点干劲都没有,就带了我的随从,到那个修道院去了。部吒伽哩那听到了我那些随从的声音,就开始不断地用那一根破竹竿敲打着那一只乞食用的钵。那个客人于是就说道:"朋友呀! 你现在为什么不躺下无忧无虑地睡觉呢?"他说道:"尊者呀! 一定是那一只可恶的老鼠又带了它的随从来了。因为害怕它们,我才这样做。"客人于是就笑了,说道:"朋友呀! 不要害怕! 财宝丢掉,它们跳跃的本领也就丢掉了。对所有的生物,都是这样。常言道:

> 一个人之所以永远是劲头挺大,一个人之所以把别人压下,
> 一个人之所以说一些盛气凌人的话:这都是钱财支使得他。[68]"

我听了这话以后,气得要命,就特别加倍用劲,冲着那一个乞食用的钵跳上去;但是没有能够跳到,就掉到地上去了。我的敌人看到了我,就对部吒伽哩那说道:"朋友呀! 你看哪,你看一看这一个怪事呀! 因为常言道:

> 有了钱,人们就变得聪明;有了钱,人们也就有了力量。
> 你看哪! 这一只老鼠因为丢掉了钱就变得同它的同类一模一样。[69]

人们说得好:

> 正如一条毒蛇丢掉了牙齿,正如一只大象没有了交尾期的液汁;
> 如果一个人没有了钱财,那么他也就只剩下人这一个名字。[70]"

我听到这话以后,心里就想:"哎呀! 我的敌人说的是实话,因为我现在连跳一指头高的能力都没有了。呸! 没有钱的人们的生命! 常言道:

> 一个人,如果他的聪明智慧有限,又没有什么财物,
> 他所做的一切事情就像一条小河一样,到了夏天就干涸。[71]
> 正像那些所谓老鸹麦①,正像那些野芝麻生在山林;
> 名虽如此,实则不然:没有钱的人也只有名字是人。[72]
> 穷人们的那一些好处,即使是明明存在,也不会显得突出;

---

① 一种植物的名字。虽然名之曰麦,实际上是什么也不结。

> 正像是太阳照亮了生物,钱财也照亮了那一些好处。[73]
> 一个天生来没有钱的人,在这个世界上所忍受的苦痛,
> 赶不上那个原来是有钱的人,后来却又把钱都丢净。[74]
> 那些贫穷的人们的愿望,经常是增长了又再增长,
> 它们白白地落到心头上,正像寡妇的奶子一样。[75]
> 谁要是经常地为贫困的影子所遮蔽,即使他是在光天化日之下,
> 即使他站在人们的眼前,即使他再发亮,人们反正是看不见他。[76]"

我就这样声嘶力竭地抱怨了一阵;我看到,我的那些财宝已经给他当了枕头,垫在他的腮下,我的一切努力都没有用处,到了早晨,我就回到我的堡垒里去了。

我的那一群奴仆都来了,它们相互交谈,说道:"哎呀!这家伙已经没有本领把我们的肚皮填满了。如果我们跟在它背后,我们能够得到的只是一些倒霉的事情,像碰上猫等等。它还能给我们一些什么好处呢?因为常言道:

> 从一个主人那里得不到什么好处,得到的只是一些倒霉的事情,
> 这样一个主人应该躲得远远的,特别是那些人以制造武器为生。[77]"

我在路上听到了它们的这一些话,就走进了堡垒。因为我没有钱了,我的那些随从没有一个跟我进来的;我就琢磨起来了:"哎呀!呸,这种穷困!人们说得好:

> 一个人如果穷了,连他的亲属们也再不听他的指挥;
> 他的骄气就要收缩,他那冷月般的温柔也就要消退;
> 朋友们也都掉头而去,倒霉的事情接二连三地增加;
> 罪恶的事情,还有别人应该负责的事情都往他头上推。[78]
> 当一个人为死神所排挤打击,
> 失掉了幸福,陷入痛苦的境地;
> 这时候,他的朋友都忘掉友谊,
> 连多年来对他倾心的人都把他丢弃。[79]

同样:

> 没有子女的人感到房子空,没有好朋友的人感到心里空,
> 傻子们感到四面八方空,穷人们就感到所有的一切都是空。[80]

因为:

　　　　健全的五官一点也没有变,自己的名字也没有变易,

　　　　清明的神志仍然照旧,自己说的话同以前也没有差异;

　　　　只是蓦地为金钱的热力所遗弃:这样一个人就会

　　　　完全变成另外一个人;这样的事情实在并不稀奇。[81]

钱既然有这样的效果,像我这样的家伙要钱还有什么用呢?因此,像我这样一个没有了钱的家伙最好还是到树林子里去住吧! 常言道:

　　　　人们要住一座能够带来荣誉的房子,不荣誉的地方不要去;

　　　　连同神仙们在一起坐在神仙的车上都不干,如果没有荣誉。[82]

　　　　那些坚持荣誉的人们,宁愿意一步一步都遭遇到困苦艰难,

　　　　也不肯去享用那些丰富的财富,它已经给无耻的污秽所沾染。[83]"

接着我自己又在心里琢磨下去:"行乞讨饭那种滋味也同死了差不多。因为:

　　　　一棵树生长在碱地上,长得又弯又矬,虫子已经把它咬得七零八落,

　　　　树皮也已经给炎热的天气撕破:这样一棵树的生命比穷人还要快

　　　　　乐。[84]

但是:

　　　　痛苦不幸的邸宅、人性理智的被劫夺、虚荣幻想的住处、

　　　　死神的同义语、忧伤悲哀的托庇所、恐怖的最丰富的仓库、

　　　　藐视的化身、困苦艰难的总汇、傲骨的光焰的被消灭:

　　　　对聪明人来说,这些都是叫花子行径,同地狱的差别看不出。[85]①

同样:

　　　　谁要是没有钱,谁就受到侮辱;饱受侮辱的人就光彩暗淡;

　　　　谁要是没有光彩,谁就受到挫折;受到挫折,就要把人世来厌;

　　　　厌世的人忍受痛苦;在痛苦的压抑之下,他就失掉理智;

　　　　失掉理智的人一定要毁灭:啊! 没有钱就是一切不幸的根源。[86]

另外:

　　　　宁愿意把自己的双手伸到满肚子怒气的毒蛇的嘴里去;

　　　　宁愿意吞下极毒的药汁;宁愿意睡在死神的宫中;

　　　　宁愿意从高山的悬崖绝壁上跳下去把身体摔成一千段;

　　　　也不肯从坏人那里接受钱财,而自己还高高兴兴。[87]

---

① 这首诗词藻非常堆砌。如果意译,当然比较容易了解;但又难以保留原诗风格。所以还是直译了。

还有：

> 宁愿意让一个没有钱的人用自己的生命去喂饱火焰；
>
> 也不能让一个穷人到一个不肯帮助人的吝啬鬼那里去要钱。[88]
>
> 宁愿意与禽兽为伍在坎坷崎岖的大山顶上东游西荡，
>
> 也不肯说出那一个令人丧气的可怜的字眼：'请赏一赏！'[89]

事情既然是这样了，我用什么方法来维持生活呢？难道说要去偷吗？这比接受别人的布施还要糟糕。因为：

> 宁愿意缄默不言，也不肯说出一句不符合实际情况的话；
>
> 宁愿意失掉男性的作用，也不肯把别人的老婆去勾搭；
>
> 宁愿意丢掉了性命，也不肯听到诽谤的话而兴高采烈；
>
> 宁愿意托钵去行乞，也不肯打主意拿别人的钱来花。[90]

难道我真要用别人的饭来养活自己吗？这也是很悲惨的事，啊，真悲惨呀！这也就是第二道通往死亡去的门。常言道：

> 谁有病，谁长期住在外地，谁吃别人的饭，谁睡在别人的房子里，
>
> 对他来说，活着就等于死了，而真正的死亡却可以算是休息。[91]

因此，在任何情况下，我也要把勿哩呵娑毕吉抢走了的钱据为己有。我看到，在那两个坏蛋的枕头旁边有一个钱包。如果我去拿那些钱因而死掉的话，那也是好的。因为：

> 看到自己的钱财被抢走竟一动也不动的那个胆小鬼，
>
> 连他的祖先们也不愿意去接受他献上来的那些水。[92]"

我这样琢磨过之后，到了夜里，我就到那里去了；那家伙正在睡觉，我在他的钱包上咬了一个洞。那个苦行者忽然醒了，他用那一根破竹竿子在我的头上打了一下，因为我命不该死，好歹没有给他打死。实在说：

> "应该得到的东西，总会得到；
>
> 连一个神仙也不能从中阻挠。
>
> 因此我既不发愁，也不吃惊：
>
> 是我们的东西，别人抢不了。[93]"

乌鸦和乌龟问道："这是什么意思呢？"尸赖拿迦讲道：

第五个故事

在某一个城市里,有一个商人,名字叫作萨竭罗提多①。他的儿子花了一百卢比,买了一本书。在书里面写着:

> 应该得到的东西,总会得到。

萨竭罗提多看到这一本书以后,就向他的儿子道:"儿啊!你买这一本书花了多少钱呀?"他说道:"花了一百卢比。"听了这话以后,萨竭罗提多说道:"呸,你这个糊涂虫!你花一百卢比买一本里面写着一行诗的书,你这样的脑袋瓜怎样能够赚钱呢?从今天起,你不许再到我的房子里来!"他就这样把他痛骂了一顿,又把他从房子里赶出去。

他走投无路,就到很远的远方去了;他好容易来到了一座城市,就留在那里。过了几天,有一个本城的居民问他道:"你是从什么地方来的呀?你的名字叫什么?"他说道:

> "应该得到的东西,总会得到。"

另外有一个人问他,他仍然是说这一句话。就这样,不管是什么人问他,他总是这样回答。于是人们就给他起了一个诨名:"应该得到的东西",这个诨名就传开了。

有一天,国王的那一个正当妙龄的容貌美丽的女儿,名字叫作战达罗末底,带了一个女朋友,走出来逛街。正在这时候,有一个国王的儿子,仪表非常漂亮,看了令人动心,好像受了命运的拨弄,不知怎么一来就来到了她能够看到的地方。她看到他以后,立刻就给专门射出花朵箭的弓箭手的箭射中了②,她对女友说道:"亲爱的!你现在得想办法让我同他能够到一块!"女友听了她的话以后,赶快走到他跟前,说道:"战达罗末底派我到你这里来,让我告诉你:'看到了你以后,爱神把我折磨得好苦呀!如果你不赶快到我这里来的话,我就活不成了。'"他听了这话以后,说道:"如果我非到她那里去不行的话,那么请告诉我,我怎样才能去呢?"女友于是就说道:"你要在夜里攀着那一根从王宫屋顶上放下来的粗壮的绳子爬到上面去。"他说道:"如果这就是

---

① 义云"海授"。
② 意思就是:为爱神的箭所中。在印度神话里,爱神的箭上是有花朵的。

你的决定的话,我只好这样做了。"他这样决定之后,女友就回到战达罗末底跟前去了。夜色来临的时候,王子就在自己心里琢磨起来:

"谁要是把老师的女儿、朋友的妻子、主人或奴隶的老婆来勾引,

在这个世界上,人们就把这一种人称做杀害婆罗门的人。〔94〕

还有:

做一件事情而名誉扫地,做一件事情而往地狱里坠落,

做一件事情而破坏了自己的事业,这一件事情就不应该做。〔95〕"

他这样正确地考虑过之后,就不到她那里去了。那一个"应该得到的东西"呢,夜里走出来闲逛,他看到从王宫顶上放下来的那一根绳子,心里奇怪得要命,就顺着绳子爬上去了。国王的女儿心里面觉得十分有把握,她想:"就是他。"于是就让他洗澡,请他吃喝,给他衣服,等等,这样向他表示敬意,然后同他一块儿上床,她的身体同他的身体一接触,痛快得汗毛直竖,她说道:"我看了你一眼,就爱上了你,把我自己交给你了。我连想都没有想过,我还要另外一个丈夫。你知道了这一切,为什么不跟我说话呢?"他说道:

"应该得到的东西,总会得到。"

她听了这话以后,心里凉了半截,赶快让他攀着绳子爬下去。他就走到一个破庙里睡觉去了。有一个看守人同一个荡妇约好了要幽会,走到这里来,看到先来的这个家伙在那里睡觉;为了想保守自己的秘密,他就对他说道:"你是谁呀?"他说道:

"应该得到的东西,总会得到。"

看守人听了这话以后,说道:"这座庙里空空的,你到我的铺上去睡觉好了!"他同意了,但是他领会错了意思,跑到另一个人的铺上去睡了。那一个看守人有一个长大了的女儿,名字叫作毗奈耶婆底,容貌美丽,正当妙龄。她爱上了某一个男人,同他约定幽会,来到这里,就睡在这一个铺上。现在她看到他走过来,在黑魆魆的夜里看不清是谁,她心里想:"这就是我的爱人了。"就用乾闼婆式跟他结了婚,同他一块儿躺在铺上,她眉开眼笑,美丽得像一朵盛开的荷花①,她对他说道:"你为什么现在还不跟我谈几句心腹话呢?"他说道:

"应该得到的东西,总会得到。"

她听了这话以后,心里想:"不仔细考虑冒冒失失地做一件事情,就会得到这

---

① 原文直译应该是:"她那眼睛的荷花、脸的荷花盛开了"。这样的比喻在印度诗中是很常见的。

样的结果。"

这样想过以后,就满怀着厌恶的心情,把他骂了一顿,赶了出来。他正在街上走的时候,有一个住在别的地方的新郎,名字叫作婆罗吉哩底,在大锣大鼓之下,走了来。"应该得到的东西"就开始跟着他们走起来。吉时一到,一个商人的女儿就穿上了结婚用的吉服,站在一个大商主的在大街旁边的房子门口,在一个搭起来的神坛上;正在这时候,一只因春情发动发了狂的大象,把象奴杀死,逃掉了,人们都吓得慌成一团,在众人的惊呼声中,它跑到这个地方来。陪新郎来的那一些人看到大象来了,就跟新郎一块儿逃走了,他们向四面八方逃。正在这时候,"应该得到的东西"看到那个女孩孤零零一个人站在那里,吓得眼睛珠子直转,他就亲亲热热地安慰她,说道:"不要害怕!我就是你的保护者。"他抓住她的右手,鼓起了最大的勇气,用极其恶毒的话,把那只大象痛骂了一顿。也许是命该如此,那大象竟掉头走了;于是婆罗吉哩底就带了他那一群亲戚朋友走回来,可是吉时已过,那女子站在那里,另一个男人握着她的手。看到以后,婆罗吉哩底就说道:"喂,岳父呀!你这就不对了,你已经把女儿许给我,现在又送给别人。"他说道:"哎呀!我也是因为害怕这一只大象逃跑了的,才同你们一块儿回来,我不知道,这是怎么一回事。"说完以后,他就开始问他的女儿道:"孩子呀!你干的这一件事不妙呀。你请讲一讲:这算是怎么一回事呀!"她说道:"我的性命受到威胁,是他把我救出来的。因此,这一辈子,除了他以外,谁也不许抓我的手。"随了这一件怪事的进展,天也就亮了。

到了早晨,因为有一大堆人聚集在那里,国王的女儿听到了这一件怪事,走到这地方来。看守人的女儿从道路传闻听到这件事,也走了来。听到有一群人聚集在那里,国王也亲自到这里来了,他对"应该得到的东西"说道:"你放下心,讲一讲,这是怎么一回事!"他说道:

"应该得到的东西,总会得到。"
国王的女儿回忆了一下,说道:

"连一个神仙也不能从中阻挠。"
于是看守人的女儿也说道:

"因此我既不发愁,也不吃惊。"
听了这一些以后,商人的女儿说道:

"是我们的东西,别人抢不了。"

于是国王赐所有的人无畏,把这件事情的前因后果了解了一个透透彻彻,把事情的真相也弄了个明白,又一次把自己的女儿在极隆重的仪式之下嫁给他,陪嫁了一千个庄子;他又想到:"我没有儿子呀,"于是就把他立为皇太子。他于是就跟自己的家属在一起,痛痛快快地过下去,享受着多种多样的快乐幸福。

因此,我说道:"应该得到的东西,总会得到"等等①。尸赖拿迦接着又说下去:"我这样考虑过以后,我就不再财迷了。常言说得好:

> 知识是真眼睛,肉眼不是;品德不生于名门大家,而是由于出身高贵;
> 知足常乐才是真正的财富;不为非作歹,这才是真正的聪明智慧。〔96〕

同样:

> 谁要是在内心里真正是知足常乐,他就能获得一切幸福。
> 谁要是脚上穿着拖鞋,对他来说,地球难道不是用皮子来铺?〔97〕
> 谁要是贪得无厌,对他来说,一百由旬也不算远;
> 谁要是知足常乐,到了他手里的东西他也不问不管。〔98〕
> 贪欲女神呀!我在你脚下匍匐;你把谨慎小心一概清除。
> 毗搜纽虽然是三界的主人,你却把他化成了一个侏儒②。〔99〕
> 你这轻蔑藐视的主妇!你是什么事情都干得出来;
> 连那些老成持重的人物,贪欲呀!你都让他们尝个痛快。〔100〕
> 不能忍受的事情,我忍受了;我也曾说过不好听的话;
> 我曾在陌生人的门前站过:贪欲呀!你不要再捣乱吧!〔101〕

还有:

> 我曾喝过臭水;我也曾在俱舍草编成的席子上睡觉过;
> 我曾忍受了跟爱人离别,怕自己肚子痛对别人把难听的话来说;
> 我曾步行走路;我曾渡过大洋;我也曾担负过破碎了的锅;
> 贪欲呀!如果还有什么事情要做的话,请赶快告诉我。〔102〕
> 穷人说的话,即使是有条有理,有证有据,也没有人肯听;

---

① 参看本卷第 93 首诗。
② 侏儒是大神毗湿奴化身之一。据印度神话,有一次,毗湿奴生为迦叶和阿底提的儿子,因陀罗的弟弟,生来就是一个侏儒。有一个叫作婆离的阿修罗篡夺了因陀罗的统治权。生为侏儒的毗湿奴就走到婆离面前,只向他乞求三步能跨到的地方。他答应了。毗湿奴于是立刻变为一个顶天立地的巨人,把婆离赶走。

富人的话总有人注意,即使它没有优点,没有内容,又生硬。[103]
一个富人,即使是出身寒微,在这个世界上,仍然有人捧场;
没有钱的人却会遭到人的白眼,即使他的世系跟月亮一样。[104]
即使是流光早过,只要是有钱的人,别人就说他们年轻;
没有钱的人,即使是正当妙龄,别人也把他们看成老翁。[105]
没有钱的人,朋友们就离开他走;
儿子、老婆和亲戚也不会留;
他一有钱,他们就又都回来了:
在这个世界上钱才是真正的朋友。[106]"

我这样琢磨过以后,就回到我的窝里去了。正在这个时候,逻求钵陀那伽来到我跟前,问我,愿不愿意到这里来。于是我就跟他一块儿到你这里来了。我现在已经把我厌世的原因告诉了你。常言说得好:

"在这里,在三个世界中,连同那些小鹿、毒蛇和大象,
再加上神仙、恶魔和人类,到了中午,就都拿饭来尝。[107]
即使已经把全世界都征服,即使陷入了不幸的境地;
到了时候,想要吃饭,人们总得有一定量的大米。[108]
如果做一件值得责备的事情,而得到可悲的后果,
哪一个有理智的聪明人还会把这样的事情去做?[109]"

听了这话以后,曼陀罗迦开始安慰它:"亲爱的!你不要因为离开了你的家乡而悲观失望呀!你那样聪明,为什么竟糊涂起来干这种不应该干的事情呢?还有:

有的人念一肚子书,仍然是一个糊涂虫;
真正肯干的人,他才算得上叫作聪明。
一种根据自己的幻想胡乱想出来的药,
难道它只凭一个简单的名字就能真治了病?[110]
对一个坚决的人、聪明的人来说,什么算是故乡?什么算是异域?
他走到什么地方,他就用他的铁腕的力量把这个地方来夺取。
一只狮子用自己的尾巴、爪子和牙齿好容易钻进了一片树林子,
它就在这一片树林子里用大象之王的鲜血把自己的渴来止。[111]

因此,亲爱的呀!那些努力不懈的人们经常要想到:钱从什么地方来呢?享受

从什么地方来呢？因为：
>正像青蛙往水沟里跳,正像鸟儿往满了水的池子里飞；
>谁要是努力不懈,朋友和金钱自然就会往他那里堆。[112]

实在是：
>谁要是意志坚强；谁做事情不带水拖泥；
>谁要是精通业务；谁要是没有沾染坏风恶习；
>谁要是英勇、感恩；谁要是一个忠诚的朋友；
>幸运女神①自己就会到他那里去,住在那里。[113]

实在是：
>一个人快乐知足、忠诚、奉行瑜伽不垂头丧气、聪明又勇敢；
>如果幸运女神不去找这样一个人,那么幸运女神就算是受了欺骗。[114]

还有：
>正像一个年轻的老婆不愿意搂抱那年老的丈夫,
>幸运女神也不搂抱那迟疑不决、懒惰、相信命运的懦夫。[115]
>一个胆小得什么事情都不敢做的人,
>满腹经纶对他一点也没有用处。
>即使把一盏明灯放在他的手上,
>一个瞎子难道能看到一件事物？[116]
>到了走坏运的时候,一个本来布施人的人会出去讨饭,
>一个杀人的人会为弱者所杀,一个讨饭的人会洗手不干。[117]

你不应该这样想：
>如果牙齿、头发、指甲和人换了地方,就不再漂亮。

因为这是没有出息的人的信条：
>   不要丢掉自己的地方。[118]②

对有力量的人来说,故乡和异域没有什么区别。因此人们常说：
>英雄们、有学问的学者,还有女子们生得风流漂亮；
>他们到什么地方去都好,那里总会给他们准备好住房。[119]

---

① "幸运女神",在后期的神话里,是毗湿奴的老婆。当天神和恶魔搅海找寻甘露的时候,她从白色的泡沫里跳出来,手里托着一枝莲花。

② 原书是这样排列的。

>一个人有力量,又有聪明,
>
>在获利方面永远会占上风。
>
>那个跟祈祷主一样聪明的人,
>
>他的力量绝对不会不中用。[120]

那么,即使你缺少钱,你总还有理智和精力,你跟普通人总还不一样。因为:

>即使是没有钱,一个勇敢的人仍然会受到尊敬,有威望;
>
>即使是堆满了钱,一个懦夫仍然会成为轻视的对象。
>
>狮子的光彩是天然生成的,许多优点汇集起来发出了光耀,
>
>一只狗,即使是带上金项圈,它无论如何反正是赶不上。[121]

还有:

>谁要是活像一堆毅力和勇气,再加上果敢与灵巧,
>
>谁要是把汪洋大海看得跟牛蹄水洼那样低浅渺小,
>
>谁要是把众山之王看得跟蚂蚁的土垤的顶一样地高,
>
>幸运女神自己就会到他那里去,她决不会把懦夫去找。[122]

还有:

>地狱的深处不算太深,须弥山的山巅不算太高,
>
>汪洋的大海不算太广:只要坚决勇敢,就能达到。[123]

实在是:

>你为什么觉得自己有了钱就骄傲?为什么没有钱又垂头丧气?
>
>人世间的升沉变幻,就像是手里玩的球那样一会高又一会低。[124]

因此,青春和财富完完全全就像水上的泡沫一样不能持久。因为:

>云彩的阴影、坏人的友谊、庄稼的嫩穗,还有妇女,
>
>再加上青春和钱财:所有这一些人们只能享受瞬息。[125]

因此,当一个聪明人得到那种转动不停的钱财的时候,他就要把它拿来布施,或花掉享乐,总要得到好处才花。常言道:

>费上九牛二虎的力量才得来的钱财,比生命还要紧;
>
>这些钱只能有一个用途:那就是布施,其他全会带来不幸。[126]

还有:

>一个人有了钱,不肯花,也不肯享受;对他说,这钱等于没有;
>
>正好像是一个女中之宝,虽然住在他的家里,却只供别人享受。[127]

同样:

> 一个人有了钱,还拼命去积攒,这就是为他人作嫁衣裳;
>
> 有些人努力去收集蜂蜜,有些人却坐在那里等着去尝。〔128〕

这一切都是命运决定的。常言道:

> 如果你待在战场上,兵器随时在威胁着你;
>
> 或者待在火烧的房子中,待在山洞和大海里;
>
> 也或者同蛇群待在一块,它们都把头高高昂起:
>
> 不应该发生的事情不会发生,该发生的是避免不了的。〔129〕

因此,你身体健康,精神愉快,这就是最高的收获。常言道:

> 即使身为七洲①的主宰,贪欲仍然是离不开他的身,
>
> 人们应该把他当穷人来看待:快乐知足才是最高的主人。〔130〕

还有:

> 没有别的宝贝能比得上慷慨好施;
>
> 难道还有什么财富跟知足常乐比得上?
>
> 什么地方能够找到同湿罗②相比的装饰品?
>
> 在地球上没有什么收获能比得上健康。〔131〕

你不要想:'我的财产已经丢光了,我怎样生活呢?'因为财产就是流转无常的,人类的事业才是常住不坏。常言道:

> 一个正人君子跌倒,只跌倒一次,像是一个皮球落地;
>
> 但是一个小人跌倒,却像是一块泥土,跌倒就再爬不起。〔132〕

为什么这样啰嗦呢?你就请听事实的真相吧!在这里,有一些人享受财富所给的快乐,而另外一些人只是守财奴。常言道:

> 他已经获得了财富,但是他并不能够得到什么享受;
>
> 正像那一个傻瓜苏弥罗迦走到山林里去的时候。〔133〕"

尸赖拿说道:"这是什么意思呢?"曼陀罗迦讲道:

第六个故事

在某一个城市里,有一个织工,名字叫作苏弥罗迦。他经常独出心裁,织

---

① 古代印度人相信,整个地球是七个大岛组成的,所谓七洲就是指的全世界。这种想法在古代印度极为流行,《摩诃婆罗多》《古事记》等书中都有这样的看法。

② 义云"戒律"。

成各种样式的漂亮衣服,配得上给那些国王的臣下穿。但是他无论如何也挣不到那样许多钱,吃饭穿衣之外,还能余下几个。其余的那一些织工呢,织些粗糙的东西,倒发了大财。看到这些人以后,他就对自己的老婆说道:"亲爱的!你看哪!这些家伙虽然只织一些粗糙的东西,却赚了不少钱。因此,我不想再在这一个城市里待下去了,我想到别的地方去。"他的老婆说道:"喂,亲爱的呀!到别的地方去,就能发财,这只是妄想。常言道:

  不应该有的东西总不会有;应该有的东西不努力也会得到。
  什么东西不该有,即使它已经在你手里,反正也会跑掉。[134]

还有:
  好比是在一千头母牛里面,牛犊子也能够找到自己的母亲;
  同样,前生所做的一切业①都会跟在作者的后边,永不离身。[135]

但是:
  正如阴影和光线永远是联在一起,
  同样,业和人也是互相分不开的。[136]

因此,你就好好地待在这里干你的活吧!"他说道:"亲爱的呀!你说得不对。如果不努力的话,业也不会产生果实。常言道:

  好比是一只手,无论如何也拍不出响声,
  人如果不努力,命运也帮助他不成。[137]

同样:
  你看吧!当你吃饭的时候,命运给你送来一些吃的东西;
  如果你连手都不抬一下,它无论如何也到不了你的嘴里。[138]

还有:
  只有努力,才能把事情办成;空想一点都没有用;
  狮子躺在那里睡大觉,鹿自己反正不会往它嘴里送。[139]

还有:
  一个人尽上力干自己的活,如果仍然不能够成功,
  那就不能责备这个人,因为命运不让他施展本领。[140]

因此,我一定要到别的地方去。"他这样说过之后,就到婆哩陀摩那这一座城里来了。他在这里待了三年,赚了三百个金币,又动身回到自己的家去。

---

 ① 梵语曰"羯磨",中文译做"业",就是人们所作所为的一切事情。

在半路上,他穿过一片大森林,太阳老爷爷①已经快落山了;他很为自己担心,他就爬到一棵无花果树的坚硬的枝上去,在那里睡着了。半夜里,他在睡梦中,听到两个因为生气而红了眼的人在那里谈话。其中的一个说道:"喂,创造者②呀!已经警告过你多次了:这一个苏弥罗迦,除了吃饭和穿衣之外,不许再有任何财产。因此你在任何时候也不许再给他什么东西。但是你为什么竟给了他三百个金币呢?"他说道:"喂,命运呀!勤勉努力的人我一定要给他们同他们的努力相当的报酬。至于给了以后又怎么样,那由你决定。你就把这些钱拿走吧!"他听了这些话以后,就醒来了;他看了一下那一个包着金币的小包,里面已经空了,他想道:"哎呀!我好容易辛辛苦苦地赚到手的一点钱现在一下子全完蛋了。我白干了活,现在什么东西都没有了,我有什么脸去见自己的老婆和朋友们呢?"他这样想过之后,又回到婆哩陀摩那那一座城市里去。他在这里只待了一年,就赚了五百个金币;他于是又动身回家去,这一次选了另一条路。

当太阳快要落山的时候,他又走到那一棵无花果树跟前。"真倒霉,哎呀,真倒霉!我这个走背运的家伙是干了些什么呀!我又到这一个化成一棵无花果树的罗刹③跟前来了!"他这样想过之后,就爬到树枝上去,想睡觉了;他看到那两个人。其中的一个说道:"创造者呀!你为什么又给了这个苏弥罗迦五百个金币呢?你难道不知道,他除了吃饭穿衣之外,什么东西都不许有吗?"他说道:"喂,命运呀!勤勉努力的人我一定要给他们东西。至于给了以后又怎么样,那由你决定。你为什么这样责备我呢?"听了这些话以后,苏弥罗迦又找他那一个小包;他看到,里面又空了。他灰心丧气到了极点,他想道:"哎呀!我这一个没有钱的家伙还活下去干吗呢?我现在就在这一棵无花果树上把自己吊死吧!"

他这样决定之后,就用达梨薄草拧了一条绳子,把绳套套在脖子上,走到一个树枝那里,把绳子拴到上面,正想纵身往下跳的时候,一个人站在空中,对他说道:"喂,苏弥罗迦呀!不要干这件冒失事!我就是抢你的钱的那个人,除了吃饭穿衣以外,我不许你多有一个玛瑙贝④。你就回家去吧!但是我不

---

① 原文意译为"尊贵的,神圣的"。山东某一些地区的农民把太阳叫作"老爷爷",今借用。
② 指的是世界的创造者,有时候是毗湿奴的别号,有时候是梵天的别号。
③ 这是音译,意思是"恶魔"。
④ 当货币用。

能让你白看到我,那么你喜欢什么,你就请求吧!"苏弥罗迦说道:"如果是这样的话,就请你给一大堆钱吧!"他说道:"亲爱的呀!不拿来享受,不拿来布施的钱,你要它干吗呀?因为你的享受也超不过吃饭和穿衣。"苏弥罗迦说道:"即使我不能够享受,我仍然想要钱。常言道:

> 连丑陋不堪的人、出身寒微的人,如果他有一大堆钱的话,
> 那一些在精神上依靠布施的人们仍然都会来巴结他。[141]

同样:

> 亲爱的呀!这两个又松又软但却是拴得挺结实的睾丸,
> 它们俩是否会掉下来呢?我已经研究了十年加上五年。[142]"

那个人说:"这是什么意思呢?"他说道:

第七个故事

在某一座城市里,住着一只公牛,名字叫作波罗蓝婆毗梨沙那①。在交尾期中,它色欲冲动得太厉害了,竟离开了牛群,到一座森林里去住,用自己的角去掘河堤,随着自己的心意嚼一些像绿宝石一样的草尖。在那里,在一座树林子里,住着一只豺狼,名字叫作波罗路毕迦。有一回,它同自己的老婆兴高采烈地坐在沙滩上。在这时候,公牛波罗蓝婆毗梨沙那也走到沙滩上来喝水。母豺狼看到了它那两个垂着的睾丸,就对豺狼说道:"夫主呀!你看哪,这一只公牛有两团肉块垂在那里。这两团肉一转眼或者在几小时之内就会掉下来的。明白了这一点,你就跟着它走吧!"豺狼说道:"亲爱的呀!就是不知道,这两个玩意儿是不是真会掉下来呢。你为什么赶着我去干这种徒劳无功的事情呢?我还是待在这里,跟你一块吃那一些下去喝水的老鼠吧,因为它们反正是要走这一条路的。如果我去跟着那家伙跑,会有别的东西来占据这个地方。那样干,是不妥当的。常言道:

> 谁要是把有把握的东西丢开,而把没有把握的东西苦苦寻找,
> 那么他就会失去有把握的东西,而没有把握的东西早就丢掉。[143]"

她说道:"喂,你是一个没有出息的家伙,你得到那么一点东西,就心满意足了。这是不对的。一个人永远要特别地努力。常言道:

---

① 意思是"垂着睾丸的"。

> 哪里精勤努力坚持不懈,哪里不懒懒散散糊里糊涂,
> 哪里智慧和勇气同时出现,在那里就会有完满的幸福。[144]

同样:
> 不要放弃自己的努力,而想到:'一切都由命运去安排';
> 如果不努力的话,连芝麻粒也压榨不出香油来。[145]

你说,那两个东西也可能掉下来,也可能不掉,这也是不对的。常言道:
> 当机立断的人是应该赞美的,高不可攀却十分不妥;
> 遮陀迦①是多么可怜的家伙呀,因陀罗却带给它水喝。[146]

此外,我吃老鼠肉,实在也真吃厌了。看起来,那两个肉团子大概也就快掉下来了。因此,你不许再做别的打算了。"听了这话以后,它就离开那个能逮住老鼠的地方,跟在波罗蓝婆毗梨沙那屁股后面。常言说得好:
> 只要不让女人那一套钩子似的话强制着把自己的耳朵来堵,
> 那么,人们在这里,在所有的事务上,都可以自己做主。[147]

同样:
> 一个男人会把不能做的事情当作能做,如果他专听老婆的指使,
> 他会把办不到的事情当作办得到,把不能吃的东西当作能吃。[148]

就这样,它和它老婆跟在那家伙后面游来游去,过了很长的时间。但是那两个东西总掉不下来。在第十五个年头上,它在失望之余对自己的老婆说道:
> "亲爱的呀!这两个又松又软但却是拴得挺结实的睾丸,
> 它们俩是否会掉下来呢?我已经研究了十年加上五年。[149]②

以后那两个东西也不会掉下来的。所以我们俩还是去找那老鼠走的路吧!"

因此,我说道:"这两个又松又软但却是拴得挺结实的东西。"就这样,所有的有钱的人都为人所羡慕。你还是给我许多钱吧!

那个人说道:"如果是这样的话,那么你就再回到婆哩陀摩那那座城里去吧!那里住着两个商人的儿子,一个叫作檀那笈多③,一个叫作部乞多檀那④。你把他们两个的脾气摸清了以后,你就可以从中选择一个。"说完了以后,就

---

① 鸟名,据说是吃雨点为生。
② 参看本卷第142首诗。
③ 意思是"把钱藏起来的人"。
④ 意思是"享受金钱的人"。

看不见他了。苏弥罗迦心里大吃一惊,又回到婆哩陀摩那那一座城里。

到了晚上,他精疲力尽,打听檀那笈多的家,好容易找到了,走进去。他给那个人的老婆、儿子等等人骂了一顿,走到天井里,坐在那里。到了吃饭的时候,在轻蔑中吃了点东西,就睡在那里,在半夜里,他一看,就看到那两个人在那里谈话。其中的一个说道:"喂,创造者呀!你为什么让檀那笈多花这样多钱给苏弥罗迦饭吃呢?你做的这一件事不对。"第二个人说道:"喂,命运呀!这不是我的过错。我要让人赚钱,也让人花钱。至于结果怎样,那由你来决定。"他起来的时候,檀那笈多因为得了虎烈拉,在第二天要封斋。

于是苏弥罗迦就离开了他的家,到部乞多檀那家里去了。这个人起身相迎,把食品、衣服等等献给他,向他表示敬意,他然后就睡在一个舒舒服服的铺上。在半夜里,他一看,就看到那两个人在那里谈话。其中的一个说道:"喂,创造者呀!今天这个部乞多檀那招待了苏弥罗迦,花了很多钱,他怎样来还债呢?所有的钱他都是从一个铺子里借来的。"他说道:"喂,命运呀!这是我干的事,至于后果怎样,那却由你决定。"第二天早晨,有那么一个王太子,带了国王恩赐的钱来了,把它全都送给了部乞多檀那。

看到了以后,苏弥罗迦想道:"这个部乞多檀那虽然一点钱都没有;但是他却比那个吝啬小气的檀那笈多好。常言道:

吠陀的目的在于火祭;天启①的目的在于善良和忠厚;

老婆的目的在于享受爱情生孩子;金钱的目的在于布施和享受。〔150〕
因此,恳请神圣的创造主把我制成一个又能布施又能享受金钱的人②,把金钱藏起来③那一种事,我不想干。"他这样说过以后,创造主就把他造成了那样一个人。

因此,我说道:"他已经获得了财富。"④亲爱的尸赖拿呀!认识到这一点以后,在钱财方面,你不应该不满意了。常言道:

在幸福安乐的时候,大人物的心就跟莲花一样地轻柔;

在困苦艰难的时候,它坚硬得就像一座大山的石头。〔151〕

还有:

---

① 原文意思是"神仙所启示的知识"。
② 原文里面隐含着"部乞多檀那"这一个人名字。
③ 原文里面隐含着"檀那笈多"这一个人名字。
④ 参看本卷第133首诗。

由于命运的力量,一个人应该得到什么样的东西,
他终究会得到的,即使他躺在铺上,一动也不动。
虽然世界上的万有群生用上很大的力量去努力争取,
不该发生的事情不会发生,应该发生的也不会落空。[152]

还有:

怀着那么多忧虑干吗?心里装上那么多痛苦有什么用?
命运给你写在前额上的事情,无论如何也会发生。[153]

同样:

如果命运对我们垂青的话,我们想要的东西都可以到手,
即使是从另一个大洲,从海洋的深处,从大地的尽头。[154]

还有:

不联系的东西,它联系起来;联系得很好的东西,它把它分开;
人们连想都不敢想的东西,只有命运才能够把它联系起来。[155]

同样:

正如在这里,人们陷入不幸,自己并不是甘心情愿;
我想,获得幸福也是这样,思虑和忧愁有什么相干?[156]

还有:

坚强的人,利用孕育在经典里的智慧,来追求钱财;
以前的命运却给他另外一种安排,仿佛它就是主宰。[157]
那一个神灵把天鹅涂成白色,又把鹦鹉涂成绿的,
还把孔雀涂得彩色绚烂,他会供给我们生计。[158]

常言说得好:

一条蛇把身子盘曲在一只篮子里,没有了希望,饿得发昏;
在夜里,有一只老鼠在篮子上咬了一个洞,掉在它嘴里让它吞;
它于是就饱饱地吃了一顿,赶快顺着老鼠咬开的洞爬了出来。
鼓起勇气来吧!因为让你们兴盛或者毁灭的只有命运。[159]

这样想过之后,你就应该想到更大的幸福。因为常言道:

每天都应该尽上誓约和斋戒的责任,
不管这些责任是多么不重要多么小。
命运随时都会向生命无情地搏击,
生物费上多么大的力量也挡不了。[160]

因此,知足就能常乐:

  那一些心情淡泊的人们,能够饱喝知足常乐的甘露,

  另一些为钱财而东奔西跑的人们怎能享受到它的好处?[161]

还有:

  没有一种苦行能比得上忍耐;没有一种幸福能比得上乐天知命;

  没有一种布施能比得上友谊;没有一种达磨能比得上慈悲同情。[162]

抱怨这样多有什么用呢?这就是你的房子。你要平心静气,无忧无虑,跟我在一块痛痛快快地过日子吧!

  逻求钵陀那伽听了曼陀罗迦这一些与经书内容相符合的话以后,脸上闪出了光辉,兴高采烈地说道:"亲爱的曼陀罗迦呀!你是一个认真循规蹈矩的人,因为你这样帮了尸赖拿的忙,在我心里就产生了至高无上的快乐。常言道:

  高高兴兴地同高兴的人在一起,痛痛快快地同朋友在一起,

  亲亲热热地同亲爱的人在一起,使自己既快乐又欢喜;

  这样的人才真正能够享受到快乐的精华,幸福的甘露,

  这样的人才真正能够永远作为善良的人生活在那里。[163]

还有:

  即使是权势煊赫,努力也是白搭①,

  最好的东西只是一条命,还给自己剩下。

  利欲熏心,想到的只是金钱货利,

  他得不到一个朋友,来点缀他的富贵荣华。[164]

他已经掉到痛苦的洪流里去,是你用许多很有益处的格言把他从里面拉了出来。这是对的:

  对善良的人们来说,善良的人永远会使他们心情舒畅。

  如果大象掉到泥坑里面去,把它们拉出来的也就是大象。[165]

另外:

  在地球上,在人群中,只有他值得称赞;

  他真正履行了一个好人应该有的誓言;

---

① 山东一带土话,意思是"没有用"。

没有钱的人们,或者寻求保护的人们,

不会因为失望而从他那里掉头走散。[166]

常言说得好:

如果不用来保护被压迫的人们,勇敢还有什么用处?

如果不用来周济没有钱的人们,何必又要什么金钱?

如果一点好处也带不来,又何必去举行什么祭祀?

如果不能使自己名扬四海,活着又有什么值得留恋?[167]"

正当它们这样谈论的时候,一只叫质多楞伽①的鹿跑到这个地方来,猎人的箭在飞驶,吓得它心惊肉跳,它也渴得要命。它们看到它跑过来,逻求钵陀那伽飞到树上去,尸赖拿爬到苇子丛里去,曼陀罗迦就钻到水里去。质多楞伽慌里慌张地站在河边上。逻求钵陀那伽飞起来,往上飞了一由旬,观察了一下大地,又飞回到树上来,它向曼陀罗迦喊道:"亲爱的曼陀罗迦呀!过来,过来!这里对你一点危险也没有。我已经把这一片树林子仔细观察过了,这一只鹿也只是想到这里来喝水的。"听了这话以后,三个家伙又跑到一块来了。曼陀罗迦对客人友爱关切,它对鹿说道:"亲爱的!喝水吧!洗一个澡吧!这水好极了,凉极了。"听了这话以后,质多楞伽想道:"从这些家伙那里,对我连一点威胁都不会有。为什么呢?乌龟只有在水里才有劲,老鼠和乌鸦呢,只吃死东西。因此,我跟它们去搞在一块吧!"这样想过之后,它就跟它们到一块去了。曼陀罗迦对它表示了欢迎,并且用其他仪式对它表示了敬意,然后对质多楞伽说道:"你好不好?请告诉我们,你怎么跑到这个丛林里面来了呢?"它于是说道:"我到处跑来跑去,并不是甘心情愿的,我有点够了。四面八方给骑马的人、狗和猎人包围起来,吓得要命;因为自己跑得快,才逃了出来,跑到这里来,想喝一点水。我很想跟大家交成朋友。"曼陀罗迦听了它的话以后,说道:"我们的个儿都很小;你同我们交朋友,不合适。因为,同能够报答你的人交朋友,才是对的。"质多楞伽听了这话以后,说道:

"我宁愿意到地狱里面去,同有知识的人们住在一起,

也不肯同小人接触,即使是在神仙的宫中我也不愿意。[168]

什么个儿小,个儿不小,这一句话里面就有自贬的意思,说这个干吗呢?实在

---

① 意思是"身上有花纹的"。

说,好人们才配得上说这样的话。因此,你们现在一定要跟我结成朋友。人们这样说:

> 不管有力量,还是没有力量,朋友反正总是要结交;
> 因为一群大象被捆在树林子里,是老鼠把它们放掉。[169]"

曼陀罗迦问道:"这是什么意思呢?"质多楞伽讲道:

第八个故事

有那么一个地方,在这里没有居民,没有房子,也没有庙宇。在这里,从很早的时候起,就住着一些老鼠,它们同自己的儿子们、孙子孙女们、外孙外孙女们,在地下的那一些洞里搭了窝,大窝接小窝,连绵不断。它们在过年过节的时候,在结婚的时候,有吃有喝,享受着最高的幸福,就把时间打发过去。正在这时候,有一只象王,在成千的大象前呼后拥之下,领着象群,到一个水池子里去喝水,这里的水它以前注意过。正当象王在老鼠窝中间向前走的时候,哪一些老鼠碰巧在它的脚下,哪一些就被踏得脸歪、眼斜、头破、颈断。剩下的那一些就商量起来:"这一些混蛋的大象在这里一走,就把我们踏死了。如果它们再来一次的话,我们就剩不下多少,连传留种子都不行了。还有:

> 只要一碰它,大象就能杀人;只要一吐气,毒蛇就能把人来伤;
> 帝王笑一笑,也就能杀人;坏人杀人,只需把你来恭维一场。[170]

现在总应该想出一个办法来。"在它们想出了一个办法之后,有几只老鼠就走到水池子那里去,给象王磕过头,恭恭敬敬地说道:"陛下呀!离开这里不远,就是我们的住宅,这是好几辈子传下来的。我们的子子孙孙就在那里繁荣滋长;你们跑过去想去喝水,我们成千的老鼠就给你踏死了。如果你们再走一次这一条路,我们就剩不下多少,连传宗接代,都不行了。如果你们可怜我们的话,那么就请你们走另外一条路。因为,就连像我们这样的小东西,说不定什么时候对于你们也会有一些好处的。"听了这话以后,群象之王就自己在心里琢磨起来:"既然这些老鼠这样说,那就是这样子,没有别的办法了。"它同意了它们的请求。过了一些时候,有那么一个国王命令捕捉大象的人们捕捉大象。他们把那一块捉象的地区封锁起来,把象王和那一群大象都捉住了;三天以后,用绳子等等把它们从那里牵出来,绑在一片树林子里枝干粗壮的树上。捕捉大象的人走了以后,它就琢磨起来:"用什么方法,或者借助于什么东西,我才能逃走呢？除了我才想起来的那一些老鼠以外，没有什么其他的逃跑的方法了。"于是象王就让它的侍从中的一只母象把自己被捉起来的情况一五一十地去告诉老鼠们，这一只母象是站在大象被拴的地区外面的，它从前就知道老鼠住的地方。老鼠们听了以后，就成千地聚集起来，走到象群那里，来报答它们的恩情。它们看到了象王和象群都被拴在那里，哪里有绳索，它们就在哪里咬；它们还爬上树干，把那些拴在树干上的大绳子咬断，把象群都放开了。

因此，我说："朋友反正总是要结交"等等①。曼陀罗迦听了这话以后，说道："亲爱的！就是这样子了。不必害怕！这座房子就是你的了，你就平心静气地住下来吧，你愿意怎样就怎样。"

于是它们就按照自己的兴趣和爱好出去寻找食物，当它们在中午在树木的浓荫里碰在一块的时候，它们彼此之间友爱和谐，它们谈论着各种各样的法论、事论等等，来消磨时光。人们说得好：

> 聪明的人们，欣赏着宫廷诗和经书，就把日子来过；
> 但是傻子们却用不良的嗜好、睡觉或者吵架来把时光消磨。[171]

还有：

> 聪明的人们欣赏着美丽的词藻，身上因快乐而竖起的汗毛成了甲铠；
> 他们也同样能够享受到快乐幸福，即使他们不跟女人们往来。[172]

有一次，到了约定的时候，而质多楞伽竟然没有来。它们看不见它，心里面为眼前发生的一些征兆嘀咕起来，猜想它遭遇了什么不幸，徘徊犹豫，不知怎样好。于是曼陀罗迦和尸赖拿就对逻求钵陀那伽说道："亲爱的！我们俩走得太慢了，我们没有法子去寻找我们亲爱的朋友。因此，还是你去寻找一下吧，你去了解一下，它是给狮子吃掉了呢，还是给林中的大火吞掉，或是遭了猎人的毒手！人们这样说：

> 即使朋友只是到花园里去游逛，人们就已经担心怕发生意外；
> 何况他现在是在一片大森林中，里面有无数的危险和障碍？[173]

因此，你无论如何也要走一趟，看一看质多楞伽究竟发生了什么事情，赶快回来！"逻求钵陀那伽听了以后，就飞出去；飞了还没有多远，就在一个小水池子旁边，看到了质多楞伽，它落到一个拴在佉底罗②木头钉上的牢固的套索里面

---

① 参看本卷第 169 首诗。

② 一种树名。

去了；看到以后，大为吃惊，说道："亲爱的！你怎么倒了这样的霉呀？"它说道："朋友呀！现在时间不容我们迟疑了。请听我的话：

  当生命遭到危险的时候，如果能够看到自己的同伙；

  这给两者都带来好处：活着的那一个和死去的那一个。[174]

因此，如果我在谈话的时候，一时忍不住，发了火，说了一些什么，请原谅我吧！请把我这个意思也转达给尸赖拿和曼陀罗迦：

  不管是无意，还是有意，如果我说过什么难听的话，

  就请你们俩慈悲为怀，看从前的交情，饶恕了我吧！[175]"

逻求钵陀那伽听了这话以后，说道："亲爱的！只要像我们这样的朋友还在，你就不要害怕吧！我要去把尸赖拿带了来，让它把你的索子咬断，我很快就回来。"这样说完了以后，它就怀着沉痛的心情，到曼陀罗迦和尸赖拿那里去了，把质多楞伽被捆的情况告诉了它们俩，用嘴把尸赖拿叼起来，又回到质多楞伽那里去。尸赖拿看到它那样子，心里很难过，说道："亲爱的！你心里面总是疑神疑鬼怕这怕那的，你用感觉当你的眼睛；你怎么竟会这样倒霉被捆起来了呢？"它说道："朋友呀！你问这个干吗呢？命运是有力量的。常言道：

  命运是不幸的海洋；在它统治的地方，

  连一个异常聪明的人又能搞出什么花样？

  不管黑夜和白天，它总无影无踪地进攻。

  哪一个人又能够抵挡这样一种力量？[176]

那么，好小子呀！你懂得命运是反复无常的，在残酷的猎人来到以前，你就赶快把索子咬断吧！"尸赖拿说道："只要我站在你身旁，你就别害怕吧！不过，我心里实在是很难过；请你说一说，你这究竟是怎么一回事，我就可以高兴了。你是用感觉当眼睛的，你怎么会跑到这一个套索里面去呢？"它说道："如果你真是非要听不行的话，那么你就请听吧，虽然我以前已经尝过被捆的滋味，但是命运作怪，我又被捆住了。"它说道："你说一说，你以前是怎样被捆住的吧！我愿意仔仔细细地听一听全部的过程。"质多楞伽说道：

第九个故事

  从前，我才六个月大的时候，年幼无知，胆大妄为，我总是跑在所有的鹿的前面；为了觉得好玩，我总是跑出很远，去等大群的鹿。我们有两种跑的方式：

跳跃和直跑。在两者之中,我只懂得直跑,而不懂得跳跃。有一回,正当我四处乱跑的时候,我看不见鹿群了;我心里头立刻害起怕来。"它们跑到哪儿去了呢?"我这样想。向四下里看,看到它们站在前面。它们用跳跃的方式跳过了一个网子以后,都站在那前面,瞅着我。因为我不懂得跳跃的方式,我就给猎人张的那一面网捆住了。正当我挣扎着拽那一张网想回到鹿群里去的时候,我就给猎人从四面八方捆了起来,一头栽到地下。那一群鹿看到没有法子救我了,就逃走了。猎人走过来,想道:"这是一只年幼的家伙,只能拿去玩。"他于是心软了,就没有弄死我。他小心谨慎地把我带回家去,把我送给国王的儿子,当作玩具。国王的儿子看到了我,非常高兴,赏给猎人一些钱;又用软膏、按摩、沐浴、食品、香、香膏、爱抚等等,再加上一些爽人心神的食物,来使我满足。我在后宫的女人中间,在好奇的王子中间,给他们用手扯来扯去,我的脖子上、眼里、前脚上、后脚上、耳朵上,都扯伤了。有一回,我在国王儿子的卧铺下休息,这时候正是雨季来临的时候,我听到了闪电和浓云中的雷声,心里面浮起了一些想望,回忆到自己的鹿群,我就说道:

"那鹿群正在给狂风暴雨驱使着向前逃窜,
我什么时候才能够再得到机会跑在它们后面?[177]"

那个国王的儿子想道:"这是谁在说话呢?"他心里发抖了,他向四下里看,看到了我。看到我以后,他想道:"这不是人说话,而是这一只鹿。这真是一件怪事。无论怎样,我是完蛋了!"仿佛给妖怪捉住一样,国王的儿子衣服凌乱,就从屋子里跑了出去。他自己以为着了魔,出了很多钱,找了一些会法术的、会念咒的等等的人,对他们说道:"谁要是能给我治好这个病,我会赏给他不少的荣誉。"我呢,却就给那些毫无顾忌的家伙用木头块、砖头和棍子揍起来了。我命不该死,一个好人说道:"打死这头野兽有什么用呢?"于是就救了我。他从我的感情中了解了事情的真相以后,他对国王的儿子说道:"亲爱的!这家伙在雨季来临的时候满怀想望之情,回忆起自己的鹿群来,因而说道:

那鹿群正在给狂风暴雨驱使着向前逃窜,
我什么时候才能够再得到机会跑在它们后面?[178]

你为什么竟无缘无故地发起烧来了呢?"国王的儿子听了以后,烧立刻就退了;他恢复了以前的状态;他对自己的手下人说道:"多用一点水浇在鹿头上,把它放走,让它回到树林子里去吧!"他们这样做了。

就这样,虽然我以前已经被捉住过一次,由于命运作祟,现在我又给捉住了。

在这时候,曼陀罗迦心里面为对朋友的爱所驱使,也追了它们来,它踏着水边灌木丛里的俱舍草①,走到它们跟前。它们看到它爬了来,心里大吃一惊;尸赖拿对曼陀罗迦说道:"亲爱的!你干的这一件事不大妙呀,你竟离开你的堡垒到这里来了。因为你不能够逃开猎人的毒手,对我们他却是无可奈何。因为,当索子咬断猎人来到的时候,质多楞伽就会跑掉,逻求钵陀那伽也会飞上树去,而我呢,因为我的个儿小,就爬到一个洞里去;可是你要是给他看见,怎么办呢?"曼陀罗迦听了这话以后,说道:"你不要这样说吧!因为:

　　离开自己的亲人,丢掉自己的财产,这滋味谁能够承当,
　　如果他不和自己那个像灵药一样的朋友相处一堂?[179]

同样:

　　不断地同聪明人和亲爱的人来往,这样度过的那一些日子,
　　同生命的大沙漠中其余的日子比起来,这些都像是节日。[180]
　　谁要向志同道合的朋友、贞静的淑女和了解别人痛苦的主人
　　把自己的艰难困苦都倾诉一番,他的心也就会安静平稳。[181]

因此,亲爱的呀!

　　眼光流转不息,里面充满了渴望;
　　心里面上下翻腾,总是凄凄惶惶:
　　谁要是给道德高尚的人,还有
　　感情真挚的人所抛弃,谁就会这样。[182]

还有:

　　宁愿意丢掉了自己的性命,也不愿意同像你这样的人分手;
　　再托生一次,性命就能够获得;像你这样的人却不会再有。[183]"

正在这个时候,猎人手里拿着弓,来了。尸赖拿就在他眼前把那根索咬断,然后就溜到它刚才说到的那一个洞里去了;逻求钵陀那伽飞到天空里去了;而质多楞伽也赶快跑掉。猎人看到拴鹿的索子已经咬断了,心里大吃一惊,说道:"无论如何鹿也不会咬断索子呀!难道说鹿咬断了索子,是命运这样安排吗?"他一下子看到那一只爬到同自己不相称的地方去的乌龟,同别人

---

① 一种印度人认为神圣的草。

一样,他也想道:"虽然由于命运作祟,那一只鹿咬断了索子跑了,我现在却又找到了这一只乌龟。常言道:

即使人们在大地上跨步,即使人们在天空里飞行,
即使人们跑遍全世界,不应该发生的事情不会发生。[184]"

猎人这样考虑过以后,就用小刀割了一些俱舍草,拧了一条结实的绳子,把乌龟的脚拉出来,捆好,把绳子挂在弓的尖上,他怎么来的,又怎么走了。尸赖拿看到乌龟给带走了,大吃一惊,说道:"倒霉呀,啊,倒霉呀!

第一个灾难我还没有跨过,
比跨到大洋的对岸还难;
第二个已经临到我的头上;
只要有空子,坏事就会来钻。[185]
一个人受了伤,身上挨打更痛苦;
肚子没有食物,饥火就点燃;
遇到了灾难,仇敌就趁火打劫;
只要有空子,坏事就会来钻。[186]
只要不跌跟斗,他就可以在平坦的道路上愉快向前;
但是一旦摔倒了,路就变得坎坷不平步步有困难。[187]

还有:

能够弯曲,弦也不错,遇到困难不会断,藤杆很好;
这样的弓、这样的朋友、这样的女人实在是很难找。[188]①
因为在这里碰巧了才能得到一个朋友,朋友没有天生的;
那么得到一个天生的朋友,只有靠着自己的运气。[189]
对自己的母亲,对自己的老婆,对自己的兄弟姊妹和儿女,
也没有像对自己的亲密的朋友那样,推心置腹,深信不疑。[190]
人们吃他,他也不会减少;坏人也不能够把他来破坏;
只有死亡才能够把他抢走;朋友实在是非常可爱。[191]

为什么命运总是这样不停地打击我呢?最初是丢掉了自己的财产,由于贫穷受到了自己亲属的嘲弄虐待,自己走投无路离开了家乡;现在呢,命运又作祟,

---

① 这一首诗的含义又是双关的。如果指的是弓,就应该这样译。如果指的是朋友和女人,就应该翻译如下:能够服从,品质也不错,遇到困难不低头,出身很好;这样的弓、这样的朋友、这样的女人实在是很难找。

让我失掉了自己的朋友。常言道：

  说实话，我虽然丢掉了钱财，我心里却并不很难过，

  因为在命运反复无常的变幻中，我还可以得到钱财；

  但是，如果一个好人原来有钱，而现在却把钱丢光，

  朋友们因而就对他轻慢起来：这一件事却伤我的心怀。[192]

另外：

  自己的所作所为连续不断，

  是好是坏，都带到另一个世界去；

  人们生死轮回，永不停息：

  这些事情我现在都已经看在眼里。[193]

常言说得好：

  危险随时在威胁着人的身体，不幸总是随在幸福的脚跟后，

  会合同别离联系在一起，一切存在的东西都不能永存不朽。[194]

哎呀，真倒霉呀！同朋友一离别，我就活不下去了，只剩下自己的亲属还有什么意味呢？常言道：

  朋友是抵抗忧愁、不愉快和恐惧的保卫者，是友爱与信赖的罐子，

  是谁创造出来了这一个字：'弥多罗'，这两个音节①，这一块宝石。[195]

还有：

  同善良的人们的光明磊落的会合，

  带来了连绵不断的幸福和愉快；

  友爱像一条绳子一样在这里防御着，

  只有那难以忍受的死亡才能把它破坏。[196]

同样：

  亲密无间的联系和会合，动人心魄的快乐和幸福，

  聪明人的互相敌视；死亡在一瞬间就可以消除。[197]

同样：

  如果没有生，没有老，也没有死；

  如果用不着害怕同心爱的东西分离；

---

① 意思是"朋友"，中译要用三个字，而按照梵文的规则，这个字只有两个音节。

> 如果一切东西都不是转瞬即逝；
>
> 谁不在这里兴致勃勃地生活下去?[198]"

当尸赖拿这样说着痛苦又伤心的话的时候,质多楞伽和逻求钵陀那伽大声喊着跑了过来,同它碰在一起。于是尸赖拿就对它两个说道:"只要我们的眼睛还能够看到这个曼陀罗迦,那么我们就有可能救出它来。因此,质多楞伽呀!你跑过去,跑到那个猎人的眼前,在靠近水的地方倒下来,装着死去了。逻求钵陀那伽呀!你把你的两只脚放在质多楞伽两只角中间的天灵盖上,装出要挖它的眼睛的样子。那个倒霉的猎人一定会想:'这一只鹿死了。'他贪得无厌,会把乌龟丢到地上,向那里跑。我呢,等那家伙一跑走,只用一会儿的工夫,就把曼陀罗迦的绳子咬断,把它放开,让它爬到附近的水中堡垒里去,我也就爬到苇子丛里去。此外,当那一个猎人走近的时候,质多楞伽必须立刻逃走。"它们就这样做了。猎人看到一只样子像是死了的鹿躺在水边上,一只乌鸦在那里啄它的肉;他心花怒放,把乌龟往地上一丢,就挥舞着棍子,跑了过去。就在这时候,质多楞伽从脚步的声音上,知道猎人走到身边来了,就用最快的速度,跑到树丛里面去了。逻求钵陀那伽也飞到树上去。给尸赖拿咬断了绳子的乌龟钻到水里去,尸赖拿也爬到苇子丛里去。猎人以为这一切都是幻术,心里想:"这是怎么一回事呀!"就垂头丧气地回到放乌龟的地方去;在这里,他看到那条绳子已经给咬成了一百节一指头长的碎段了;他也看到,乌龟也像一个魔术家一样无影无踪了;他自己疑虑重重,心里七上八下,赶快离开那树林子,向四下里看了看,就回家去了。于是,这四个善良的家伙就又跑到一块来,相亲相爱,以为自己是再生了一次,愉快地生活下去。所以:

> 连这些兽类的互助合作都受到世人的赞美崇拜,
>
> 有理智的人们能够做到这样,这又有什么奇怪?[199]

叫作《朋友的获得》的第二卷书到这里为止,它的第一首诗是:

> 没有资料,又没有钱财,有一些人们却是聪明而又多闻,他们迅速地把事情处理好,像乌鸦、老鼠、鹿和乌龟这一群。[2]①

---

① 与本卷第1首诗同。

第三卷 乌鸦和猫头鹰从事于战争与和平等六种策略

吉祥!

在这里开始叫作《乌鸦和猫头鹰从事于战争与和平等六种策略》的第三卷书,它的第一首诗是:

> 以前是仇敌,后来变成了朋友,
> 跟这样的人千万不要推心置腹!
> 请看那个挤满了猫头鹰的洞,
> 竟给乌鸦带来的火烧得一塌糊涂![1]

国王的儿子们问道:"这是什么意思呢?"毗湿奴舍哩曼讲道:

在南方有一座城市,叫作钵里体尾波罗底湿檀那。在它附近,有一棵有很多枝干的大无花果树。这里住着一个乌鸦王,名字叫作弥伽婆哩那①,它身边有很多乌鸦。它在这里搭了窝,就过起日子来。此外,这里还有一只大猫头鹰,名字叫作阿哩摩哩陀那,有无数的猫头鹰围绕着它,它住在山洞里面的一个堡垒里。由于它们一向有仇,猫头鹰王到处巡行的时候,遇到哪一只乌鸦,就把哪一只杀死;杀死以后,它才离开。就这样,因为它经常往无花果树上飞,那些乌鸦就给它从四面八方杀死了。但是事情也会这样发生。因为常言道:

> 自己的仇敌和疾病,出其不意地偷偷地向身边袭来,
> 那个懒懒散散的人没有注意到,他就会呜呼哀哉。[2]

于是有一天,弥伽婆哩那就把所有的大臣都叫了来,说道:"喂!我们这一个凶恶的敌人,劲头挺大,又懂得时机,它总是在黄昏的时候来,它把我们这一伙快消灭光了。有什么法子可以对付它呢?我们在夜里什么也看不见,白天里

---

① 义云"云色"。

又找不到它的堡垒,没有办法去同它战斗。那么,在六种战术中:和平、战争、进军、驻扎、联盟或者骑墙观望,我们究竟采取哪一种呢?"它们于是就说道:"主子提出这个问题来,是正确的。常言道:

> 即使主子没有问到他,一个大臣也应该说这又说那;
> 问到的时候,他更应该把实话来说,啊,世界之主呀![3]
> 如果一个大臣,一个能说会道的人,主子问到,却不说实话,
> 说的话也带不来什么快乐和幸福,人们只能当敌人来看他。[4]

因此,最好现在就到一个僻静的地方去,在那里举行一个会议。"

于是弥伽婆哩那就开始一个一个地问它那五个亲信大臣:优耆频、三耆频、阿奴耆频、波罗耆频和吉罗耆频。它首先问优耆频道:"伙计呀!在这样的情况下,你觉得应该怎样办呢?"它说道:"陛下呀!同有力量的家伙不能硬对硬地蛮干。那家伙有劲,又知道什么时候下手。因此,我们应该同它订一个和约。常言道:

> 有些人在比自己强的敌人面前低了头,虽然他们的力量也会逐渐雄厚;
> 快乐和幸福会永远离开他们,正如河里的水决不会再回头倒流。[5]

同样:

> 如果敌人行为正直、循规蹈矩、富有钱财、兄弟和睦、力大无穷,
> 如果他已经胜利了很多次;同这样一个敌人,就应该建立联盟。[6]
> 甚至跟一个卑鄙小人也可以联盟,只要觉得自己生命有了危险;
> 如果生命能够保得住的话,那么整个的王国也就可以得到保全。[7]

同样:

> 谁要是跟一个在许多战役中都获得了胜利的人订立联盟,
> 因为他有了力量,其余的敌人很快就会向他缴械投诚。[8]
> 甚至跟一个势均力敌的敌人也要联盟,因为在战争中胜利没有把握;
> 而且祈祷主也教导过我们:犹疑两可的事情,千万不要去做。[9]
> 甚至跟一个势均力敌的敌人在战场上交锋,胜利也没有把握;
> 因此,人们在走上战场之前,必须先把那三种方法都使用过。[10]

同样:

> 如果一个人盲目地骄傲,他就像是一只没有烧好的罐子,
> 只要给别的罐子用力一碰,它就会破碎不能把原形保持。[11]

土地、盟友和金子,这三种东西是战争带来的果实;
如果一样也得不到的话,人们就不要发动什么战事。[12]
如果一只狮子去挖老鼠洞,里面填满了一块块的石头,
它不是折断了自己的爪子,就是逮住一只老鼠咬上一口。[13]
因此,如果一点好处都得不到,只惹起一场凶恶的战争,
这样的事情在任何情况之下自己都不要去赞助鼓动。[14]
一个人被比自己强的人所攻击,如果他希望幸福长久保持,
他就应该学习芦苇的办法暂时弯一下,千万不要学蛇的样子。①[15]
谁要是学习芦苇的办法,他就会一步一步地繁荣滋长;
谁要是学习蛇的样子,他所能够得到的只有死亡。[16]
一个聪明人应该像乌龟一样缩起来,甚至忍耐着挨揍;
他有的时候也会像一条黑蛇一样猛然直起了身抬起了头。[17]

同样:

跟一个有力量的人去战斗,这根本不是我的主张,
一片云彩在任何时候也决不会顶着风飘浮飞翔。[18]"

它听了这些话以后,就对三者频说道:"伙计呀!我也想听一下你的意见。"它说道:"陛下呀!这种办法我不了解,因为那家伙是残暴的,贪婪而又缺德的。因此,你决不可以同它联盟。常言道:

在任何时候,也不能同一个缺乏道德缺乏真理的人去把盟联;
即使你同他联了盟,但是由于他恶性难改,不久就会同你翻脸。[19]

因此,我的想法是,我们必须跟它干。常言道:

如果一个敌人残暴、贪婪、懒惰、虚伪、无忧无虑、令人害怕,
再加上反复无常、糊里糊涂、不尊重战士,人们就容易消灭他。[20]

此外,我们还受了它的虐待。如果你们谈到同它订立什么联盟的话,它一定会非常生气,它还会干出更多的坏事来。常言道:

敌人应该用第四种方法去制服②,使用和平手段就是胡闹;
患便秘的人要让他出汗,哪一个聪明人会用水把他去浇。[21]
对一个发了火的人来说,抚慰的办法等于是火上加油,

---

① 蛇只能直线前进,身子不容易转弯。
② 古代印度人主张,战胜敌人是四种策略,第四种是使用武力。

好比是烧热了的奶油,水滴滴上,更使它沸腾不休。[22]

说那个家伙是一个强有力的敌人,也没有什么根据。

如果有意志,有能力,一个微不足道的人也可以杀死强敌,

正如狮子杀死大象,它就得到了至高无上的统治权力。[23]

其次:

自己的力量打不倒敌人,使一些手段,就可以把他们打倒;

正如毗摩装出了女人的样子,结果就把吉质迦杀掉①。[24]

同样:

如果一个国王跟死神一样,惩罚严厉,敌人们就拜服在他的脚下;

如果他心怀慈悲柔弱不堪,他们这一伙人就都想来杀掉他。[25]

生了一个儿子,如果他的光辉给有光辉的人所遮隐,

这个儿子白生了,他有什么用?他抢走了母亲的青春。[26]

如果幸运女神的身体还没有给敌人的鲜血的浓红所涂抹,

即使她美艳动人,却不能给聪明人的心带来满足快乐。[27]

如果一个国王的国土上没有洒满了敌人老婆的眼泪,

没有洒满敌人的鲜血,他的生命还有什么值得赞美。[28]"

听了这些话以后,它又问阿奴耆频道:"伙计呀!你也把你的意见说一说吧!"它说道:"陛下呀!那家伙是一个坏蛋,非常有劲,穷凶极恶。因此,既不能同它联盟,也不能同它打仗。我们只能行军躲开它。常言道:

跟一个在力量上超过自己的家伙,跟一个坏家伙,穷凶极恶的家伙,

既不能订立联盟,也不能进行战争,只有行军躲开是值得赞美的策略。[29]

一共有两种行军:一种是遇到了危险,想救自己的生命;

另外一种是处心积虑想战胜敌人,才带领大军去出征。[30]

自己的力量超过了敌人,想进军到敌人国土内去征服他们,

只有在迦剌底迦月②,或者制呾逻月③,而不能在其他的月份。[31]

---

① 这是史诗《摩诃婆罗多》里面的故事。吉质迦是国王毗罗吒的大将之一,为毗摩羡那所败。
② 是秋三月的第三个月,据玄奘的意见,秋三月"当此从七月十六日至十月十五日",那么迦剌底迦月也就约略相当于旧历的九月十六日至十月十五日,公历十月到十一月,以前的所谓仲秋。
③ 是春三月的第三个月,据玄奘的意见,春三月"当此从正月十六日至四月十五日";那么制呾逻月也就约略相当于旧历的正月十六日至二月十五日,公历的二月到三月。

>　　如果敌人遭遇到艰难困苦,因而暴露弱点,有机可乘,
>　　那么,出兵向他们攻击,在任何时候都可以进行。[32]
>　　先让勇敢的、有本领的、有力量的人把自己的国土保守住,
>　　然后就派遣间谍到敌国里去探听,跟着自己率兵深入。[33]
>　　因此,主子呀!你现在就应该把第二种进军的方法来使用,
>　　同有力量的人和坏人,既不能打仗,也不能订立什么联盟。[34]

此外,政治学也规定了,考虑到某一些原因,人们是可以撤退的。常言道:

>　　公羊往后退了几步,但是目的却为的是再向前猛撞;
>　　群兽之王暴躁如雷,把身子伏下,好猛力踊身向上;
>　　聪明的人们暗暗地有所图谋,却把敌意隐藏在心里;
>　　他们表面上逆来顺受,却偷偷地在那里筹划商量。[35]

其次:

>　　谁要是看到了强大的敌人,就抛弃了自己的家国。
>　　只要他活着,他就能够把国土收复,像欲底湿提罗。[36]

同样:

>　　如果一个弱者竟跟一个强者战斗,只因对自己估计错误,
>　　那么,他就会满足了敌人的愿望,而自己则亡国灭族。[37]

因此,如果强敌来进攻,那就是撤退的好时候,不应该订立联盟,也不应该打仗。"

听了这话以后,它对波罗耆频说道:"伙计呀!你也说一说自己的意见吧!"它说道:"陛下呀!联盟、战争、行军三者我都觉得不十分妥当;特别是行军,我更是觉得不妥当。因为:

>　　如果鳄鱼待在自己的地方,它连象王都能够扯走;
>　　如果它离开了那里,它甚至于抵挡不住一条狗。[38]

其次:

>　　如果有强大的敌人来攻,他就应该努力退到堡垒里去,
>　　在那里把自己的朋友都喊过来,让他们解救自己。[39]
>　　谁要是一听到敌兵压境,心里就吓得张皇失措,惴惴不安,
>　　因此就抛弃了自己的国土,不许这样一个人重返家园。[40]
>　　站在自己的地方,一个人就能把一百个强敌来抵挡;
>　　因此呢,一个人无论如何也不应该放弃自己的地方。[41]

>因此,你应该把粮食和盟友都聚集在一起,建筑一个坚固的堡垒,
>还要给这个堡垒装上机械,修上城墙,掘上壕沟,里面放满了水。[42]
>谁要是永远据守在里面,沉着坚决,准备随时应战;
>当他活着的时候,他获得荣誉;死后,又能够升天。[43]

常言道:
>即使是弱者,强大的敌人也无可奈何,只要他们团结起来;
>正如挤在一块儿的蔓藤,连狂风也没有法子把它们吹坏。[44]
>即使是一棵巨大的树,而且向四面八方根都扎得很牢,
>如果它孤零零地站在那里,大风就能用暴力连根拔掉。[45]
>但是站在一块儿的树木,向四面八方根都扎得很牢,
>因为它们站在一块儿,狂风就没有法子把它们吹倒。[46]
>敌人也是这样想的:一个人,不管他是多么勇敢,
>他们反正能够把他杀掉,如果他只是一个人单干。[47]"

这一个的意见它也听到了,它对吉罗耆频说道:"伙计呀!你也把你的意见说一下吧!"它说道:"陛下呀!在六种策略之中,我认为联盟最好。因此嘛,我们就应该同它订立联盟。常言道:
>一个没有伙伴的人,即使是有本领有权力,又能做些什么?
>它自己就会熄灭掉,那一堆在没有风的时候点起来的火。[48]

因此,你住在这个地方,必须依附上那么一个有力量的家伙,他可以对敌人报仇。如果你放弃了你的地方,从这里出走,那么,连说一句话帮你的忙的人,你都不会找到。常言道:
>对于吞噬森林的大火来说,风助火势,火的伙伴是风;
>但是微风一起,油灯就被扑灭:谁能对弱者表示尊敬?[49]

而且也并不是说,非依赖一个强者不行。同一个弱者联盟,也同样可以得到保护。常言道:
>正像是一丛竹子,紧紧地挤在一起,周围也全都是竹子,
>没有什么东西能够把它们拔出来,一个软弱的国王也是如此。[50]

如果是必须同一个优秀的人物订立联盟的话,还说这些废话干吗呢?常言道:
>同一个伟大的人物接触,有什么人会不被他提高?
>在莲花叶上的一滴水珠,闪放出珍珠的光耀。[51]

因此,陛下呀!除了联盟以外,再没有什么报仇的好方法。所以,我的意见就

是,订立联盟吧!"

听了这一些话以后,弥伽婆哩那就给它父亲的一个老大臣,叫作斯提罗耆频的眼光远大、精通各种待人接物的经书的那个老人磕了一个头,说道:"父亲呀!为了考验它们,我已经在你跟前把它们都问过了,好让你听过以后,能够告诉我,究竟应该怎样办。现在就请你告诉我怎么办吧!"它说道:"孩子呀!待人接物的经书中所有的东西,它们都已经说过了。这些说法,在适当的时候,都是正确的。但是,就现在说起来,应该耍两面派的手段。常言道:

> 在一个凶恶又强大的敌人面前,人们永远要保持着怀疑的作风,
> 要耍两面派的手法,别人看,他们既准备和平,也准备战争。[52]

这样一来,那些自己抱着怀疑态度贪得无厌的人们就可以使得敌人毫无戒备,轻而易举地把敌人消灭掉。常言道:

> 即使是非消灭不可的敌人,聪明人有时候竟让他扩张势力;
> 因为,只有吃糖让嘴里的唾沫增多,然后才真正能使唾沫平息。[53]

同样:

> 如果对女人、敌人、坏朋友,特别是可以用钱买的女人,
> 胸怀坦白,举动幼稚,这样一个人就决不能够生存。[54]
> 神仙们的、婆罗门的、自己的以至于老师的事情,
> 应该坦白真诚地去做,其余的事情就应该模模棱棱。[55]
> 对精神已经净化了的苦行者来说,单纯真诚永远要赞扬;
> 但是对追求幸福的人们,特别是对帝王来说,就不应当。[56]

因此:

> 如果你模棱两可,你就会找到一个安身立命的地方;
> 由于你贪得无厌,死神很快地就会把敌人驱逐光。[57]

此外,如果它那里有什么空子可钻,而你也看到了这空子,你就会把它杀死。"弥伽婆哩那说道:"父亲呀!我不了解它窝里的情况,我怎么能够发现什么空子呢?"斯提罗耆频说道:"孩子呀!不仅是它的窝,连那空子,我都能通过密探了解清楚。因为:

> 母牛用嗅觉来看东西,婆罗门看东西有吠陀可用,
> 国王们用密探来看东西,普通人看东西就用眼睛。[58]

关于这一点,有一种说法:

> 一个国王,如果通过密探来了解自己这一方面的亲信人物,

也了解敌人方面的亲信人物,他就不会走入末路穷途。[59]"

弥伽婆哩那说道:"父亲呀!这些亲信人物是谁呢?有多少位呢?那些密探又是什么样子呢?这一切都请告诉我吧!"它说道:"当欲底湿提罗在这个情况下问到这问题的时候,那罗陀说道:在敌人方面,有十八个亲信人物;在自己方面,有十五个;每一方面用三个密探,就可以把他们的情况了解清楚。通过他们,可以使得自己方面和敌人方面都恭顺服从。常言道:

在敌人方面的十八个亲信人物,在自己方面的十五个;

每一方面用上三个认不出来的密探,你就可以把情况来摸。[60]

'亲信人物'这个字,在这里指的是国王的官吏。如果他们受到谴责,主子就倒霉;如果他们受到赞扬,主子就百事顺利。这些人物是:大臣、国师、总司令、皇太子、司阍人、后宫侍臣、指挥者①、征收者、保管者、大法官、司马官、会计官、管理大象的官、陪审官、军队监督官、要塞司令、首席侍从、森林管理官等,是在敌人方面的。如果能够离间他们与主子之间的关系,敌人就会被征服。在自己方面是:皇后、皇太后、宫女、编花环的人、管理卧铺的人、密探头子、占星人、医生、管水的人、管槟榔的人、师傅、保镖、管理卧室的人、扛遮阳伞的人、姨太太等。由于他们,自己这方面可以垮台。因为:

在自己这一方面,如果把占星人和师傅都雇了来当作密探;

在敌人方面,如果把咒蛇师和疯子当作密探,什么事情都难隐瞒。[61]"

弥伽婆哩那说道:"父亲呀!在乌鸦和猫头鹰之间,为什么有这样大的死仇呢?"它说道:"请听吧!"

第一个故事

在古时候,有一回,一群群的鸟:天鹅、印度鹤、印度杜鹃、孔雀、遮陀迦、猫头鹰、鸽子、婆罗波陀②、鹧鸪、迦罗意迦、兀鹰、云雀、小鹤、杜鹃、啄木鸟等等,聚集在一起,开始商议事情:"比那陀的儿子③是我们的主子,但是它全心全意

---

① 祭官的一种。
② 一种鸽子。
③ 即金翅鸟。

地给那罗耶那①服务,根本想不到我们了。我们随时都有给索子捆住等等的危险,它不能保护我们,我们要这样没有用的主子干吗呢?常言道:

　　谁要是使已经精疲力尽的东西——恢复生气,正如太阳对月亮,
　　即使只有一个这样的人,也不管他是谁,都要给他把奴才去当。[62]

其他的主子只是徒有虚名,正如人们所说的:

　　如果不能保护那些战栗恐惧、永远为敌人所威胁的臣民,
　　这样一个君主,只有名义上是君主,实际上他就是死神。[63]

同样:

　　有六种人应该避开,就好像是在海上不乘漏水的船:
　　一个不教书的先生、一个僧侣不知道修习经典。[64]
　　一个不知道保护人民的君主、一个说话不和气的女人、
　　一个喜欢住在村子里的牧童、一个理发师流连山林。[65]

因此,我们必须另外想出那么一个群鸟之王来。"它们看到了猫头鹰,摆出一副和和气气的面孔,于是都说道:"这个猫头鹰就当我们的王吧!把所有的一个国王举行加冕礼所需要的东西都选最好的拿来吧!"于是它们就从圣池里拿来了圣水,凑齐了一百〇八种植物的根:斫迦郎吉多、娑呵提毗等等植物的根;把宝座安好;把装饰着七大洲、大洋、高山的圆土堆扫干净;铺开了一张虎皮;用五种树枝子、花,和没有去皮的粮食把金瓶填满;把赏赐的东西准备好;领头唱赞歌的人唱起来了;擅长诵读四吠陀②的婆罗门朗诵起来了;那一群年轻女子唱起音调和谐的吉祥赞歌来了;那一只装着没有去皮的粮食的乱七八糟地掺杂上一些白芥末、烤烟了的粮食、没有去皮的谷粒、牛胆石、扎好的花、贝壳等等的罐子事前安置好了;把洗涤等等的器具都安排好;奏起了节日的音乐;正当猫头鹰装模作样准备登上摆在装饰着大麦和阿罗迦③的祭坛中央的宝座的时候,不知从什么地方飞来了一只乌鸦,嘶哑地叫着"克伦克伦"④,报告给人们它来了,它飞到了这开会的地方,心里想道:"哎呀!这一些鸟都聚集在这里干吗呀?这是一个什么大节日呀?"这一些鸟看到它以后,就互相说

---

① 指的是毗湿奴。
② 古代印度的四部圣典:《梨俱吠陀》《沙磨吠陀》《夜柔吠陀》《阿达婆吠陀》。这四部书在印度的地位有点像中国的五经四书。
③ 植物名。
④ 形容乌鸦叫的声音。

道:"在鸟里面,这家伙算是顶机灵的。因此,我们也要同它搭上话。常言道:

> 在人里面,理发师就是滑头;在鸟里面,乌鸦是滑头;
>
> 在四条腿的动物里面,是豺狼;在苦行者里面,是白衣比丘①。[66]

另外:

> 聪明的人们想出来的那一些办法,参加考虑的人很多,
>
> 经过翻来覆去的推敲琢磨,这些办法决不会带来灾祸。[67]"

那一些鸟这样想过以后,就对乌鸦说道:"喂!鸟连任何一个国王都没有了。因此,全体的鸟就决定,给这一个猫头鹰加冕,让它成为众鸟之王。你也发表一点意见吧!你来得正是时候。"它笑起来了,说道:"哎呀!这是不妥当的。有这样一些优秀的鸟:天鹅、孔雀、印度杜鹃、遮古罗、斫迦罗婆迦②、鸽子、印度鹤等等在场,竟给这样一个白日瞎子面孔生得可怕的家伙加冕,这不是我的主张。因为:

> 鼻子是弯的,眼睛是斜的,面孔生得阴森可怕,不讨人欢喜:
>
> 猫头鹰不生气的时候,面孔就是这样,它生气的时候又怎样呢?[68]

同样:

> 天生来阴森可怕、残暴、粗鲁、叫起来简直令人呕吐;
>
> 把这样一个猫头鹰搞成国王,我们究竟能得到什么好处?[69]

此外,比那陀的儿子已经是我们的主子,我们要这个家伙干吗呢?即使有另外一只鸟道德高尚,只要那一个还在,就不能推荐它做鸟王。常言道:

> 如果一个有力的帝王独自个儿统治,他会使国家富强;
>
> 许多君主反而会带来灾害,正像世界尽头出现几个太阳。[70]

因此,只是为了它这个名字,别的鸟也会躲开你们。因为常言道:

> 当主子还在位的时候,人们只需要在那些坏蛋们的跟前
>
> 把这些可尊敬的人物的名字提上一提,立刻就国泰民安。[71]

常言道:

> 事情会顺利成功,如果抬出了大人物的招牌;
>
> 兔子抬出了月亮,它们就因而生活得痛痛快快。[72]"

那些鸟都问道:"这是什么意思呢?"乌鸦讲道:

---

① 穿白色衣服的乞丐,善于骗人。
② 一种鸭子,与中国的鸳鸯相似。

第二个故事

在某一个森林地带,住着一只象王,名字叫作柘斗惮多①,有很多象追随在它的周围。它保护着象群,就把时光度过去了。有一回,一连十二年没有下雨,水池子、湖、水坑、水塘都干涸了。所有的象都向象王说道:"陛下呀!有一些小象已经渴得快要死了,另外一些已经死了。因此,请想一个法子来止渴吧!"于是它就派出去了许多快腿的仆人,到四面八方去寻水。那些到东方去的仆人,在路上,在一群圣人跟前,找到了一个湖,名字叫作旃荼罗婆罗婆②,里面点缀着天鹅、印度鹤、鱼鹰、鸭子、斫迦罗婆迦、鹤、水生动物;这里有各种各样树木的给花朵压弯了的树枝和细枝条;两岸都装饰着树木;风乍起,吹动了清澈的水波,激成了的浪花拍打着湖岸;象王的太阳穴里流出了春情发动的香汁,蜜蜂飞在上面吮吸,象王钻到水里去,蜜蜂飞走了,湖水就给这香汁染得发出芳香;生长在岸边上的树木的枝叶形成了成百的遮阳伞,把太阳的炎热给挡住了;补邻陀③的青年女子在里面沐浴,水波打击着她们那肥壮的腰、屁股和乳房,形成了一团团的波浪,发出了低沉的声音;里面充满了澄清的水;中间开满了荷花,像一个森林,更增加湖的美艳——总之,这一个湖简直就是一片天堂。④ 它们看到了以后,赶快跑回去,报告了象王。

柘斗陀婆那⑤听了以后,就同它们一块慢慢地来到了旃荼罗婆罗婆湖的边上。当它们从四面八方走到这一个容易达到的湖里去的时候,成千的兔子们就给它们踏得头碎,脖子歪,前脚断,后脚碎,这些兔子自古以来就把窝搭在湖边上。喝过了水,钻到水里去泡过以后,象王就带了它的随从,回到它那搭在林子里面的窝里来。那些好歹逃掉一条命的兔子就非常慌张起来:"我们现在要怎么办呢?它们已经找到了路,它们会天天来的。在它们回来之前,必须想出一个抵挡它们的方法。"有一只名字叫作毗遮耶⑥的兔子,看到它们都

---

① 义云"四牙"。
② 义云"月池"。
③ 一种山地民族,在《摩诃婆罗多》里面,已经有这个名字。
④ 从文体方面来看,上面这一段描写可以说是跟"宫廷体"很接近,同其余的部分是不很调和的。这种现象在梵文散文里不是稀见的。
⑤ 上面说象王的名字是柘斗惮多,这里忽然又改成柘斗陀婆那,两个字的意思都是"四牙"。
⑥ 义云"胜利"。

怕得要命,它们的儿女、老婆和亲眷都给踏碎了,因而很发愁,它可怜它们,就说道:"你们都不必害怕!我向你们保证,它们不会再来了;因为,一切事件的见证人①曾加恩于我。"名字叫作尸利目迦的兔王,听了这话以后,就对毗遮耶说道:"伙计呀!这是毫无疑问的,原因是:

> 毗遮耶精通经书的实质和内容,也知道怎样把地点和时间安排妥当;
> 不管是把它派到什么地方去,它所获得的成功没有人能够比得上。[73]

还有:

> 谁要是说话说得于人有益,说得有分寸,说得漂亮,还不说废话,
> 把词句琢磨好,然后再说;谁就是一个一切都能如愿的演说家。[74]
> 一个国王我还没有看到过,当他派了使臣或者送了信来,
> 我一看到这使臣和信,我就知道,他是聪明,还是痴呆。[75]

常言道:

> 使臣可以促成团结,使臣也可以使团结起来的人们内讧,
> 那种使敌人俯首听命的事情,使臣都能够完成。[76]

你到那里去,就和我亲自到那里去一样;原因是:

> 那些合乎语法规律的东西,那些为好人们所承认的东西;
> 这一切,受了委托的人都可以说:这就是我们的言语。[77]

还有:

> 简短一点说,这就是一个使臣的任务:说话不能离开本题,
> 行动也要为了达到来的目的;此外他还能够说些什么呢?[78]

因此,伙计呀!你就去吧!但愿这一个成为你的行动的第二个见证人!"

于是毗遮耶就去了,它看到那一只象王给成千的领导象群的用大耳朵扇着风的大象围绕着,向着那个湖走来;这一只象王全身给那些长在开着繁花的迦哩尼伽罗花枝子尖端的苞蕾撒出来的细粉染黄了;它看上去像是一片饱含着水分闪着电光的云彩;它发出了低沉粗犷的吼声,像是雨季里一堆巨大的飞驶的电光互相撞击的声音;它的皮肤像是一堆纯洁的蓝荷花的叶子;它的鼻子卷了起来,样子像是最高贵的蛇王;它尊严高贵得像蔼罗婆多②;它的两支大

---

① 指的是太阳神,因为太阳天天照临大地,人类所作所为,它都能看到。

② 天帝因陀罗的坐骑一只大象的名字。

牙颜色像蜂蜜,长得很好,很光滑,很有劲;它的面孔看上去令人喜悦,它的太阳穴里流出了春情发动期的汁水,汁水的香气吸引来了成群的蜜蜂,嗡嗡乱飞——它看到了象王以后,心里想道:"像我们这一号的家伙是不能够同它到一块去的;原因是:

  只要一碰它,大象就能杀人①。

人们就是这样说的。因此,我一定要找一个它无法伤害我的地方去同它见面。"它这样想过以后,就爬到一堆崎岖不平的高耸的石头堆上,说道:"象王呀!你好吗?"象王听到以后,机警地观察了一下,说道:"你是谁呀?"兔子说道:"我是一个使臣。"它说道:"什么人派你来的?"使臣说道:"薄迦梵月神派我来的。"象王问道:"你说一说,有什么事呀?"兔子讲道:"你知道,使臣就是要把事情的原委都说明白,你不能惩罚他;因为使臣就是国王的嘴巴。常言道:

  即使刀剑已经出了鞘,即使亲属们已经成群地被杀掉,

  虽然使臣们说的话不好听,国王们也应该把他们宽饶。[79]

我就是受了月神的委派来跟你说话的。一个人没有估量自己的和别人的力量,他怎么能够伤害别人呢?常言道:

  谁要是对别人的力量和缺点,对自己的力量和缺点不加以估量,

  而竟糊里糊涂冒冒失失地去干事,他就一定会遭到灾殃。[80]

那一个月湖是因我们的名字而出名的,你却无根无据地把它糟践了;那些兔子跟那一个作为我们的影像而为人所爱戴的兔王②是亲属,我们应该保护它们的,你却把它们踏死了。这都是不对的。此外,难道你就不知道,在世人中间,我的名字叫作'有兔子影像的'吗?为什么还说这些废话呢?如果你不停止你这种胡作非为,那你就会从我们这里吃到很大的苦头。如果你从今天起就不干那种坏事了,你就会得到很大的好处;也就是说,你可以在这一片树林子里任意地痛痛快快地游逛,你的身子浸浴在我们洒出来的光辉中。不然的话,只要我们把我们洒出去的光辉一收回,你的身子就会给炎热烧焦,你就会同你那些随从一齐完蛋。"象王听了以后,它的心非常剧烈地跳动起来,它想了好半天,才说道:"伙计呀!我的确做了对不起薄迦梵月神的事情。我现在不愿

---

① 参看第二卷第170首诗。
② 同中国人一样,印度人也相信,月亮里面的黑影是一只兔子。

意同它冲突。因此,请你赶快把路指给我,我好到那里去安慰薄迦梵月神。"兔子说道:"你独自个儿跟我来,我好把路指给你。"这样说过以后,它就走到月湖那里,在夜里,把月亮指给它,明亮的月轮光芒四射,清光令人怡神悦目,周围围绕着一群星:大熊星的七颗星、行星,这些星都在遥远的天空里闪耀,全部月轮都是丰满充盈,把倒影投在水里。那家伙看了以后,说道:"我要满怀虔诚,向神仙致敬。"于是就把它那一个两个人用胳臂才能搂过来的鼻子伸到水里去。这样一来,水波就跃动起来,而那一个月亮也像踏上轮子似地左右摆动,于是它就看到了一千个月亮。毗遮耶心里激动万分,它转回身来,对象王说道:"陛下呀!真糟糕,真糟糕!你惹得月亮加倍生气了。"它说道:"薄迦梵月神为什么这样生我的气呢?"毗遮耶说道:"因为你碰了这水。"象王听了这话以后,把耳朵垂下来,把脑袋碰到地上,跪下去,向薄迦梵月神请罪,它又对毗遮耶这样说道:"伙计呀!在所有的情况下,都请你在薄迦梵月神跟前替我说几句好话,我不会再到这里来了。"说了这几句话以后,它怎么来的,就怎么走了。

因此,我说道:"事情会顺利成功,如果抬出了大人物的招牌"等等①。此外,这家伙残暴,心眼极坏,脑袋里全是坏主意,它不能够保护臣民。因此,它愈不保护我们就愈好,免得我们怕它。常言道:

> 如果找到一个残暴的法官,争论的双方怎么能够幸福?
>
> 一只猫捣了鬼,两个家伙都被吃掉:那个兔子和鹧鸪。[81]

那一些鸟都说道:"你讲一讲,这是怎么一回事呀?"乌鸦说道:

第三个故事

我从前在某一棵树上搭了窝。就在这一棵树的下面,住着一只鹧鸪。因为住在一块儿的缘故,在我们俩中间产生了一种不可分割的友谊。每天,到了晚上,当我们吃过了饭游戏过了的时候,我们就用各种各样的美丽的格言、从古事记②等等书籍里选出来的故事,以及互相提问题、出谜语,这样来消磨时光。有一回,鹧鸪同其他的鸟飞到某一个地方去寻找食物,这里的大米都成熟

---

① 参看本卷第72首诗。
② 印度古代一类书籍的名称,内容是神话与史实相间杂。

了;到了时候,它却没有回来。我和它离别,非常难过,于是我就想道:"哎呀!为什么今天我的朋友鹧鸪不回来了? 难道说它是给一个网索套住了,或者给人杀死了吗?"就这样,我心里忧虑重重,几天过去了。有一天,在太阳落山的时候,一只名字叫作尸揭罗迦的兔子爬到那树洞里去。我因为不敢再希望鹧鸪能够回来了,我就没有阻拦它。第二天,那一只鹧鸪吃大米吃得胖胖的,忽然又想到自己的窝,于是就回来了。下面这话是对的:

  在故乡,在家里,在自己的城市里,即使贫困,也能自在逍遥;
  这样的幸福,即使到了天堂上,人们也决不能够得到。[82]

当它看到那一只钻到它的窝里来的兔子的时候,它就用责备的口吻向兔子说道:"喂,喂! 兔子呀! 你钻到我的窝里来,这一件事你干得不妙呀。因此,你赶快离开这里吧!"它说道:"傻子呀! 你难道不知道,只要一踏进来,就可以利用一个窝吗?"鹧鸪说道:"如果是这样的话,那么就问一下邻居吧! 在法律书上写道:

  如果长方形的池塘、井、圆池塘,还有房子和花园,惹起了争端,
  那么左邻右舍的供词就可以把它解决:摩奴就是这样的意见。[83]

同样:

  如果房子和田地惹起了争端,花园和土地引起了争论,
  在这样的情况下,左邻右舍的供词就足以排难解纷。[84]"

于是兔子说道:"傻子呀! 难道你就没有听到,在传承里有这样的说法吗?

  如果一片田地,或者其他的东西,真正已经给人使用了十年;
  在这样的情况下,能够决定的不是字母,也不是证人的发言。[85]

此外,你难道没有听到那罗陀的意见吗?

  对人来说,只要他们使用一件东西十年,他们就有了所有权;
  对禽兽来说,它们使用一件东西多久,多久就归它们所有。[86]

因此,即使这一个窝原来是属于你的,但是我搬进来的时候,它是空的,它现在就是我的了。"鹧鸪说道:"好吧,如果你引经据典谈到什么传承的话,那么你就跟我来吧! 我们俩去问一下那些懂得传承的人。他们可能把窝给你,也可能给我。"它们同意了,就出发去找人来裁决它们的争端。我因为好奇,也跟在它们后面,我想看一看,会出什么事。它们走了不多远,兔子就问鹧鸪道:"伙计呀! 谁能够处理我们的争端呢?"它说道:"是不是就找那一个名字叫作

达底迦罗那①的猫呢？它对一切生物都慈悲为怀,它实行苦行,控制感官,履行誓约,学习瑜伽,它就住在神圣的恒河边上,强烈的风吹动了波浪,波浪冲击破碎,河水就发出了低咽的吼声。"兔子一看到那一个猫,心里面就害怕得发慌,它又说道:"让这个残酷的家伙滚开吧！常言道:

  那种穿着虚伪的外衣实行苦行的坏人,千万不能够相信;
  在圣池里,总会看到一些只是为了自己的肚皮而苦行的人。[87]"

听了这话以后,达底迦罗那伪装出生活得满愉快的样子,为了让它俩相信,它就扬起脸来,对着太阳,把两只前爪举起来,坐在两只后腿上,闭上眼睛,装出满怀善意,来欺骗它俩,说出了一篇大道理:"哎呀！这种生死轮回是虚无缥缈的;生命一转瞬间就可以破碎;同相亲相爱的人们聚会,就像是一场梦;家庭就像是一个幻象;因此,除了修德以外,没有别的路可走。常言道:

  谁要是一件好事也不干,成天价晃来晃去,这样把日子来过,
  虽然他还呼吸,但已跟铁匠的风箱一样,他自己并没有活着。[88]

同样:

  光有学问而没有德行,这样的学问就跟狗尾巴一样没有用,
  它既不能遮住屁股眼,也不能用来赶走蚊子和马蝇。[89]

其次:

  谁要是做事情而不拿德行做标准,他就像是粮食里面的稗子,
  他就像是有翅膀的动物中的白蚁,他就像是生物中的蚊子。[90]
  鲜花同果子比树要好,奶油也被认为是比酸牛奶强,
  芝麻香油赛过了油煎的饼,道德总是在人之上。[91]
  在一切行为之中,精通为人之道的哲士们赞美坚毅;
  如果在道德的路上放上许多障碍,道德的步伐会更加急。[92]
  法律的条文简短扼要,你们这些人为什么啰哩啰嗦?
  帮助别人会得到功果,折磨别人就会带来罪恶。[93]"

兔子听了这一篇大道理,说道:"喂,鹧鸪呀！在河边上站着那个知理明法的苦行者,我们俩就去问问它吧！"鹧鸪回答道:"它不天生就是我们的仇人吗？因此,我们俩还是站在远处,问它一下吧！"于是这两个家伙就开始问它了:"喂,苦行者和知理明法的师傅呀！我们俩有一个争论。请你根据法典给我

---

① 意思是"奶耳"。

们判断一下吧！我们俩谁要是说了瞎话,你就把谁吃掉。"它说道:"伙计们呀！不要说这样的话吧！把伤生害命引向地狱里去的路指给别人,我现在已经厌倦了,不再干这种事了。常言道:

> 德行的标准就是不伤生害命,就是关心一切生物的福寿康宁,
> 因此,连虱子、臭虫、螫人的虫子等等,也应该保护它们的生命。[94]
> 谁要是伤害了有害的动物,他也算是没有慈悲心肠;
> 他将坠入阴惨的地狱;更何况把有益的动物来损伤?[95]

连那些在祭祀的时候杀害牲畜的人,也都是傻子,他们不懂天启圣典的奥义。如果有什么人说:'应当用 aja(公山羊)来祭祀。'那么,这里所谓 aja 就是指的存了七年的大米粒,因为,根据符合实际情况的字源学,aja 就是 na jāyante(不再生长了)的意思。① 常言道:

> 砍倒了大树,杀掉了牲畜,用血液把地上的泥土染污;
> 如果这样的人能够入天堂的话,那么又有谁把地狱入?[96]

因此,我谁都不吃掉。但是呢,我年纪大了,你们俩从远处说话,我听不十分清楚,我怎么能够决定你们谁胜谁败呢?了解到这一点,就请你们俩走近一点,把你们的案情告诉我,我知道了案情再来判决,到了阴间,我就不至于受罪了。常言道:

> 不管是由于骄傲,由于贪婪,由于愤怒,还是由于恐惧,
> 如果一个人歪曲了案情,下错了判决,他就要坠入地狱。[97]

同样:

> 在有关牲畜的案件中作了伪证,就会死掉五个亲眷;案件牵涉到母牛,就会死掉十个亲眷;
> 在有关女孩子的案件中作了伪证,亲眷死掉一百;案件牵涉到男人,亲眷死掉一千。[98]

因此,你们俩要相信我,到我耳朵边上来清清楚楚地告诉我!"简而言之,这个坏蛋骗取了它们的信任,它们走到它跟前去了。它于是伸出了爪子,抓住了一个;同时又用锯齿般的利齿咬住了第二个。就这样,两个动物都给它吃掉了。

---

① 这也可以说是一种通俗字源学。往往因为声音相同或类似,就牵强附会,创造出一种字源的解释,实际上是不符合实际情况的,这玩意儿中国也不少,像"妻者齐也""好者服也"等等都是。汉儒注疏特别喜欢这一套。

因此,我说道:"如果找到一个残暴的法官"等等①。如果你们把这一个白日瞎的坏东西选成主子,你们就会走那一只兔子和那一只鹧鸪的老路,因为你们在夜里是瞎子。你们要考虑一下,然后再应该干什么,就干什么。

听了它的话以后,这一些鸟就说道:"它说得对呀!"大家一哄而散,怎样飞来的,又怎样飞走了,嘴里还说:"为了选一个主子,我们还要再碰一次头,大家商量商量。"只有那一只猫头鹰还跟俱利迦里迦②在一块儿,坐在宝座上,等着给它加冕。它说道:"谁在跟前了?喂,为什么老不举行加冕的典礼呀?"听了这话以后,俱利迦里迦说道:"伙计呀!那一只乌鸦把你的加冕典礼给弄吹了;那一群鸟都四面八方地愿意往哪里飞就往哪里飞了;只有这一只乌鸦还由于某一种原因留在这里。因此,你赶快站起来吧,我好把你带到你的窝里去!"猫头鹰听了这话,非常厌恶地说道:"喂,你这一个坏东西呀!我有什么事对不起你呀,你竟来破坏我的加冕典礼。从今天起,我们俩就是仇人。常言道:

> 给箭射伤了,可以结成疤;斧子砍伤了树林子,还会往上长;
> 话说得不好听,令人讨厌;说话戳伤了人,疤永远也结不上。[99]"

当它跟俱利迦里迦一块回到窝里去的时候,乌鸦想道:"哎呀!我说了这一些话,无缘无故地结下了一个仇人。常言道:
> 谁要是无缘无故地把一些不好听的话来胡说乱道,
> 地方和时间都不对头,产生的后果当然也就不太妙,
> 还给说话的人本身也带来一些不愉快,让人看不起,
> 那么,这已经不是什么人说的话,而简直就是毒药。[100]

同样:
> 一个有理智的人,不管本领多么高妙,
> 自己从来也不许跟别人硬把怨仇去制造;
> 哪一个聪明人会这样想:'我反正有医生',
> 这样想过之后就无缘无故地去吃毒药。[101]
> 在群众集会的地方,一个聪明人无论如何也不要说别人的坏话,

---

① 参看本卷第81首诗。
② 一种鸟的名字。

即使是实话,如果别人听了不愉快,那么也就不要去说它。[102]

还有:

谁要是想着手去做一件什么事,

先同内行的朋友翻来覆去地商量措施,

再用上自己的理智去把这件事仔细考虑,

他才是聪明人,他才是幸福和荣誉的罐子①。[103]"

乌鸦这样想过之后,就离开那个地方了。

因此,孩子呀!我们就同猫头鹰结下了冤仇。

弥伽婆哩那说道:"父亲呀!在这样的情况下,我们要怎么办呢?"它说道:"即使是在这样的情况下,也还有一条在六种策略之外的妙计。我要使用这一条妙计,自己去压服那个家伙。我要耍一些手段,把这一些敌人全都消灭掉。常言道:

那一些有很多心眼子又能正确判断事物的人,有这样的力量,

把比他们本领大的人来玩弄,正如那些流氓骗了婆罗门的山羊。[104]"

弥伽婆哩那说道:"这是什么意思呢?"它说道:

第四个故事

在某一个城市里,住着一个婆罗门,名字叫作密多罗舍哩曼,他的全部精力都用来举行火祭。有一回,在磨祛月②里,当和风吹动,天上布满了云彩,雨神正慢慢地往下洒着雨点的时候,他走到某一个村庄里去,想乞讨一只祭祀用的牲畜,他向一个祭祀人请求道:"喂,祭祀人呀!在下一个新月初升的夜里,我要举行一个祭祀,请你给我一头牲畜吧!"这个人也就真给了他一头肥胖的、正像经典上所描述的那样的牲畜。当他看到它是一只强壮的活蹦乱跳的牲畜的时候,他就赶快把它扛到肩上,起身往家里走。走在路上,他碰上了三个流氓,这三个家伙的脖子都饿得溜细溜细的。他们看到他肩膀上扛着的那

---

① 意思是他这个人挣得许多幸福和荣誉,像是一个填满了这些东西的罐子。

② 玄奘《大唐西域记》译为"磨祛月",是冬三月之一,约当中国旧历十一月十六日至十二月十五日。

一头肥胖的牲畜,就互相说道:"哎呀,如果把这一头牲畜吞下去,今天天下雪,也对我们无可奈何。因此,我们要骗他一下,把那一头牲畜骗过来,好吃了御寒。"于是他们之中的一个就伪装起来,从一条别的路上迎面走来,对这一个事火的婆罗门说道:"喂,喂,事火的婆罗门呀!你为什么干这样的让人们发笑的事情呀,你竟把一只肮脏的狗扛到肩膀上。因为常言道:

> 摸狗、摸雄鸡、摸旃荼罗,大家都认为是同样地污浊,
>
> 特别是摸驴子和骆驼;因此,人们就不应该把它们去摸。〔105〕"

这个人就发火了,对他说道:"你竟把一头供祭祀用的牲畜当作了狗,你难道瞎了眼吗?"他说道:"婆罗门呀!你不要发火呀!你还是愿意怎样走就怎样走你的路吧!"当他又走了一段路的时候,第二个流氓又迎面走来,说道:"哎呀,哎呀,薄迦梵呀!即使你喜欢这一只死了的小牛,把它扛到肩膀上,也不大妙呀!因为常言道:

> 谁要是去摸死尸,他就是傻子,不管死的是人,还是畜类,
>
> 要用五种母牛身上出的东西①或者用月亮忏悔②,才能洗涤污秽。〔106〕"

他生着气说道:"哎呀,你把一头供祭祀用的牲畜称做小牛,你难道瞎了眼了吗?"他说道:"薄迦梵呀!不要生气吧!因为我不知道,我才这样说的。请你随心所欲地走你的路吧!"他走进了树林子,走了一段路,那第三个流氓,又迎面走来了,他说道:"喂!你把一匹驴子扛在肩膀上,这办法不对呀!常言道:

> 一个人,不管是有意,还是无意,如果他摸了驴子的身体,
>
> 按规矩,他就应该穿着衣服洗一个澡,才能被除这样的不吉利。〔107〕

因此,你把它丢开吧,省得给别的什么人看到。"于是这个人就认为那一只山羊是一个罗刹,把它摔到地上,吓得慌里慌张地,跑回自己的家里去了。这三个家伙会在一块,拿了那一头牲畜,按照他们原来想出的那个办法把它处理了。

因此,我说道:"那一些有很多心眼子"等等③。常言说得好:

> 新来的仆人举止有礼,客人来了报告消息,妓女的眼泪流个不已,

---

① 指的是牛奶、凝固的牛奶或者酸牛奶、奶油、尿和粪。
② 《摩奴法典》说:"如果一个人在黑暗的那半个月里,每天少吃一口饭;而在明亮的那半个月里,每天多吃一口;每天在早、午、晚三次奠酒时沐浴,这就叫作月亮忏悔。"
③ 参看本卷第104首诗。

滑头的家伙说话一说一大堆:在这里,有什么人不为这些东西所迷?[108]

还有,即使是弱者,如果他们人多,不要同他们发生战争。常言道:

同数目多的东西不要发生冲突,因为一大堆东西无法战胜;

一条蛇王,不管它怎样左蜷右曲,终于还是给蚂蚁吃到肚中。[109]

弥伽婆哩那说道:"这是什么意思呀?"斯提罗耆频讲道:

第五个故事

在某一个蚁垤那里,有一条又粗又大的黑蛇,名字叫作阿底达梨薄①。有一回,它离开了那一条通向它的洞穴的道路,想从另外一条小道里爬出来。在爬的时候,由于它的身子太粗,而且命运也在作祟,还由于这一条小道太窄,结果它身上受了伤。有一群蚂蚁,嗅到了伤口里流出来的血的气味,就从四面八方把它围了起来,把它搞得很窘。它杀死了几匹蚂蚁,又伤了几匹;但是它们数目太多了,它浑身都起了大片的伤痕,阿底达梨薄终于化为五种元素了②。

因此,我说道:"同数目多的东西不要发生冲突"等等③。此外,陛下呀!我还要说几句话,请你听一听,并且遵行!

弥伽婆哩那说道:"父亲呀,你心里有什么话,就请说吧!"斯提罗耆频说道:"孩子呀! 你请听:不要再管那些甜言蜜语等等的策略,我说的第五条计策是:把我看成是一个敌人,用非常刻毒的话骂我,为了让敌人派来的那一些密探相信,不管从什么地方弄一些血来,涂到我身上,把我丢在这一棵无花果树下面,你就到哩舍牟迦山去。你带了你的随从住在那里,一直等我施用妙计,让所有的敌人都相信我,我把它们窝里面的情况都弄清楚,最后把这一群白日瞎子都杀死。根据推断,我知道,它们的窝是没有出口的,简直就是一个监狱。常言道:

只有那一种有一个出口的堡垒,政治家才用堡垒把它来叫;

---

① 意思是"极端骄傲"。
② 意思就是死了。古代印度哲学家有的主张宇宙根源是五种元素:地、水、火、风和以太。人死后,就分解为五种元素。
③ 参看本卷第109首诗。

> 如果没有出口的话,那只是一个监狱,虚有堡垒的外表。[110]

你不要可怜我。常言道:

> 即使爱仆从像爱自己的性命,保护他们,把他们宠过;
>
> 但是一旦打起仗来,就要把他们看成像是一堆干柴火。[111]

因此,在这样的情况下,你不要拦阻我。因为:

> 人们要像保护自己的生命一样保护仆从,像喂养身体一样喂养他们;
>
> 这一切都只是为的将来会有那么一天,他同他们来共同打击敌人。[112]"

说完了这些话以后,它就装出了跟它争吵的样子。其他的那一些仆从看到斯提罗耆频这样放肆地狂妄地辱骂国王,就一拥上去,想把它杀掉。弥伽婆哩那对它们说道:"喂,你们站到一边去!让我亲手来惩治这一个敌人的奸细,这个坏蛋。"这样说过以后,就冲向它去,用嘴轻轻地咬它,用从别的地方弄来的血往它身上涂,然后就照着它说的办法,带了随从,到哩舍牟迦山去了。

就在这时候,敌人派来的奸细俱利迦里迦到了猫头鹰的主子那里,把弥伽婆哩那和它的大臣发生冲突的事情都报告了。猫头鹰的主子听了以后,在太阳落山的时候,就带了它的随从,出发去杀那些乌鸦,并且说道:"哎呀!快一点吧,快一点吧!敌人害了怕了,要逃跑了,我们现在要靠我们的德行把它们捉住,常言道:

> 敌人一想逃跑,或者一想托庇于别人,他就让人有机可乘;
>
> 他一旦张皇失措,国王的奴仆们就能够把他来操纵。[113]"

这样说过以后,它们就一哄而上,冲着那一棵无花果树飞了去。可是它们一只乌鸦也没有看见;于是阿哩摩哩陀那就坐在一个树枝子上,心情愉快,听着宫廷诗人唱着赞颂它的诗,说道:"哎呀!有人知道它们飞的方向,知道它们是从哪一条路飞走的吗?在它们还没有达到一座堡垒之前,我要追上它们,把它们杀掉。"

就在这个时候,斯提罗耆频自己心里琢磨起来了:"如果这一些敌人来到这里,而竟没有听到关于我的故事,怎么来的,又怎么走了,那就等于,我什么事情也没有干。常言道:

> 不管什么事情都不着手做,这是智慧的第一个标志;
>
> 已经着手做的能够做到底,智慧的第二个标志就是如此。[114]

因此,宁愿什么事情都不着手去做,也不能已经着手了又半途而废。所以,我现在要先发出声音,然后再露面。"它这样琢磨过以后,就发出了一种极其微弱的声音。那些猫头鹰听到了以后,就准备把它杀掉。于是斯提罗耆频就说道:"哎呀!我是弥伽婆哩那的大臣,名字叫作斯提罗耆频,就是弥伽婆哩那家伙把我搞成这个样子的。请把这情况报告你们的主子,我有许多话要同它说。"听了它们的报告,猫头鹰王吃了一惊,就亲自到它这里来了,它身上满是伤痕,猫头鹰王说道:"喂!你怎么搞成这个样子了?你说一说!"斯提罗耆频说道:"陛下呀,你请听!昨天,当那个坏蛋弥伽婆哩那看到给你们杀死的那一些乌鸦的时候,它又气又恼,想立刻进攻你们的堡垒。于是我就说道:'你去进攻堡垒是不妥当的,因为它们的劲大,而我们的劲小。常言道:

　　一个没有劲的人,如果他真正是为自己的幸福着想,

　　他就不能同一个强者冲突,连在心里这样想都不应当;

　　因为一个有无限的力量的人,是不会被消灭掉的;

　　谁要是像蛾子那样鲁莽乱撞,他就一定会自取灭亡。[115]

因此,最好是送一点礼物给它,同它订立同盟。'它听了我的话以后,受了那一群坏蛋的怂恿,疑心我是你派来的奸细,就把我搞成现在这个样子。因此,我才投靠到你的脚下来,请求保护。简而言之,我将来一能飞,我就把你领到它的窝里去,把所有的乌鸦都杀死。"

　　阿哩摩哩陀那听了以后,就同那些从它的父亲和祖父手里继承过来的大臣们商议;它共有五个大臣:罗多刹、迦噜罗刹、地铺多刹、婆迦罗那婆和波罗迦罗迦哩那。

　　它首先问罗多刹道:"伙计呀!在这样的情况下,我们应该怎么办呢?"它说道:"陛下呀!这还有什么要考虑的呢?丝毫也不必犹疑,立刻把它杀掉。因为:

　　一个软弱的敌人,在他还没有强大以前,应该立刻杀死;

　　到后来,等他一旦有了勇气和力量,就不容易控制。[116]

还有:'自己跑来的幸福是会诅咒人的',俗语这样说。常言道:

　　对一个渴望良机来到的人来说,良机只能够来一回;

　　对一个愿意做事的人来说,良机很难有来第二次的机会。[117]

人们听说:

　　请看一看这一堆燃烧着的劈柴,请看一看我这裂开的头颅:

　　如果友谊一旦破坏了,连爱情也不能够再使它恢复。[118]"

阿哩摩哩陀那说道："这是什么意思呢？"罗多刹讲道：

第六个故事

在某一座城市里，有那么一个婆罗门。他自己种地，总是毫无收获，时光白白浪费过去。有一天，当炎热的季候已经快要过去的时候，这一个婆罗门干活累了，就躺在自己的田地中间树荫里，睡了一觉。在离开这里不远的一个蚁垤上，他看到了一条可怕的蛇，它那大脑袋向上伸着，他想道："这一定就是田地里的神仙，我还没有向它致过敬哩，这大概就是我的庄稼长不好的原因了。因此，我现在要向它表示敬意。"他这样想过之后，从什么地方要了一点牛奶来，把它盛在一个碗里，走到蚁垤那里，说道："喂，田地的保护者呀！这么长久的时候，我都不知道，你就住在这里。因此我也没有供养你。现在请你原谅我吧！"这样说了以后，献上牛奶，就回家去了。第二天早晨，他又来了，当他四下里看的时候，他看到碗里有一个金币。就这样，他天天一个人到那里去，带给它牛奶，得到一个金币。有一天，这个婆罗门到村子里去了，他委托自己的儿子把牛奶送到蚁垤那里。他儿子把牛奶送到那里，摆上，就回家去了。第二天，他又去了，看到了一个金币，他想道："这一个蚁垤一定是填满了金币。我现在要把这一条蛇杀掉，把所有的金币都拿走。"婆罗门的儿子这样想过以后，第二天，当他送上牛奶的时候，就用一根棍子，打蛇的头。大概是因为它命不该死，在大怒之余，它用它那尖锐的毒牙咬了他，他立刻就化成五种元素了。他的亲属在离开田地不远的地方用一堆木头把他火葬了。第二天，他父亲回来了，从他的亲属那里听到了自己的儿子死的原因，沉思了一会，说道：

"谁要是不帮助那些生物，不让它们到自己跟前来逃躲，

他就会丧失一切真理，正像那一些荷花林里的天鹅。[119]"

那些人们都说道："这是什么意思呀？"婆罗门讲道：

第七个故事

在某一座城市里，有一个国王，名字叫作质多罗罗陀。他有一个湖，叫作波头摩娑罗娑，自己的兵士严密地防卫着它。在这里，有许多金天鹅。每隔六个月，它们就从尾巴上掉一根毛。有一只很大的金鸟来到这个湖上。它们对

它说道:"你不能够住在我们中间,原因是,我们每隔六个月要付出一根羽毛才占有了这一个湖。"就这样简短地说一下吧,它们成了仇敌。它到国王那里去,希望国王给它撑腰,说道:"陛下呀!这些鸟这样说:'那个国王对我们又能怎样呢?我们谁也不让住!'我说道:'你们这样说不好。我要到国王那里去报告他。'事情的经过就是这样子,请陛下圣裁!"于是国王就对他的侍从说道:"喂,你们到那里去!把那些鸟都给我杀掉,然后赶快把它们带到这里来!"他们立刻就遵照国王的命令走了。有一只老鸟看到了国王的人手里都拿着棍子,它说道:"喂,亲属们呀!事情有点不妙了。我们赶快一起飞走吧!"它们就这样做了。

因此,我说道:"谁要是不帮助那些生物"等等①。那个婆罗门这样说过以后,在黎明的时候,又带了牛奶,到那地方去了,为的是向那一条蛇请罪,他说道:"我的儿子自作自受,已经化为五种元素了。"于是那一条蛇说道:"请看一看这一堆燃烧着的劈柴"等等②。

因此,把这家伙杀死以后,不费力气你就可以把你的王国里的荆棘清除。

听了它的话以后,阿哩摩哩陀那就向迦噜罗刹讲道:"伙计呀!你的意见怎样呢?"它说道:"陛下呀!这家伙说的话太残酷了,因为不许杀掉要求保护的人。下面这一个传说实在是非常好的:

  人们确实听说过:一个敌人到鸽子那里去请它保护,

  鸽子按照礼节向它致敬,并且用自己的肉让它果腹。[120]"
阿哩摩哩陀那说道:"这是什么意思呀?"迦噜罗刹讲道:

第八个故事

  有那么一个残酷的捕鸟人,

  他的行为粗暴又凶狠;

  对生物来说他就是死神,

  有一天他走进了一片大森林。[121]

---

① 参看本卷第119首诗。
② 参看本卷第118首诗。

他没有结交什么朋友，

　　他也没有什么亲人；

　　他们都离开了他，

　　他干的这一行太有点残忍。〔122〕

实在是：

　　那一些坏人心里不怀好意，

　　他们毁掉了生物的性命；

　　对这一些生物来说，

　　他们就是可怕的长虫。〔123〕

　　他手里提着一个鸟笼子，

　　还带了绳索和木棒；

　　他在林子里逛来逛去，

　　想把所有的生物杀伤。〔124〕

　　当他留在树林子里的时候，

　　黑色的云彩忽然遮满了四方；

　　一阵剧烈的暴风雨扫下来，

　　好像是到了世界的末日一样。〔125〕

　　他心里慌成了一团，

　　身上不停地抖战；

　　他想找一个躲避的地方，

　　来到一棵大树跟前。〔126〕

　　他坐在大树旁边，

　　天空里亮起了星星；

　　他在心里对自己说道：

　　"我要皈依神灵！"〔127〕

　　正巧有一只小鸽子，

　　就住在树干上的洞里；

　　看到了分别很久的老婆①，

　　发出了悲痛的叹息。〔128〕

---

① 母鸽子给这一个捕鸟人逮住了，就关在笼子里。

"下起了大雨,刮起了大风,
我的爱人没有回到家中;
我今天同她分了手,
屋子里显得冷冷清清。〔129〕
房子不能叫作房子,
真正的房子是主妇;
主妇离开了房子,
房子就是一片荒芜。〔130〕
忠于丈夫,把丈夫看得跟自己的性命一般,
只要丈夫喜欢,对丈夫有利的,她也就喜欢;
哪一个人要是能够有上这样一个老婆,
他在这个地球上就算是幸福美满。"〔131〕
母鸽子在笼子里站,
听到了丈夫的悲叹;
她心里兴高采烈,
对着丈夫开了言。〔132〕
"如果不能够使丈夫快活,
她就不配称作老婆;
如果丈夫喜欢自己的妻子,
所有的神灵就都快乐。〔133〕
丈夫不喜欢自己的妻子,
她就应该变成灰烬;
正像蔓藤开着成束的花朵,
为林中的大火所焚。〔134〕"

她接着说道:

"可爱的人儿请细听端详,
我说的话会带给你富贵吉祥。
你一定要保护那一个来投靠的人,
宁可把自己的生命牺牲上。〔135〕
那一个捕鸟的人,
来到了你的屋中;

他为饥寒所苦，
　　你应该向他致敬。〔136〕
人们听说：
　　晚上来了一个客人；
　　如果不努力招待，
　　他就会把善业带走，
　　而把坏的留下来。〔137〕
　　不要对他怀恨在心，
　　因为他捉了你的爱人；
　　我前世做了坏事，
　　今生才为他所困。〔138〕
因为：
　　贫穷、疾病和灾难、
　　坐监狱和困苦颠踬：
　　这都是在自己罪恶的树上
　　结成的一些果实。〔139〕
　　因此，你不要对他怀恨，
　　只因我为他所擒；
　　你的心应该想到达磨，
　　遵照礼节，对他殷勤。"〔140〕
　　男鸽子听了这一番话，
　　句句都是金玉良言合情合理；
　　它大着胆子去向那个猎人，
　　对他说出了自己的心意：〔141〕
　　"伙计呀！我现在欢迎你。
　　请告诉我，我能做什么东西！
　　你不必发愁，不必难过，
　　你现在就是在自己家里。"〔142〕
　　捕鸟人听了这一番话，
　　就连忙地把话来答：
　　"鸽子呀！我实在有点冷，

请你想一个御寒的办法！"[143]
它于是就去拿来了柴火，
看上去就跟煤炭差不多。
它又找来了一堆干树叶，
很快地就把火来点着。[144]
"你就请暖一暖你的手脚，
不必忧虑,也不必哆嗦；
我实在没有任何财产，
可以驱除你的饥饿。[145]
有的人有一千个金币，
有的有一百,有的有十个；
我没有干什么挣钱的事，
连我自己都很难养活。[146]
如果连一个客人，
都不能把饭来管；
住在房子里有什么意味？
它只带来许多困苦艰难。[147]
因此,我就自己琢磨，
想这样来处置这不幸的身体；
等以后再有穷人到这里来，
不致再说:我是什么都没有的。"[148]
它只是这样责备自己，
却不把那个猎人来骂。
它说:"我会满足你的，
请你先等上一刹那。"[149]
这一只鸽子好德行，
它心里面高高兴兴；
它围着火绕了几个圈子，
就像回家一样跳入火中。[150]
那一个打猎的人，
看到鸽子火里焚身；

说出了下面的话，
满怀着怜悯之心：〔151〕
"一个做坏事的人，
决不会以自己为贵；
因为他做了坏事，
自己正在尝那滋味。〔152〕
我心里满是坏心眼；
做坏事，我就欢喜；
我会坠入最可怕的地狱：
这丝毫也无可怀疑。〔153〕
这一只高贵的鸽子，
把一面镜子摆在我眼前；
它用自己的肉来喂养
我这样一个坏心肝。〔154〕
我就要从今天起
不给身体吃任何东西，
像夏天的小水洼一样，
让它慢慢地干下去。〔155〕
忍受寒冷、大风和酷热，
我身体瘦削，又污浊；
我用各种各样的方式，
实行至高无上的达磨。"〔156〕
于是他折断了棍子和棒子，
扯碎了网子和笼子；
这一个猎人释放了
那一只可怜的鸽子。〔157〕
猎人释放了的那一只鸽子，
看到丈夫已经跳入火里，
它满怀悲痛，哀鸣不已，
心里面忧忧戚戚。〔158〕
"夫主呀！现在没有你在身边，

我的生命还有什么值得留恋?
一个失掉了丈夫的可怜女子,
在生命里还有什么好事可盼?〔159〕
光荣、骄傲,和自我陶醉、
在亲戚中间夸耀门楣、
对奴隶和仆从施用权威:
对寡妇来说,这一切一去不回。"〔160〕
这一只忠于丈夫的鸽子,
就这样哀号悲痛;
它深深地忧愁苦闷,
纵身就跳入火中。〔161〕
这一只鸽子穿上了天衣,
戴上了天上的首饰;
它看到了自己的丈夫,
坐在一辆仙车上奔驰。〔162〕
丈夫的样子变成了神仙,
它恰如其分地开了言:
"啊!美人儿呀!你做得对,
你追随在我的后边。"〔163〕
人身上的汗毛,
一共有三千五百万;
舍身殉夫的贞妇,
就在天上过这些年。〔164〕

于是它心里非常高兴,把母鸽子拉上仙车,拥抱它,痛痛快快地活下去。猎人深深地痛悔,跑进了一座大森林,去等死去了。

在那里,他看到了林中的大火,
他澄思凝虑,胸怀淡泊;
把心中的污垢都一一除掉,
他就到天堂去享受神仙的快乐。〔165〕

因此,我说:"人们确实听说过,一个敌人到鸽子那里去"等等①。

阿哩摩哩陀那听了以后,就问地铺多刹道:"在这样的情况下,你的意见怎样呢?"它说道:

"有一个老是讨厌我的女人,现在她竟然把我来搂抱,

祝福你,施恩者呀!只要是我的东西,你全可以拿掉。[166]

贼说道:

我看不到你有什么东西可拿;如果有什么东西可以拿走,

我还会再回到你这里来,只要这个女子不把你来搂。[167]"

阿哩摩哩陀那问道:"哪一个女人不愿意搂抱呢?这个贼又是谁呢?我愿意仔仔细细地听一下。"地铺多刹讲道:

第九个故事

在某一个城市里,有一个老商人,名字叫作迦摩杜罗。他死了老婆,但是心里面的爱火并没有熄灭,于是就花了一大笔钱,娶了一个商人的女儿。她愁得不得了,连看都不想看这一个老商人。常言说得对:

在头顶上,头发中间,露出了白发茎茎,

对男人来说,他们从此就再受不到尊敬;

年轻的女孩子们远远地躲开了他们,

就像躲开一口插着骨头做标志的旃荼罗的井。[168]

同样:

身体早已萎缩起来,步履有些蹒跚,牙齿已经掉光;

眼睛昏花,风姿早就消逝干净,嘴里的唾沫收也收不住;

他那一群亲属也不再听他的话,老婆也不再服从他:

呀呀呸!连自己的儿子都看不起上了年纪的那个老糊涂。[169]

有一回,她跟他睡在一张铺上,她把脸转过去,躺在那里。正在这时候,一个贼钻到屋子里来。她看到了那一个贼,害怕起来,回身就搂住了她的丈夫,那一个老家伙。他呢,就受宠若惊,乐得浑身的汗毛都竖了起来,他心里想:"哎

---

① 参看本卷第120首诗。

呀！她为什么搂起我来了？"他仔细一瞧，才看到那一个贼站在屋子里的一个角落里，他就想道："她一定是害怕那个贼才搂住我的。"他想到这一点，就对那一个贼说道：

"有一个老是讨厌我的女人，现在她竟然把我来搂抱。①"
那个贼听了这话以后，说道：

"我看不到你有什么东西可拿。②"
因此，如果做了什么好事，就连一个贼也要得到一点好处，何况是一个到这里来请求保护的呢？而且这家伙受了它们的虐待，说不定对我们会有一些用处，把它们的窝指给我们。由于这个原因，是不能把它杀死的。

阿哩摩哩陀那听了这话以后，就问另一个大臣婆迦罗那娑："伙计呀！现在在这样的情况下，应该怎么办呢？"它说道："陛下呀！不能把它杀掉。因为：

就连敌人也会带给我们好处，如果他们内部互相争斗；
一个贼救了一个人的命，一个罗刹还救了两条牛。[170]"
阿哩摩哩陀那说道："这是什么意思呀？"婆迦罗那娑讲道：

第十个故事

在某一个城市里，住着一个穷婆罗门：他的财产都是别人布施的，他经常缺乏好衣服、软膏、香、花环、装饰品、槟榔等等的享受，头发、胡子、指甲和汗毛都长得挺长，他的身体给寒冷、酷热和雨折磨得消瘦不堪。有什么人可怜他，送给了他两条小母牛。这个婆罗门就用乞讨得来的奶油、芝麻油、草等等把它们从小喂大，喂得挺胖挺胖的。有那么一个贼看到了它们，心里想道："我要把这一个婆罗门的两条小牛偷走。"他这样想过之后，到了夜里，拿了一条捆东西用的绳子，就上了路。走在半路上，他看见了一个人，有一排稀奇古怪的尖牙齿，鼻子像苇子一样直竖起来，眼睛一高一低，身上全是鼓起来的筋肉，两腮干瘪，身体、头发和胡子就像正式的祭祀中的祭火一样红。这个贼看到这个

---

① 参看本卷第166首诗。
② 参看本卷第167首诗。

家伙以后,害怕得要命,说道:"你是谁呀?"它说道:"我是梵罗刹,名字叫作萨提耶婆遮那①。你也说一下你的身份吧!"他说道:"我是一个专做恶事的贼,我现在是去偷一个穷婆罗门的两条小母牛。"

于是罗刹就放了心,说道:"伙计呀!我是每隔六顿饭才吃一顿的,今天我正要去吃那一个婆罗门。这太好了,我们俩的目的一样。"于是他们俩就走了去,站在一个僻静的地方,等候适当的时机。那一个婆罗门睡下以后,贼看到罗刹就要去吃他,于是就说道:"伙计呀!这样干不行!你等我把那一对小牛犊偷走以后,再去吃他吧!"它说道:"说不定什么时候,这个婆罗门就会听到回声而惊醒,那么我的事也就干不成了。"贼说道:"如果你在吃那一个婆罗门的时候,碰到了什么阻碍,那我也就偷不成那一对小牛犊了。因此,你应该先让我去偷那一对小牛犊,然后你再去吃那一个婆罗门。"他们俩都想抢着先下手,于是就这样争论起来了,婆罗门给吵醒了。于是那一个贼就对他说道:"婆罗门呀!这一个罗刹是想来吃你的。"那一个罗刹也说道:"婆罗门呀!这一个贼是想来偷你那一对小牛犊的。"婆罗门听了以后,起来,小心翼翼地,澄心涤虑,默祷自己的保护神,这样来保护自己,赶走罗刹;又用一根长棍子,把贼赶走,来保护那一对牛犊。

因此,我说道:"就连敌人也会带给我们好处"②。
还有:
  我们听说:为了积德修福,古代那一个伟大的尸毗王,
  把自己的肉给鹰吃,为了使一只鸽子免于死亡。③[171]
因此,把一个请求保护的人杀掉,是不对的。

把它的话考虑过以后,它又问波罗迦罗迦哩那道:"你说一说,你的意见怎样呢?"它说道:"陛下呀!它是杀不得的。因为,如果你保护了它,说不定什么时候,你们就会互相喜爱,痛痛快快地过日子。常言道:
  那些人们,如果他们彼此不把自己身上的弱点来瞒住,
  他们就会像蚁垤上的那些蛇一样,走入末路穷途。[172]"
阿哩摩哩陀那说道:"这是什么意思呢?"波罗迦罗迦哩那讲道:

---

① 意思是"实话"。
② 参看本卷第170首诗。
③ 尸毗王的故事见于《摩诃婆罗多》。中译佛典里也有许多关于尸毗王割肉贸鸽的故事。

第十一个故事

在某一座城市里,有一个国王,名字叫作提婆铄枳底。有一条蛇就把他儿子的肚子当作了蚁垤,在里面住起来,他的肢体就天天消瘦下去。这一位太子厌恶透了,就到另外一个地方去。在某一个城市里,他出去要完了饭,就在一座大庙里消磨时间。在这一个城市里,有一个国王,名字叫作巴利,他有两个年轻的女儿。其中的一个天天走到她父亲脚边,说道:"愿你胜利,大王呀!"第二个却说:"应该享受的,就享受吧!大王呀!"听了这话以后,国王生气了,说道:"喂,大臣呀!把这一个说难听的话的女儿随便给一个外路人吧,让她去享受一下她应该享受的!""是,是!"大臣答应着,就把这一个公主给了那一个住在庙里的太子了,只给了她极少的随从。

她心里痛痛快快地接受了这个丈夫,像对待一个神仙一般,同他一块,到另外一个地方去了。在一个僻远的城市的某一个地方,在一个湖边上,她把太子留在家里看家,她自己带了随从出去买奶油、香油、盐、大米等等。当她买完了东西回来的时候,太子把头靠在一个蚁垤上,睡着了。从他嘴里探出了蛇头来,呼吸空气。在这里,从那一个蚁垤里,也爬出来了另外一条蛇,也在干同样的事。它俩彼此看到了,眼睛都气红了,那一条住在蚁垤里的蛇说道:"喂,坏家伙呀!你为什么这样折磨这一个五官四肢都生得挺漂亮的太子呢?"嘴里的那一条蛇说道:"你这个坏东西为什么把这一对装满了金子的罐子弄坏了呢①?"于是两个家伙就拼命揭露对方的缺点。住在蚁垤里的那一条蛇又说道:"喂,坏家伙呀!喝下罗质迦去,就能够把你治死,这个药方难道就没有人知道吗?"住在肚子里的那一条蛇说道:"用热水就能够把你烫死,这个方子难道也没有人知道吗?"就这样,公主站在树丛的后面,把它俩互相揭发的那一些话都听到了,于是就如法炮制。她这样做了以后,丈夫恢复了健康,又得到了最丰富的财宝,就回转故乡去了。父亲、母亲和家属对她敬重如初,她又享受到应该享受的,痛痛快快地活下去。

因此,我说道:"那些人们,如果他们彼此不把自己身上的弱点来瞒住"

---

① 蚁垤里埋着金子,蛇就是守护这金子的。如果有人给蛇东西吃,它也会把金子拿出来送人。两蛇对骂,互相揭对方的短处。嘴里的那一条蛇说的就是这件事。

等等①。

阿哩摩哩陀那听了这话以后,就那样做了决定。罗多刹看到这样做,心里不禁暗暗发笑,它又说道:"可惜呀,可惜呀!我们的主子就坏在你们这些家伙手里,坏在你们的愚蠢上。常言道:

> 在什么地方,不应该尊重的人受到尊重,应该尊重的人得不到敬意,
> 在那地方,一定就会发生三件事情:灾荒、死亡,还有危机。[173]

同样:

> 即使在他眼前干坏事,只要说几句好话,傻子也就会满意;
> 一个车匠竟然把自己的老婆和她的情夫放在头上高高顶起。[174]"

大臣们都说:"这是什么意思呢?"罗多刹讲道:

第十二个故事

在某一个地方,有一个车匠。他的老婆跟在男人屁股后面跑,在人民里面,名声很不好。他想考验她一下,就想道:"我怎样才能考验她一下呢?因为常言道:

> 火焰能变冷,
> 月光能变热,
> 坏人能变好,
> 女子才贞洁。[175]

我从人们的嘴里知道,她是不忠实的。常言道:

> 在吠陀里面,在经书里面,
> 没有看到、没有听到的东西:
> 只有它在宇宙间发生,
> 这一切人们都会摸底。[176]"

他这样考虑过之后,就对自己的老婆说道:"亲爱的!明天早晨,我要到别的村庄去了;我要在那里待几天。因此,请你给我预备一些合适的路上吃的食品。"听了他的话以后,她满心高兴,满怀希望,把所有的活都放在一边,给他

---

① 参看本卷第172首诗。

预备了一些非常可口的食品，里面放上了许多奶油和糖。常言说得好：

  天气很坏，夜色模糊，

  城里有难以通行的道路，

  自己的丈夫出门在外：

  对荡妇来说，这都是最高幸福。[177]

天一亮，他就起来了，他走出了自己的家门。她看到他走了，就满脸堆下笑来，装饰打扮自己的身体，好歹把这一天打发过去。她走到一个她以前就熟识的花花公子家里，对他说道："那个坏蛋，我的丈夫，到别的村庄去了。等别人睡着了的时候，你一定要到我家里去。"正在他们这样约会的时候，那一个车匠，在树林子里躲了一天之后，在黄昏时候，从另外一个大门走回自己的家，藏在床底下，一动也不动地待在那里。正在这时候，那一个提婆达多走来了，就坐在床上。车匠看到他，心里气呼呼的，自己想道："我现在是不是要站起来，把这家伙杀死呢？还是等他们俩睡下以后，把他们一齐杀掉呢？或者看他们干什么，听他们说什么呢？"就在这时候，她已经关好屋门，往床上爬了。

  正当她往上爬的时候，她的脚碰到了车匠的身子，她心里想："这一定就是那个坏蛋车匠，他想试我哩。我现在要露一手给他看，让他看看女人们干事有多么机灵。"正当她这样想的时候，那一位提婆达多已经忍不住，摸了她一下。她于是就双手合十，对他说道："喂，高贵的人呀！你不许摸我的身子！"他说道："如果是这样的话，你为什么又叫我来呢？"她说道："喂！今天早晨，我到旃提迦的庙里去，想去拜神。半空中忽然发出了一个声音：'女儿呀！我怎么办呢？你皈依了我，但是，命运已经注定了，你在六个月之内就会变成寡妇。'我于是就说道：'神灵呀！你既然知道我要倒霉；你也就一定知道预防的方法。有没有一个方法，让我的丈夫活上一百年呢？'她说道：'方法是有的。预防的方法就全靠你。'听了这话以后，我就说道：'女神呀！即使是把我的命送上，请你说吧，我一定会照办！'女神就说道：'如果你同另外一个男人睡在一张床上，你们互相搂抱，那么，给你的丈夫注定了的暴亡就转到这一个男人身上去，而你的丈夫就能够活一百年。'因此，我才把你叫了来。你现在心里想干什么，就干什么吧！神仙的话决不会说了不算数。"他心里直想笑，脸上光彩焕发，想怎么干，就怎么干了。

  那一个傻瓜车匠呢，听了她的话以后，乐得身上的汗毛都竖起来了；他从床底下爬出来，说道："好极了，你这个忠于丈夫的女人呀！好极了，你这个带给全家快乐的女人呀！我听了坏人的话，心里就怀疑起你来；为了想试你一下，我就说要到别的村庄去，实际上却藏在这床底下，一动也不动地待在这里。你过来，搂我吧！"这样说过之后，他就把她搂起来，把她扛在肩膀上，又对提婆达多说道："喂，你这高贵的人呀！由于我积了德，你才来到这里。由于你加恩于我，我才得到了一百年的寿限。因此，你也到我的肩膀上来吧！"虽然这一个并不愿意，他用强力把他拖到自己的肩膀上。他就这样又跳又舞，到所有的自己的家属的大门口去。

因此，我说道："即使在他眼前干坏事"等等①。无论怎样，我们是连根被拔掉了，我们要倒霉了。下面的话说得实在好：

> 嘴里说的话很好听，
> 干的事情却是坏事，
> 聪明的人们就认为：
> 这就是敌人装出朋友的样子。[178]

同样：

> 有一些东西，即使已经存在，
> 如果愚蠢的大臣不管地点和时间，
> 这些东西到了他们手里也会消逝，
> 正如太阳初升时候的黑暗。[179]

但是，它的话并没有人肯听，大家一起把斯提罗耆频抬起来，开始把它运到自己的堡垒里去。那一个被抬着的斯提罗耆频说道："陛下呀！现在我的情况是这样子，你把我收容下来，有什么用处呢？因此，我愿意跳到燃烧着的烈焰里去。请加恩于我，把火施舍给我吧！"罗多刹看透了它内心里的想法，就说道："你为什么要跳到火里去呢？"它说道："为了你们的缘故，弥伽婆哩那才让我吃了这样的苦头。因此，为了报仇雪恨，我愿意成为一只猫头鹰。"听了这话以后，那一个精通治术的罗多刹就说道："伙计呀！你是一个滑头，善于说谎话。即使你变成了一只猫头鹰，你仍然会重视你那乌鸦的本源。人们谈过下面的一个故事：

> 有那么一只小小的老鼠，

---

① 参看本卷第174首诗。

不愿意做太阳、雨、风和山；

它又恢复了自己本来的面目：

跳出自己的族类，实在很难。[180]"

它说道："这是什么意思呢？"罗多刹讲道：

第十三个故事

在恒河的边上，有一座净修院；河里的水撞到崎岖不平的石头上，撞击的声音惊动了游鱼，游鱼的蹿跳又激起了白色的泡沫，使浪花变幻不定；净修院里住满了苦行者，他们全神贯注，默诵祈祷词，履行誓愿，实行苦行，努力诵读，封斋，祭祀，举行宗教活动；他们希望取到澄清的有定量的水；他们的身体因为只吃球状的根、果子和世婆罗①都消瘦下去了；他们的衣服就只有一件遮蔽下体的树皮制成的短裙子。在这里，住着一个族长，名字叫作耶若婆基耶。当他在阇那毗河②里沐浴的时候，他正准备擦洗，有一只小老鼠从鹰嘴里掉下来，正落在他的手掌上。他看到了它，把它放在一个无花果树的叶子上，又去洗澡，把自己洗干净，做过了赎罪等等宗教仪式，利用自己苦行的力量，把它变成一个女孩子，带了她，走回净修院去，对自己的没有孩子的老婆说道："亲爱的呀！你把她收下吧！你收了一个女儿，好好地养活她吧！"她于是就喂养她，抚爱她，一直到她长到十二岁。她看到她已经可以结婚了，就对自己的丈夫说道："喂，丈夫呀！你自己的女儿的结婚年龄已经过了，你为什么竟没有注意到呢？"他说道："亲爱的呀！你说得对。常言道：

女人们应该先同神仙结婚：

苏摩、乾闼婆，还有火神；

然后男人才同她们成为配偶，

这样，灾殃就会离开她们。[181]

苏摩带给她们纯洁，

乾闼婆给她们熟练的声音，

火神使她们清净无瑕，

---

① 一种水草的名字。

② 指的是恒河。

因此洗掉污秽的就是女人。[182]

还没有月经的叫作瞿利,

月经已经来了的叫作罗醯尼,

没有成年标志的叫作甘尼耶,

诺健尼迦就是没有奶子的。[183]

长出了成年的标志,

苏摩就可以同她结婚;

有了奶子,乾闼婆就来娶;

月经里面,就住着火神。[184]

因此,当她还没有月经的时候,

就把自己的女孩子嫁掉吧!

人们都赞美这一件事情:

八岁就让自己的女儿出嫁。[185]

成年的标志伤害一个祖先,

一双乳房伤害一个子孙,

爱的狂欢伤害想得到的世界,

有了月经,伤害自己的父亲。[186]①

女孩子一有了月经,

自己就可以把丈夫来寻找;

因此,应该把诺健那嫁出去:

摩奴梵天的儿子就这样教导。[187]

一个女孩子在父亲的房子里,

没有结婚而见到了月信;

她就被看作是下贱的女子,

没有什么人会同她结婚。[188]

女儿到了结婚的年龄,

父亲就要给她找一个丈夫:

门第相当,或高,或低,

---

① 由于气候的关系,印度女孩发育较快。因此,早婚的风气自古以来就比较流行。以上这几首诗就说明这情形。此外,这些诗里面还有一些远古时代野蛮的风俗和迷信的残余。

他都不会犯什么错误。[189]

因此,我想把她许给一个门第相当的人。常言道:

> 两个人的门第相当,
>
> 两个人的财富相等,
>
> 这样才能结婚做朋友,
>
> 一个吃饱一个挨饿就不行。[190]

同样:

> 门第、脾气,和保护人,
>
> 知识、财产、相貌,和年龄:
>
> 聪明人嫁女儿别的都不管,
>
> 他们就应该考虑以上七种。[191]

如果她愿意的话,我就要把薄迦梵太阳神喊过来,把她许给他。"她说道:"这有什么坏处呢?你就这样做吧!"于是这一位隐士就把娑毗怛利①喊了来。在一刹那的时间内,他就来到了,说道:"尊者呀!你把我喊了来有什么事情呀?"他说道:"站在这儿的就是我的女儿,你娶了她吧!"这样说过之后,他又对自己的女儿说道:"这一位大神是三界的明灯,你喜欢不喜欢他呢?"女儿说道:"爸爸呀!他太热了,我不想要他。你再喊一个比他好的来吧!"隐士听了她的话以后,就对太阳神说道:"尊者呀!还有比你强的吗?"太阳神说道:"云彩就比我强,他一遮住我,别人就看不见我了。"隐士于是就把云彩喊了来,对自己的女儿说道:"女儿呀!我想把你许给他。"她说道:"这家伙是黑的,又有点呆头呆脑。不要把我嫁给他,嫁给另外一个比他强的吧!"于是隐士就问云彩道:"喂,云彩呀!有比你还强的没有哇?"云彩说道:"风就比我强。"于是他就把风喊了来:"女儿呀!我要把你嫁给他。"她说道:"爸爸呀!这家伙太喜欢流动了。请你再找一个比他强的来吧!"隐士说道:"喂,风呀!有比你还强的没有哇?"风说道:"山就比我强。"于是隐士又把山喊了来,对女儿说道:"女儿呀!我要把你嫁给他。"她说道:"爸爸呀!这家伙太硬了,而且还不能移动。把我嫁给另一个吧!"隐士问山道:"喂,山王呀!有比你还强的没有哇?"山说道:"老鼠就比我强。"于是隐士就喊来了一只老鼠,把它指给她看,说道:"女儿呀!你喜欢这一只老鼠吗?"她一看到它,心里就想道:"这是我的同

---

① 就是太阳神。

类",浑身乐得直打战,说道:"爸爸呀!你把我变成一只老鼠,嫁给它吧,我好去给他管理我们这一类特有的家务!"他就用他那苦行的神力把她化成一只老鼠,嫁给了它。

因此,我说道:"有那么一只小小的老鼠,不愿意做太阳、雨、风和山"等等①。

它们不听罗多刹的话,自取灭亡,把乌鸦抬到自己的堡垒里去。在被抬着的时候,斯提罗耆频心里暗暗地发笑,它想道:

"它说:'把它杀掉吧!'

它为了主子的幸福而说话:

在所有的猫头鹰里面,

只有它懂得政治学的精华。〔192〕

如果这一些家伙按照它的话办事的话,它们就一点亏也不会吃的。"阿哩摩哩陀那到了堡垒的门口,说道:"喂,喂!这一个斯提罗耆频是一个好心眼的家伙,它愿意要什么样的住处,就给它什么样的!"斯提罗耆频听了这话以后,心里想:"我现在要想一个办法,把它们都杀掉。我住在里面,就不能用这个方法。它们会研究我的态度等等,而警惕起来。因此,我最好就住在堡垒门口,把我想干的事干完。"它这样决定了以后,就对猫头鹰的头子说道:"陛下呀!主子说的完全正确。但是我也是懂政治学的,我知道,什么是应该做的。即使住在堡垒里面又痛快又干净,但是我却不配。因此,我就住在这堡垒的门口吧,陛下莲花脚上的尘土每天可以使我的身体洁净,我就这样供职。"这样做了以后,猫头鹰王的那一些奴仆们,每天任意地吃饱了饭,就奉了猫头鹰王的命令,把很好的肉食送给斯提罗耆频。过了不几天,它就像一只孔雀那样结实有力了。罗多刹看到斯提罗耆频胖了起来,心里很吃惊,就对大臣们和国王说道:"哎呀,这些大臣都是傻瓜,你也是。我就是这样想的。常言道:

我首先就是一个傻瓜,

其次就是那个捕鸟人,

国王和大臣们也都是:

总而言之,傻瓜一群。〔193〕"

---

① 参看本卷第180首诗。

它们说道："这是什么意思呢？"罗多刹讲道：

第十四个故事

在某一个山地，有一棵大树。有那么一种鸟住在那里，它拉的粪里面有金子。有一回，一个猎人到这个地方来了。这个鸟就把屎拉在他眼前。这一个猎人看到，这些屎在往下落的时候就变成了金子，吃了一惊："哎呀！从我当小孩的时候起，我就干捉鸟这一行，到现在八十年了；我从来还没有看到过，鸟拉的屎会变成金子。"他这样想过以后，就在那一棵树上张上了一张网。那一只傻瓜鸟跟从前一样泰然自若地落下来，就在这一刹那，它就给网住了。这一个猎人把它从网子里放出来，把它放进一只笼子，带回家去，想道："我怎样对付这一个惹是生非的家伙呢？如果有什么人看到它有这样的特点，他会报告国王的；这样我的性命也就难保了。我还不如自己去把这一只鸟的事情报告国王哩。"他这样想过之后，就这样做了。国王看到了这个鸟，他的莲花眼睛得大大的，痛快得不能再痛快了，说道："喂，喂！侍卫们呀！你们要好好地把这一只鸟给我看守住！它愿意吃什么喝什么，就给它什么！"大臣于是说道："你只是根据那一个不可靠的猎人的几句话，就把这一只鸟留下，我们怎么办呢？有人曾经从鸟粪里找出金子来的吗？你还是把这一只鸟从笼子里放出来吧！"国王听了大臣的话，就把它放了；这一只鸟就站在门框上，拉了一泡金屎，念了一首诗："我首先就是一个傻瓜"①，飞入空中，愿意飞到什么地方，就飞到什么地方去了。

因此，我说道："我首先就是一个傻瓜"等等②。因为它们命该倒霉，虽然罗多刹说的都是好话，也没有人听了；它们仍然用各种各样的食品、肉等等，来喂养它。

罗多刹于是就把自己那一党的猫头鹰召集在一起，偷偷地说道："哎呀！我们主子的好运和它的堡垒也差不多快完了。一个祖祖辈辈当大臣的人应该说的话，我也说过了。我们还是到山里面另一个堡垒里去吧！常言道：

　　谁要是未雨绸缪，

---

①② 参看本卷第193首诗。

谁就会吉星高照；

谁要是只顾眼前，

谁的事就会不妙。

住在山林里面，

年纪已经这样大，

但是我从没有听说，

山洞竟然会说话。[194]"

它们说道："这是什么意思呢？"罗多刹讲道：

第十五个故事

在某一座森林里，有一个狮子，名字叫作迦罗那迦罗。有一回，它脖子饿得细长细长的，东游西荡，连一头野兽都没有碰到。到了太阳落山的时候，它看到了一个大山洞，走进去，心里想道："夜里的时候，一定会有那么一头野兽到这里面来；因此，我就在这里一动也不动地等一下。"这个山洞的主人，一个名字叫作陀提牟迦的豺狼，走到门口，就喊起来："哎呀，山洞呀！哎呀，山洞呀！"喊完了，又一声不响地停下来，然后说道："喂！你难道忘记了吗，我曾跟你约好：我从外面一回来，就跟你说话，你也就往里请我？如果你今天不往里喊我的话，我就到另一个山洞里去了，它会喊我进去的。"狮子听了这些话，心里想道："只要它一来，这一个山洞总会请它进来的；但是今天它因为害怕我，什么话也不说了。常言说得好：

吓得心里发抖的人，

手脚都失去了作用；

他们话也说不出了，

浑身抖个不停。[195]

因此，我要喊它进来，它要是一答应，走进来，我就把它吃掉。"狮子这样想过之后，就喊它进来。狮子一吼，山洞就把回声传播到四面八方去，住在远处山林里的那些野兽也怕起来了。豺狼逃跑了，念了一首诗："谁要是未雨绸缪，谁就会吉星高照"等等①。

---

① 参看本卷第194首诗。

你们这样一考虑，就会跟我一块儿走的。

它们这样考虑完了，罗多刹的奴仆和随从就跟着它飞到一个僻远的地方去了。

罗多刹一走，斯提罗耆频心里就非常高兴，它想道："好哇！罗多刹一走，我们的事情就妙了；因为，它是眼光远大的，而这些家伙呢，都是傻瓜。我很容易把它们消灭掉。常言道：

> 如果是一个国王，
>
> 没有眼光远大的大臣；
>
> 他的事情一定会完蛋，
>
> 不久他也就会倒运。〔196〕

下面的话说得实在很对：

> 把好的政策放弃，
>
> 专去搞那些坏的，
>
> 聪明人应该把这样的人
>
> 看作是穿着大臣伪装的仇敌。〔197〕"

它这样想过之后，就每天从树林子里叼一块木头到它的窝里来，为的是烧掉这一个山洞。那一些傻瓜猫头鹰并不知道，它扩大自己的窝就是为了烧死它们。下面的话说得实在很好：

> 谁要是把敌人当成朋友，
>
> 对朋友却又仇恨，又杀伤，
>
> 他就会丢掉了朋友们，
>
> 敌人他是早已经丢光。〔198〕

从表面上看，是为了扩大鸟窝，一大堆木头就在堡垒门口堆起来了，在这时候，太阳刚升起，猫头鹰什么都看不见了，斯提罗耆频赶快飞到弥伽婆哩那那里，说道："主子呀！我已经准备好，敌人的洞穴就可以烧掉了。你带了随从来吧，每一只乌鸦都要从树林子里拣一块燃烧着的木块带了来，丢到洞穴门口我的窝上；这样一来，所有的敌人就都会像在军毗钵迦地狱里那样，统统会给折磨死。"弥伽婆哩那听了以后，非常高兴，说道："爹爹呀！你告诉我，你怎么样？我好歹又看见你了。"它说道："孩子呀！现在还不是谈话的时候。说不定有那么一个敌人的奸细会去报告，说我到你这里来了。这瞎家伙一知道，就

会搬到另外一个地方去。因此,要赶快下手,赶快下手! 常言道:

> 如果有那么一个人,
> 应该快干他却慢吞吞;
> 那么他的事一定会坏,
> 因为他激怒了神仙们。[199]

同样:

> 一件事情没有完成,
> 流出的汁水'时间'就去喝;
> 特别是那已经结了果的,
> '时间'更是不会放过。[200]①

等你把敌人杀掉,我再回到家来以后,我会从从容容地把前前后后的情况都告诉你。"

听完了它的话,它就带了随从,每一只乌鸦都用自己的嘴从树林子里叼了一块燃烧着的木头,飞到洞穴的门口,丢到斯提罗耆频的窝里去。这一群白天里瞎眼的家伙就回忆起罗多刹的话来,它们现在就像到了军毗钵迦地狱里一样了。弥伽婆哩那这样把敌人一下子消灭光以后,又回到无花果树上那个堡垒里来。

于是它坐到宝座上,在大厅中间,满怀愉快的心情,向斯提罗耆频道:"爹爹呀! 你在敌人窝子里,时间怎么消磨过去的呢? 因为:

> 那些品质高贵的人们
> 宁愿意往燃烧着的火里跳,
> 也不愿意同敌人来往,
> 即使是一分、一秒。[201]"

斯提罗耆频听了以后,说道:"伙计呀!

> 任何道路,不管是高贵,还是低贱,只要能带来好处,
> 那些受到危险威胁的人们,都会神志清明地去走这条路;
> 阿罗顺那②的双臂跟像鼻子一样,上面印着弓弦的痕迹,

---

① 意思是,做事情必须趁热打铁,一气呵成。中间稍有停顿,拖延时间,就会垮台。
② 史诗《摩诃婆罗多》里面般荼家的第三个儿子,是书中英雄之一。这首诗讲的故事见于这部史诗。般荼家的儿子们被放逐后,在森林里过了十二年。根据协定,他们要伪装起来渡过第十三年。他们就决定到麻蹉王宫中去。阿罗顺那取了一个女子的名字,伪装成一个太监。

他就像女人一样,臂上带上了人工制成的钏子来把胳臂保护。[202]

一个有心计的待机而动的人,大王呀!即使他有很大力量,

也会同渺小的卑劣的说话专伤人的小人们同居一堂;

那力大无穷的毗摩①不是也在麻蹉的宫中当了厨师傅,

手里拿着勺子,盛这盛那,给烟熏得又黑又脏?[203]

无论什么事情,不管它是好是坏,是否遭遇到困难,

一个待机而动的聪明人,只要心里有这一桩事,就要去干;

那一个因为经常摩挲健低婆②的重弦手都变粗了的阿罗顺那,

不是也围上了一条女人的腰带,装出跳舞的样子,金光闪闪?[204]

一个有心计的人,如果想得到成功,必须把自己的火压制住;

即使有很大的勇气,他也要静静地观察一下命运的脚步;

虽然有许多兄弟围绕着他,一个个都像天老爷,像财神阎王爷,

欲底湿提罗③不也是扛着一支讨饭的棍子忍受着痛苦?[205]④

军底⑤的两个儿子,

漂亮又英勇,

成了毗罗吒⑥的奴隶,

给他看牛当牧童。[206]

有无比的美丽,洋溢着青春的活力,出自名门大族,

可爱得跟美丽的女神一样,堕罗钵底⑦不是终于走入穷途?

那些年轻的女人们,骄傲地、轻蔑地,命令她干这干那,

她不是也在麻蹉的大王的宫中磨着檀香木?[207]"

弥伽婆哩那说道:"爹爹呀!据我看,跟敌人住在一块儿,就跟发誓站在刀刃上一样困难。"它说道:"是这样子,是这样子。我真是从来没有看到过这样子的一个糊涂蛋集团,除了那一个有大智慧的精通许多经书的罗多刹以外,没有

---

① 毗摩也是史诗《摩诃婆罗多》中英雄之一,是般荼家的第二个儿子。他在麻蹉王宫廷中伪装成一个厨师。
② 阿罗顺那的弓的名字。
③ 史诗《摩诃婆罗多》中英雄之一,般荼家最大的儿子。
④ 上面几首诗讲到的故事都见于史诗《摩诃婆罗多》。
⑤ 般荼的老婆,欲底湿提罗、毗摩和阿罗顺那的母亲。
⑥ 国王名。般荼王子在流浪中曾在他的宫廷里住过,见《摩诃婆罗多》第四卷。
⑦ 是般荼家五个儿子共有的老婆,见《摩诃婆罗多》。

一个明白人;因为,这一个家伙完完全全看透了我的打算。至于其余的那一些大臣呢,它们都是大糊涂蛋,它们只靠大臣这个称号吃饭,至于大臣的真正本质,它们却是不研究的,它们也不认识。

  敌人那里跑过来的奴仆,
  满怀恶意,跟敌人联系;
  虽然他们离得远,是一丘之貉,
  他经常让我们紧张,是坏东西。[208]
  无论是坐着、躺着、走路,
  还是喝水、吃东西、做事;
  只要他们稍一疏忽懈怠,
  看得见看不见的敌人就钻空子。[209]
  因此,一个聪明人
  要认真努力保护自身;
  自身就是三部类①的住处,
  稍一懈怠,就会堕落沉沦。[210]

人们说得好:

  有了坏大臣,
  谁不犯政治过错;
  吃了难消化的东西,
  谁不给疾病折磨?
  谁不为幸福冲昏头脑?
  谁能把死亡逃过?
  谁不会感到痛苦,
  如果追求感官享乐?[211]
  贪婪的人失掉荣誉,
  坏心肠的人失掉友情,
  干坏事的人失掉自己的家,
  喜欢钱的人失掉德行,
  有恶习的人失掉知识果实,

---

① 可能指的是法,爱和利。

> 吝啬的人失掉幸福,
>
> 周围有粗心大意的大臣,
>
> 这样的国王就失掉国土。[212]

因此,国王呀!你说,我跟敌人住在一块儿,就跟发誓站在刀刃上一样,这一点我自己是亲身尝过了。常言道:

> 到了必要的时候,
>
> 聪明人把敌人往肩上扛;
>
> 一条很大的黑蛇,
>
> 把许多虾蟆杀伤。[213]"

弥伽婆哩那说道:"这是什么意思呢?"斯提罗耆频讲道:

第十六个故事

在某一个地方,有一条黑蛇,名字叫作曼陀毗沙,它岁数不小了。它自己在心里琢磨:"我怎么才能够过得轻松愉快呢?"于是它就爬到一个有许多虾蟆的水池子那里,装出一种惶恐不安的样子。正当它这样待在那里的时候,一只虾蟆跳到水边上来,问它道:"叔叔呀!你今天为什么不像以前那样到处爬着寻找食物呢?"它说道:"伙计呀!我这一个倒霉的家伙还有什么兴致吃东西呢?因为,今天晚上,我正爬出来寻找食物,我看见了一只虾蟆。我正准备把它逮住,它看到了我,吓得要命,一跳就跳到那一群正在专心致志地诵读吠陀的婆罗门里去,我一时竟不知道,它逃到什么地方去了。某一个婆罗门的儿子,正把大拇脚指头伸到池子边上的水里去,因为同虾蟆很相似,我就糊涂了,上去咬了一口。他立刻就化为五种元素,死掉了。他的父亲很痛苦,就诅咒我道:'你这个坏东西呀!我的儿子没有罪,你竟咬了他。你犯了这个罪,你就当虾蟆的坐骑来驮虾蟆。它们加恩赏给你东西吃,你就这样活下去。'因此,我就到这里来,当你们的坐骑。"

这一只虾蟆把这消息告诉了所有的虾蟆。它们心里都很高兴,走去报告虾蟆王阇罗钵多。它心里想道:"这是十分出奇的事。"于是就带了一群大臣,左右围绕,迅速地从池子里跳出来,爬到曼陀毗沙的头上;其余的那一些虾蟆,一直到最小的,都爬到它的背上去。简而言之,那一些在上面找不到位子的虾蟆就跟在它脚后面跑。曼陀毗沙为了自己开心,显示了各种各样的爬行的姿

势。阇罗钵多享受了接触它的身体的快乐,对它说道:

"骑在大象的背上,

坐车子或者骑马,

坐人抬的轿子:

都不如骑曼陀毗沙。[214]"

有一天,曼陀毗沙故意爬得极慢。看到这情况以后,阇罗钵多就说道:"亲爱的曼陀毗沙呀!你为什么今天不像以前那样驮得带劲了呢?"曼陀毗沙说道:"陛下呀!今天我没有吃东西,驮不动了。"于是它就说道:"伙计呀!你吃几个小虾蟆吧!"听了这话,曼陀毗沙浑身都乐起来了,它立刻说道:"那一个婆罗门的诅咒制住了我。你命令的话太使我高兴了。"于是它就不停地吃起虾蟆来,过了几天,它就壮起来了。它高兴,心里暗暗地发笑,说了这些话:

"这各种各样的虾蟆,

被我用欺骗的手段愚弄;

我现在不断地吃了又吃,

它们在多久的时间内不至灭种?[215]"

阇罗钵多信了它那一套花言巧语,它的心给它弄糊涂了,一点也没有看出其中有什么不对头的地方。在这时候,有另外一条个儿极大的黑蛇爬到这地方来。它看到它竟然给虾蟆骑,大吃一惊,说道:"朋友呀!虾蟆不过是我们的食物,你怎么竟让它们骑起来了?这完全不对头!"曼陀毗沙说道:

"我不应该给虾蟆骑,

这一切我都知道;

我是在等待一个时机,

奶油让婆罗门的眼睛瞎掉。[216]"

它说道:"这是什么意思呀?"曼陀毗沙讲道:

第十七个故事

在某一座城市里,有一个婆罗门,名字叫作耶若达多。他的老婆老追男人,把心总是放在别的男人身上。她经常给自己的情夫做一些有糖有奶油的点心,背着丈夫偷偷地送给他。有一天,给丈夫看见了,他说道:"亲爱的!你在那儿烤的是什么呀?你老是把这些东西带到什么地方去呀?你说实话!"

她临时灵机一动,就对丈夫说了一篇谎话:"离这里不远,有一座供养薄诚缚底帝毗①的庙。我罢过斋以后,就把一些供品和一些最特别最不平常的食品带到那里去。"于是她就在他眼前拿了东西,走向女神庙去了。因为她心里想道:"我把这东西献给女神,我的丈夫就会这样想:我的老婆经常把最特别的食品带给薄诚缚底②。"她到了女神庙,想沐浴一下,就到水池子里去,在里面洗起来。就在这时候,她的丈夫从另一条路走了来,藏在女神后面,不让人瞧见。婆罗门的老婆洗完了澡,走到女神庙里,做完了沐浴、涂油、烧香、奉献供品等等的仪式,就跪在女神面前,说道:"薄诚缚底呀!用什么方法可以让我的丈夫瞎眼呢?"站在女神背后的婆罗门听了这话以后,就用假嗓说道:"如果你经常不断地给他奶油、奶油点心等等的东西吃,他很快就会瞎了。"这一个女人的心给这一套假话蒙蔽了,就真的经常给婆罗门这些东西吃。有一天,婆罗门说道:"亲爱的呀!我看不太清楚了。"于是她就想道:"这是女神的恩惠。"她那心爱的人、她的情夫,心里想:"这一个婆罗门已经瞎了,他对我有什么办法呢?"就放心大胆地天天到她这里来。有一天,婆罗门看到这家伙走进来,走到跟前来了,就抓住他的头发,用棍子在他的背上揍起来,一直揍得他化为五种元素,死掉了;他又把那一个坏老婆的鼻子割下来,把她赶出去。

因此,我说道:"我不应该给虾蟆骑,这一切我都知道"等等③。曼陀毗沙心里又暗暗地发笑,说道:"这各种各样的虾蟆"④。听了这话以后,阇罗钵多心里大大地吃了一惊,想道:"这家伙说的是什么呀?"就问道:"伙计呀!你说了一句什么不对头的话呀!"为了掩盖自己的真相,它就说道:"什么也没有说。"阇罗钵多的心给这一些谎话迷惑住了,没有看穿它的坏主意。简而言之,它们都给那家伙吃掉了,连一个传宗接代的虾蟆都没有留下。

因此,我说道:"到了必要的时候,聪明人把敌人往肩上扛。"⑤大王呀!正像曼陀毗沙利用自己的智慧的力量把虾蟆杀死,我杀了所有的敌人。人们说得好:

　　林子里起了大火,

---

① 就是女神难近母。
② 就是薄诚缚底帝毗。
③ 参看本卷第216首诗。
④ 参看本卷第215首诗。
⑤ 参看本卷第213首诗。

烧掉树木,根却烧不到;
一股柔软清冷的流水,
却能把树根拔掉。〔217〕

弥伽婆哩那说道:"正是这样。而且:
即使遇到了不幸的灾难,
已经开始了的事情决不放弃;
有人生智慧的伟大人物,
他们的伟大就在这里。〔218〕"

它说道:"正是这样。常言道:
还账要还完,烧火要烧净,
杀敌要杀光,治病要治清;
把这四种东西都扫尽,
聪明人就不会遭到不幸。〔219〕

陛下呀!你着手做的事情都成功了,你真是幸运。不仅是勇气可以使事业成功,而且只要用智慧去做事,事情也一定会成功。常言道:
使用武器杀敌人,
敌人没有真杀了;
使用智慧杀敌人,
这才真正杀得好。
如果使用武器杀,
只能杀伤人身体;
如果使用智慧杀,
灭掉家庭、权力和荣誉。〔220〕

因此,一个有勇又有谋的人不用费劲,就可以成功。因为:
如果一个人真想干点什么,
他的思想中先有一个轮廓;
他的回忆也集中在这上面,
钱财货利自己会来干活。
建议劝告都不会落空,
收功见效的讨论也会出现;
他的精神得到了提高;

做了好事,心里喜欢。[221]

这样,只有那一个勇敢、慷慨好施、通达事理人情的人才配得上当皇帝。常言道:

喜欢同慷慨好施的人、有勇气的人、
聪明的人来往,这样的人会做出成绩;
有了成绩就有钱,有了钱就有地位,
有了地位就有权威,有了权威当皇帝。[222]"

弥伽婆哩那说道:"你一接近它们,就把阿哩摩哩陀那和它的随从都消灭掉了,这一定是统治论这样快地发挥了作用,因为你是按照统治论办事的。"斯提罗耆频说道:

"想做一件事情,
本来应该猛干;
但在开头的时候,
方法也要和缓。
森林中的王子,
大树高参青天,
不先向它致敬,
就不能把它来砍。[223]

说实话,主子呀!说了话不能立刻见于行动,不能带给人幸福,这样的话有什么用处呢?人们说得好:

有些人迟疑不决,
有些人怕风怕浪,
有些人走上一步,
就看到一百个不顺当;
这些人说的话,
只是讥笑的对象;
它不会引向成功,
而是引向灭亡。[224]

即使是一些无足轻重的事,聪明人也决不应该粗心大意。因为:

'这样一件小事情,
我干起来不费力;

>为什么还要教我,
>
>特别谨慎又仔细?'
>
>有一些人这样想,
>
>于是就粗心大意;
>
>等到噩运来临头,
>
>只有追悔和叹气。〔225〕

因此,今天我的主子已经把敌人打倒了,希望他能睡得像以前那样好。人们这样说:

>房子里没有蛇,或者把蛇捉住,
>
>人们在这里面才能睡得香甜;
>
>如果看到了蛇,或嗅到了蛇,
>
>在这里面睡觉,就非常困难。〔226〕

同样:

>拼命争取荣誉和权力,
>
>想做一些伟大的事情;
>
>只有积极又努力,
>
>这些事情才能做成;
>
>这些事情做成以前,
>
>他们怎样得到幸福宁静?
>
>亲人们也为他们祝福,
>
>祝愿他们早日成功。〔227〕

因此,我全始全终地干一件事情,心里就平静。现在就请你努力保护老百姓,长久地享受这一个已经扫清了荆棘的国土吧,你在子子孙孙的围绕中,遮阳伞和宝座的荣华富贵不会动摇。而且:

>不管哪一个国王,
>
>如果不把保护百姓放在心上,
>
>他的统治就根本没有用,
>
>就像是母羊脖子上长出乳房①。〔228〕

但是:

---

① 长出了乳房,而不能出乳,一点用处也没有。

> 一个国王爱德行,
> 没有恶习坏毛病,
> 行为端正他喜欢,
> 能够长久统治享光荣;
> 就像一个贵妇人,
> 驱蝇拂尘执手中;
> 身上穿着丝衣服,
> 还有白色遮阳伞一顶。〔229〕

可是你也不能这样想:'我已经成了皇帝了',因而就给富贵荣华冲昏了头脑,麻痹了自己;因为国王们的富贵荣华是靠不住的;国王的地位就跟爬苇子杆一样地难于爬上;一转眼,它就能崩溃毁灭,即使用上一百分的努力来保护它,它仍然是难于保护;即使小心翼翼地去关心它,最终仍然是一场幻影;就像猴子一样,它的念头多得很;就像是荷花叶子上的水珠,永远流不到一块去;就像是风在飞驶,它是飘忽不定的;就像同坏人在一起一样,它是靠不住的;就像是一条毒蛇,它非常难对付;就像是黎明或黄昏时分的成条的云彩,它只红一阵;就像是一串串的水泡,它天生就容易破灭;就像是在梦中得到的财宝,刚才看到,一转瞬间又消逝了。而且:

> 举行了灌顶典礼,
> 登上了国王宝座;
> 立刻就要注意,
> 会发生什么差错。
> 因为国王登极,
> 必须用水浇灌;
> 罐子里浇出了水,
> 同时也浇出灾难。〔230〕

没有任何人有把握,不受到灾难。常言道:

> 罗摩①被别人流放了,
> 婆离②被制,般荼们在林中住,

---

① 印度古代大史诗《罗摩衍那》里面的主人公。他是国王达舍罗陀的太子。因谗被流放。他带了自己的老婆悉多到森林里去过放逐生活。
② 一个阿修罗的名字。他统治三界,趾高气扬。毗湿奴化为一个矮子,向他请求三步能跨过的土地,他答应了。于是毗湿奴立刻化为一个顶天立地的巨人,两步就跨过了天和地,只把地下的那一个世界留给他。

毗梨尸尼①失败,那罗②让位,
阿罗顺那当了教师教跳舞,
楞伽岛③上的主人被推翻:
这些事情应该在心中记牢固;
这样就能够逆来顺受,
否则谁又能把谁来帮助?[231]
达舍罗陀到哪里去了?
他在天上是因陀罗的朋友。④
国王萨竭罗⑤到哪里去了?
他曾把大海的堤岸来修。
毗尼掌⑥上生的儿子到哪里去了?
太阳的儿子摩奴⑦又到了什么地方?
难道不是死神把他们捆起来,
又把他们的眼睛闭上?[232]

而且:

三界的征服者曼陀特哩⑧到哪里去了?
国王萨提耶没罗⑨多到了何方?
众神之王那护沙⑩到哪里去了?
精通奥义的计娑婆⑪又怎么样?
这些人都登上了天帝释的宝座,
他们有战车,也有最好的大象。

---

① 古代印度的一个部落。它被消灭的故事见于《摩诃婆罗多》第四卷。
② 史诗《摩诃婆罗多》里面一个插曲,那罗与多摩阎底的恋爱故事的男主角。
③ 就是现在的锡兰。所谓楞伽岛上的主人是指十头恶魔(罗波那),它抢走了罗摩的爱人悉多。罗摩寻了来,仗着神猴哈奴曼的帮助,灭了罗波那,夺回了悉多。史诗《罗摩衍那》讲的就是这个故事。
④ 达舍罗陀曾帮助因陀罗杀死恶魔商波罗。
⑤ 古代阿逾陀国王。他修海堤的故事见于《摩诃婆罗多》第一卷。
⑥ 据说婆罗门摩擦了他的胳臂,就生了这个儿子。
⑦ 据说是人类的始祖。
⑧ 古代一个国王的名字。
⑨ 古代一个国王的名字,据说是没有死,就上了天。
⑩ 古代一个国王的名字,曾夺过因陀罗的宝座。因为骄傲自大,又被颠覆。
⑪ 古代一个作家的名字。

伟大的命运创造他们,又消灭他们:
我是不是就应该这样来想?〔233〕

而且:

这个国王和他的大臣、
这些妇女、树木和园林、
他和他们、这些和那些:
只要死神看一眼就一命归阴。〔234〕

你就这样循规蹈矩地享受国王的富贵荣华吧,它就像是春情发动的大象的耳朵,摇摆不定!"

　　叫作《乌鸦和猫头鹰从事于战争与和平等六种策略》的第三卷书到此为止。它的第一首诗是:

以前是仇敌,后来变成了朋友,
跟这样的人千万不要推心置腹!
请看那个挤满了猫头鹰的洞,
竟给乌鸦带来的火烧得一塌糊涂。〔3〕①

---

① 与本卷第一首诗同。

第四卷 已经得到的东西的丧失

吉祥!

在这里开始了叫作《已经得到的东西的丧失》的第四卷书,它的第一首诗是:

东西已经拿在手里,
听了几句好话就丢弃;
傻子就是这样受人愚弄,
正如海怪为猴子所欺。[1]

国王的儿子们问道:"这是什么意思呢?"毗湿奴舍哩曼讲道:

在大海的附近,有一棵阎浮树,永远结着果子。这里住着一个猴子,名字叫作罗多牟迦。有一天,一个叫毗迦罗牟迦的海怪从海水里爬上来,爬到树下面,就在那布满了非常柔软的沙子的海岸上躺了下来。罗多牟迦对它说道:"你是我的客人,请你吃我送给你的这些跟甘露一样的阎浮果吧!常言道:

不管他是朋友,还是敌人,
不管他呆头呆脑,还是满腹文章,
只要他在一切神之日①来到,
这个客人就是上天的桥梁。[2]

举行过祭一切神的典礼以后,
在祭祀祖先的典礼上,
来了客人不问家世、学业和原籍:
摩奴就是这样地主张。[3]

同样:

---

① 磨祛月第二半第八天。

> 客人从远处来，走路走得疲倦，
> 祭一切神典礼举行后来到跟前；
> 谁要是向这样的客人致敬，
> 他就会走上最高的路，走上天。[4]

另外：

> 一个客人从谁的房子里走出来，
> 长吁短叹，没有受到尊敬和款待；
> 那么谁的祖先就会同神仙们一起
> 怒气冲冲地离开这一个住宅。[5]"

这样说过以后，就把阎浮果递给它。它吃完了，痛痛快快地说了挺长时间的话，然后才回到自己家里去。就这样，猴子和海怪它们俩经常待在阎浮树的树荫里，谈着各种各样的美妙的闲话，来消磨时间，愉快地过下去。但是那一个海怪回到家里以后，把吃剩的阎浮果给了自己的老婆。有一天，老婆问它道："夫主呀！这些含着甘露的果子你是从什么地方拿到的呢？"它说道："亲爱的！我有一个非常要好的朋友，名字叫作罗多牟迦，是一只猴子。是它这样好心好意地给了我这些果子。"老婆说道："谁要是常吃这种甘露果子，他的心里面一定也有甘露。如果你认为我，你的老婆，还有什么用处的话，那就请你把它的心带给我，我吃了以后，再不至衰老等等，好跟你痛痛快快地玩耍。"它说道："亲爱的！一方面，它已经成了我们的弟兄；另一方面，它又给了我们果子：它是杀不得的。不要这样毫无意义地固执了！常言道：

> 是谁给自己生了兄弟？
> 一个是母亲，一个是语言。①
> 人们说，语言产生的那一个，
> 甚至比同胞兄弟还要在前。[6]"

它说道："我说的话你从来还没有不听的。现在呢，一定是那只母猴子使你着了迷，你才天天往那里跑，而且不再满足我的愿望。由于这个缘故，当你在夜里跟我一块寻欢取乐的时候，你也是经常长吁短叹，叹出的气跟火一般热，懒洋洋的不愿意搂我，亲我。你的心里一定是有了另一个女人。"它于是就愁容满面地对自己的老婆说道：

---

① 意思是，两个人谈话，情投意合，因而结成了兄弟般的友谊。

"我虽然跪在你的脚下,

虽然是你的奴仆;

但是你这可爱的爱生气的人,

总要无缘无故地发怒。[7]"

听了它的话以后,它就泪流满面地说道:

"流氓呀!你的那个情人,

装模作样,忸忸怩怩;

她带了一百多个心愿,

就住在你的心里。

对我来说,那里面

没有留下什么余地;

因此,你跪在地上,

也只能是逢场作戏。[8]

此外,如果它不是你的情人的话,为什么我这样说了以后你还不肯把它杀掉呢?它是一只猴子,你怎样能同它结成朋友呢?简单地说吧,如果我吃不到它的心,为了你的缘故,我就要绝食死去。"

它看到了老婆这样坚决,心里真是七上八下,它说道:"哎呀,人们说得好:

胶泥、傻子,还有女人,

螃蟹、鱼、蓝靛和醇酒:

它们一抓住什么东西,

就决不会再放手。[9]

那么我怎么办呢?我怎样杀掉它呢?"它想着想着,就到了猴子那里。猴子看到它来得这样晚,又是满怀心事,说道:"喂,朋友呀!为什么今天这样晚才来呢?你为什么不高高兴兴地说话,不说一些格言谚语等等呢?"它说道:"朋友呀!你兄弟媳妇今天跟我说了一些很粗暴的话,它说:'喂,你这个忘恩负义的家伙呀!你不要再让我看到你那一副嘴脸!你天天吃你的朋友,你竟不想报答,你连自己家里的大门都不指给它看一下。你这个罪是没有法子赎的。常言道:

杀了婆罗门,喝了烧酒,

偷了东西,破坏了誓言;

> 好人们都规定了赎罪办法，
> 忘恩负义的人却罪无可逭。[10]

因此，你要把我的大伯哥带到家来，好向它道谢。不然的话，我到阴间里才能同你会面了。'它这样跟我说过以后，我就到你这里来了。为了你的缘故，我同它争吵，所以就费了这样多时间。你现在就到我家里去吧！你兄弟媳妇已经在天井里布置好了一个四方形的迎接客人的地方，自己穿上好衣服，戴上宝石、红宝石等等装饰品，在门口挂上了欢迎客人的花环，正在那里望眼欲穿地等你哩。"猴子说道："唉，朋友呀！我弟妹说对了。因为常言道：

> 给人东西，也接受人家的东西，
> 谈一谈问一问各人的秘密，
> 吃别人的饭，请别人吃饭：
> 这六种标志就叫作友谊。[11]

可是，我们是住在树林子里的，你的家却在水里，我怎样到你那里去呢？因此，你把弟妹带到这里来吧，我好向它致敬，并且接受它的祝福！"它说道："朋友呀！我们的房子是在海里面一个美丽的小岛上。因此，你爬在我背上，舒舒服服地，一点不用害怕，到那里去吧！"听了这话，它愉快地说道："伙计呀！如果是这样的话，那就快一点吧！还耽误这样多时间干吗呢？我已经爬到你背上来了。"这样做了以后，猴子看到海怪在没有底的大海里浮过去，心里吓得直打哆嗦，对海怪说道："兄弟呀！你走慢一点！我身上已经给波浪打湿了。"听了这话，海怪就在心里琢磨起来："如果这家伙从我背上滑下去，海水这样深，它连一个芝麻粒远也游不了：它现在是在我支配之下了。因此，我就要把我的打算告诉它，好让它有时间祈祷自己的保护神。"于是它就说道："伙计呀！我听了老婆的话，骗得你相信了，把你弄了来，是想杀你的。你现在就祈祷你的保护神吧！"它说道："兄弟呀！我做了什么对不起它或你的事情，你才想法子把我杀掉呢？"海怪说道："啊，它想吃你的心，你总是吃充满了甘露一般的果汁的果子，你那心一定很好吃。因此，我才干了这一手。"于是猴子心生一计，说道："伙计呀！既然是这样，你为什么不在那里就告诉我呢？好让我把我那放在阎浮树树洞里非常好吃的心一块儿拿了来。你现在没有让我把那美味的心带来就把我这一个没有心的家伙糊里糊涂地弄来了。"听了这话，海怪高兴地说道："伙计呀！既然是这样，你就把那个心给我吧，我那坏老婆吃了以后，就不再绝食了。我把你送到那一棵阎浮树那里去。"

说完了,它就回转身子,浮到那一棵阎浮树底下。那一只猴子,早就对自己的保护神祷告了一百遍,还没有到岸,它从老远老远的地方一跳,就跳到那一棵阎浮树上去,心里想道:"哎呀!我这一条命算是有了救了!人们说得实在很对:

> 不能相信不相信我们的人,
>
> 相信我们的人也不能相信:
>
> 从盲目相信中产生的危险,
>
> 这样一来就可以连根拔尽。[12]

今天又成了我的生日。"海怪说道:"喂,朋友呀!把那个心给我吧,你兄弟媳妇吃了,好停止绝食!"猴子大笑起来,讥讽它道:"呸,你这个糊涂蛋!你这个没有良心的家伙!有什么人有两个心吗?你快滚回你那窝子里去吧,你不要再到这一棵阎浮树下来了!常言道:

> 同一个朋友闹翻了,
>
> 如果再想讲和,
>
> 他就会遭到死亡,
>
> 像那一匹母骡。[13]"

听了这话,海怪觉得很难为情,心里想道:"哎呀!我这个糊涂蛋怎么竟把我的想法告诉它了呢?因此,如果有什么办法再让它相信我的话,我就要让它相信我。"这样想过以后,说道:"朋友呀!你的心对它一点用处都没有。我只是想试一试你的心,所以才这样跟你开了一个玩笑。你还是到我家里做客去吧!你兄弟媳妇正在那里迫不及待地等着你哩。"猴子说道:"喂,你这个混蛋呀!快滚蛋吧!我不去了。因为:

> 肚子饿的人什么坏事干不成?
>
> 在苦难里面的人不懂什么同情。
>
> 好人哪!你告诉毕哩耶达梨舍那吧:
>
> 恒迦多陀不会再回到井中。[14]"

海怪说:"这是什么意思呢?"它说道:

第一个故事

在某一个地方的一口井里,有一个虾蟆王,名叫恒迦多陀。有一回,它受

到亲属的排挤,就爬到辘轳上的一个水罐子里去,慢慢地从井里走出来。它于是就想道:"我怎样才能对这些亲属报仇呢? 常言道:

> 在患难中一个人对他投井下石,
>
> 在逆境中一个人对他讥笑讽刺:
>
> 谁要是对这两种人进行报复,
>
> 我就认为他是重新出世。[15]"

它这样想过以后,看到一条黑蛇,名字叫作毕哩耶达梨舍那,正向洞里钻。看到以后,它又想道:"我要把这一条黑蛇引到井里去,然后把所有的亲属都消灭掉。因为常言道:

> 自己的敌人如果是穷凶极恶,
>
> 聪明人就用另一个凶恶敌人去铲除;
>
> 手上扎进了荆棘要用荆棘去挑,
>
> 目的就是为了减轻自己的痛苦。[16]"

它这样想过以后,就爬到洞门口,对着它喊起来:"出来,出来! 毕哩耶达梨舍那,出来!"蛇听到喊声,心里想道:"喊我的这个家伙不是我的一家,它的声音也不是蛇的声音。在有生有死的动物的世界上,我同任何动物也没有什么友好的联系。因此,我要在这里等一会,我要知道:这究竟是谁。常言道:

> 如果不知道他的脾气,
>
> 不知道他的家世和力量,
>
> 就不应该同他结成朋友:
>
> 祈祷主就是这样讲。[17]

说不定是一个会念咒的人,或者是一个精通药草的人,他喊我一声,是想把我捆起来。也许是一个人跟别人有仇,喊我去给他报仇。"它说道:"你是谁呀?"它说道:"我是虾蟆的头子,名字叫作恒迦多陀。我到你这儿来,是想跟你交朋友的。"听了这话,蛇就说道:"哎呀! 这是令人难以相信的,草和火怎能恋爱呢? 常言道:

> 一下生就注定了为谁所杀,
>
> 一个人即使是在梦里,
>
> 再也不敢往他跟前走。
>
> 你在那里胡说些什么东西?[18]"

恒迦多陀说道:"喂,这是对的。你是我们天生的仇敌;但是,我受了虐待,就到你这里来了。因为常言道：

> 如果全部财产都要丢掉，
> 甚至连性命都有了危险；
> 那么就在敌人面前屈膝，
> 好来保护自己的性命和财产。[19]"

蛇说道："谁虐待了你呢？"它说道："我的亲属。"蛇说道："你住在什么地方呢？是在湖里，井里，池子里，还是在潭里？"它说道："我住在一个井里。"蛇说道："那么，我是没有法子到那里去的；就算我到了那里，我也找不到地方把你的亲属吃掉。你还是走吧！常言道：

> 只要是能够吃的东西，
> 只要吃了能够消化，
> 只要消化了觉得舒服，
> 想健康的人就去吃吧！[20]"

恒迦多陀说道："你来吧！我会让你舒舒服服地到了那里；而且在那里面，在水边上，还有一个妙透了的洞。你可以待在那里面，像游戏一般，就把我那些亲属收拾了。"听了这话以后，蛇就想道："我现在也老了。有时候费上很大劲，才逮住那么一个老鼠，有时候连一个也逮不住。人们说得对：

> 谁的生命快要结束，
> 谁孤身一人没有朋友，
> 如果他是聪明的话，
> 应该找简便方法糊口。[21]"

它这样想过以后，就对它说道："喂，恒迦多陀呀！既然这样，你就在前面带路吧，我们俩一块去！"恒迦多陀说道："喂，毕哩耶达梨舍那呀！我用一个简便的方法把你带到那里，把那地方指给你。可是，你一定要保护我的那一些随从；我把谁指给你，你就只准吃谁。"蛇说道："伙计呀！你现在是我的朋友了，你不必害怕！你愿意怎样，我就怎样办。"这样说过之后，它就从洞里爬出来，拥抱了它，然后跟它一块上路。到了井边上的时候，蛇就跟它一块从辘轳上的那一个罐子里到了它的窝里。于是恒迦多陀就把这一条黑蛇带到那个洞里，把那些亲属指给它。它慢慢地把它们都吃掉了。等到一个也不剩的时候，它又鬼鬼祟祟地把它的八个随从骗到手，吃掉了。这一条蛇然后说道："伙计呀！你的敌人都给我吃光了。你给我弄一点吃的东西吧！是你把我弄到这里来的呀!"恒迦多陀说道:"伙计呀!你已经尽上做朋友的责任了。你现在从这一个罐子里走掉吧!"蛇说道:"喂,恒迦多陀呀!你说得不对头呀!我怎么能再回去呢?我的那一座洞穴堡垒已经给别的东西堵住了。我还是留在这里吧,你一次只需要给我一只虾蟆,即使是拥护你的也可以!不然的话,我就把所有的都吃掉。"恒迦多陀听了这话,心里慌了起来,想道:"哎呀!我自己干的好事,我竟把它弄到这里来了。如果我拒绝的话,它就会把所有的都吃掉。人们说得实在对:

> 谁要是把敌人当成朋友,
> 因为他比自己有力气;
> 他自作自受吃了毒药,
> 这丝毫也无可怀疑。[22]

因此,我就只好每天送给它一只虾蟆,即使是我的朋友,也没有法子了。常言道:

> 敌人有力量夺走全部财产,
> 聪明人就得把方法来琢磨:
> 给他一点点东西把他安抚,
> 正如海洋安抚地中的烈火①。[23]

同样:

> 如果有全部丢掉的危险,
> 聪明人就自动放弃一半,
> 用剩下的那一半来办事:
> 全部都丢掉实在难以承担。[24]

同样:

> 他决不会弃多取少,
> 如果他真正聪明能干;
> 能够以少取多,
> 正是聪明的表现。[25]"

它这样下定了决心以后,就经常把一只虾蟆指给蛇。蛇吃掉了,还偷偷摸摸地吃另外一只。人们说得实在很对:

---

① 印度神话里常常提到,海洋的深处有一团烈火是出自一个叫牝马嘴的洞穴中,在南极的海洋下面。

> 无论哪里都敢坐,
> 只要穿上脏衣服;
> 干的事眼前要失败,
> 干下去更不在乎。[26]

有一天,那一条蛇在吃虾蟆的时候,连恒迦多陀的儿子,一只叫作阎牟那多陀的虾蟆,也吃掉了。恒迦多陀看到这事情,高声悲鸣,它的老婆说道:

> "你叫唤什么?你这个白叫唤的家伙!
> 你这家伙把你的随从都断送!
> 你的随从一个个消灭掉以后,
> 有什么人再替你前呼后拥?[27]

因此,你自己今天也要想一想,怎样能逃掉,或者把它杀死。"时间过去了,所有的虾蟆都给蛇吃掉了,只剩了恒迦多陀一个。毕哩耶达梨舍那说道:"亲爱的恒迦多陀呀!我饿了,所有的虾蟆都完了。你给我点什么东西吃吧!是你把我弄到这里来的。"它说道:"喂,伙计呀!只要我还活着,你就用不着为这一件事操心。如果你派我去的话,我就到别的井里去,把所有的虾蟆都骗到这里来。"它说道:"因为你是我的兄弟,我不能吃你。你要是这样做的话,你现在就是我的爸爸了。"它想出了这个法子以后,就从那一口井里爬出来;而毕哩耶达梨舍那呢,却待在那里面望眼欲穿地等候恒迦多陀回来。等了很久以后,毕哩耶达梨舍那就对住在这口井里面另一个洞里的蜥蜴说道:"伙计呀!请你替我做一件事。因为你同恒迦多陀早就熟识了,请你到随便哪一个池子里把它找到,把我的话告诉它:'如果其他的虾蟆不一块来的话,即使你单身一个,也请赶快回来吧!没有你,我在这里住不下去了。如果我做了什么对不起你的事情的话,那么我这一辈子干的好事就都算是你的。'"听了它的话,蜥蜴立刻就找到了恒迦多陀,对它说道:"伙计呀!你的好朋友毕哩耶达梨舍那待在那里,眼睛望着你走来的路。你赶快回去吧!此外,如果它做了什么对不起你的事情的话,它把一辈子做的好事都送给你。你不必担心,同我一块回去吧!"恒迦多陀听了这话以后,说道:

> "肚子饿的人什么坏事干不成?
> 在苦难里的人们不懂什么同情。
> 好人哪!你告诉毕哩耶达梨舍那吧:

恒迦多陀不会再回到井中。[28]①"

这样说过以后,就把它送走了。

因此,你这个水里生长的坏东西呀!我同恒迦多陀一样,无论如何也不再回到你的家里去了。

海怪听了以后,说道:"喂,朋友呀!这样做是不对的。无论如何请你到我家去一趟,把我这个忘恩负义的罪名拿掉吧!不然的话,为了你的缘故,我就要绝食而死了。"猴子说道:"傻子呀!难道我竟像那一条叫作滥婆迦哩拿的驴子一样,明明看到了危险,自己还是到那里去,结果死掉吗?"海怪说道:"这一个滥婆迦哩拿是谁呢?它既然看出了危险,为什么还是死掉了呢?请你给我讲一讲吧!"猴子说道:

第二个故事

在某一个森林地带里,有一只狮子,名字叫作迦罗罗计娑罗。它有一个仆役,是一只名字叫作杜娑罗迦的豺狼,经常跟在它身后。有一回,狮子同一只大象打架,身上被戳的伤是这样厉害,它连一步都迈不开了。因为它不能动了,所以杜娑罗迦饿得脖子细长细长的,身体虚弱。有一天,它说道:"主子呀!我饿得要命,我连脚都抬不起来了。我怎样还能听你的命令呢?"狮子说道:"喂,杜娑罗迦呀!你去随便找一个动物吧,找到以后,即使我现在是这样子,我也要把它杀死。"听了这话,豺狼就寻找起来了;它走到附近的一个村子里,看到了一条名字叫作滥婆迦哩拿的驴子,在一个池塘边上,吃力地啃着少得可怜的豆哩婆草茎。它走到它跟前,说道:"舅舅呀!请你接受我的敬意!我们好久没有见面了,你的身体怎么这样不好呀?"滥婆迦哩拿说道:"喂,外甥呀!我有什么办法呢?那一个染匠一点好心眼都没有,他拼命让我多干活,这样来折磨我,给我吃的东西却连一把都不够。因为我只能在这里吃这些搀杂了一些尘土的豆哩婆草茎,我的身子决不会壮起来的。"豺狼说道:"舅舅呀!如果是这样的话,那么,有一个很可爱的地方,那里全是像翡翠一样的草,一条小河从中间流过;你到那里去吧,你可以住在那里,跟我一块说着美丽动人的词句来享受友谊的快乐。"滥婆迦哩拿说道:"喂,外甥呀!你说得对。但

---

① 参看本卷第14首诗。

是家畜是林子里野兽的牺牲品;那一个好地方又有什么用处呢?"豺狼说道:"不要这样说!我的胳臂形成了一座栅栏,把这个地方保护住了;因此什么人也不能到那地方去。但是,那地方却有三条没有丈夫的母驴,它们跟你一样给染匠折磨得不成样子。它们身体壮了,浑身充满了青春的活力,它们对我说道:'喂,舅舅呀!你不管到哪一个村庄里去给我们带回一个年貌相当的丈夫来吧!'因此,我就到这里来,把你带去。"滥婆迦哩拿听了豺狼的话以后,全身都为爱欲所苦,它说道:"伙计呀! 如果是这样的话,你在前面带路,我们俩赶快到那里去吧! 人们说得好:

除了美丽活泼的女人以外,

没有什么甘露,没有什么毒药;

跟她在一起就能够活下去,

没有了她,就会死掉。〔29〕"

它跟豺狼一块走到狮子那里去。狮子看到那一条驴呆头呆脑地来到了它一跳就能达到的地方,高兴得要命,纵身一跳,就扑上去;但是却跳得太远了,摔倒在地上。那一条驴子以为打下来的是金刚杵,心里想:"这是怎么一回事呀?"因为运气好,身上一点没有受伤。它向四下里一看,就看到那一个凶恶的眼睛红红的让人看了就害怕的以前从来没有见过的野兽,吓得要命,赶快跑进城去了。

豺狼就对狮子说道:"喂,你是怎么一回事呀? 我现在看到你的本领了。"狮子大吃一惊,说道:"喂! 我跳的时候没有做好准备;我现在怎么办呢? 如果我能扑到它的话,一只大象难道能逃掉吗?"豺狼说道:"现在你就待在这儿,做好跳跃的准备! 我再去把它带到你跟前来。"狮子说道:"伙计呀! 已经看到我吓得逃走了,它怎肯再回到这里来呢? 你还是另外找一匹野兽带来吧!"豺狼说道:"你操这个心干吗? 这是我应该注意的事情。"豺狼说完了,就顺着驴子走过的路走去,那一条驴子还在原来那地方晃来晃去哩。驴子看到了豺狼,就说道:"喂,外甥呀! 你带我去的真是一个好地方! 因为我运气好,我才幸免于死。你告诉我,那一匹异常凶恶的我在它的爪下幸而逃出来的野兽是什么东西呀!"豺狼听了这话,笑了一笑,说道:"舅舅呀! 那是一匹怀春的母驴,它看到你以后,爱你爱得要命,站起来想拥抱你;但是你因为胆小,就逃掉了。这里面根本没有什么别的花样。来吧! 它已经下了决心,为了你的缘故绝食死掉,它说:'如果滥婆迦哩拿不当我的丈夫,我就要跳入火内,或者投水,或者服毒。跟它分离,我受不了这痛苦。'因此,你可怜可怜它,就转回去吧!不然的话,你就会犯谋杀妻子的罪行,爱神会生你的气。常言道:

> 爱神手里那一颗女人之印①,
> 可以招致胜利,满足一切愿望;
> 有人想求得解脱,求得升天,
> 然而竟把这一颗印丢在一旁。
> 犯了这样的错误,很快变成和尚,
> 赤身露体,剃光了头,到处游逛;
> 或者身上披上红颜色的袈裟,
> 头发梳成绺,死人头盖带在身上。[30]"

听了它的话以后,它放了心,又同它一块走回来。常言说得好:

> 由于命运作祟,
> 一个人才明知故犯;
> 在这一个世界上,
> 谁喜欢把坏事去干?[31]

在这时候,这一条驴子给那一百种花言巧语蒙蔽住了,又走到狮子跟前来;这一回狮子已经做好跳跃姿势,一扑就把驴子杀死了。杀死驴子以后,它就派豺狼在那里看守着,自己到河里去洗澡。狮子离开以后,豺狼馋得要命,就把驴子的耳朵和心都吃掉了。狮子洗完了澡,按照常规办完了一切应该办的事情,就回来了。它看到驴子的耳朵和心都没有了,勃然大怒,对豺狼说道:"哈,你这个坏蛋呀!你为什么干这种坏事呢?你把驴子的耳朵和心都吃掉了,驴子就成了残羹剩饭。"豺狼恭恭敬敬地说道:"主子呀!不要这样说吧!这家伙根本没有耳朵和心呀!不然的话,它自己已经来过一次,看到了你因而吓得逃跑了,怎么竟会再转回来呢?常言道:

> 看到了你那可怕的样子,
> 它到了这里,又离开这里;
> 离开这里,竟然又再转回来,
> 它是一个没有耳朵和心的傻东西。[32]"

---

① 意思是,爱神手里有一件法宝,那就是女人。谁要是爱女人,谁就会得到各种好处。谁要是不爱,谁就会变成苦行僧人。

听了豺狼的话,狮子心平气和了,就把驴子分开来,心安理得地吃掉了。

因此,我说道:"我不是那一条驴子滥婆迦哩拿。"傻子呀!你设下了一个骗局,但是真相一暴露,就会像欲底湿提罗的骗局给人揭露一样被揭露。人们说得好:

> 一个笨骗子不顾自己的利益,
> 竟然把实话都全盘说出,
> 就像第二个欲底湿提罗一样,
> 他会得不到一点好处。[33]

海怪说道:"这是什么意思呢?"猴子讲道:

第三个故事

在某一个城市里,有一个陶器师。有一回,他喝醉了酒,又跑得飞快,一撞就撞到一个破陶器罐子的尖锐的棱上,跌倒了。陶器的碎片戳破了他的前额,血流了满身,他好容易才站起来。因为他没有好好地治疗伤口,它愈来愈厉害了。有一回,这个地方闹起饥荒来,他饿得挺瘦挺瘦的,就跟几个国王的臣仆一块逃到外地去,成为当地国王的臣仆。国王看到他前额上那一个非常难看的陶器片戳伤的伤口,心里想道:"这一定是一个勇敢的人,因此,他才伤在前额上。"这样想过以后,就向他致敬赐给他礼物等等,眼光直看着他,宠爱在一切人之上。那些王子们看到他这样受宠,非常忌妒;但是害怕国王,什么也不说。有一天,勇士们都集合起来了,大象都准备好了,马也驾上了,兵士们也都检阅过了;在这时候,大地的统治者就问这个陶器师道:"喂,王子呀!你叫什么呀?你生在什么地方呀?你的额上受伤,是在哪一次战争呀?"他说道:"陛下呀!我一下生就是一个陶器师,名字叫作欲底湿提罗。这并不是什么刀伤,而是这样子:有一回,我喝醉了酒,就在布满了陶器碎片的院子里到处乱跑,跌倒了,碰在一块陶器片上,于是就留下了这一个非常难看的伤口。"国王想道:"哎呀!这一个装出王子的样子的陶器师骗了我。给我掐住脖子摔出去!"正要这样做,陶器师说道:"陛下呀!不要这样做!你看一看在战场上我的手是多么灵巧!"国王说道:"喂!你是一个具备一切优点的宝贝;即使是这样,你还是滚开吧!因为常言道:

> 儿子呀!你勇敢,

有学问,又漂亮;

可是在你的族中,

永不会杀死大象。[34]"

陶器师说道:"这是什么意思呀?"国王讲道:

第四个故事

在某一个树林子里,住着一对狮子。有一回,母狮子生了一对小狮子。公狮子经常把鹿等等带给母狮子。有一天,它在树林子里转来转去,什么也找不到,而神圣的太阳神却已到了山顶上,就要落下去了。在回家的路上,它找到了一只小豺狼。"这还是个小家伙哩。"它心里这样想,可怜它,就用牙把它叼起来,小心翼翼地把它带回去,活着交给母狮子了。母狮子说道:"喂,亲爱的呀!你带回点吃的东西来没有呀?"狮子说道:"亲爱的呀!今天除了这一只小豺狼以外,我什么都没有捉到。我心里想:这个小家伙是我的同类,我没有把它杀死。常言道:

女人、婆罗门、苦行者和小孩子,

无论在什么时候,也不许杀死,

即使拼上自己的命也要这样做;

对那些恋恋依人的更应该如此。[35]

你现在就先把它吃掉解解饿吧!明天,我再带给你别的东西。"它说道:"亲爱的呀!你觉得它还小,没有把它杀掉;我为什么竟为了自己的肚子把它杀死呢?常言道:

不应该做的事情就不做,

丢掉了性命,也不在乎;

应该做的事情不能不做:

这就是永恒的规律。[36]

因此,就让它当我的第三个儿子吧!"这样说过之后,它就用自己的奶水奶它,结果它长得非常强壮。就这样,这三头小野兽就相亲相爱,一块玩耍,把时间消磨过去,它们并不知道,自己并不是一个种。有一天,一只在树林子里游来游去的野象来到了这地方。看到它以后,那两个小狮子勃然大怒,冲上去扑它,想把它杀死。豺狼的儿子于是就说道:"哎呀!这一只大象是你们这一族

的仇敌,你们不许走近它!"说完了,它就跑回家来了。那两个小家伙一看大哥泄了气,也没了劲。人们说得真对:

> 一个人下定决心战斗,
>
> 全军就会不屈不挠;
>
> 一个人表示泄了气,
>
> 全军就会跟着他逃跑。[37]

同样:

> 因此,那些国王们
>
> 就希望有这样的战士:
>
> 壮健、勇武、聪明、坚决;
>
> 不要那些胆小鬼,毫无斗志。[38]

兄弟俩回到家来以后,就笑着把它们大哥的举动告诉了父母,它们说道:"它看到了一只大象,老远就跑掉了。"它听到以后,心里面充满了怒气;它的嘴唇抖起来了,眼睛红起来了,额上皱起了三条皱纹;它用极恶毒的话骂它们俩。母狮子于是就把它拉到一边去,把它开导了一番:"孩子呀!以后不许再这样说话!它们是你的兄弟呀!"听了这样安抚的话,它更火了,对它说道:"难道我在勇气、风姿、灵巧、好学方面比它们俩差吗?它们为什么这样讥笑我呢?我一定要把它们俩杀死。"母狮子听了这些话,心里直笑,它想保全它的性命,就说道:

> "儿子呀!你勇敢,
>
> 有学问,又漂亮;
>
> 可是在你的族中,
>
> 永不会杀死大象。[39]①

因此,孩子呀!你仔细听着!你是一个豺狼的儿子,我可怜你,就用我的奶水把你奶大了。趁着我这两个儿子还小,不知道你是一只豺狼,你赶快离开这里,到你自己的同类中间去生活吧!不然的话,你就会被它俩杀死,走上到阴间去的道路。"它听了这话以后,心里吓得要命,就慢慢地走开,到自己的同类中间去了。

因此,在这些优秀的兵士知道你是个陶器师以前,你也赶快走开吧!不然

---

① 意思就是说,豺狼是一种没有出息的动物,并不像狮子一样,能够杀死大象。与本卷第34首诗同。

的话,他们就会辱骂你,把你打死。陶器师听了这话,赶快逃跑了。

因此,我说道:"一个笨骗子不顾自己的利益"等等①。呸,你这个傻瓜呀!你竟为了女人的缘故,干了这样的事情!人们无论如何也不要相信女人的。下面这一个故事讲得真好:

> 为了她,我离开了家,
> 寿命的一半也送掉;
> 她冷酷地丢弃了我:
> 谁还认为女人可靠?[40]

海怪说道:"这是什么意思呢?"猴子讲道:

第五个故事

在某一座城市里,有一个婆罗门。他有一个老婆,他爱她胜过爱自己的生命。可是她却经常同家里的人吵架,一刻也不停。婆罗门实在受不住这种吵闹了,为了爱自己的老婆,就带了她离开自己的家,到一个很远很远的国家去了。走到一片大森林里,女婆罗门说道:"好人哪!我渴得要命,请你到什么地方给我找一点水来喝吧!"听了她的话,他立刻就去了;当他拿了水回来的时候,他看到,她已经死了。他爱她爱得要命,就叹息起来;就在这时候,他听到空中有一种声音:"婆罗门呀!如果你把你自己的生命的一半交出来的话,你的女婆罗门就可以再活过来。"听了这话,婆罗门就澄心涤虑,连说了三遍,交出了自己生命的一半。话刚一说完,女婆罗门就活转来了。他们俩喝了水,吃了一些林子里找来的果子,就又上了路。他们慢慢地走到一个城门口的一座花园里,婆罗门对自己的老婆说道:"亲爱的!我去找一点吃的东西,你在这里等我回来!"说完了,他就走了。在这一座花园里,有一个瘸子;他在那里摇辘轳,他用天神般的声音唱了一个歌。听了这歌声,那女人为爱神的花朵的箭射中,就走到他跟前去,说道:"亲爱的呀!如果你不爱我的话,你就会犯谋杀婆罗门的罪行。"瘸子说道:"我这样一个残废人,能做些什么事情呢?"她说

---

① 参看本卷第33首诗。

道:"说这样的话干什么呢？我无论如何也要跟你睡觉。"听了这话以后，他就这样做了。狂欢以后，她说道:"从现在起，一直到我死，我把我自己整个地都交给你了。你知道了这一点，就跟我们一块来吧！"他说道:"就这样吧。"

婆罗门带着吃的东西，回来了，同她一块吃东西。她说道:"这一个瘸子饿了。也给他一点吃吧！"就这样做了，女婆罗门说道:"婆罗门呀！你没有什么伙伴，你一出门到乡下去，我连一个说话的人都没有。因此，我们把这一个瘸子带着走吧！"他说道:"我连自己都带不走，怎么能带这一个瘸子呢？"她说道:"我把他放在一个篮子里，带着走。"他的心给这些巧言花语弄糊涂了，答应了她，就这样做了。有一天，这个婆罗门靠在一口井边上休息，那个老婆一心迷恋着那瘸子，把他一推就推到井里去了。她就带了那瘸子走到某一座城市里去。在这里，国王派出来的人走来走去，到处巡逻，想防止偷税漏税。他们看到她头上顶着一个篮子，用武力把它夺过来，带到国王跟前去。国王一打开篮子，就看到那个瘸子。女婆罗门哭哭啼啼地跟在国王派出去的人的后面，也来到这里。国王问道:"这是怎么一回事呀？"她说道:"这是我的男人，他得了这样的病，又给一群家属所排挤，我心里充满了对他的爱，就把他扛在头上，带到你跟前来了。"国王听了这话，说道:"你是我的姊妹。我送给你两个村子，你就跟你丈夫痛痛快快地去享福吧！"

那一个婆罗门因为命不该死，给一个好人从井里救上来了；他东游西荡，也来到这一座城市里。那个恶毒的老婆看到了他，就到国王跟前去告状:"国王呀！那一个人是我丈夫的仇人，他到这里来了。"国王就下令要杀死他，他说道:"陛下呀！她霸占了本来属于我的东西。如果你爱正义的话，你就让她还给我！"国王说道:"亲爱的呀！如果你霸占了他的什么东西，就交还给他吧！"她说道:"陛下呀！我什么东西也没有霸占呀。"婆罗门说道:"我曾经连说了三遍，把我的寿命的一半送给了你，现在还我吧！"她因为害怕国王，就说了三遍:"我把寿命还给你！"说完，就死去了。国王大吃一惊，说道:"这是怎么一回事呀？"婆罗门就把事情的经过——告诉了他。

因此，我说道:"为了她，我离开了家"等等①。下面这个故事讲得真好：

　　谁要是受了女人的奉承，

　　什么不会干？什么不会给？

---

①　参看本卷第40首诗。

不是马竟会学马叫，

　　不在节日也把头来剃。[41]

海怪说道："这是什么意思呢？"猴子讲道：

第六个故事

　　从前有一个国王，名字叫作难陀，他以力量和勇敢著称，在他的脚凳上许多国王王冠上发出来的光辉布成了网，他的名声像秋月的光辉一样纯洁，他是周围环海的大地的主人。他有一个大臣，名字叫作婆罗噜质，精通一切经书的实质。大臣的老婆因为争风吃醋生了气。他想尽种种办法来安慰她，但是因为她被宠得不成样子，只是不听。丈夫说道："亲爱的呀！你告诉我，用什么方法才能使你满意呢？我一定照办。"于是她就勉强说了一句："如果你剃了头，跪在我的脚前，那我就会满意了。"他照办，她也就满意了。

　　难陀的老婆也同样生了气，虽然他努力向她讨好，她只是不满意。他于是就说道："亲爱的呀！没有你，我连一会儿都活不下去。我要跪在你脚前，求得你的欢心。"她说道："如果我在你嘴里放上一个嚼子，骑在你背上，赶着你跑，而你在跑的时候又像马那样叫，我就满意了。"他这样做了。

　　早晨的时候，婆罗噜质到国王那里去，国王正坐在大厅里。看到他以后，国王就问道："喂，婆罗噜质呀！不在节日，你为什么就把头剃光了呀？"他说道："谁要是受了女人的奉承，什么不会干？什么不会给？"①

　　因此，傻子呀！你跟难陀和婆罗噜质一样，也是一个老婆的奴隶。你听了它的话，就想尽心机谋害我；但是由于你自己胡说一通，竟泄露了机密。人们说得真对呀：

　　　　鹦鹉和老鸹被人捉住，

　　　　就因为它们说话灵巧；

　　　　白鹭不说话没人去捉，

　　　　沉默对一切事情都好。[42]

同样：

　　　　驴蒙上了一张虎皮，

---

①　参看本卷第41首诗。

看上去非常可怕；

它不慎发出了声音，

终于还是为人所杀。[43]

海怪说道："这是什么意思呢？"它说道：

第七个故事

在某一座城市里，有一个洗衣匠，名字叫作叔陀钵吒。他有一条驴，因为缺少食物，瘦弱得不成样子。当洗衣匠在树林子里游荡的时候，他看到了一只死老虎。他想道："哎呀！这太好了！我要把老虎皮蒙在驴身上，夜里的时候，把它放到大麦田里去。看地的人会把它当作一只老虎，而不敢把它赶走。"他这样做了，驴就尽兴地吃起大麦来。到了早晨，洗衣匠再把它牵到家里去。就这样，随了时间的前进，它也就胖起来了，费很大的劲，才能把它牵到圈里去。

有一天，驴听到远处母驴的叫声。一听这声音，它自己就叫起来了。那一些看地的人才知道，它原来是一条伪装起来的驴；就用棍子、石头、弓箭把它打死了。

因此，我说道："驴蒙上了一张虎皮，看上去非常可怕"①。正当它跟它说话的时候，一个水里的动物走了来，说道："喂，海怪呀！你的老婆绝食饿死了。"它听了以后，心里乱成一团，诉苦说道："哎呀！我这个倒霉的家伙是遇到一些什么事情呀！常言道：

家里面如果缺少了母亲，

缺少了说话好听的老婆，

他就应该到旷野里去：

他的家跟旷野差不多。[44]

因此，朋友呀！不管我做了什么对不起你的事情，都请你原谅吧！同它分离，我要跳到火里去了。"听了这话，猴子就笑起来了，说道："喂！我一眼就看出你是一个怕老婆的给老婆制服了的家伙；现在我又得到了证明。你这个傻子呀！虽然你喜事临头，你却愁眉苦脸；死了这样一个老婆，应该庆祝一下的。

---

① 参看本卷第43首诗。

因为常言道：

> 一个女人行为不端，
> 又专喜欢闹纠纷；
> 聪明人就应该把她
> 看作是老丑的化身。[45]
> 因此，谁要是为自己好，
> 他就应该尽最大的努力，
> 不但是女人本身，
> 连她们的名字也不提起。[46]
> 心里想的，到不了舌头上；
> 舌头上有的，不会说出来；
> 说出来的，她们也不照办：
> 女人的脾气真有些奇怪。[47]
> 再多说女人的坏处，
> 还有什么意思？
> 连肚子里怀的儿子，
> 她们都会杀死。[48]
> 对粗野的女子表示温柔，
> 对不知风情的表示爱恋，
> 对无情无意的表示情意：
> 只有年轻的男孩才这样干。[49]"

海怪说道："喂，这是对的！但是我怎么办呢？我现在是双重倒霉：一方面，我的家庭完蛋了；另一方面，又同朋友闹翻。受到命运打击的人实在就是这样子。因为常言道：

> 不管我是多么狡猾，
> 你的狡猾加倍胜过我；
> 情人丢了，丈夫也丢了：
> 你赤身露体地看些什么？[50]"

猴子说道："这是什么意思呢？"它说道：

第八个故事

在某一个地方,住着一对农民夫妇。农民的老婆因为自己的丈夫年纪大了,总是想勾引别人,无论如何也不安于室,她只对别的男人感兴趣。有那么一个流氓,偷了别人的财物;他看到了她,说道:"好人哪!我死了老婆;看到了你,我为爱情所苦。因此,请你把你的全部爱情都赠给我吧!"她于是就说道:"喂,好人哪!如果是这样的话,那么:我的丈夫有很多钱;他现在老了,动不得了;我现在去拿那些钱,拿了回来,我跟你一块到别的地方去,共同享受爱情的幸福。"他说道:"这我觉得很好。你明天早晨,赶快到这地方来,我好同你一块到一个美丽的城市里去,好好地享受一下人生。"她同意地说:"就这样吧!"满面笑容地回到自己家里去了;在夜里,当她丈夫睡着了的时候,她拿了所有的财物;第二天天一亮,她就到了约定的地方。那个流氓让她走在前面,向着南方走去。就这样,他兴高采烈地享受着说话的幸福;走了两由旬,流氓看到前面有一条河,心里想道:"这个女人已经半老了,我拿她怎么办呢?而且,说不定什么时候,有人会追了她来。这样一来,我就会倒了大霉。我只把她的钱拿过来,自己走掉好了。"

他这样想过以后,就对她说道:"亲爱的呀!这一条大河不容易过。因此,我想先把我们的财物送到对岸去,然后再回来,把你一个人驮在肩上,平平安安地扛过河去。"她说道:"好人哪!就这样办吧!"她这样说过之后,他就把所有的财物都拿了过来,又说道:"亲爱的呀!你把你上身和下身的衣服也都给我吧,好让你无忧无虑地到水里去!"她这样做了,流氓就拿了财物和上下身的衣服到他自己想好的那一个地方去了。

她把两只手放在脖子上,心神不定地坐在河岸上,在那里待着;正在这时候,来了一个母豺狼,嘴里叼着一块肉。来到以后,它四下里一瞧,就看到一条大鱼从水里跳出来,离开水躺在河岸上。它一看到鱼,就吐出了那块肉,跑上去捉那一条鱼。正在这时候,有那么一只老鹰从天空里冲下来,叼了那一块肉,又飞走了。那一条鱼呢,一看到母豺狼走过来,就也跳到水里去了。那一只母豺狼白忙了一阵,瞪着眼看那一只老鹰飞走;赤身的女人就笑着对它说道:

"肉给老鹰叼走了,

鱼又跳到水里去；

　　母豺狼呀！你丢了鱼肉，

　　还有什么可看呢？[51]"

母豺狼听了这话，因为它已经看到这女人丢了丈夫、财物和情人，就嘲笑她道："不管我是多么狡猾，

　　你的狡猾加倍胜过我；

　　情人丢了，丈夫也丢了：

　　你赤身露体地看些什么？[52]①"

　　正当它这样讲着故事的时候，又来了一个水生动物，对它说道："哎呀！你的房子给一个大海怪占据了！"它听了这话，心里非常难过；它要想一个法子，把那家伙从自己房子里赶出去："哎呀，你们看吧！命运是怎样同我作对呀！因为：

　　朋友已经成了仇敌，

　　老婆也已经饿死，

　　房子又给别人抢走：

　　今天还会发生什么事？[53]

人们说得真对呀：

　　哪里有空子，哪里就挤满了坏事。

我要同它打架呢，还是用好言好语劝它退出了我的房子，或者离间它，贿赂它？我还是问一问我那位猴子朋友吧！常言道：

　　在做一件事情以前，

　　问一下值得问的朋友的意见，

　　做的无论是什么事情，

　　都不会碰到任何困难。[54]"

它这样想过以后，就去问猴子，这时候猴子已经又爬到阎浮树上去了。"喂，朋友呀！你看我够多倒霉！现在连我的房子也给一个有力量的海怪霸占去了。因此，我才来问你。请你告诉我：我应该怎么办？在以甜言蜜语为首的那些方法中，究竟应该用哪一个方法呢？"它说道："喂，忘恩负义的家伙呀！

---

① 参看本卷第50首诗。

我已经禁止了你,你为什么又跟在我后面来了?我决不会给你这样一个傻瓜出任何主意。因为常言道:

> 不能随便给什么人
>
> 就把主意来琢磨;
>
> 看吧! 一个傻猴子
>
> 竟破坏了鸟的窝。[55]"

海怪说道:"这是什么意思呢?"它说道:

第九个故事

在某一个树林子里,住着一对鸟,它们在树枝上搭了一个窝。有一回,在磨祛月里,在不应该下雨的时候,竟下了雨,一只猴子给雨淋得一塌糊涂,身子在冷风里发抖,它来到这树底下。它嘴里牙敲得直响,狼狈不堪,把手脚都缩在一起;母麻雀动了怜悯之心,对它说道:

> "你有手,也有脚,
>
> 看起来就像是人类;
>
> 你为什么不盖一座房子,
>
> 竟在寒风里受罪?[56]"

它听了这话以后,想道:"哎呀! 这一个生物世界上的东西都是自我陶醉,连这一只倒霉的麻雀也这样自高自大。人们说得真对:

> 在哪一个人那里,
>
> 找不到骄傲自大?
>
> 鹧鸪睡觉脚向上翘,
>
> 它害怕天会塌下。[57]"

它这样想过之后,就对它说道:

> "你这尖舌头! 你这坏蛋!
>
> 你这寡妇! 你这甜嘴的老婆!
>
> 你赶快闭上你的鸟嘴!
>
> 不然我就要拆掉你的窝。[58]"

虽然它已经禁止了它,但它仍然再三麻烦它,劝它搭一个窝;它于是就爬上树去,把它的窝撕成碎片,彻底破坏了。

因此，我说："不能随便给什么人就把主意来琢磨。"①

海怪听了这话，说道："喂，朋友呀！虽然我对不起你，但仍然请你想到我们的老交情，给我出一个好主意吧！"猴子说道："我什么也不告诉你。你听了老婆的话，就把我带到海里去，想把我丢下水去。即使你非常爱你那老婆，你难道就应该把自己的朋友、亲戚等丢到海里去吗？"听了这话以后，海怪说道："伙计呀！如果是这样的话，你要想到，七步之后②，就可以结成友谊；你还是给我出一个好主意吧！常言道：

>有些人为了别人好，
>出了许多好的主意；
>在这个和那个世界，
>他们都不会遇到晦气。[59]

因此，即使我犯下了罪，你还是加恩于我，给出一个主意吧！常言道：

>对恩人表示好感，
>那又有什么功德？
>对污辱者表示好感，
>好人认为这真是美德。[60]"

听了这话以后，猴子说道："伙计呀！如果是这样的话，那么你就到那里去，跟它去打架吧！因为常言道：

>同高于自己的人周旋要卑躬屈膝，
>同英雄们打交道就要挑拨离间，
>同低于自己的人周旋要用贿赂，
>同跟自己平等的人周旋就要蛮干。[61]"

海怪说道："这是什么意思呢？"它说道：

第十个故事

在某一座森林里，有一个豺狼，名字叫作摩呵遮杜罗迦。有一回，它在森林里找到了一只自己倒毙的大象。可是尽管围绕着它转来转去，总是没有法

---

① 参看本卷第55首诗。
② 两个人一块儿走上七步，就可以结成朋友，表示友谊很快就可以建立的意思，有点像中国的七步成诗。也有人把这个字解释成"说上七句话，就可以结成朋友"。

子撕破它那坚硬的皮。

这时候,有一只东游西荡的狮子来到了这个地方。它看到它来了,就用头顶上装饰品的角去碰地,双手合十,恭恭敬敬地说道:"主子呀!我是给你扛棍子的,现在给你看守着这一只大象。就请主子来享用吧!"于是狮子说道:"喂!别人杀死的东西,我从来不吃。因此,我就把这一只大象赐给你吧!"听了这话以后,豺狼就很高兴地说:"主子这种对奴才的态度是很对的。"

狮子走了以后,来了一只老虎。看到它以后,豺狼想道:"那一个坏东西我恭恭敬敬地打发走了;现在这一个怎样打发走呢?如果不用挑拨离间的办法,这一位英雄是打发不走的。常言道:

> 如果好言好语用不上,
> 也没有法子去贿赂;
> 就应该挑拨离间,
> 这办法能使人屈服。[62]

而且,挑拨离间可以使所有的东西都就范。常言道:

> 生在(蚌壳)里面的封藏起来的、
> 圆圆的很美丽的一颗珍珠,
> 如果从中间穿上一个洞,
> 就能够用绳子来约束。①[63]"

它这样想过以后,就向老虎走去,脖子高高地挺起来,慌慌张张地对它说道:"舅舅呀!你为什么到这里来寻死呢?这一只大象是给一只狮子杀死的。它让我在这里看守着,自己洗澡去了。在它走的时候,还命令我说:'如果有什么老虎来到这里,你就偷偷地来告诉我,我好把这个树林子里的老虎都杀尽。因为,从前我杀死了一只大象,一只老虎先来吃,吃剩了才留给我。从那一天起,我就生老虎的气。'"老虎听了这话,大为惊慌,说道:"喂,外甥呀!你救我一命吧,即使它好久以后才回来,你也别告诉它,我到这里来过。"这样说完了,它就赶快逃跑了。

老虎走了以后,来了一只豹子。看到它以后,豺狼想道:"豹子这家伙牙

---

① 珠子又圆又滑又硬,是极不容易对付的。但是,只要在上面穿上一个洞,用绳子一穿,它就听人们摆布了。

很厉害。因此,我要利用它把象皮撕开。"这样决定之后,它就对它说道:"喂,外甥呀! 为什么我好久没有看到你呢? 你看起来饿得很厉害。因此,我要请你的客。常言道:

  在(祭祀)中间来的就是客人。

这里躺着的这一只大象,是狮子杀死的;它命令我来看守着。但是在那家伙回来之前,你仍然可以吃一点象肉,吃饱了,就赶快逃走。"它说道:"舅舅呀! 如果是这样的话,我还是不吃这肉吧。因为:

  活着的人看到一百种幸福。

因此,什么东西能消化,才吃什么东西。我还是离开这里吧。"豺狼说道:"喂,你这个泄气的家伙! 你就放心大胆地吃吧! 狮子如果回来,老远我就会告诉你。"豹子照办了;当豺狼看到皮已经撕透了的时候,它就说道:"喂,外甥呀! 走吧,走吧! 狮子回来了。"豹子听了这话,就赶快跑掉了。

  正当它利用豹子撕开了的裂口吃肉的时候,另外一只怒气冲冲的豺狼走了来。它看到,这家伙的劲同自己差不多,对着它就冲上去,嘴里念着那一首诗:"同高于自己的人周旋要卑躬屈膝"等等①,用自己的牙把它咬破,把它赶得四下里乱跑,以后就在长时期内,心满意足地吃大象的肉。

  你也应该这样把你那同族的敌人在战斗中打倒,把它赶得四下里乱跑;不然的话,它一扎下根,你就要倒霉了。因为常言道:

  母牛可以给人们好吃的东西,
  婆罗门就只会禁欲苦行,
  亲属会给人们带来危险,
  女人们总是犹疑不定。[64]

人们也曾听说:

  异域有很多好吃的食品,
  有柔弱的城市中的女人;
  但是那里却有一个缺点:
  在那里自己互相闹纠纷。[65]

海怪说道:"这是什么意思呢?"猴子说道:

---

① 参看本卷第 61 首诗。

第十一个故事

在某一座城市里,有一条狗,名字叫作质多楞迦。在这里爆发了一个持续很久的灾荒。由于没有东西吃,狗等等都开始死掉了。质多楞迦脖子饿得细长细长的,害怕饿死,就逃到另外一个地方去了。在这里,在某一个城市里,由于某一家主妇的疏忽大意,它天天闯到她家里去,吃各种各样的食品,吃得大饱而特饱。但是,一离开这房子,外面那一些高傲的狗就把它从四面八方围起来,用牙把它浑身都咬破。于是它就想道:"还是家乡好,在那里,虽然挨点饿,还是过得挺痛快,也没有狗跟你打架。因此,我还是回家去吧!"它这样想过以后,就回到自己那城市里来了。

它从远方回来以后,它的亲属就问它道:"喂,请你说一说,那地方怎么样呀?那里的人干吗呀?他们吃什么东西呀?那里的风俗人情怎么样呀?"它说道:"异域有什么好谈的呢?有各种各样的好吃的食品,等等。"①

听了它的好主意以后,海怪下定了必死的决心,同猴子告别,回到自己家里,同闯入它家中的强盗战斗,靠着自己那种顽强的斗志,把它杀掉,夺回自己的房子,痛痛快快地在里面住了很久。

这话说得真对呀:

> 如果不用自己的勇气去获得幸福,
> 那种软绵绵的愉快有什么用处?
> 连一只小鹿都能够得到草吃,
> 只要命运肯对它加以照顾。〔66〕

叫作《已经得到的东西的丧失》的第四卷书到这里为止,它的第一首诗是:

> 东西已经拿在手里,
> 听了几句好话就丢弃;
> 傻子就是这样受人愚弄,
> 正如海怪为猴子所欺。〔4〕②

---

① 参看本卷第65首诗。
② 与本卷第1首诗同。

第五卷　不思而行

吉祥！

在这里开始了叫作《不思而行》的第五卷书，它的第一首诗是：

没有看好，没有了解好，

没有做好，没有观察好，

这样就不应该贸然下手，

像那个理发师那样急躁。〔1〕

国王的儿子们问道："这是什么意思呢？"毗搜纽舍哩曼讲道：

在南方，有一座城市，名字叫作波吒厘子城①。这里住着一个商主，名字叫作摩尼婆多罗。他履行道德、职业、爱情、解脱等方面的职责；由于命运作祟，他丧失了财产。由于丧失了财产，他也就不断地受人轻视，他沉痛万分，在夜里想道："哎呀，呸，这一股穷劲！"因为常言道：

性格高贵、诚实、谨慎、

慷慨仁慈、和蔼、出自名门：

所有这一些优美的品质，

没有钱的人都没有份。〔2〕

自尊心、骄傲，或者认识，

文雅，或者健全的理智：

如果一个人丢掉了财产，

这一切一下子都会消逝。〔3〕

如果天天总是愁米愁面，

连聪明人的理智也会消散；

---

① 中国古代也译作"华氏城"，就是现在的巴特那。

正像是和暖的春风一吹，
　　就会赶走银光灿烂的冬天。[4]
　　连绝顶聪明的人理智也会消散，
　　如果他丢掉了自己的财产；
　　他为奶油，为盐，为油而发愁，
　　又愁着没有米吃、柴烧、衣服穿。[5]
　　即使他们就住在我们眼前，
　　那些没钱的人我们也看不见；
　　就好像是水里面的那些水泡，
　　它们忽出忽没，流转变幻。[6]
　　人们并不讥笑河水之神说他讨厌；
　　即使他流动的声音像雷鸣一般。
　　那些已经满足了的人们所做的事，
　　没有哪一件会使得他们丢脸。①[7]

他这样考虑过以后，又想道："因此，我还是绝食死去吧。这样活着毫无益处，我还受这个罪干吗呢？"他这样下了决心以后，就睡着了。

在他睡梦中，莲花宝②化成一个游方僧的样子，来到他眼前，说道："喂，商主呀！不要这样悲观失望吧！我是莲花宝，是你的祖先们收藏起来的。明天我就要以这个姿态到你家里来；你要用棍子照着我头上当头一棒，那么我就会变成不会消灭的金子。"

他第二天早晨起来以后，就回想夜里的梦："哎呀！这一个梦是真的呢，还是假的呢？人们不知道。它一定是假的，因为我日日夜夜想到的只是钱。因为常言道：

　　有病，有苦恼，发愁，
　　患相思病，喝醉了酒：
　　这一些人所做的梦，
　　终归会是子虚乌有。[8]"

正在这时候，一个理发师来给他老婆修剪指甲。当他正在修剪的时候，那一个

---

① 意思就是，只要有钱，随心所欲，干什么坏事都行。
② 财神的九宝之一。

游方僧突然出现了。摩尼婆多罗看到他以后,心里很高兴,拿起旁边的一根木头棍子,当头打去:他也就立刻变成一堆金子,倒在地上。

商人于是就把他放到屋子里去,给了理发师一些钱,让他也满意,并且说道:"伙计呀!在我房子里发生的这事情,不要对任何人说!"理发师同意了他的话,就回家去了,他心里想:"所有的这一些游方僧,如果人们用棍子当头一打的话,一定都会变成金的。因此,明天我也邀请一大群来,用棍子打死他们,我好得到许多金子。"他这样胡思乱想,好容易熬过这一天一夜。

第二天早晨,他起来以后,就到游方僧住的庙里去了;他献上了一件游方僧穿的外衣,绕着耆那①向右转了三周,双膝跪在地上,把外衣的角放在自己的嘴里,双手合十,高声念了下面一首诗:

> 耆那们万岁万岁,
> 唯一的真理在他们心中藏;
> 叫作存在的那一些种子,
> 他们的智慧使它不再生长。[9]

另外:

> 赞美耆那的是舌头,
> 一颗心向他奉献;
> 只有合十致敬的双手,
> 值得我们颂扬称赞。[10]

他用这样的还有其他的诗歌颂了耆那以后,就走到第一个游方僧跟前,用膝盖和脚跪在地上,说道:"我向你致敬,我问候你!"游方僧为他祝福,希望正法广被,他也得到允许,可以完成誓愿②;然后他说道:"尊者呀!当你今天在所有的苦行者前呼后拥之下出去行乞的时候,你一定要到我家里去!"他说道:"喂,居士呀!你是知礼明法的,怎么竟说出这样的话呢?你请我们,难道我们是婆罗门吗?因为,我们出去行乞,如果需要什么,我们看到哪一个虔信的居士,就到哪一家去。因此,你走吧!不要再说出这样的话!"理发师听了这话,说道:"尊者呀!我知道,我也会这样做。但是,有很多的居士向你致敬;

---

① 义云"胜利者",是耆那教创始人大雄的另一个尊号。他生存的时代同佛教创始人释迦牟尼差不多,两教的教义也有很多相同的地方。这里谈到利用智慧来跳出轮回,消灭存在,这种思想佛教教义里也有。

② 原文含义隐晦。

我们也已经把一些破衣服片子弄平,准备用来包装书籍;我们也准备好了抄写书籍的钱。因此,你一定要做这个时候必须做的事情!"说完了,他就回家去了。

到了家以后,他准备好了一些褐地洛木头制成的棍子,放在门洞里的一个角落里,等到打过半更①的时候,他又到庙门口那里去等。于是他请求了首座和尚,把依次而出的所有的和尚都邀到自己家里来了。所有的和尚也都极想得到一点布,一些钱;他们连那些虔诚的、熟识的居士也都丢开不管了;都兴高采烈地跟在他后面。人们说得实在对:

连一个寂寞孤独的人、没有房子的人、
用手当杯子的人、拿天当衣服的人,②
连他们在这个世界上都会为贪欲所苦,
请你看一看这一个稀有的奇闻![11]

于是理发师就把他们带到房子里来,用棍子打他们。有一些当场给打死了,剩下的给打破了头,大声喊叫。正在这时候,管理城防的人听到叫声,说道:"喂,在城里面,这是一种什么混乱的叫声呢?我们去看一看吧!"这样说着,他们就都急急忙忙地跑来看了,他们看到那些和尚身上流满了血,从理发师的房子里,跑出来;他们问道:"喂!这是怎么一回事呀?"他们一五一十地把理发师干的事都如实地讲了出来。于是这些人就用结实的绳子把理发师捆了起来,带着那些幸而没有死的和尚,到法庭上去。法官问他道:"喂,你干的事多么糟糕呀!"他说道:"哎呀!我怎么办呢?"说完了,就把摩尼婆多罗的故事告诉了他们。

他们派了一个人去找摩尼婆多罗。他去了,把摩尼婆多罗找了来。他们问他道:"喂,商主呀!你真杀死了一个和尚吗?"他于是就把那一个和尚的故事从头至尾讲了一遍。他们说道:"哎呀!这个可恶的理发师没有观察好,把他放在木桩上处死!"

这样做了以后,他们说道:

"没有看好,没有了解好,
没有做好,没有观察好,

---

① 等于一个半小时,就是一天一夜的八分之一,换句话说也就是三小时。
② 原文直译就是"天衣",意思是浑身上下一丝不挂;但是他也并不是没有衣服,他的衣服就是天。耆那教创立以后,逐渐分化为两派:一派是穿白衣服,就叫白衣派;一派就是天衣派。

这样就不应该贸然下手，
　　像那个理发师那样急躁。"[12]
人们说得好：
　　没有观察好，就不要去做！
　　观察好了，才能去实行。
　　否则，以后就要后悔，
　　正如女婆罗门与埃及獴。"[13]
摩尼婆多罗说道："这是什么意思呢？"他们说道：

第一个故事

　　在某一个城市里，有一个婆罗门，名字叫作提婆舍哩曼。他的老婆生了一个儿子和一只埃及獴。由于母爱，她像对待自己的儿子一样，也给这一只埃及獴奶吃，给它涂油、洗澡。但是，她却想道："这天生就是坏东西，说不定什么时候它会伤害自己的儿子。"因此就不相信它。人们说得好：
　　即使是一个坏儿子，
　　也能使父母心里欢喜；
　　即使他不知礼貌、丑陋、
　　愚痴、放荡，又乖僻。[14]
有一天，她把自己的儿子放在床上，放好了，拿了水罐子，对丈夫说道："喂，老师呀！我去取水去了，你看着孩子，不要让埃及獴伤了他！"她离开了以后，婆罗门也离开了自己的家，到什么地方去行乞。

　　正在这时候，由于命运的捉弄，一条黑蛇从洞里爬出来，向着小孩子的床爬去。埃及獴认出了自己的天生的敌人，害怕它会伤害自己的兄弟，在半路上向它扑去，同黑蛇战斗了一场，把它撕成碎片，抛到远处去。做了这一件英勇的事情，自己很高兴，就带着满脸的血，去迎母亲，想向她报告自己的事迹。母亲看到它满脸鲜血十分激动地跑了来，心里想："我的小儿子一定是给这个坏东西吃掉了。"不由得勃然大怒，丝毫也没加考虑，就把水罐子对着它摔过去。给水罐子一打，埃及獴就死去了；她根本没有再管它，就回家去了：小孩子照样躺在那里，在床前她看到一条粗大的黑蛇被撕成了碎片。没有仔细考虑，就把那舍己为人的儿子杀掉，她心里非常难过，她打自己的头、胸膛等等地方。正在这时候,婆罗门不知道从什么地方乞到了一点大米粥,也回到家来了。他四下里一看,看到女婆罗门为自己的儿子伤心,她说道:"喂,喂!你只贪图一点东西,就不照着我说的去做;你现在就尝一尝你自己那恶行的树上所结的痛苦的果实:儿子的死亡的味道吧!说实话,贪得无厌到盲目的人们,都会得到这样的报应。因为常言道:

  不应该过分贪得无厌,
  但是贪心也不能完全摒除:
  在一个贪心不足的人的头上,
  有一个车轮子在跳舞。[15]"

婆罗门说道:"这是什么意思呢?"女婆罗门讲道:

第二个故事

  在这里,在某一个地方,住着四个婆罗门,他们彼此结成了亲密的友谊。他们穷得要命,彼此商量道:"呸,这穷日子真难过呀!常言道:
  如果他们一文钱都没有,
  即使有权利趾高气扬,
  他们服务得无论怎样好,
  也得不到主子的称赏;
  好亲戚蓦地把他们丢掉,
  自己的美德放不出光芒;
  儿子们都掉头不顾,
  倒霉的事一场接一场,
  出身寒微的老婆不爱自己,
  朋友也一个个都走光。[16]

还有:
  英勇、漂亮、美丽、能说会道、
  又精通各种各样的经典书籍,
  可是如果他一个钱都没有,
  他在人世上也学不到技艺。[17]

因此,宁愿死掉,也不愿受穷。常言道:

'朋友呀！请你站起来吧！
　　担一会儿我这贫穷的重担！
　　我想尝一下死亡赐给你的幸福，
　　我挣扎了很久，我有点疲倦。'
　　一个走向墓地的穷人这样说，
　　但是死去了的人却躺着不动；
　　因为他已经清清楚楚地看到；
　　死亡远远地胜过了贫穷。[18]

因此，人们必须努力弄钱。常言道：
　　只要手中有钱，
　　没有什么事情办不成；
　　聪明人必须加倍努力，
　　为金钱而拼命。[19]

人们利用六种方式可以获得金钱，这就是：行乞、给君王听差、种地、读书、担任公职和做生意；但是，在所有的方式之中，只有做生意可以毫无限制地获得金钱。常言道：
　　行乞会给老鸹吃掉，
　　君王的心思变幻不定，
　　种地异常艰难困苦，
　　念书对老师毕恭毕敬，
　　这一股穷劲也不好受；
　　别人的钱要自己管理；
　　哎呀，我说一句实话吧：
　　什么生活也赶不上做生意。[20]

做生意有七种方法可以赚钱，这就是：使用假尺和假秤，虚报价钱，接受典当的物品，来了熟主顾，做团体的生意，买卖香料和输入外国货物。常言道：
　　有时候量得多，有时候少，
　　经常在熟主顾面前耍花招，
　　对别人谎报货物的价钱：
　　这些花样，商人样样缺不了。[21]

另外：

如果有人到大商主家里把款来存，
他就经常去祷告自己的保护神：
'但愿这个存款的人死了吧！
我会向你奉献祭品表达寸心。'[22]

同样：

如果有一个团体委托他做生意，
大商主心里就会欢欢喜喜：
'我已经得到了满是财富的大地，
我还要别的什么东西呢？'[23]

还有：

香料是商品的中坚，
金子等等和我们有什么相干？
只花一个钱买进来，
一转手就可以卖上一千。[24]

从外国运货物进来，只有阔人才办得到。常言道：

有一些人家财万贯，
而且又声名远扬；
他们利用金钱捉取金钱，
正如利用大象捕获大象。[25]
擅长做买卖的人，
旅行到了外地，
他们努力经营，
二倍三倍地获利。[26]

还有：

十分害怕出远门，
异常懒惰又疏忽，
这样就会死在故乡：
老鸹、懦夫和小鹿。[27]"

他们这样考虑过以后，就下了决心，到远方去。他们离开了自己的家和朋友，四个人一起出发了。人们说得实在好：

忘记了诺言，

丢掉了亲眷，
　　离开了母亲，
　　抛弃了家园，
　　走到了这地方，
　　处在生人中间：
　　除非财迷了心窍，
　　谁会这样干？[28]

就这样,他们慢慢地来到阿般提地区。在这里,他们在实钵刺的水里洗过澡,向尊神摩呵迦罗①致过敬,又向前走去。正走着,迎面遇着了瑜伽行者之王,名字叫作俾罗婆难陀。他们都用婆罗门常用的礼节向他致敬,然后跟他一块到他的庙里去。瑜伽行者于是问他们道:"你们是从哪里来的呀？你们想到哪里去呢？你们想干什么呢？"他们说道:"我们想找一个谋生的方法。我们想到一个地方去,在那里,要么就是发财,要么就是死。我们已经下定决心了。常言道：

　　水有时候会从天上落到沟里，
　　有时候也会从地面上升起；
　　命运变幻不定,力大无穷，
　　人们的作为不也具有大威力？[29]

同样：

　　人们能达到自己的目的，
　　完全是靠自己的努力；
　　你所谓命运也是人类的本质，
　　实际上就是不能预见的东西。[30]
　　轻松愉快,不让筋骨劳苦，
　　在这里就不会得到什么幸福；
　　杀死摩图②的人拥抱幸运女神③，
　　他的胳臂由于搅海累得一塌糊涂。[31]④

---

① 大神湿婆法身之一,代表的是破坏者的湿婆。
② 两个阿修罗之一,他是给毗湿奴杀死的。这里所谓杀死摩图的人,就是指的毗湿奴。
③ 中国古代译为"吉祥天"。
④ 搅海的故事,在古代印度神话里有过多次的演变。根据《梨俱吠陀》所述,神仙们和恶魔们为了找寻甘露,就来搅海。幸福女神就从海中的泡沫里随了其他许多珍贵的东西跳了出来,成了毗湿奴的老婆。她手里拿着一支莲花,因此她也被称作钵特摩(莲花)。

因此,请告诉我们一个赚钱的方法:进入地狱、压服舍吉尼①、住在墓地上、出卖人肉等等。人们都听说,你有大神通,我们呢,我们有大勇气。常言道:

只有伟大的东西,

才能把伟大的事来做;

除了大海以外,

谁还能驮起地中烈火?〔32〕"

他觉得,他们配得上当他的学生,他就做了四条魔术灯芯,给每人挂上一条,说道:"你们到喜马拉雅山北边去吧!在哪里落下了一条灯芯,在哪里就一定有财宝。"

他们就这样走去了。走在最前面的一个人的灯芯落到地上去了,他就在这个地方挖下去,地里面全是紫铜。他于是就说道:"好吧!你们就随便拿这些铜吧!"别的人说道:"喂,你这个傻家伙!拿这个有什么用呢?有上一大堆,也赶不掉穷气。站起来吧!我们还是往前走吧!"他说道:"你们请走吧!我不再向前走了。"这样说过以后,他就拿了铜,首先回头走了。

剩下的三个人又向前走去了。只走了很短的一段路,走在最前面的人的灯芯掉下去了;他就在这个地方挖下去,地里面全是银子。他兴高采烈地喊道:"喂!你们随便拿这些银子吧!我们用不着再往前走了。"另外两个人说道:"喂,傻子呀!在我们后面,地里面全是紫铜;在这里,地里面全是银子。在我们前面,地里面一定全是金子。有上一大堆这个东西,反正还是赶不掉穷气。"他于是说道:"你们俩请走吧!我不再往前走了。"说了这几句话以后,他就拿了银子,回头走了。

两个人又向前走去。一个人的灯芯掉下去了;他就在这个地方挖下去,地里面全是金子。看到了金子,心里很高兴,对另外那一个人说道:"喂,随便拿这些金子吧!没有再比它更好的东西了。"他说道:"傻子呀!最初是紫铜,后是银子,现在又找到了金子:这你难道不知道吗?以后一定会找到宝石。因此,站起来吧!我们俩再往前走!要这金子干吗呀?有上一大堆,也是累赘。"他说道:"你请走吧!我留在这里等你吧!"

他一个人向前走去了;他的身体给夏天的太阳光晒焦了,他的心思渴得混乱了,他在走向魔地的路上来回地徘徊。正当他这样徘徊的时候,他在高坡上

---

① 服侍女神杜哩迦的一种女妖。

看到一个人,头顶着一个轮子滚来滚去,身上涂满了血。他赶快跑过去,对他说道:"喂,你为什么头上顶着一个滚来滚去的轮子站在那里呢?请你告诉我,什么地方能够找到水,我实在渴坏了。"

正当他说话的这一刹那,那一个轮子就从那个人的头上滚到这个婆罗门的头上来了。他说道:"伙计呀!这是怎么一回事呀?"另一个人说道:"它也就是这样滚到我头上来的。"他说道:"那么就请告诉我,它什么时候才再滚下去呢?我痛得要命。"他说道:"什么时候有人,像你一样,手里拿着魔术灯芯,走了来,也这样对你说话,在这时候,轮子就会滚到他头上去。"他说道:"你在这样的情况下过了多少时候了?"他说道:"目前谁在地球上做皇帝呢?"头上顶着轮子的人说道:"是费拿筏蹉皇帝。"那个人说道:"当国王罗摩①在位的时候,我也像你一样,为穷所迫,手里拿着一条魔术灯芯,走到这里来。我当时看到一个人头上顶着一个轮子,我就问他。正当我像你一样问着他的时候,那轮子也就从他头上滚到我头上来了。至于时间多久,我就没法计算了。"头上顶着轮子的人说道:"伙计呀!你这样呆了那样久,吃的喝的是怎么弄来的呢?"那个人说道:"伙计呀!檀那多②害怕有人夺走他的财宝,就制造了这样一幅可怕的景象,给那些有神通的人看,好让以后没有人再敢到这里来。如果碰巧有什么人来到这里的话,他也就不饥不渴,不老不死;他所感到的只是这一点痛苦。因此,现在让我走吧!你倒了大霉,因此就救了我。我现在回家去了。"说完就走了。

他走了以后,那个得到金子的人想道:"我那个同伴怎么走了这样久呢?"他拼命想找到他,就跟着他的脚踪,起身走了。他走了一段路,就看到他的伙伴,身上流满了血,一个尖尖的轮子在他的头上滚来滚去,他痛得要命。他走到他跟前,含着眼泪问他道:"伙计呀!这是怎么一回事呀?"他说道:"这是命运捉弄我。"他说道:"你就说一说究竟是怎么一回事吧!"既然这样问,他也就把轮子的故事原原本本地说了一遍。听了以后,他就责备他,说道:"哎呀!我一而再再而三地警告你;但是你却失掉了理智,不按照我的话办事。人们说得好:

宁愿要理智,不要知识;

---

① 印度古代历史上和神话中,有很多国王,名字都叫罗摩,很难说这里究竟是指的谁。也可能这里是指的古代神话中那一个有名的罗摩,暗示出,这个头上顶着轮子的人受罪已经很久很久了。
② 财神。

理智比知识要高明得多。

失掉了理智就会灭亡，

正如有人使狮子复活。[33]"

顶着轮子的人问道："这是什么意思呢？"那个得到金子的人讲道：

第三个故事

在某一座城市里，住着四个婆罗门，他们之间结成了友谊。其中三个精通一切经书，但是却缺乏理智。其中一个根本不管什么经书，他只有理智。有一回，他们聚在一起，互相商量，说道："如果不到外国去，取得人王帝主的恩宠，弄到银钱，知识又有什么用处呢？无论如何，我们都到外国去吧！"他们走了一段路之后，其中年纪最大的说道："我们中间有一个人，那第四个，是一个傻子，他只有理智；但是只有理智，而没有知识，是不能够得到国王们的恩宠的。因此，我们得到的东西，不能够分给他。还是让他回到自己家里去吧！"第二个人说道："喂，你这个有理智的家伙呀！你没有知识；因此，你回家去吧！"第三个人说道："哎呀！这样做是不对的，因为我们从小就在一块玩；还是让这一位高贵的人跟我们去吧！我们得到的钱财也应该分给他一份。"

他们就这样办了。当他们向前走着的时候，他们在一片森林里看到了一堆死狮子的骨头。其中有一个说道："哎呀！我们以前学了些知识，现在是考验的时候了。这里有一只死动物。我们要利用我们学习得很好的知识让它活转来。"其中的一个于是就说道："我懂得怎样把这一堆骨头凑到一块。"第二个人说道："我可以添上皮、肉和血。"第三个人说道："我让它活转来。"第一个人于是就把骨头都凑在一块，第二个人添上了皮、肉和血；但是正当第三个人想让它活转来的时候，那一个有理智的人就警告他，说道："这是一只狮子呀！如果你让它活了，它就会把我们都杀死。"那个人说道："呸，你这个傻瓜蛋！我学了知识，不能不用。"另外这个人于是就说道："那么，请你等一会，我要先爬到附近那一棵树上去。"他这样做了。狮子一活转来，立刻就跳起来，把三个人全都咬死。那一个有理智的人呢，狮子一走开，就从树上跳下来，回家去了。

因此,我说:"宁愿要理智,不要知识"①。顶着轮子的人听了以后,说道:"哎呀!这也没有什么根据,因为,如果受到命运的打击,富于理智的人也一样完蛋;如果受到命运的保护,即使理智不多,照样愉快幸福。常言道:

  百聪明躺在头上,

  千聪明被人拴起;

  亲爱的呀!我这一聪明

  却在清水里游戏。〔34〕"

得到金子的人说道:"这是什么意思呢?"顶着轮子的人讲道:

第四个故事

  在某一个水池子里,住着两条鱼,名字叫作百聪明和千聪明。有一只叫作一聪明的虾蟆同它们俩结成了友谊。它们三个长时间地在水边上用美妙的词句共同享受畅谈的乐趣,然后再回到水里去。有一回,当它们正在谈着话的时候,太阳快落下去了,走来了一些渔夫,手里拿着渔网。他们看到了这个水池子,互相说道:"哎呀!这一个池子看起来有不少的鱼,而且水也不多了。明天早晨我们就到这里来。"说完了以后,就回家去了。它们呢,听了这像霹雳一般的话,就彼此商量起来。虾蟆说道:"喂,伙计们呀!百聪明和千聪明呀!要怎么办呢?逃跑呢,还是待着不动?"听了这话以后,千聪明笑了笑,说道:"喂,朋友呀!只是随便说了一句话,不要怕嘛!他们绝对不会回来的;就算他们回来的话,我也能运用我的聪明,把你同我自己都救出来。在水里各种各样的游法,我反正都会。"听了这话,百聪明说道:"喂!千聪明说得很对。因为:

  即使风吹不进,

  阳光找不着道;

  聪明人的聪明

  也能迅速达到。〔35〕

只是听了那么一言半语,我们不能够就放弃从祖先手里遗传下来的生身之地;我们也不能到任何地方去。我会运用我的聪明救你的命。"虾蟆说道:"我只

---

① 参看本卷第33首诗。

有一个聪明:我要逃走;因此,今天我就要带了我的老婆,到其他任何一个水池子里去。"

这样说过以后,虾蟆等到夜间,就到另一个水池子里去了。到了第二天一早,那些打鱼的人果然来了,他们就像是阎王爷的奴才,在水池子里到处都下了网。结果所有的水里的动物,像鱼、鳖、虾蟆、螃蟹等等,都给网网住了。百聪明和千聪明想法运用一些特别的游泳法来救自己的命,也落到网里去了,死在里面。到了下午,渔夫们兴高采烈地回家去了。因为百聪明身体很重,一个人就把它顶在头上;另外一个人用绳子把千聪明拴起来,提在手里。那一只虾蟆待在池子边上,同自己的老婆在一块,它说道:"亲爱的,你看哪!

  百聪明躺在头上,
  千聪明被人拴起;
  亲爱的呀!我这一聪明
  却在清水里游戏。[36]①"

因此,我说:"聪明并不能决定一切。"得到金子的人说道:"即使你说得对的话,一个朋友说的话也不应该置之不理。可是你是怎么办的呢?虽然给我劝阻过,但是你却贪得无厌,傻头傻脑地不待在那里。常言说得好:

  不要再唱了吧,舅舅!
  我劝过你,你却照样唱;
  挂上了这一块无比的宝石,
  得到了唱歌的纪念章。[37]"

顶着轮子的那个人说道:"这是什么意思呢?"他说道:

第五个故事

  在某一个城市里,有一头驴,名字叫作优陀多。白天,它在染匠家里拉沉重的东西;到了夜里,它就随心所欲地到处游逛。有一回,是在夜里,正当它在田地里游逛的时候,它同一只豺狼交上了朋友。它们俩冲破了篱笆,闯到瓜地里去。吃了一顿瓜,愿意吃多少,就吃了多少;到了天亮的时候,都回到自己住的地方去了。有一回,驴站在田地中间,心里面春情发动,就对豺狼说道:

---

① 参看本卷第34首诗。

"喂,外甥呀!你看哪!这夜色是多么晶莹明澈呀!我真想唱一支歌。我唱什么调子呢?"它说道:"舅舅呀!乱号上一阵,有什么用处呢?我们干的是偷窃的事;小偷和情人应该偷偷地干。常言道:

  患咳嗽病的人不要偷东西,
  喜欢打瞌睡的人不要偷皮①,
  生重病的人不要贪口腹之欲,
  如果是他还想生存下去。[38]

而且你的歌声就像是吹海螺一样,并不好听。看守田地的人从远处就可以听到,他们不是把你捆起来,就是把你杀死。因此,你还是老老实实地吃吧!"驴听了这话,说道:"喂!因为你是住在林子里的,你不懂歌声的美妙,才说出这样的话来。常言道:

  秋月的光辉把黑暗驱远,
  他们就坐在情人跟前,
  甘露般的低柔的歌声,
  拂到了幸福人的耳边。[39]"

豺狼说道:"舅舅呀!这是对的。可是你叫起来可真难听。叫起来,对自己没有好处,为什么还叫呢?"驴说道:"呸,呸!你这个傻家伙呀!难道我一点也不懂得歌唱?你就听一听它的各种情形吧!这就是:

  七个音符、三个音阶、
  二十一个旋律、
  四十九个调子、
  三个音量、三个时率。[40]
  六个歌调、九个和音、
  三个停顿的地方、
  二十二个音色、
  四十种不同的情况。[41]
  在歌唱里面,
  有一百八十五种情形;
  包括了歌唱的各部分,

---

① 意思是,偷了皮子,容易在上面睡觉;一睡就给人捉住了。

纯洁无疵,真金造成。[42]

世界上没有什么比得上歌唱,

就是对神仙来说,也是这样:

从前罗波那曾经用干筋敲出乐声,

这样就得到了伊沙的欣赏。[43]

你怎么就能够说我毫无所知,想阻止我呢?"豺狼说道:"舅舅呀！如果是这样的话,我就想站到篱笆门那里去,看着看守田地的人。你愿意怎样唱,就怎样唱吧！"

这样做了。那头驴于是就伸长了脖子,开始嚎起来。看守田地的人们听到驴的叫声,气得咬牙切齿,挥舞着棍子,跑了来。来到以后,他们就揍起来,一直揍到驴躺到地上去。然后看守田地的人们把一个木臼子绑在它的脖子上,睡觉了。驴呢,一转眼就不觉得痛,它的天性就是这样;它一下子爬起来了。常言道:

狗、骡子和马,

特别是那驴,

身上挨了揍,

转眼就忘记。[44]

它于是就带着木臼子,踏破了篱笆,开始逃跑了。在这时候,豺狼从远处看到它,笑着说道:

"不要再唱了吧,舅舅！

我劝过你,你却照样唱;

挂上了这一块无比的宝石,

得到了唱歌的纪念章。[45]①"

虽然我也曾劝阻过你,可是你并没有听。

顶着轮子的人听了这话,说道:"喂,朋友呀！这是对的。人们说得好:

谁要是自己没有理智,

朋友们的话,他又不听;

他就像织工曼陀罗一样,

---

① 参看本卷第37首诗。

丧失掉自己的性命。[46]"

得到金子的人说道:"这是什么意思呢?"顶着轮子的人讲道:

第六个故事

在某一个城市里,有一个织工,名字叫作曼陀罗迦。有一回,所有的他织布用的木头都断了。他于是就拿了一把斧子,四下里走,去找木头,来到了海边上。在这里,他看到了一棵大尸舍波树①,他想道:"看起来这是一棵大树;如果我把它砍下来的话,我就可以得一大堆织布用的木头。"他这样想过以后,就飞起斧子砍上去。在这一棵树上,住着一个神仙②。他说道:"喂!这一棵树是我的家。你无论如何也不能伤害它;因为我住在这里,觉得非常舒服,微风从波涛间吹上来,凉凉的,拂到我身上。"织工说道:"喂!我应该怎么办呢?如果我找不到需要的木头,我的家庭就会为饥饿所折磨。因此,你还是赶快到别的地方去吧!我要砍断这一棵树。"神仙说道:"喂!我喜欢你。你喜欢要什么东西,你就请求吧!却不能伤这一棵树。"织工说道:"如果是这样的话,我就先回家去,问一问我的朋友和老婆,再回来。"神仙说:"好吧!"织工向自己家里走去。正当要进城的时候,他看到他的朋友,一个理发师,他说道:"喂,朋友呀!我制服了一个神仙。你告诉我,我要祈求什么东西。"理发师说道:"伙计呀!如果是这样的话,你就祈求一个王国,这样一来,你当上国王,我当大臣,我们俩共同享受这个世界上的幸福,也享受另一个世界的幸福。"织工说道:"好哇,朋友!就这样吧!但是我还要问一下我的老婆。"理发师说道:"同老婆子商议什么事情,是不妥当的。常言道:

把食物、衣服、首饰等送给女人,
特别是在她们有月信的时候;
一个聪明人就应该这样做;
跟她们商议事情却决不能够。[47]

同样:

一个家庭的大权如果由

---

① 一名阿输迦树。
② 一种低级的神灵,我们知道的夜叉、罗刹、紧那罗、乾闼婆等等都属于这一类。

女人、赌棍和小孩掌握,

那么它一定就会衰败,

婆哩伽婆①是这样说。[48]

还有:

一个男人只要是

不在暗地里听老婆的话,

他就会大权在握,

也会敬重自己的爹妈。[49]

女人们只想到自己的利益,

只对自己的幸福感到满意;

如果亲生儿子带不来好处,

她们也是同样不欢喜。[50]"

织工说道:"即使是这样,我还是要问一下我的老婆。"曼陀罗迦这样说过之后,他就赶快回家去了,对自己的老婆说道:"亲爱的呀!今天有一个神仙说要听我们的话;我们要什么,他就给什么。因此,我才回来,问你一下。你告诉我,我要祈求什么东西呢?我的朋友,那一个理发师说,我应该祈求一个王国。"她说道:"好人哪!理发师们会有什么智慧呢?你不要按照他的话办事。

常言道:

跟流动演员、下等人,

跟理发师和小孩子们,

跟苦行者和乞丐,

不应该商议讨论。[51]

此外,当一个国王,有一连串的艰难困苦,他要考虑媾和、开仗、进军、驻扎、联盟、离间等等工作,在什么时候也不会给人带来幸福。正如:

应该远远地躲开王国:

兄弟、儿子,亲一窝,②

竟会盼望国王死掉,

好把王位来争夺。[52]"

---

① 一个古代印度的作家。
② 借用山东土语,意思是,兄弟和儿子都是亲人。

织工说道:"你说得对!那么你就再说一说,我究竟要祈求什么吧!"她说道:"你一次只能织一块布。所有的开销就靠它来供给。你现在就祈求多长出两条胳臂和一个头来,这样一来,你就可以前后各织一块布。卖一块布得到的钱可以供给家用;卖另外一块布得到的钱可以用来做大生意,你就可以活在你的亲属中间,听他们的赞美,把日子过下去。"他听了这话,非常高兴,说道:"好哇,你这个贤惠的老婆!你说得真好呀!我就这样做了;我决定了。"于是织工又走回去,祈求那个神仙,说道:"喂!如果你愿意满足我的愿望的话,就请你再给我一双胳臂和一个头。"就在他说话的这一刹那,他有了两个头,四只胳臂。他于是兴高采烈地往家走,人们都想:"这是一个罗刹。"就用棍子、石头等等把他揍起来,一直到揍死。

因此,我说道:"谁要是自己没有理智"①。头上顶着轮子的人又说道:"每一个人,如果他为反复无常的希望的女妖怪所吞噬的话,他就会成为嘲笑的对象。人们说得真对:

> 谁要是空想将来,
> 想一些不可知的事情,
> 他就像苏摩舍摩的父亲,
> 临了落个一场空。〔53〕"

得到金子的人说道:"这是什么意思呢?"他说道:

第七个故事

在某一个地方,有一个婆罗门,名叫娑跋波俱利钵那。他用行乞得来的吃剩下的大麦片填满了一罐子,把罐子挂在木栓上,在那下面放了一张床,目不转睛地看着罐子,在夜里幻想起来:"这个罐子现在是填满了大麦片。倘若遇上俭年,就可以卖到一百块钱,可以买两头山羊。山羊每六个月生产一次,就可以变成一群山羊。山羊又换成牛。我把牛犊子卖掉,牛就换成水牛。水牛再换成牝马,牝马又生产,我就可以有很多的马。把这些马卖掉,就可以得到很多金子。我要用这些金子买一所有四个大厅的房子。有一个人走进我的房子里来,就把他那最美最好的女儿嫁给了我。她生了一个小孩子,我给他取了

---

① 参看本卷第46首诗。

一个名字,叫作苏摩舍摩。因为他总喜欢要我抱在膝上左右摆动着玩,我就拿了书躲到马棚后面的一个地方去念起来。但是苏摩舍摩立刻看见了我。因为他最喜欢坐在人的膝上让人左右摆动着玩,就从母亲怀里挣扎出来,走到马群旁边来找我。我在大怒之余,喊我的老婆:'来照顾孩子吧!来照顾孩子吧!'但是,她因为忙于家务,没有听到;我于是立刻站起来,用脚踢她。"这样,他就从幻想中走出来,真的用脚踢起来。罐子一下子破了,盛在里面的大麦片也成了一场空。

因此,我说道:"谁要是空想将来"等等①。得到金子的人说道:"正是这样!因为:

谁要是贪得无厌做坏事,
不考虑坏事带来的恶果;
他就像国王旃荼罗一样,
一定会遭受到侮辱折磨。[54]"

顶着轮子的人说道:"这是什么意思呢?"他说道:

第八个故事

在某一座城市里,有一个国王,名字叫作旃荼罗。他养了一群猴子,给自己的儿子玩。他经常要用各种软的和硬的食物来喂饱它们。为了供这个儿子玩耍,他还养了一群公羊。在羊群里面,有一只公羊嘴很馋,它白天黑夜都跑到厨房里去,看到什么,就一扫而光都吃净。厨师们用木棍等等的东西打它,看到什么,就拿什么打。猴群的头子看到这情况以后,心里想道:"哎呀!公羊同厨师打架,将来我们猴子恐怕活不下去了。因为,这一只公羊馋嘴,想吃香东西;可是厨师们却气得要命,他们伸手能拿到什么东西,就用什么东西打它。如果碰上一回,他们什么东西都拿不到,他们就会用火把来打它。公羊全身长满了厚毛,着一点火,就能够燃烧起来。它就会带着身上的火闯到附近的马圈里去。这圈里堆着许多干草,也就会燃烧起来。因此那些马可能被烧伤。可是在《舍利护多罗》②里面是这样说的:马受了烧伤,用猴子油可以治好。这

---

① 参看本卷第53首诗。
② 印度古代一个圣人的名字,他写过一部关于兽医的著作,这部书也就叫这个名字。

样一来,我们就非死不行了。"它这样想过之后,就把猴子都喊了来,说道:

"厨师和公羊,

在这里打仗;

我们猴子们,

一定会灭亡。[55]

一座房子里,

经常闹争端;

谁要爱生命,

应该躲得远。[56]

同样:

争吵打架破坏堡垒,

恶言恶语破坏友谊,

坏国王破坏王国,

坏举动破坏人的名誉。[57]

因此,为了不至于全体死亡,我们还是离开这一所房子,到林子里去吧!"

它们听了它的话以后,傲慢地笑起来,对它说道:"喂!你年纪太老了,你已经失掉了理智,才说出了这样的话来。我们不愿意丢掉王子们亲手递给我们的像甘露一般的美好的食品,而到树林子里去吃那些树上结的又苦又涩又辣又生的野果子。"猴群的头子听了这话,眼里充满了泪,说道:"哎呀,哎呀!你们这一些傻家伙呀!你们不知道,这个幸福会转化的,它最初只让你感觉到甜咝咝的,一转化就变成像毒药一样。因此,我不想亲眼看到自己族类的灭亡。我现在立刻就要到林子里去了。常言道:

谁要是不亲眼看到老婆归了别人,

不看到朋友们在困难之中存身,

不看到国土覆灭,家庭衰亡,

亲爱的呀!他们这些人就最幸运。[58]"

这样说过以后,猴群的头子就离开所有的猴子,走到山林里去了。

在它走了以后,有一天,那一只公羊又到厨房里去了。因为厨师手边什么东西都抓不到,他就抓起了一块烧了一半的木头,冲着它打过去。它挨了这一下打,半身燃烧起来,咩咩地叫着,闯到附近的马圈里去。它在这里打起滚来,因为这里干草很多,火苗子从四面八方涌起来。拴在马圈里的那些马,有的把眼睛烧炸了,立刻死去;有的挣断了缰绳,身上烧得半焦,叫着,把所有的人都惊动了。正在这时候,国王惊惶失措地把精通《舍利护多罗》的医生叫了来,对他们说道:"你们说一个能够治疗烧伤了的马的药方吧!"他们研究了一下经书,说道:"陛下呀!关于这件事情,尊者舍利护多罗说道:

> 马身受火烧,
>
> 痛得受不了;
>
> 涂上猴油痛就止,
>
> 正如太阳东升黑暗消。[59]

因此,你就用这一样药吧,不要让它们因伤致死!"他听了这话,就下命令,把猴子杀掉。简而言之,所有的猴子都给杀掉了。可是猴群的头子呢,它没有亲眼看到自己的族类被杀掉。它听到这一件事情,还受不了呢。因为常言道:

> 别人欺负了自家人,
>
> 谁要是无动于衷,
>
> 不管由于害怕,由于贪财,
>
> 人家就把他看作孬种。[60]

  这一只老猴子,因为想喝水,在一个地方转来转去,它走到了一个水池子旁边,池子里点缀着莲花。当它仔仔细细地观察的时候,它发现了一溜往里走的脚印,但是却没有出来的。它自己心里琢磨道:"在这水里,一定是住着一个妖怪。因此,我要折一根莲花梗,从远处来喝水。"它这样做了。从水池子里跳出来了一个罗刹,脖子上挂着一串珍珠,它对它说道:"喂!谁要是从这里走到水里来,我就会把他吃掉。所以,你用这个办法喝水,谁也比不上你滑头。我很高兴。你心里想什么,你就要什么吧!"猴子说道:"好吧!你的食量究竟有多大呢?"它说道:"如果它们到水里来的话,我能够吃掉一百千乘上百万再乘上十万;此外,我还能够打倒一只豺狼。"猴子说道:"我同一个国王结下了滔天的大仇。如果你把那一串珍珠给了我的话,我会用花言巧语,把这个国王连他那一些随从的贪心都煽动起来,把他们引到水池子这里来。"于是罗刹就把珍珠串给了它。

  猴子把珍珠串带在脖子上,在树顶上跳来跳去,给人们看到了;他们问它道:"喂,猴群的头子呀!你这么长的时间到什么地方去了?你从哪里得到这一串珍珠呀,它闪闪地发着光,连太阳都黯淡了?"猴子说道:"在树林子里某一个地方,有一个隐蔽起来的水池子,是檀那多①造成的。谁要是在一个星期日,当太阳半升的时候,到那里沉下去,檀那多就会加恩于他,给他装饰上一串这样的珍珠项链,然后再放他出来。"国王从人们的嘴里听到了这一件事,他把猴子喊了来,问它道:"喂,猴群的头子呀!真是这样吗?"猴子说道:"主子呀!我脖子里挂着的这一串珍珠就可以清清楚楚地证明给你。如果你有心做这一件事情的话,就请你随便派一个人跟我一块去,我可以把那地方指给他。"国王听了这话,说道:"这样的话,我还是带了我的随从一块去吧,我们好得到许许多多的珍珠项链。"猴子说道:"主子呀!就这样吧!"

于是国王为了想得到珍珠项链,就带了随从出发了。国王把猴子搂在自己的怀里,猴子满怀信心地随着走了。人们说得实在很对:

傻子们贪得无厌,
即使有钱,又读过书,
也会给人利用来干坏事,
被别人带至末路穷途。[61]

同样:

手上有一百,想得一千;
有了一千,又想得十万;
超过了十万,想当皇帝;
当了皇帝,还想上天。[62]
人老了老掉头发,
人老了老掉牙,
眼睛耳朵都会老,
只有贪心永不变化。[63]

到了早晨的时候,他们到了那一个水池子边上;猴子对国王说道:"陛下呀!太阳升到一半的时候,谁要是到这里面去,谁就会得到幸福。因此,请你命令所有的随从一下子都下去吧。你呢,就跟我一块下去,我好到那一个早先看好的地方去,把很多很多的珍珠项链指给你看。"于是所有的人都跳下去了,他们都给罗刹吃掉。

隔了很久,他们还不回来,国王对猴子说道:"喂,猴群的头子呀!我的那

---

① 财神。

些随从为什么这样久还不回来呢?"听了这话以后,猴子迅速地爬到一棵树上去,对国王说道:"喂,你这个坏国王呀!你的随从都给一个住在水里面的罗刹吃掉了。你把我那一族统统杀光,我现在算是报了仇了。现在你走吧!因为我想到你是我的主子,我没有让你跳下去。常言道:

> 要以德报德,
> 怨也要以怨报,
> 用恶事对付恶人,
> 我看没有什么不好。[64]

这样,你灭了我的种,我也灭了你的种。"

国王听了这话以后,满怀忧愁,迈快了脚步,怎样来的,又怎样回去了。国王走了以后,罗刹十分满意地从水里走出来,兴高采烈地说道:

> "杀了敌人交了朋友;
> 珍珠项链你也没丢;
> 你用荷花梗子喝水,
> 你真是一个好猴头。[65]"

因此,我说道:"谁要是贪得无厌做坏事"等等①。得到金子的人又继续说道:"好吧!让我走吧!我要回家去了。"头上顶着轮子的人说道:"我这样子,你怎么竟丢开我不管自己走了呢?常言道:

> 谁要是丢下朋友不管,
> 狠心地径自走去;
> 这个忘恩负义的人犯了罪,
> 他一定会坠入地狱。[66]"

得到金子的人说道:"啊,如果一个人本来有力量帮助别人,而竟在能帮助人的情况下丢开他走了,你这话就是对的。可是,对于你来说,却没有任何可能来解救你。况且,我愈看到你在轮子的滚动下痛得脸上变了样子,我愈觉得,我还是赶快离开这里的好,不要让这倒霉的事也搞到我头上来。人们说得真对呀:

> 猴子呀!你脸上
> 做出了这一副鬼形:

---

① 参看本卷第54首诗。

你已经给毗迦罗逮住了,
谁逃跑,谁就能活命。[67]"
头上顶着轮子的人说道:"这是什么意思呢?"他说道:

第九个故事

在某一个城市里,有一个国王,名字叫作婆多罗羡那。他有一个具有一切妙相的女儿,名字叫作罗怛娜婆低。有那么一个罗刹想把她抢走。它经常在夜里来,拥抱她;不过,因为有好多人看守着她,它抢不走她。同罗刹一块睡觉的时候,因为身子靠得近,她就浑身发抖、发烧等等。时间就这样过去了。有一回,罗刹站在一个屋角上,让公主看到自己。于是她就对自己的女友说道:"朋友呀!你看哪!晚上①来到的时候,这一个罗刹经常来折磨我。有没有任何一个方法把这个坏蛋挡住呢?"听了她的话以后,罗刹想道:"一定是有那么一个叫作毗迦罗的人,跟我一样,经常到这里来,想来抢她;可是他也不能够把她抢走。因此,我想变成一匹马,站在马群里面,来看一看,他究竟是什么样子,有多大劲。"

它这样做了。到了夜里的时候,有那么一个偷马贼闯到皇宫里去。他把所有的马都看了一遍,他看到罗刹变的那一匹马最漂亮,把一个嚼子放在它嘴里,就骑上去。在这时候,罗刹心里想道:"这家伙一定就是毗迦罗,他把我当作坏蛋,现在来杀我了。我怎么办呢?"正当它这样想的时候,偷马贼用鞭子抽了它一下,它吓得心里直发抖,就开始跑开了。跑了很远一段路,贼勒紧了嚼子,想让它站住。如果是马的话,它就应该受嚼子的约束。但是它却更加跑得快了。这个贼看到它根本不管嚼子勒紧不勒紧,心里想道:"哎呀!看这样子不像是马!它一定是一个罗刹变成马的样子。因此,只要我一看到沙地,我立刻就从马上跳下来。不然的话,我的性命难保了。"偷马贼这样想着,心里祷告着自己的保护神,变成了马的罗刹来到了一棵无花果树的下面,那一个贼抓住了一根无花果树的枝子,身子挂在那里。于是这两个家伙就分开了,每个人又都有了活下去的希望,心里高兴得无以复加。

在这一棵树上,有那么一个猴子,是罗刹的朋友。它看到罗刹逃了来,说

---

① 发音毗迦罗,意思是"夜晚"。这个罗刹却误会成一个人的名字。

道:"喂! 无根无由地你为什么就吓得这样逃跑? 这个人是你的食品,把他吃掉嘛!"听了它的话以后,它恢复了自己原来的样子,心里面七上八下,疑神疑鬼,又转回来了。那个贼发觉,猴子想把它喊回来,心里非常生气,就用嘴咬住了坐在他上面的那一个猴子垂下来的尾巴,开始使劲地咬起来。猴子以为这家伙比那个罗刹还厉害,吓得一句话也不敢说,只是坐在那里,痛得把眼睛全闭起来了,牙咬得咯吱咯吱地响。罗刹看到它这神气,就对它念了一首诗:

　　猴子呀! 你脸上
　　做出了这一副鬼形:
　　你已经给毗迦罗逮住了,
　　谁逃跑,谁就能活命。[68]①

　　得到金子的人又说道:"你让我走吧! 我要回家去了。你就留在这里,你那种恶劣行动的树上结的果实,你要自己尝。"顶着轮子的人说道:"哎呀! 这没有什么联系。行动好或者行动坏,对人们来说,带来幸福或者不幸,完全由命运来决定。常言道:

　　一个瞎子、一个驼背、
　　一个有三个奶子的公主——
　　坏行动可以变成好行动,
　　只要幸运能把人来照顾。[69]
得到金子的人说道:"这是什么意思呢?"顶着轮子的人讲道:

第十个故事

　　在北方,有一座城市,名字叫作摩度补罗。那里有一个国王,名字叫作摩度羡那。他生了一个有三个奶子的女儿。当他听到自己生了一个三个奶子的女儿的时候,他把侍从官喊了来,说道:"喂! 把她丢到林子里去,不让任何人知道这一件事!"听了这话,侍从官说道:"大王呀! 人们都知道,长着三个奶子的女子是不祥之物。但是,还是叫一个婆罗门来问他一下吧! 这样你就不至于做下在两个世界里都不许做的事情。因为常言道:

---

① 与本卷第67首诗同。

一个聪明人,

永远好发问。

罗刹王逮住婆罗门,

一问就脱身。[70]"

国王说道:"这是什么意思呢?"侍从官讲道:

第十一个故事

在某一个地方的一个树林子里,有一个罗刹,名字叫作旃陀迦哩曼。有一天,当它到处乱逛的时候,它碰到了一个婆罗门。它跳到他的肩膀上去,说道:"喂,向前走!"婆罗门心里吓得直打哆嗦,扛了它,就向前走去了。他看到它的两只脚就像莲花心一样,就问它道:"喂!你的两只脚怎么这样娇嫩呀?"罗刹说道:"我曾经发过誓,永远也不用直着的脚来碰地面。"婆罗门想出了一个解救自己的办法,走到了一个池子边上。罗刹对他说道:"喂!我要去洗澡,祷告神仙,在我从池子里走出来以前,你不许到任何别的地方去!"它这样做了。婆罗门想道:"它祷告完了神仙,一定会把我吃掉;因此,我还是赶快逃走吧!它不会来追我,因为它的脚不许伸直。"他这样做了,罗刹没有追来,害怕破坏了誓约。

因此,我说道:"一个聪明人,永远好发问。"①听了他的话以后,国王喊来了一些婆罗门,对他们说道:"喂,婆罗门呀!我生了一个女儿,有三个奶子。有没有办法来对付她呢?"他们说道:"陛下呀!你请听:

如果一个女孩子

身上多了或少了一块,

就会毁灭自己的丈夫,

自己的德行也遭到破坏。[71]

有三个奶子的女孩子,

只要她父亲看到眼里,

他立刻就会倒大霉,

这丝毫也无可怀疑。[72]

---

① 参看本卷第70首诗。

因此,万岁爷不要看到她!如果有什么人要娶她的话,就把她送给他,命令他离开这个国家。这样做了以后,你就不至于做下在两个世界里都不许做的事情。"国王听了他们的话,就命令人到处击鼓宣告:"喂!谁要是娶了这一个有三个奶子的公主,国王就给他十万金币,让他离开这个国家。"这样击鼓宣告过以后,过了很长的时间;但是没有任何人来娶她。她住在一个隐蔽的地方,快要长成一个少女了。

在这一座城市里,住着一个瞎子。他有一个朋友,名字叫作曼陀罗迦,是一个手里拄着拐杖的驼背。他们俩听到了鼓声就商量起来:"如果我们碰一下子那个鼓,我们就可以得到一个女子和金子。有了金子,就可以舒舒服服地过日子了。如果由于这女子的缘故,我们死了,那么因为穷而受的罪也就受到头了。常言道:

> 有羞恶之心、和蔼可亲、
> 甜蜜的声音、聪明、美丽的青春、
> 同爱人接近、祭祀平顺、
> 烦恼祛尽、谐谑嘲笑、
> 道德高尚、满腹经纶、
> 神师①的智慧、开朗、言行谨慎:
> 只有把肚子这个罐子填满,
> 上面这一切人们才有分。[73]"

这样商量过以后,瞎子走了去,摸了摸鼓,说道:"我想娶这一个女孩子。"于是国王的人就去报告了国王:"陛下呀!有那么一个瞎子摸了鼓。在这一件事情上,请陛下圣裁!"国王说道:"好吧!

> 不管是瞎子,还是哑子,
> 不管是麻风,还是下贱的人,
> 就让他娶了我的女儿吧!
> 带着十万金币,离开我们。[74]"

听了国王的命令,国王的人立刻就把瞎子带到一个河边上,给了他十万金币,把那有三个奶子的公主嫁给了他。然后把他送到一只船上,命令船夫说道:"喂!把这一个瞎子运到外国去,让他同那一个驼背和自己的老婆在任何

---

① 指的是祈祷主。

一个城市上岸!"他们这样做了。他们三个到了外国以后,在某一个城市里出钱买了一所房子,在那里痛痛快快地过起日子来。瞎子只是躺在床上睡觉,那一个驼背就管理家里的事务。

时间就这样消磨过去了。有三个奶子的女子同驼背勾搭上了,她对他说道:"喂,亲爱的呀!如果用什么办法把这个瞎子杀死的话,我们俩就可以痛痛快快地过日子了。你到什么地方去找一点毒药,我给他,把他毒死,我才痛快哩。"有一天,驼背在什么地方找到了一条死黑蛇。他拿了它,心里高兴,走回家去,对她说道:"亲爱的呀!我找到了这样一条黑蛇。你把它切成碎块,用很多好东西调配好,把它递给那个瞎子,告诉他是鱼肉,好让他快一点死掉。"说完了以后,曼陀罗迦又回到市场上去了。她把黑蛇切成碎块,放到一个盛着掺了水的牛奶的锅里,放在炉子上;因为自己忙着料理家务,脱不开手,就亲亲热热地对瞎子说道:"好人哪!今天我给你带回来了一些鱼,你是喜欢吃鱼的,我现在正在煮。我还有别的活要干,请你拿一把勺子,把鱼搅一搅。"他听了这话,心里很高兴,舔了舔嘴角,赶快站了起来,拿了一把勺子,就开始搅起来了。当他这样搅着的时候,他眼睛上的白膜给毒气一熏,渐渐地退掉了。他感觉到了这种好处,就特别让毒气来熏自己的眼睛。在他的视力恢复了以后,他就看到锅里全是一段一段的黑蛇。他想道:"哎呀!这是什么意思呀?在我眼前,她说是鱼肉,实际上却是一段一段的黑蛇。我必须弄个水落石出:是这个有三个奶子的女人出了这个坏主意要把我杀死呢,还是曼陀罗迦或者另外有什么人出的?"他这样想过以后,把自己的真实情况隐瞒住,仍然像一个瞎子一样做事情。正在这时候,曼陀罗迦回来了;他坦然地用拥抱、接吻等等方式来享受那个有三个奶子的女子。瞎子把一切都看在眼里,但是却看不到任何武器,他气得发了疯,跟从前一样,走近了他们,抓住了曼陀罗迦的两只脚,用尽了全身的力量,在自己头顶上旋转着把他甩起来,最后把他投到有三个奶子的女人的胸膛上去。驼背的身子撞到她身上,把她那第三个奶子压进去了;同时驼背的背同胸膛一碰,就碰直了。

因此,我说道:"一个瞎子,一个驼背"①。得到金子的人说道:"好哇!你说得很对。如果运气好的话,到处都碰到好事。可是人们也不能只是依靠运气,而不用自己的智慧,就像你不听我的话那样。"

---

① 参看本卷第69首诗。

这样说过以后,得到金子的人就跟他告别,回到自己家里去了。

叫作《不思而行》的第五卷书到这里为止,它的第一首诗是:
  没有看好,没有了解好,
  没有做好,没有观察好,
  这样就不应该贸然下手,
  像那个理发师那样急躁。[5]①

叫作《五组故事》,别名又叫作《五卷书》的统治论到这里结束。

---

① 参看本卷第1首诗。

再 版 后 记

《五卷书》汉译本第一版于一九五九年出版,到现在已经整整二十年了。原来写过一篇序,水平不高。但也说明了一些问题。现在再版时,我打算把它保留下来。在过去二十年中,我忙于一些别的工作。文化大革命中,又被剥夺了一切读书和写作的权利,白白虚度了六七年。因此,我对于《五卷书》想得不多,也没有很多时间去想。但是,究竟已经过去了二十年,在我一生中占了将近三分之一的时间,我对这本书不可能没有一些新的看法,不管多么肤浅,毕竟是新的看法。我现在就用写后记的办法把这些想法写了出来。这样,对于读者,特别是对印度古代文学比较陌生的读者,也许会有些用处。

在这里,我想谈下面几个问题:一、时代背景;二、印度古代文艺发展的道路;三、语言;四、思想内容;五、结构的特色。

一 时代背景

这一部书在印度有很多传本,产生于不同的时代;因此,我们无法说它究竟产生于什么时代。有一些梵语文学史上,明确地说,它写成于某一个时代,这不是全面完整的说法。如果把印度古代梵语文学分为吠陀时期(公元前十五世纪至五世纪),史诗时期(公元前四世纪至公元后三四世纪)和古典梵语文学时期(公元一世纪到十二世纪)这样三个时期的话,那么《五卷书》的组织编纂时期几乎贯串了整个古典梵语文学时期。外国不少的学者,比如德国的赫特尔和美国的爱哲顿对《五卷书》加以细致的分析,企图找出其中的原始成分和后来窜入的成分,做出了一些成绩。这样的工作对于我们理解本书形成的过程是有用处的。但是我们在这里不想涉及那样的问题。

在印度历史上,古典梵语文学时期属于哪一个社会发展的阶段呢?换句话说,《五卷书》的形成时期,社会是什么样的性质呢?我们不可能在这里仔细讨论这个问题。我只简单地说一句:这一时期的印度社会性质是封建社会,而且是封建社会的由低级向高级阶段发展的时期。这个时期主要矛盾当然是农民与地主之间的矛盾。在农村公社比较普遍存在的情况下,印度封建时期的地主同中国的不大一样。国王,不论是大国的国王还是小国的国王,是向农村公社征收地租的,他们作为地主阶级的总头子所起的作用,要比中国的皇帝较为隐晦,因此有一些中国到印度去的和尚就认为印度赋税轻。但是实际上是同样地残酷。这个时期大小城市普遍兴起,商品交换相当频繁,手工业也相当发达,因此城市中商人和作坊主人、手工业者的地位日趋重要。行会的组织远在公元前几世纪的《本生经》时代或者更早的时代就已经存在。商人在某种意义上来说,也是受压迫、受剥削者。从公元前五世纪起,封建社会一萌芽,商人的作用就日趋显著,许多新兴的宗教,比如佛教和耆那教所代表的利益中就有商人的利益在。宗教与商业在印度一向有着极其密切的联系。释迦牟尼本人就同商人有密切联系。巴利文《本生经》里面讲到商人的地方非常多。印度学者高善必因此就说《本生经》充满了"商人的环境",这是抓到了问题的实质的。到了古典梵语文学时期,商人与手工业者,同种姓制度更加密切地联系了起来,他们有了自己的种姓。这时种姓制度名义没有变,内容却有了变化,从颜色向家庭出身的演变更加明确。婆罗门不一定都是祭司。刹帝利不一定都当国王、武士,有一些人是徒有其名的。吠舍分化得更厉害,有的书上连吠舍这个名称都不见了。商人、农民、手工业者,都属于吠舍。首陀罗地位更为下降,降入社会底层。但有的首陀罗也能升为国王。玄奘《大唐西域记》里就有这种记载。城市经济发展繁荣,统治阶级日益腐化。城市中的居民,包括商人和手工业者在内,日子并不好过。商人的任务就是贸迁有无,经常在外面奔波。他们一方面受国王的压迫剥削,一方面又受到陆路水路盗贼和风涛的威胁,所谓商人入海采宝的故事,就是这种情况的一种反映。他们必须结伴,才能战胜困难,达到发财致富的目的。

以上这些情况,《五卷书》都或多或少有所反映。这书里面故事的主人公,动物形象占一多半,人物形象占一少半。国王、商人、婆罗门、出家人都有。至于那些动物,实际上也是人的化身,他们的思想感情也就是人的思想感情。

商人和其他城市居民受到压迫,那么国王怎样呢?

整个一部印度历史,几乎从来没有过一个统一的大帝国。公元前四至二世纪的孔雀王朝,特别是三世纪的阿育王;公元前一世纪到公元后二世纪的贵霜王朝,特别是大约生在公元后的迦腻色迦王;公元后四世纪至三世纪的笈多王朝,七世纪中叶的戒日王,虽然都号称大皇帝,但都没有真正统一过全印度,至多不过在北印度称王称霸,势力不同程度地达到中印度、南印度而已。因此,我们可以说,在整个古典梵语文学时期,印度,特别是北印度,是小国林立,互相攻伐,民不聊生,商业受阻。从很早的时代起,印度人民,其中包括商人,就有一个强烈的统一的愿望。佛教经典中经常提到的所谓转轮圣王实际上就是这种愿望的表现。只有在一个统一的帝国的统治下,买卖才好做,日子才好过。但是这种愿望始终只是一个愿望,从来也没有实现过。玄奘在《大唐西域记》卷二中说:"君王奕世,惟刹帝利。篡弑时起,异姓称尊。国之战士,骁雄毕选,子父传业,遂穷兵术。"这就是当时的情况,这是一种动荡不安,危机四伏的局面。

在这样的情况下,小国国王的日子也是并不好过的。他们在自己国家以内,是压迫者、剥削者,这是毫无问题的。但是,在当时印度小国林立的情况下,从国外来看,他们有时候会成为被威胁者、被压迫者。有时候一个比较大的国家突然崛起,或者一些小国结成联盟,倚靠武力,侵略别国。这时候,某一个国家就会受到威胁,势非同别国联合不可。只要想一想中国历史上的许多时代,比如战国,秦汉之际,三国,南北朝等等分崩离析、大动干戈的时期,就会很容易理解当时印度的情况。中国战国时期,出了苏秦、张仪一些人物,主张什么合纵连横,互相钩心斗角。三国时代,诸葛亮同周瑜也要联合抗曹。理解了这种情况,我们就会很容易理解《五卷书》为什么会成为王子的教科书。这些公子王孙,同商人、手工业者等等一般老百姓一样,有时候也会变成弱者,需要联合起来,才能克敌制胜。《五卷书》一开始就讲到,一个国王生了三个笨得要命的儿子,对读书毫无兴趣,当然对治理国家,抵御外侮也不会有什么本领。一个大臣想出办法,让一个婆罗门编成了这一部书,教育王子。这决不是随便说说,而是在某种程度上反映了真实的情况。

二 印度古代文艺发展的道路

从印度文艺发展的阶段来看,《五卷书》也有其特殊的意义。

同其他国家的文学史一样,印度古代文学的发展明显地可以看出有两条道路：

一、婆罗门祭司的文学，也就是统治者的文学；

二、民间文学。

列宁讲到，在对抗性的社会里，每个民族文化中存在着两种文化。印度文学发展的两条道路，同列宁讲的不完全是一个意思，但有一些共同之处。我们在下面把这两条道路，粗略地分析一下。

一、婆罗门祭司在印度古代是垄断文化知识的社会阶层，同中国古代的巫、史、卜、祝相似，只是后者的作用现在我们研究得还不十分充分，有待于进一步去阐明和探讨。印度古代的婆罗门宣传婆罗门第一，祭祀至上，宣传布施有福，靠为酋长、国王当帝师，举行祭典谋取利养。从《梨俱吠陀》起，经过梵书、森林书、奥义书、经书，一直到《摩诃婆罗多》和《罗摩衍那》两部大史诗，以及后来的叙事诗和戏剧，这些典籍多半出自婆罗门之手，其中人物多半是上层人物，神仙、仙人、帝王、将相、公主、僧侣等等。后来的诗、剧和小说，题材多半是陈陈相因，互相抄袭，材料来源多半是两大史诗，几乎没有什么新东西，体裁是庄重典雅，诗歌散文，都是这样。据说印度近代大诗人泰戈尔，除了《沙恭达罗》以外，不喜欢其他梵语文学作品。这事虽然难免有点偏激，但是不能说是没有一点理由的。

二、民间文学是老百姓创造的。其中包括寓言、童话、笑话和小故事等等。寓言总包含着一个教训，以达到教育的目的。童话重在使人怡悦。笑话则只使人开心，或则纵声大笑，或则会心微笑，其中有时也包含一些讽刺或教训。至于小故事则内容各有不同，可以包含以上几个方面。神话有一些也是民间创造的。它总是迫切要求认识什么东西，是为了满足宗教的需要的。马克思在《路易士·亨·摩尔根〈古代社会〉一书摘要》中说：

> （在野蛮时期的低级阶段）想象力，这个十分强烈地促进人类发展的伟大天赋，这时候已经开始创造出了还不是用文字来记载的神话、传奇和传说的文学，并且给予了人类以强大的影响。

在这里，马克思不但讲了神话的起源，而且也讲了传奇和传说的文学的起源。我们上面讲的小故事可以包括在"传说的文学"之列。

上面这些不同文学体裁，主人公有动物，也有人。人物多半是农民、手工业者、商人、艺人、流氓、小偷、伪善的婆罗门、妓女等等。这些文学作品有一个共同的特点,这就是,它们决不陈陈相因,而是充满了创造性,洋溢着活力,取之不尽,用之不竭,如长江大河,源源不绝。世界各国人民古代都或多或少地在这方面有所创造,但是印度人民最为突出。鲁迅说:"尝闻天竺寓言之富,如大林深泉,他国艺文,往往蒙其影响,即翻为华言之佛经中,亦随在可见。"(《集外集》《〈痴华鬘〉题记》)

鲁迅这里说的"寓言",是广义的,包括以上说的那一些文学体裁。这些作品大概最初都没有文字记载,以后是使用俗语,最后有的转为梵文。

上面讲到印度古代文艺发展的两条道路。在漫长的发展过程中,这两类的文学作品不可能完完全全地保持着自己的纯洁性,泾渭分明,毫不相混。那是不可能的,也是不能想象的。在第一类文学作品中间或也吸收一些民间文学的成果,比如寓言、童话等等。但是,总起来看,在印度人民心目中,这两者是很不相同的。比如在举行马祠的准备祭祀中,在举行葬礼之后以及其他一些场合,照例要讲一些故事的。在中国古代某一些地区,也有类似的风俗。故事是通过和尚念经的方式讲出来的。唐代的一些变文,我怀疑就是为了这个目的而写出来的。中国这种习俗是否与印度有一些联系呢?我看是值得研究的。在印度,在上面讲到的那些情况下,要讲述的故事不是寓言、童话等等,而是历史和古事记,这些都是典雅庄重道貌岸然的东西。但是,在另外一些祭典之后,讲的却不是历史和古事记,而是寓言、童话、小故事等等,比如在象鼻神第四日祭之后。这种祭典是一种农业祭,在婆达罗月(八九月)的第四天举行。这是人民的,特别是农民的祭典,同酋长、国王举行的马祠完全是两码事。因而讲述的故事也是两种完全对立的东西。在国王举行的祭典上,讲述的东西属于第一个发展道路;在农民举行的祭典上,讲述的东西则属于第二个发展道路。这真可以说是泾渭分明,值得我们认真思考的。

从整个印度文学史上来看,总是第一条发展道路抄袭第二条发展道路,而决不是倒转过来。所谓抄袭,是指题材和体裁两个方面。属于第一条发展道路的那一些文学作品,刚从民间文学抄袭来的时候,还有一些清新之意,有一些活力。但是积云既久,死气斯生。于是又要到民间文学中去搜寻、去抄袭。如果把民间文学比做源的话,婆罗门正统文学只能算是流。这种周而复始的发展,在印度文学史上是表现得很明显的。我看,这种现象也并不限于印度。世界文学史上恐怕也可以找到不少的例证。这可以说是一个普遍的规律。但这并不是说,属于第一条发展道路的文学除了抄袭模拟之外,就毫无价值。

不,事情不是这个样子。这种庙堂文学也是有发展过程的。它能把民间来的东西精致化、复杂化,达到富丽堂皇的程度,特别是在形式方面更是如此。就拿中国文学作一个例子吧。在这里,我们可以发现同样的现象。比如词,大家都承认,这种体裁最初源于民间。后来被文人学士抄了来,加以改造,使之日臻完美。但是等到形式上美妙绝伦、五彩缤纷的时候,它就已走上自己的反面,非另起炉灶不可了。

从印度文学史的发展来看,《五卷书》的内容基本上属于第二条道路。但从语言上来看,它又属于第一条道路。它是由婆罗门加工的。其中许多不健康的东西,是同这种情况分不开的。

三 语 言

我现在就谈一谈《五卷书》的语言问题。

《五卷书》现在流传的本子是用梵语写成的。

梵语是一种什么样的语言呢?到现在还没有定论。但是从种种方面来看,它大概从来不是一种口头使用的语言。印度学者查多帕底雅耶在他所著的《顺世外道》中说,梵语是游牧民族统治者的语言。这是从研究印度古代社会学的角度上提出来的。吠陀语同梵语差不多,只是语法变化更加复杂而已。至于梵书、森林书、奥义书、经书和史诗的语言,同古典梵语差别更小。广义地说,都使用的是梵语。这些著作都产生在公元前。两部史诗虽然在公元后才编订成现在这个样子,基本组成部分仍成于公元前。但是公元前三世纪的阿育王时代,官方语言却不是梵语,而是一种俗语,叫作古代半摩揭陀语。一直到公元后四世纪开始的笈多王朝,官方语言才又采用了梵语。同时文学著作用梵语写成的也占了垄断的地位,有人称之为梵语的复兴,这与婆罗门教的复兴是密切相联系的。

《五卷书》的题材我们上面已经谈到是来自民间文学,但语言却采用梵语,这一方面是顺应时代潮流,在这个时代连坚决反对梵语的佛教也使用了梵语,其他可想而知。另一方面也说明,《五卷书》使用梵语,就意味着脱离了一般的老百姓。城市平民、商人、手工业者恐怕是很难掌握这种语言的,乡下的农民就更不必说了。所以我说,这一部书主要是为王子服务的,作为城市平民的世故教科书是附带的。约在五七〇年,《五卷书》被译为巴列维文和叙利亚文。由巴列维文译本转译成了阿拉伯文,名叫《卡里来和笛木乃》。从这个阿文译本直接地和间接地产生了大量欧亚各国语言的译本,传遍全世界。这个阿文译本也强调这一本书是对王子进行教育的。阿文译本本身以及以阿文为基础的那许多译本,不存在像在印度那样的语言问题,它容易为广大读者所接受,不管是什么人,都能从中学习到一些知识和世故;故事本身又能使他们感到新奇、生动、有异域情调。因此,《五卷书》就流行全世界了。

四 思想内容

在印度,《五卷书》被认为是一部 Nītiśāstra,意译是正道论。Nīti 这个字用别的文字来翻译很困难,可以译为"正道"或"世故"或"治理国家的智慧"。总之是一部教人世故和学习治国安邦术的教科书。它的前提是,人们不避世成为仙人,而是留在人类社会中,用最大的力量获取生命的快乐。

这部书主要是反映受压迫者和弱者的思想感情的。城市平民、商人、手工业者等等,在某种意义上来说,都可以说是受压迫者和弱者。他们需要安全,需要联合。只有联合起来,才能战胜敌人;只有联合起来,弱者才能战胜强者,获得安全,然后才谈得上人世间的最大快乐。当时的小国国王,从一个国家内部来看,是地主阶级的总头子,靠剥削农民、压迫人民过着花天酒地的糜烂生活。从这个意义上来讲,他们是强者。但是,在外来的侵略者强敌面前,他们又是弱者。他们也需要安全,需要互相援助,需要联合。只有这样,才能战胜偶尔来犯的较大或较强的国家。这一点,我在上面已经有所论述,这里不再详细谈了。此外,对平民和国王来说,除了联合以外,还需要有点智慧,也就是处世做人的世故;也需要有点钱,否则目的是达不到的。在《五卷书》里有很多地方反对愚昧,反对傻瓜,赞颂金钱,颂扬智慧,其原因就在这里。中国过去教育儿童的教科书,比如《幼学琼林》之类,教育儿童的重点,是苦读成名,磨炼成家,"书中自有千钟粟,书中自有黄金屋,书中自有颜如玉",考进士,中状元,走科举这一条路。同印度这类的书籍很不相同。原因就是印度古代没有什么科举,两国的社会背景很不相同。

我们先看一看《五卷书》的内容。第一卷叫作《朋友的分裂》,第二卷叫作《朋友的获得》,第三卷叫作《乌鸦和猫头鹰从事于战争与和平等六种策略》,第四卷叫作《已经得到的东西的丧失》,第五卷叫作《不思而行》。这五卷书都与世故和治术有关。这些卷有的直接讲到国王和国家大事。就是那些内容没有讲到国王和国家大计的，仍然可以为国王和王子所用，他们从里面也可以吸取有益的教训。因此，我认为，正如本书中所着重指出的那样，它原来是作为王子的教科书而编写的。同时对平民也有很大的教育意义。至于作为主人公的那些黄牛、狮子、老虎、豺狼、猴子、乌鸦、猫头鹰、老鼠、乌龟、鸽子、鳄鱼等等鸟兽，正如大家都知道的那样，不过是人的化身而已。

第一卷以牛同狮子交朋友，狮子的大臣两个豺狼被疏远为主题，谈到绝交的问题。国与国之间，人与人之间，绝交的事情是常常可以遇到的。一直到今天也毫不例外。一个国王，一个平民，都需要有一套办法来对待这种常见的现象。

第二卷讲的是结交朋友，是第一卷的对立面，是一个国王和一个平民也常常遇到的问题。这一卷的骨干故事是乌鸦、老鼠、乌龟和鹿结成朋友，共度危难。弱者只要团结起来，同心协力，就能战胜猎人这一个强者。这一卷在本书中是非常重要的一卷，换句话说，它表达了本书的中心思想。

第三卷的骨干故事是国家大事。猫头鹰和乌鸦两族结怨，乌鸦大臣诈降，结果猫头鹰的老巢被焚，乌鸦得胜。这一整卷的目的是教训人们：不要轻信敌人。这样的教训，对国王，对平民，都是有用的。古今中外的文学作品，拿这个做主题思想的比比皆是。只要想一想古代希腊的特洛伊木马和中国《三国演义》的赤壁之战，就会一清二楚了。

第四卷的骨干故事，是海怪与猴子交友，海怪变心，猴子以计脱险的故事。这是从另一个角度讲交友之道。交朋友要提防朋友变心，一旦变心要能使用妙计脱险。这同样既适用于国王，也适用于一般平民。在国家大事和人民的生活中是常常会遇到这种情况的。因此，这种故事有普遍的教育意义。

第五卷主要的教训是追求发财，但不要过于贪得无厌，否则就会受祸。这也是一个很重要的世故。世界许多国家都有类似的教导。中国这类的教导更多，比如人民口语中的"人心不足蛇吞象"，古典典故"巴蛇吞象"等等，都是告诫人们，追求财富是可以的，无可非议的，但要适可而止，不要过于贪婪。

统观这五卷的内容，主要是教给王子和人民一些治世处人之道。中心思想就是我们在上面说到的那几点。这本书并不像其他一些书一样，比如佛教或印度教或其他教派的书，大肆宣扬追求什么宗教功德，什么解脱，又是什么涅槃，企求死后升天，因此就宣传要慷慨布施，达到积德的目的。它赤裸裸地宣传追求物质福利，追求生活享受。没有那种腐朽的宗教气味。印度古代典籍中经常提到所谓人生三要：利，爱，法。后来在进一步发展的过程中，又增添为人生四要或四善，加上了一个解脱。从人类社会的发展来看，这是一种很有意义的现象。在没有剥削、没有阶级的原始公社时期，人们都从事体力劳动，唯心主义没有产生和发展的可能，一种原始的唯物主义思想统治着人们的心灵。他们只知追求利和爱，也就是中国所谓"食色，性也"。后来有了剥削，有了阶级，有了国家，有了宗教，也就有了什么"法"，什么"解脱"，什么"涅槃"。从这个观点上来看，《五卷书》的核心部分或比较原始的部分，同原始唯物主义的思想有密切联系。印度古代的唯物主义者所宣扬的也就是这些东西。《罗摩衍那》中有一个婆罗门，名叫阇波厘，事实上却是一个唯物主义者，他并不宣传婆罗门常讲的那一套。他的思想是有一些代表意义的。在婆罗门唯心主义者笔下，唯物主义者所宣传的东西，不外是吃喝两件事。虽意存轻蔑，却说出了一些事实。

至于如何达到追求利、爱的目的，达到自己安全的目的，手段是可以随意采用的。只顾目的，不择手段可以说是本书的座右铭。古代印度从很早的时候起，就形成了一整套治世为王、待人接物的教条。印度那种烦琐的喜欢搬弄数目字的作风，在这里也表现了出来。平常总是说有多少多少种类或部门。在大史诗《罗摩衍那》第二篇《阿逾陀篇》里，婆罗多到森林里去找罗摩，罗摩关心自己的国家，对他弟弟说了一大套治国安邦的要求，什么十种类，四种类，五种类，七种类，八种类等等。这些东西在精校本中大半被删掉了，只留下很少一部分。在同书第四篇《猴国篇》中，哈奴曼讲到猴国太子鸯伽陀时，认为他有人君的品质，其中包括八个部分大智，四种力量和十四种优秀品质。所谓四种力量或四种手段指的是：一、执法公正；二、施舍；三、分裂（敌人）或分而治之；四、惩罚。这同上面说的四个种类是一码事，后来印度书中常见的所谓四种手段指的是：一、挑拨；二、谈判；三、贿赂；四、公开攻击。内容有一部分同四个种类差不多。

把上面归纳起来，就是我们上面谈到的那一点。为了达到追求福利的目的，需要一些办法或手段，所有这些数字表明的都是办法和手段。在整个印度古典梵语文学时代，人生最高的目的就是追求人生三要中的利，这是当时整个时代的潮流，其他的文学作品也莫不皆然。在整个古典梵语文学时期，憍祇釐耶的理论有着很大的影响。他的《利论》赤裸裸地提倡用诈术，用骗术，用间谍,用密探。他甚至劝人主利用宗教,助长迷信,以达到有利于国家的目的,为国家增添财富。他还鼓吹人主用秘密惩罚来除掉政敌。对于部落人民,他更是主张不择手段地打入他们的社会,进行挑拨离间、分化瓦解,破坏他们的生产和生活,最终使他们归化或被消灭。他这种学说流行于整个这一时期。约生于七世纪下半叶至八世纪二十年代的作家檀丁,在他的著作里,特别是在他的名著《十王子传》里,也提倡差不多的东西。他认为,什么伦理和道德,在影响国家利益时,可以根本置之不理。查多帕底雅耶讲到印度古代唯物主义与唯心主义对立的时候,说那不是什么孤立的诡辩学者的无谓的论辩,而是两种文化的互相撞击,一种宣扬上帝、天堂和不朽,为了达到这个目的,必须举行吠陀祭祀;另一种代表人民的观点,保卫人民自己的物质利益。《五卷书》和檀丁的著作,以及古典梵语文学时期其他的一些著作中表现出来的思想倾向,虽然跟查多帕底雅耶所说的两种文化的撞击不完全是一码事,但有一些相似之处。

但是,《五卷书》,取材来源虽然来自民间,也在一定程度上代表人民的利益,但它毕竟是经过婆罗门的加工。婆罗门这个高级种姓的一些偏见和弱点,必然反映在里面。对本书中的许多糟粕只能作如是观。书中有几个地方大肆吹捧命运。受压迫的平民中也有相信命运的。在那种封建社会里,统治者和宗教信徒宣传的正是这一套,老百姓受了骗,受了影响,相信命运也是难以避免的。再加上,在那种社会里,"闭门家中坐,祸从天上来"的事情常常发生,人们只有乞灵于命运,以求得心灵上的安慰。但是这毕竟主要代表的是婆罗门的世界观。本书中的这些东西是婆罗门加工的产物。另外一个突出的例子是诬蔑妇女。这在别的国家,比如说中国,在父权制的社会里,是一件十分流行的想法和做法。但是在印度,还有其特殊的、只适用于印度的原因。据查多帕底雅耶的分析,在印度,诬蔑妇女主要是出于婆罗门的偏见。有人主张在早期吠陀时期,还没有后世那种歧视妇女、迫害妇女的举世闻名的寡妇自焚殉夫的制度,因此那时候的妇女社会地位还是比较高的,甚至是值得羡慕的。但是查多帕底雅耶不同意这种看法,因为它不符合事实。在吠陀本集中可以找到一些证据,确有寡妇同丈夫的尸体共同被焚烧的事情。《梨俱吠陀》和《阿闼婆吠陀》中都可以找到。在吠陀本集中还可以找出很多地方,证明妇女的处境并不那么美妙,那么理想。比如《黑夜柔吠陀》的《弥特罗耶尼本集》就认为妇女是不忠诚的,不老实的。《推提利耶本集》说好女不如坏男子。《卡他恰本集》说妇女在夜间诱骗自己的丈夫,向他索要东西。在吠陀社会里,当时人民的经济生活是游牧的,这就决定了它必然是夫权制,婆罗门正是这种社会制度的产物,他们是这种制度的鼓吹者,因而他们必然会歧视妇女。这是客观情况所决定的,是他们的经济生活所决定的,是不以人的意志为转移的。如果我们说《五卷书》中诬蔑、歧视妇女的那种思想也是婆罗门加工的结果,恐怕是没有法子否认的。

五 结构的特色

在艺术特色方面,《五卷书》最惹人注意的是整部书的结构。德国学者称之为"连串插入式"。意思就是,全书有一个总故事,贯穿始终。每一卷各有一个骨干故事,贯穿全卷。这好像是一个大树干。然后把许多大故事一一插进来,这好像是大树干上的粗枝。这些大故事中又套上许多中小故事,这好像是大树粗枝上的细枝条。就这样,大故事套中故事,中故事又套小故事,错综复杂,镶嵌穿插,形成了一个像迷楼似的结构。从大处看是浑然一体。从小处看,稍不留意,就容易失掉故事的线索。把《五卷书》的结构具体地分析一下,情况大概是这样的。全书的骨干故事就是婆罗门教育王子。贯穿第一卷的故事是公牛珊时缚迦同狮子结成朋友,狮子的大臣豺狼破坏了这友谊。第二卷的骨干故事是一群鸽子被猎人网住,一只乌鸦跑来告诉它们要齐心协力,一下子飞起来把网子带走。第三卷的骨干故事是乌鸦与猫头鹰交战。第四卷的骨干故事是猴子与海怪结成友谊。第五卷的骨干故事是商主摩尼婆多罗的故事。穿在这个骨干故事上的是许多中小故事。这些故事绝大多数是短小的寓言和童话,同较大的骨干故事穿插起来,形成《五卷书》这样一个庞大的结构。

这种"连串插入式"并不是《五卷书》的发明,在印度可以说是古已有之的。无论是婆罗门教的经典,还是佛教的经典,都常常使用这种形式。夸大一点说,这可以说是印度人非常喜爱的一种形式。我们就拿《罗摩衍那》来做个例子说明一下。在第一篇《童年篇》里,骨干故事是叙述罗摩的童年。但是内容非常庞杂,插入的小故事非常多。类似楔子似的东西摆在最前面。接着叙述十车王的王都和大臣。这里就插入了鹿角仙人的故事。这是在印度非常流行的一个故事,见于许多书内。到了第十六章又插叙猴类的降生。罗摩和罗什曼那随众友大仙出走以后,沿途所见的净修林,几乎都有一个故事。到了第三十一章,众友又讲了自己家族的渊源。第三十四章插入恒河的故事。第三十五章是优摩的故事。第三十六章是战神的诞生。从第三十七章开始讲的是罗摩祖先的故事。就在这个插叙的故事中也还不是一讲到底,而是奇峰突起,波涛层出。第五十章讲众友家史,以下讲众友与婆私陀的斗争。在这中间又插入陀哩商古的故事,狗尾的故事。众友带罗摩兄弟到了遮那羯朝廷上以后,插叙了神弓的故事和十车王的家谱。最后又讲了持斧罗摩的故事。其余的六篇,结构都是大同小异。总之,《罗摩衍那》在结构方面,同《五卷书》有共同之处。

《五卷书》在结构方面的第二个特点是诗歌与散文相结合。这种形式在印度也可以说是古已有之的。佛经就是一个很好的例子。在佛经里,我们看到两种形式的韵散结合。一种形式是,散文讲述的内容,诗歌再重复讲一遍;另一种形式是,诗歌不重复散文讲的东西,而是同散文一样是叙述故事的一个组成部分。有人认为,一般说起来,诗歌部分是比较原始的。有一些书最初只有诗歌,散文是后来加进去的。从语言方面来看,诗歌部分的语法形式一般是比较古老的。在《五卷书》里,采用的是第二种形式,全书一开始就有一首诗,每一卷一开始也都有一首诗。在叙述中间,常常加上一些"人们说得好""常言道"或"常言说得好"等等,接着就是诗歌,有的只有一首,有的有许多首。只有一个故事,第三卷第八个故事,通篇是用诗歌叙述的,这只能算是一个例外。值得我们注意的是,这一篇从思想内容上看起来是有问题的。这一篇的形式仍然是一个寓言,讲的是猎人与两个鸽子的故事。但是要宣传的却是非常反动的东西。它宣传要为恶人献出自己性命,又宣传寡妇要自焚殉夫。我们可以有把握地说,这一篇是婆罗门改写的,诗歌这种形式本身就透露了其中的消息。由此可见,形式与内容是有密切联系的。

表现在《五卷书》里面的在结构上的这两个特点都对中国文学产生了影响。我的意思并不是说一定是《五卷书》起了影响,而是这种形式起了影响。先谈第一个特点。我在这里只举一个例子。隋唐之间的王度写的《古镜记》(《太平广记》二百三十,题曰《王度》)是一篇颇为著名的小说。这篇小说以一面古镜为骨干,中间插入了许多小故事:一、婢女鹦鹉的故事。这婢女是老狐所变,经古镜一照,无法遁形而死。二、日食的故事。每日月薄食,镜亦昏昧。三、古铜剑的故事。四、家奴豹生的故事。他原是苏绰的部曲。苏绰曾预言,古镜要归王度。五、胡僧乞见宝镜。这里说到宝镜:"应照见腑脏"。

六、王度为芮城令悬镜照枣树,隐藏在树中的蛇妖被照死。七、宝镜照愈张龙驹一家病人。八、弟王绩要去宝镜,携之出游。在这一个小故事里又插入许多小故事。1.在嵩山少室,用宝镜照出龟猿二妖真相。2.用宝镜照玉井,照出蛟。3.张琦家女子为鸡妖所祟,宝镜照死鸡妖——一只大雄鸡。4.游江南,在扬子江舟中:"暗云覆水,黑风波涌"。宝镜一照,照走风浪。5.跻摄山,数熊当路而蹲,用宝镜照走数熊。6.用宝镜照静海涛。7.登天台,夜行用镜照。8.李敬慎家三女遭魅病。以镜照之,照出三妖本相:鼠狼、老鼠、守宫。9.在庐山用镜驱除虎豹。后来宝镜又归还王度。最后镜失踪。全部故事至此结束。这种结构在中国小说中不算太多,但是,这一篇《古镜记》却是很典型的。根据这篇故事写成的年代和环境,受印度影响的可能是非常大的。

诗歌和散文相结合的结构也对中国小说产生了影响,比如许多中国长篇小说,常常在散文叙述中间,写上一句"有诗为证",然后就加入一些或长或短的诗。特别在描写山景或其他景致的时候,描写人物形象的时候,更容易出现诗歌。我们拿《西游记》第一回来做例子分析一下。同《五卷书》一样,第一回一开头就出现了一首诗。后来又有"真个好山!有词赋为证。赋曰:"。讲到猴子的时候,又有"你看他一个个:"。讲到瀑布,又有"但见那:"。讲到花果山,又有"但见那:","这里边:"。讲到美猴王,又有"有诗为证。诗曰:"。仅仅这第一回,就足以说明问题。类似的情况在其他不计其数的小说里都可以找到,我们也不在这里详细叙述了。统而观之,中国的诗歌和散文相结合,基本上是上面谈到的那两种形式的结合。换句话说,诗歌有时要重复一下散文里面讲的东西,只是换上一些华丽的词句;有时它又是叙述的一个组成部分,同散文相继来讲述故事。

我对《五卷书》的一些新的看法,就写到这里。本来可以搁笔了。但是还有一些感想或感慨之类的东西,随着笔端涌向心头,似乎要一吐为快。本书第一版出版时,正是中华人民共和国庆祝成立十周年的日子。现在再版时,已经庆祝过了中华人民共和国成立三十周年了。在这中间的二十年中,我们都经了风雨,见了世面。许多在这以前简直无法想象的、到了今天也似乎是难以想象的事情都发生在我们身边,甚至在我们身上。但是,我们越过了这些风涛,经受住了磨炼。到了今天,我们身上的精神枷锁打掉了,我们心头的灰色思想清除了。我们又重新精神振奋,意气风发地生活和工作起来。如果要我打一个比方的话,我想用凤凰从死灰中重生这一个典故。我们好多人不是都有重生的感觉吗?现在正是普天同庆,赤县腾欢的时候,大家都想为我们国家的四个现代化尽上自己的力量,做一些有益于人民的事情。有了一把子年纪的人也不例外。我写完这一篇再版后记,内心怡悦,无法形容,不知老之将至,专意看向未来,写毕掷笔,大有手舞足蹈之意了。

季羡林

一九七九年十一月二十一日初稿,

十二月二十二日写毕

"中国翻译家译丛"书目

（以作者出生年先后排序）

第 一 辑

书 名	作 者
罗念生译《古希腊戏剧》	［古希腊］埃斯库罗斯 等
朱光潜译《柏拉图文艺对话集》《歌德谈话录》	［古希腊］柏拉图　［德国］爱克曼
纳训译《一千零一夜》	
丰子恺译《源氏物语》	［日本］紫式部
田德望译《神曲》	［意大利］但丁
杨绛译《堂吉诃德》	［西班牙］塞万提斯
朱生豪译《莎士比亚戏剧》	［英国］莎士比亚
罗大冈译《波斯人信札》	［法国］孟德斯鸠
查良铮译《唐璜》	［英国］拜伦
冯至译《德国，一个冬天的童话》	［德国］海涅 等
傅雷译《幻灭》	［法国］巴尔扎克
叶君健译《安徒生童话》	［丹麦］安徒生
杨必译《名利场》	［英国］萨克雷
耿济之译《卡拉马佐夫兄弟》	［俄国］陀思妥耶夫斯基
潘家洵译《易卜生戏剧》	［挪威］易卜生
张友松译《汤姆·索亚历险记》《哈克贝利·费恩历险记》	［美国］马克·吐温
汝龙译《契诃夫短篇小说》	［俄国］契诃夫
冰心译《吉檀迦利》《先知》	［印度］泰戈尔　［黎巴嫩］纪伯伦
王永年译《欧·亨利短篇小说》	［美国］欧·亨利
梅益译《钢铁是怎样炼成的》	［苏联］尼·奥斯特洛夫斯基

第 二 辑

书　名	作　者
钱春绮译《尼贝龙根之歌》	
方重译《坎特伯雷故事》	[英国]乔叟
鲍文蔚译《巨人传》	[法国]拉伯雷
绿原译《浮士德》	[德国]歌德
郑永慧译《九三年》	[法国]雨果
满涛译《狄康卡近乡夜话》	[俄国]果戈理
巴金译《父与子》《处女地》	[俄国]屠格涅夫
李健吾译《包法利夫人》	[法国]福楼拜
张谷若译《德伯家的苔丝》	[英国]哈代
金人译《静静的顿河》	[苏联]肖洛霍夫

第 三 辑

书　名	作　者
季羡林译《五卷书》	
金克木译天竺诗文	[印度]迦梨陀娑　等
魏荒弩译《伊戈尔远征记》《涅克拉索夫诗选》	[俄国]佚名　涅克拉索夫
孙用译《卡勒瓦拉》	
朱维之译《失乐园》	[英国]约翰·弥尔顿
赵少侯译《莫里哀戏剧》《莫泊桑短篇小说》	[法国]莫里哀　莫泊桑
钱稻孙译《曾根崎鸳鸯殉情》《日本致富宝鉴》	[日本]近松门左卫门　井原西鹤
王佐良译《爱情与自由》	[英国]彭斯　等
盛澄华译《一生》《伪币制造者》	[法国]莫泊桑　纪德
曹靖华译《城与年》	[苏联]费定